Compil de FICHES

Spécial BAC

1re

W0301569

Maths + SVT + Physique-Chimie

Vito Punta
(Maths)

Christian Mariaud
(Physique-Chimie)

Coraline Madec
(SVT)

MAGNARD

PEFC PEFC/30-32-821

Achevé d'imprimer en novembre 2021
par Wilco aux Pays-Bas
Dépôt légal: janvier 2022
N° éditeur MAGSI20210707

Édition : Marie Gendrier (partie Mathématiques) ; Claire Tréboute (partie Physique-Chimie) ; Lucile Réveillon (partie SVT) ; **Conception graphique** : Muriel Ouziane ; **Cartographie** : Marie-Christine Liennard, Florent Amat, Valérie Goncalves, Christel Parolini ; **Crédits iconographiques** : page 119 : Pressbooks.com / Modification of work by Mark Ott / Rice University ; page 127 : Marisa Prolongo / Nicola Graf / Science in School ; page 134 : AdobeStock.com ; page 136 : Meda Pharma ; page 175 : Prill/Istockphoto ; page 178 : Gwenvidig/Istockphoto ; page 209 : British Museum ; page 239 : DR ; page 241, en haut : Steve Gschmeissner / SPL / PHANIE ; en bas : VISUALS UNLIMITED / BSIP ; page 259, en haut : VISUALS UNLIMITED / BSIP ; en bas : ANDREW J. MARTINEZ / BSIP.

Mise en pages : Nord Compo

5, allée de la 2e DB - 75015 PARIS
www.magnard.fr
www.specialbac.magnard.fr

Sommaire

Maths

Sommaire

** Fiches dans lesquelles figurent des algorithmes, du langage Python et des tableurs*

Variation des fonctions

Fonctions exponentielles

Trigonométrie

Calcul vectoriel et produit scalaire

Géométrie repérée

Statistiques et probabilités

Définir une suite

FICHE 1

I Introduction

1. Exemple

- 1, 4, 1, 5, 9, 2… Comment continuer cette suite de nombres ? Peut-on y trouver une logique ? Quel est le millième terme ?
En l'absence d'indication sur les éléments suivants (aussi appelés **termes**), il est impossible de répondre à ces questions, et même si on trouve la clé pour décoder cette suite de nombres, on ne saura jamais la valeur d'un terme quelconque.

- En effet, on a défini la suite des décimales du nombre π. Les prochains termes sont donc 6, 5, 3, 5, 8, etc.

- Si on note d_1 le premier terme, d_2 le deuxième, etc. on a :

$d_1 = 1$, $d_2 = 4$, $d_3 = 1$, $d_4 = 5$…

Il est impossible, à l'heure actuelle, de donner la valeur de d_n (c'est-à-dire la énième décimale de π) pour tout $n \in \mathbb{N}$.

2. Vocabulaire

- **Définition :** une suite numérique est une fonction qui, à tout entier naturel n, associe un nombre réel.

- Au lieu de définir une suite par la notation usuelle des fonctions $f(x) = \ldots$, on emploie habituellement les lettres u, v, w à la place de f, g, h… et n à la place de x. Au lieu d'écrire $u(n) = \ldots$ on écrit $u_n = \ldots$

- **Remarques**

1. L'ensemble de définition d'une suite est $\mathbb{N}$. Dans l'exemple d'introduction, on aurait donc $u_0 = 1$, $u_1 = 4$, $u_2 = 1$, etc. Ainsi u_0 est la première décimale de π, u_1 est la deuxième, u_2 la troisième, etc.

2. u_n est **le terme général** de la suite. Il désigne aussi **le terme de rang** n. Par exemple, u_5 désigne le terme de rang 5 de la suite u.

3. Souvent, au lieu de parler de la suite u (comme on parle de « la fonction f »), on parle de la suite (u_n), qu'on met entre parenthèses, ou la suite de terme général u_n.

4. Si $n \geqslant 1$, u_{n-1} est le terme qui précède u_n et le terme u_{n+1} est le terme qui suit u_n.

5. Ne confondons pas u_{n+1}, qui est le terme de rang $n + 1$, avec le nombre $u_n + 1$ qui est égal à $1 + u_n$.

II Suite définie à l'aide d'une formule

1. Suite définie explicitement

- Soit $f(x) = 2x - 3$ et $u_n = f(n)$ (figure 1).

$$u_0 = 2 \times 0 - 3 = -3,\ u_1 = 2 \times 1 - 3 = -1,\ \ldots$$

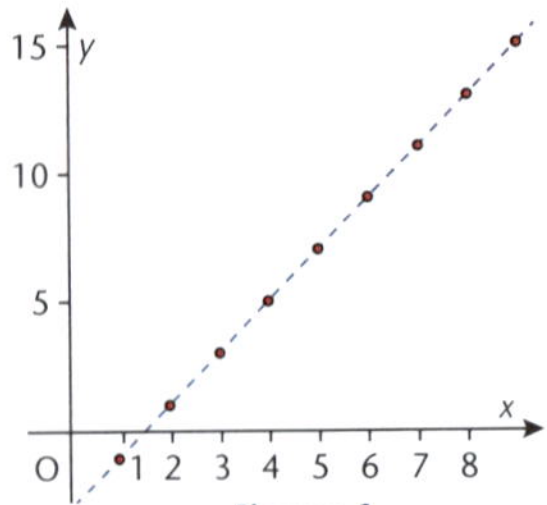

Figure 1

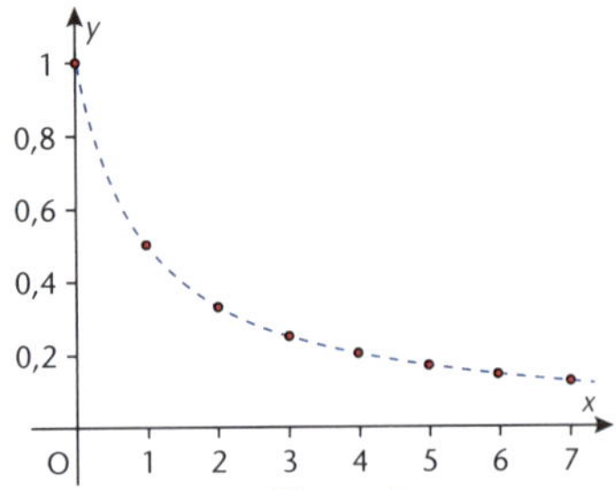

Figure 2

- Soit $f(x) = \dfrac{1}{x+1}$ et $u_n = f(n)$. Alors $u_0 = 1$, $u_1 = \dfrac{1}{2}$, $u_2 = \dfrac{1}{3}$, …

Et pour tout $n \in \mathbb{N}$ (figure 2) :

$$u_{n+1} = \frac{1}{(n+1)+1} = \frac{1}{n+2}$$

$$u_{n-1} = \frac{1}{(n-1)+1} = \frac{1}{n} \text{ (si } n > 0\text{).}$$

2. Suite définie par une relation de récurrence

La suite est définie par la donnée de u_0 et la relation $u_{n+1} = f(u_n)$. Ici $u_0 = 0$ et $f(x) = 0{,}5x - 1$. Les programmes indiqués dans le tableau ci-dessous permettent d'afficher les 50 premiers termes de la suite.

Algorithme	Langage Python
$u \leftarrow 0$ Pour k de 1 à 50 : $u \leftarrow 0.5 * u - 1$ Afficher u Fin Pour	u= 0 for k in range(1,51): #1 inclus et 51 exclu u=0.5*u–1 print(u)
$k \leftarrow 1$; $u \leftarrow 0$ Tant Que $k \leqslant 50$: $u \leftarrow 0.5 * u - 1$ $k \leftarrow k + 1$ Afficher u Fin Tant Que	k,u=1,0 while k<= 50: u=0.5*u–1 k=k+1 print(u)

Sens de variation des suites

FICHE 2

I De quoi s'agit-il ?

• Dans le tableau suivant, construit à l'aide d'un tableur, on voit les sept premiers termes de trois suites : (u_n), (v_n), (w_n).

n	→	0	1	2	3	4	5	6
u_n	→	−2	1	4	7	10	13	16
v_n	→	1	0,5	0,25	0,125	0,0625	0,031	0,016
w_n	→	1	−0,8	0,64	−0,512	0,410	−0,328	0,262

• Il semble que les termes de la suite (u_n) croissent, que ceux de la suite (v_n) décroissent et que ceux de la suite (w_n) soient « saccadés », passant alternativement du positif au négatif.

• Peut-on pour autant dire que la suite (u_n) est croissante ? Que la suite (v_n) est décroissante ? En général, à quelle condition peut-on dire qu'une suite est croissante ou décroissante ?

II La technique

1. Théorie

• Dire qu'une suite (u_n) est **croissante** signifie que tout terme est inférieur ou égal à son successeur. Autrement dit, pour tout $n \in \mathbb{N}$, $u_n \leqslant u_{n+1}$.

• Dire qu'une suite (u_n) est **décroissante** signifie que tout terme est supérieur ou égal à son successeur. Autrement dit, pour tout $n \in \mathbb{N}$, $u_n \geqslant u_{n+1}$.

• Dire qu'une suite (u_n) est **constante** signifie qu'elle est à la fois croissante et décroissante. Autrement dit, pour tout $n \in \mathbb{N}$, $u_{n+1} = u_n$.

• **Remarques**

1. On définit des suites **strictement** croissantes et **strictement** décroissantes avec des **inégalités strictes**.

2. Une suite **monotone** est une suite qui est soit croissante, soit décroissante. Par exemple, la suite définie par $u_n = an + b$, où a et b sont deux réels, est monotone. Elle est croissante si $a \geqslant 0$ et décroissante si $a \leqslant 0$. En effet, $u_n = f(n)$ où $f(x) = ax + b$, et on sait que cette fonction affine est monotone.

2. Pratique : examiner la monotonie de u_n

- **Cas général : on examine le signe de $u_{n+1} - u_n$**

1. Une suite (u_n) est croissante si, et seulement si, pour tout $n \in \mathbb{N}$: $u_{n+1} - u_n \geqslant 0$.
2. Une suite (u_n) est décroissante si, et seulement si, pour tout $n \in \mathbb{N}$: $u_{n+1} - u_n \leqslant 0$.
3. Une suite (u_n) est constante si, et seulement si, pour tout $n \in \mathbb{N}$: $u_{n+1} - u_n = 0$.

- Dans le cas d'une suite **à termes strictement positifs**, on peut examiner le quotient $\frac{u_{n+1}}{u_n}$. Si, pour tout $n \in \mathbb{N}$:

1. $\frac{u_{n+1}}{u_n} \geqslant 1$, alors $u_{n+1} \geqslant u_n$ donc la suite est croissante ;
2. $\frac{u_{n+1}}{u_n} \leqslant 1$, alors $u_{n+1} \leqslant u_n$ donc la suite est décroissante ;
3. $\frac{u_{n+1}}{u_n} = 1$, alors $u_{n+1} = u_n$ donc la suite est constante.

- **Avec des graphiques**

Il est possible d'avoir l'intuition de la monotonie d'une suite (ou de sa non-monotonie) en observant la représentation graphique de ses termes, ou, au besoin, **en utilisant une calculatrice ou un tableur.** Les points marqués ont pour coordonnées $(n\,;\,u_n)$.
On a l'impression que la suite dessinée sur l'écran de la calculatrice n'est pas monotone ; celle dessinée avec le tableur semble décroissante à partir du rang 8.

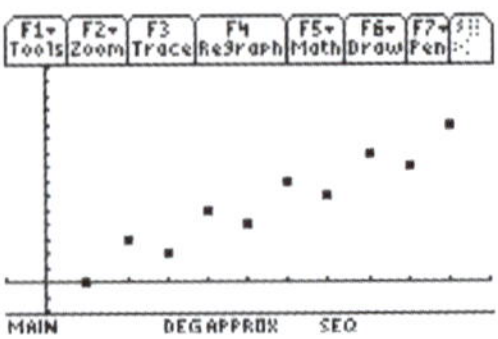

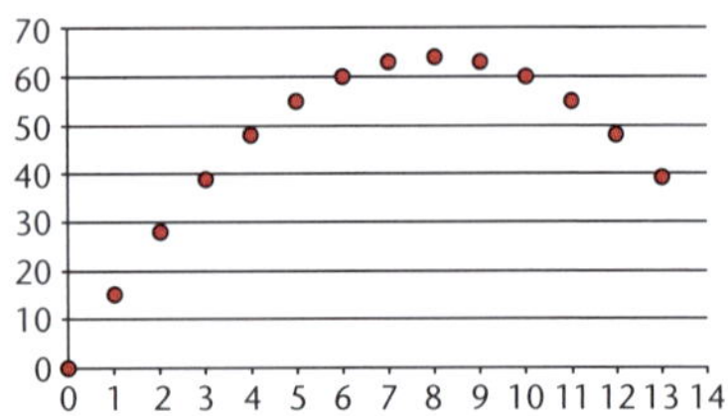

- **Avec un contre-exemple**

Dans le cas où l'on pressent que la suite n'est pas monotone, un contre-exemple suffit.
Par exemple la suite u_n, définie par $u_n = (-1)^n$, n'est pas monotone.
En effet, $u_2 - u_1 = (-1)^2 - (-1)^1 = 1 + 1 = 2$, donc $u_2 - u_1 > 0$.
Et $u_3 - u_2 = (-1)^3 - (-1)^2 = -1 - 1 = -2$, donc $u_3 - u_2 < 0$.

Comportements des suites à l'infini

FICHE 3

I De quoi s'agit-il ?

Considérons une suite (u_n).

1. Vocabulaire

• Lorsque n prend des valeurs de plus en plus grandes, peut-on prédire les valeurs prises par u_n ? Se poser cette question revient à s'interroger sur la limite de u_n, lorsque n tend vers $+\infty$:

• Existe-t-il un nombre ℓ vers lequel se condensent toutes les valeurs de u_n à partir d'un certain rang ?
Si c'est le cas, on dit que ℓ est la limite de u_n, lorsque n tend vers $+\infty$, ou que la suite (u_n) converge vers ℓ.
• Lorsque n tend vers $+\infty$, u_n prend-elle des valeurs aussi grandes que l'on veut ? Si c'est le cas, on dit que la limite de u_n, quand n tend vers $+\infty$, est égale à $+\infty$.
• Lorsque n tend vers $+\infty$, u_n prend-elle des valeurs aussi grandes que l'on veut (en valeur absolue) et négatives ? Si c'est le cas, on dit que la limite de u_n, quand n tend vers $+\infty$, est égale à $-\infty$.

2. Traitement de la question

• En classe de Première, on utilise une approche expérimentale de ces questions. C'est pourquoi on donnera la réponse (ou une conjecture), à l'aide de calculs effectués à la main, avec un tableur ou une calculatrice, ou bien à l'aide d'un graphique.

Exemple :

Lorsque n tend vers $+\infty$:

- si $u_n = 2n + 1$, alors u_n tend vers $+\infty$;
- si $v_n = -n^2$, alors v_n tend vers $-\infty$;
- si $w_n = \dfrac{1}{n+1}$, alors w_n tend vers 0.

• **Remarque :** une suite peut n'entrer dans aucun des cas précédents. Par exemple, la suite $u_n = (-1)^n$ ne converge vers aucun nombre et ne tend ni vers $+\infty$, ni vers $-\infty$.

II Détermination pratique de limites

1. À partir d'un graphique et d'un algorithme

- On dispose du graphique représentant les premiers termes de la suite u_n, définie par $u_{n+1} = -\frac{2}{3}u_n + 1$ et $u_0 = 0$. On peut estimer que la limite de u_n, quand n tend vers $+\infty$, est égale à 0,6 (représentée en pointillés sur le graphique ci-dessous).

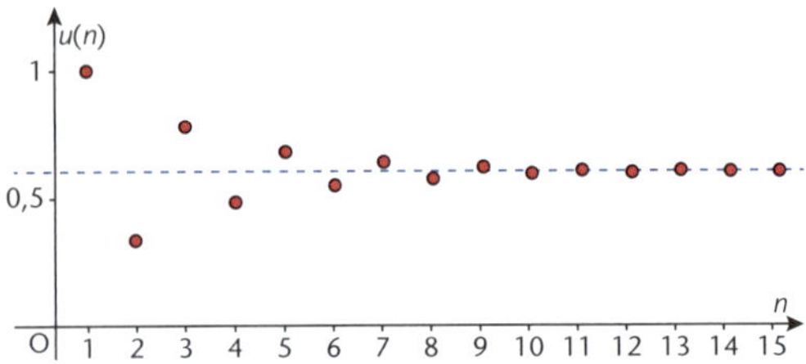

- Après la déclaration des variables et l'initialisation, le programme affecte à la variable u sa valeur précédente multipliée par $-\frac{2}{3}$, le tout augmenté de 1, c'est-à-dire $-\frac{2}{3}u_n + 1$.

Algorithme	Langage Python
$u \leftarrow 1$; $n \leftarrow 0$ Tant que $\|u - 0.6\| > 10^{-6}$: $u \leftarrow -\frac{2}{3}u + 1$ $n \leftarrow n + 1$ Afficher n Fin Tant Que	u,n=0,0 while abs(u–0.6)>10**–6: u=–2/3*u+1 n=n+1 print(n)

- On obtient $n = 33$. Donc, pour tout $n \geqslant 33$, $|u_n - 0{,}6| \leqslant 10^{-6}$.

2. À partir d'un tableur

Le tableau ci-contre montre les valeurs approchées de u_n pour n allant de 0 à 9, sachant que $u_0 = 2$ et que $u_{n+1} = \frac{3}{u_n + 2}$.

Il semble que u_n tende vers 1 quand n tend vers $+\infty$.

	A	B	C	D
1	n	u_n	n	u_n
2	0	2	5	0,9967
3	1	=3/(B2+2)	6	1,0010
4	2	=3/(B3+2)	7	0,9996
5	3	=3/(B4+2)	8	1,0001
6	4	=3/(B5+2)	9	0,9999

Les cellules B3 à B6 contiennent les **formules** de calcul de u_1 à u_4 ; les cellules D2 à D6 les **valeurs** de u_5 à u_9.

Exercices commentés pas à pas

Définition et variation des suites

Sujet : calcul des premiers termes d'une suite

Calculer les deux premiers termes des suites (u_n), (v_n) et (w_n).

1. Pour tout $\in \mathbb{N}$, $u_n = \dfrac{1}{(n+1)(n+2)}$.

2. (v_n) est définie par le programme Python suivant :

```
def v(n):
    s=0
    for k in range(0,n+1):
        s=s+1/(k+1)
    return(s)
```

3. $w_0 = 0$ et, pour tout $\in \mathbb{N}$, $w_{n+1} = 2w_n + 1$.

→ Le calcul des termes s'effectue comme s'il s'agissait d'une fonction usuelle. On peut écrire $u(n) = \dfrac{1}{(n+1)(n+2)}$.

1. $u_0 = \dfrac{1}{(0+1)(0+2)} = \dfrac{1}{2}$ $\qquad u_1 = \dfrac{1}{(1+1)(1+2)} = \dfrac{1}{6}$

→ La suite (v_n) est une somme de termes. La valeur de cette somme est stockée dans la variable nommée *s*.

2. $v(0) = 0 + 1/(0+1) = 1$
$v(1) = 0 + 1/(0+1) + 1/(1+1) = 1.5$

Le compteur k prend toutes les valeurs entières entre 0 **inclus** et $n + 1$ **exclu**.

→ Pour calculer un terme de la suite (w_n), il faut connaître la valeur du terme précédent. Un terme est égal au double du terme qui le précède, plus 1.

3. $w_1 = 2w_0 + 1 = 2 \times 0 + 1 = 1$. On a pris $n = 0$.
$w_2 = 2w_1 + 1 = 2 \times 1 + 1 = 3$. On a pris $n = 1$.

Sujet : sens de variation d'une suite

Déterminer le sens de variation des suites (u_n), (v_n) et (w_n).

1. Pour tout $\in \mathbb{N}$: $u_n = 1 - 2^n$.

2. Pour tout $\in \mathbb{N}$: $v_n = \dfrac{2^n}{n+1}$.

3. Pour tout $\in \mathbb{N}$: $w_n = -n^2 + 6n$. Calculer au préalable w_0, w_1, w_2, w_3. Tracer ensuite la fonction $-x^2 + 6x$.

→ Simplifier l'expression $u_{n+1} - u_n$, puis déterminer son signe.

1. Pour tout $n \in \mathbb{N}$: $u_{n+1} - u_n = 1 - 2^{n+1} - (1 - 2^n) = 1 - 2^{n+1} - 1 + 2^n$ $= -2^{n+1} + 2^n = -2 \times 2^n + 2^n = (-2 + 1) \times 2^n = -2^n$.

On conclut que, pour tout $n \in \mathbb{N}$, $u_{n+1} - u_n < 0$, ce qui prouve que la suite (u_n) est décroissante.

→ Simplifier $\frac{v_{n+1}}{v_n}$ et comparer le résultat à 1.

2. Pour tout $n \in \mathbb{N}$, v_n est positif. De plus :

$$\frac{v_{n+1}}{v_n} = \frac{\frac{2^{n+1}}{n+2}}{\frac{2^n}{n+1}} = \frac{2^{n+1}}{n+2} \times \frac{n+1}{2^n} = \frac{2 \times \cancel{2^n}(n+1)}{(n+2)\cancel{2^n}} = \frac{2(n+1)}{n+2}.$$

D'autre part :

$$\frac{2(n+1)}{n+2} - 1 = \frac{2(n+1) - (n+2)}{n+2} = \frac{2n + 2 - n - 2}{n+2} = \frac{n}{n+2}.$$

Or, pour tout $n \in \mathbb{N}$: $\frac{n}{n+2}$ est positif, donc $\frac{v_{n+1}}{v_n} - 1 > 0$, ce qui prouve que $\frac{v_{n+1}}{v_n} > 1$. La suite (v_n) est donc croissante.

→ Représenter graphiquement la fonction $x \longmapsto -x^2 + 6x$.

3. On a successivement $w_0 = 0$, $w_1 = 5$, $w_2 = 8$, $w_3 = 9$. Cependant, le graphique montre que la suite est décroissante à partir de $n = 3$.

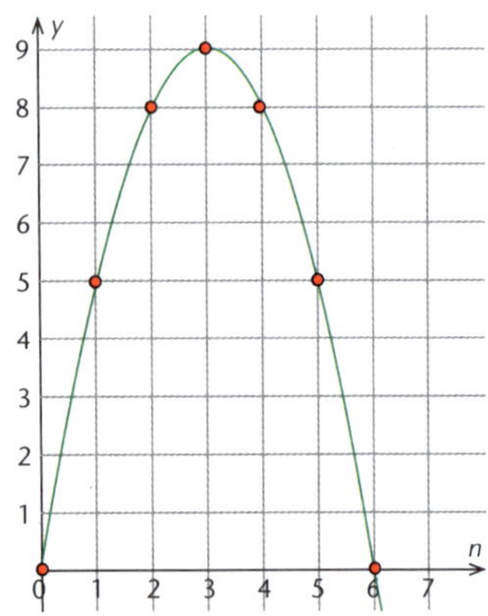

Suites numériques

QUIZ-Mémorisation active

1 Définition d'une suite

Questions	Réponses
Si $u_n = 2n - 3$, que vaut u_{n+1} ? Que vaut $u_n + 1$?	$u_{n+1} = 2(n+1) - 3 = 2n + 2 - 3 = 2n - 1$. Attention, u_{n+1} **n'est pas égal** à $2n - 2$. $u_n + 1 = 1 + u_n = 2n - 2$.

Quelle somme le programme suivant permet-il de calculer ?
`u=0`
`for k in range(1,20):`
`    u=u-1/k**2`
`print(u,k)`
	Il s'agit de la somme $0 - \frac{1}{1^2} - \frac{1}{2^2} - \frac{1}{3^2} - \dots - \frac{1}{19^2}$.
	k prend toutes les valeurs entières consécutives de 1 **inclus** à 20 **exclu**.

2 Sens de variation des suites

Questions	Réponses
En général, quel test fait-on pour savoir si une suite (u_n) est croissante ou décroissante ?	On calcule $u_{n+1} - u_n$. Si cette différence est positive **pour tout** n, alors la suite est croissante. Sinon, elle est décroissante.
Est-il possible qu'une suite ne soit ni croissante ni décroissante ?	**Oui.** Si $u_n = (-1)^{n+1}$, alors $u_0 = -1$, $u_1 = 1$, $u_2 = -1$, $u_3 = 1$, etc. Donc $u_0 < u_1$ mais $u_1 > u_2$. Cette suite n'est donc ni croissante ni décroissante.

3 Comportement des suites quand *n* tend vers l'infini

Questions	Réponses
Si une suite est strictement croissante, peut-on affirmer que ses termes deviennent aussi grands que l'on veut lorsque n tend vers $+\infty$?	**Non.** Par exemple, si $u_n = 1 - \frac{1}{n+1}$, alors u_n est la distance qui sépare les nombres 1 et $\frac{1}{n+1}$. Cette distance augmente lorsque n augmente, et se rapproche de 1. Les termes de u_n ne peuvent donc pas devenir aussi grands que l'on veut.
Si une suite est croissante, est-elle forcément positive lorsque n est très grand ?	**Non.** Si $u_n = -\left(\frac{1}{2}\right)^n$, alors (u_n) est croissante et strictement négative.

SCHÉMA-BILAN

Étudier la monotonie d'une suite (u_n)

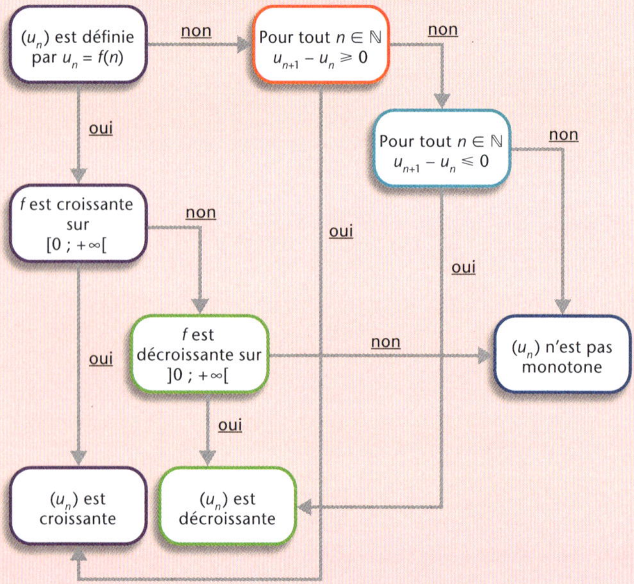

… suites arithmétiques

I Généralités

1. Définition

• Soit r un nombre réel fixé. Une suite arithmétique de raison r est une suite définie par la valeur de son premier terme u_0 et par l'égalité, valable pour tout entier naturel n :

$$u_{n+1} = u_n + r.$$

• **Remarques**

1. À partir du deuxième terme, chaque terme est obtenu en ajoutant la raison r à son prédécesseur. On peut donc aussi écrire : $u_n = u_{n-1} + r$ pour tout $n \in \mathbb{N}^*$.

2. Les deux suites 1, 2, 3, 4… et 2,5 ; 3,5 ; 4,5 ; 5… ont la même raison 1 mais ne sont pas égales. En effet, elles ne commencent pas par le même terme, d'où l'importance de bien définir celui-ci.

3. Si la raison d'une suite arithmétique est positive, la suite est croissante. Si la raison est négative, la suite est décroissante. Une suite arithmétique de raison 0 est constante.

2. Propriétés

• D'après la définition donnée ci-dessus, il serait nécessaire de connaître la valeur de u_{99}, si on devait calculer u_{100}. On devrait donc aussi connaître la valeur de u_{98}, puis de u_{97}, etc. Il existe toutefois une formule qui permet de calculer directement la valeur de u_{100} ! Il suffit pour cela de connaître u_0 et r :

$$u_n = u_0 + nr.$$

En effet, $u_1 = u_0 + r$, $u_2 = u_1 + r \Rightarrow u_2 = u_0 + 2r$, $u_3 = u_2 + r \Rightarrow u_3 = u_0 + 3r$, et ainsi de suite.

• On peut généraliser cette formule. Pour tous n et k dans $\mathbb{N}$:

$$u_n = u_k + (n - k)r.$$

En effet, d'après la formule précédente : $u_n = u_0 + nr$ et $u_k = u_0 + kr$. Donc $u_n - u_k = nr - nk = (n - k)r$. On en déduit $u_n = u_k + (n - k)r$, ce qu'il fallait démontrer.

• **Remarques**

1. La formule ci-dessus est valable si $n \geqslant k$ et si $n < k$.

2. Si $k = 0$, on retrouve la formule de base $u_n = u_0 + nr$.

II Applications

1. Prouver qu'une suite est arithmétique

• On peut d'abord utiliser la définition et essayer de voir si on a $u_{n+1} = u_n + r$, où r est une constante, c'est-à-dire un nombre indépendant de n.

• On peut aussi examiner la différence $u_{n+1} - u_n$. Si elle est constante, c'est-à-dire indépendante de n, alors la suite (u_n) est une suite arithmétique.

Exemple : si $2u_{n+1} = 2u_n - 3$, alors $u_{n+1} = u_n - \frac{3}{2}$, donc la suite (u_n) est une suite arithmétique de raison $-\frac{3}{2}$. En revanche, si $u_{n+1} = u_n + \frac{1}{n+1}$, la suite (u_n) n'est pas arithmétique, car $u_1 = u_0 + 1$ et $u_2 = u_1 + \frac{1}{2}$.

• Une suite (u_n) est une suite arithmétique si, et seulement si, il existe une fonction affine f telle que, pour tout entier naturel n, $u_n = f(n)$, c'est-à-dire $u_n = an + b$ où a et b sont deux constantes. En effet, si (u_n) est une suite arithmétique de raison r, alors $u_n = u_0 + nr$, donc $b = u_0$ et $a = r$.

• Réciproquement, si $u_n = an + b$ pour tout entier $n \geqslant 0$, alors $u_{n+1} - u_n = a(n + 1) + b - (an + b) = a$, donc (u_n) est une suite arithmétique de premier terme b et de raison a.

Exemple : si $u_n = 5n + 1$, alors (u_n) est une suite arithmétique qui a pour premier terme 1 et pour raison 5.

2. Exprimer u_n en fonction de n

• Énoncé : soit (u_n) une suite arithmétique. On sait que $u_{21} = -9$ et $u_7 = 6$. Exprimer u_n en fonction de n, puis calculer u_{140}.

• Réponse : soit r la raison de la suite :

$$u_{21} = u_7 + (21 - 7)r \Rightarrow -9 = 6 + 14r \Rightarrow r = -\frac{15}{14}.$$

De plus, $u_0 = u_7 + (0 - 7)r \Rightarrow u_0 = 6 - 7 \times \left(-\frac{15}{14}\right) \Rightarrow u_0 = 6 + \frac{15}{2} = 13,5.$

Donc, pour tout $n \in \mathbb{N}$, $u_n = 13,5 - \frac{15}{14}n$, ce qui fournit :

$$u_{140} = 13,5 - \frac{15}{14} \times 140 = 13,5 - 150 = -136,5.$$

Définition et propriétés des suites géométriques

FICHE 7

I Généralités

1. Définition

- Soit q un nombre différent de 0. Une suite géométrique de raison q est une suite définie par la valeur de son premier terme u_0 et par l'égalité, valable pour tout entier naturel n :

$$u_{n+1} = qu_n.$$

- **Remarques**

1. À partir du deuxième terme, chacun d'entre eux est obtenu en multipliant son prédécesseur par la raison. On peut donc aussi écrire : $u_n = qu_{n-1}$ pour tout $n \in \mathbb{N}^*$.

2. Les deux suites 1, 2, 4, 8, 16… et 1,5 ; 3 ; 6 ; 12 ; 24… ont la même raison ($q = 2$) mais ne sont pas égales. En effet, elles ne commencent pas par le même terme, d'où l'importance de bien définir celui-ci.

3. Supposons que le premier terme d'une suite géométrique soit positif. Si $q > 1$, la suite est croissante et si $0 < q < 1$, la suite est décroissante. Une suite géométrique de raison 1 est constante.

2. Propriétés

- D'après la définition, il serait nécessaire de connaître la valeur de u_{54} pour calculer u_{55}. On devrait donc aussi connaître la valeur de u_{53}, puis de u_{52}, etc. Il existe cependant une formule qui permet de calculer directement la valeur de u_{54} ! Il suffit pour cela de connaître u_0 et q :

$$u_n = u_0q^n.$$

En effet, $u_1 = qu_0$, $u_2 = qu_1 \Rightarrow u_2 = u_0qq = u_0q^2$, $u_3 = qu_2 \Rightarrow u_3 = u_0q^3$, et ainsi de suite.

- On peut généraliser cette formule. Pour tous n et k dans $\mathbb{N}$:

$$u_n = u_kq^{n-k}.$$

En effet, d'après la formule précédente : $u_n = u_0q^n$ et $u_k = u_0q^k$. Donc $\frac{u_n}{u_k} = \frac{u_0q^n}{u_0q^k} = \frac{q^n}{q^k} = q^{n-k}$. On en déduit que $u_n = u_kq^{n-k}$, ce qu'il fallait démontrer.

- **Remarques**

1. La formule ci-dessus est valable si $n \geqslant k$ et si $n < k$.

2. Si $k = 0$, on retrouve la formule de base $u_n = u_0q^n$.

II Applications

1. Prouver qu'une suite est géométrique

• On peut d'abord utiliser la définition et essayer de voir si on a $u_{n+1} = qu_n$, où q est une constante, c'est-à-dire un nombre indépendant de n.

• On peut aussi examiner le quotient $\frac{u_{n+1}}{u_n}$. S'il est constant, c'est-à-dire indépendant de n, alors la suite (u_n) est une suite géométrique.

Exemple : si $2u_{n+1} = 2u_n - u_{n+1}$, alors $3u_{n+1} = 2u_n \Rightarrow u_{n+1} = \frac{2}{3}u_n$.
La suite (u_n) est donc une suite géométrique de raison $\frac{2}{3}$.
En revanche, si $u_{n+1} = (n + 1)u_n$, la suite (u_n) n'est pas géométrique car $u_1 = u_0$ et $u_2 = 2u_1$.

• Une suite (u_n) est une suite géométrique si, et seulement si, il existe deux nombres a et b, où $a \neq 0$, tels que pour tout entier naturel n : $u_n = ba^n$. En effet, si (u_n) est une suite géométrique de raison q, alors $u_n = u_0q^n$, donc $b = u_0$ et $a = q$.

• Réciproquement si $u_n = ba^n$ pour tout entier $n \geqslant 0$, alors $\frac{u_{n+1}}{u_n} = \frac{ba^{n+1}}{ba^n} = a$. La suite (u_n) est donc une suite géométrique de premier terme b et de raison a.

Exemple : si $u_n = -2^{n+1}$, alors (u_n) est une suite géométrique qui a pour premier terme -2 et pour raison 2, car $-2^{n+1} = (-2) \times 2^n$.

2. Exprimer u_n en fonction de n

• **Énoncé :** soit (u_n) une suite géométrique. On sait que $u_{16} = 4\,096$ et $u_5 = -2$. Sachant que $2^{11} = 2\,048$, exprimer u_n en fonction de n, puis calculer u_{100}.

• **Réponse :** soit q la raison de la suite.

$u_{16} = u_5q^{16-5} = u_5q^{11} \Rightarrow q^{11} = \frac{4\,096}{-2} = -2\,048 \Rightarrow q = -2$ (utiliser une calculatrice : (–2048)^(1/11)).

De plus, $u_0 = u_5q^{0-5} = u_5q^{-5} \Rightarrow u_0 = (-2)(-2)^{-5} \Rightarrow u_0 = (-2)^{-4} = \frac{1}{16}$.

Donc, pour tout $n \in \mathbb{N}$, $u_n = \frac{1}{16}(-2)^n = 2^{-4}(-1)^n2^n = (-1)^n2^{n-4}$ (car $16 = 2^4$), ce qui fournit :

$$u_{100} = (-1)^{100}2^{96} = 2^{96}.$$

Suites arithmétiques et sommes

FICHE **8**

I Théorie

1. Somme des premiers entiers naturels

- On voudrait avoir une formule permettant de calculer la somme des n premiers entiers naturels non nuls, c'est-à-dire :

$$S = 1 + 2 \ldots + (n-1) + n.$$

- On peut écrire cette somme de deux façons :

$$\begin{cases} S = 1 + 2 + \ldots + (n-1) + n \\ S = n + (n-1) + \ldots + 2 + 1 \end{cases}.$$

- En additionnant les deux égalités membre à membre, on obtient :

$$2S = (1+n) + [2 + (n-1)] + \ldots + [(n-1) + 2] + (n+1).$$

Donc :

$$2S = (1+n) + (1+n) + \ldots + (n+1) + (n+1).$$

- Par conséquent, $2S$ apparaît comme la **somme de n termes** tous égaux à $(n+1)$. C'est pourquoi $2S = n(n+1)$. Conclusion :

$$1 + 2 \ldots + (n-1) + n = \frac{n(n+1)}{2}.$$

Si la somme commence par 0, elle comporte $n + 1$ termes et on a toujours $0 + 1 + 2 \ldots + (n-1) + n = 1 + 2 \ldots + (n-1) + n = \dfrac{n(n+1)}{2}$

2. Somme de termes consécutifs

- Soit (u_n) une suite arithmétique de raison r. On se propose de calculer la somme $S = u_0 + u_1 + \ldots + u_{n-1} + u_n$. Cette somme contient $(n+1)$ termes. En utilisant les résultats de la *fiche 6*, on effectue le calcul suivant :

$$S = u_0 + (u_0 + r) + \ldots + (u_0 + (n-1)r) + (u_0 + nr)$$

$$S = (n+1)u_0 + (1 + \ldots + (n-1) + n)r \text{ (car } u_0 \text{ apparaît } n+1 \text{ fois)}$$

$$S = (n+1)u_0 + \frac{n(n+1)}{2}r \text{ (on utilise la formule du paragraphe 1)}$$

$$S = \frac{n+1}{2}(2u_0 + nr) \text{ (on factorise } \frac{n+1}{2})$$

$$S = \frac{n+1}{2}(u_0 + u_0 + nr) \Rightarrow S = \frac{(n+1)(u_0 + u_n)}{2}.$$

• On peut encore généraliser cette formule. Soit S la somme d'une tranche de termes **consécutifs** d'une suite arithmétique. Le premier de ces termes est P et le dernier est D. Alors :

$$S = \frac{(P + D) \times \text{nombre de termes de la somme}}{2}.$$

II Pratique

1. Un algorithme

• L'algorithme suivant demande à l'utilisateur une valeur de n. Puis il exécute toujours la même opération : il ajoute le nombre k au nombre contenu dans la variable s et range le résultat dans cette variable. Celle-ci change donc de contenu. Son exécution calcule alors la somme $1 + 2 + \ldots + n$.

Algorithme	Langage Python

$s \leftarrow 0$
Saisir la valeur de n
Pour k allant de 1 à n
    $s \leftarrow s + k$
Fin Pour
Afficher s
	s=0
	n=int(input("valeur de n ?"))
	    for k in range (1,n+1):
	    s=s+k
	
	print(s)

La commande int(input(...)) indique que le nombre saisi est un entier (*int* est l'abréviation de *integer*, c'est-à-dire « nombre entier »).

• Si $n = 100$, on trouve $s = 5\,050$, en conformité avec $\frac{100 \times (100 + 1)}{2}$.

• **Énoncé :** comment modifier l'algorithme ci-dessus pour que son exécution affiche la somme des n premiers entiers **pairs** non nuls ?

• **Réponse :** il suffit de remplacer la ligne 4 par ; « $\leftarrow s + 2*k$. »

2. Un calcul algébrique

• **Énoncé :** on effectue la somme des 50 premiers termes d'une suite arithmétique et on obtient 2 550. Trouver u_{100}, sachant que le premier terme est égal à 2.

• **Réponse :** calculons d'abord la raison. Comme le premier terme est u_0, le deuxième est u_1, le troisième u_2,... le cinquantième est u_{49}. On a donc $u_{49} = u_0 + 49r = 2 + 49r$.

Par conséquent :

$$2\ 550 = \frac{(u_0 + u_{49}) \times 50}{2} \Leftrightarrow 2\ 550 = (2 + 2 + 49r) \times 25$$

$$\Leftrightarrow 102 = 4 + 49r \Leftrightarrow 49r = 98 \Leftrightarrow r = 2. \text{ Alors } u_{100} = u_0 + 100r = 202.$$

Suites géométriques et sommes

FICHE 9

I Théorie

1. Somme $1 + q + q^2 + \dots q^n$

- On suppose ici que q est différent de 0 et de 1 et on pose, pour tout entier $n \geqslant 1$:

$$S = 1 + q + q^2 + q^3 + \dots + q^{n-1} + q^n.$$

- Calculons qS :

$$qS = q + q^2 + q^3 + q^4 + \dots + q^n + q^{n+1}.$$

- Soustrayons membre à membre les deux égalités :

$$S - qS = 1 - q^{n+1}, \text{ équivalent à } S(1 - q) = 1 - q^{n+1}.$$

- Deux cas sont possibles :

1. Si $q \neq 1$: $S = \dfrac{1-q^{n+1}}{1-q}$. On observe l'exposant de q (il s'agit de $n + 1$) et on constate qu'il est l'exposant du dernier terme de S (il s'agit de n) augmenté de 1.

2. Si $q = 1$, alors $S = n + 1$.

La somme S contient $n + 1$ termes ; c'est pourquoi l'exposant de q est précisément $n + 1$. C'est aussi la raison pour laquelle $S = n + 1$, si $q = 1$.

2. Somme de termes consécutifs

- Soit (u_n) une suite géométrique de raison q. On se propose de calculer la somme $S = u_0 + u_1 + \dots + u_{n-1} + u_n$. Cette somme contient $(n + 1)$ termes. En utilisant les résultats de la *fiche 7* :

$$S = u_0 + qu_0 + \dots + u_0q^{n-1} + u_0q^n.$$
$$S = u_0(1 + q + \dots + q^{n-1} + q^n).$$

- Si $q \neq 1$, on trouve :

$$S = u_0\frac{1-q^{n+1}}{1-q}.$$

- Si $q = 1$, on trouve $S = (n + 1)\, u_0$.

On peut encore généraliser cette formule : soit S la somme d'une tranche de termes consécutifs d'une suite géométrique. Le premier de ces termes est P. Alors :

- Si $q \neq 1$: $S = P\dfrac{1-q^{\text{nombre de termes}}}{1-q}$.
- Si $q = 1$, $S = (n + 1)P$.

Si $P = u_0$ et si la somme comprend $n + 1$ termes, on retrouve les formules du paragraphe précédent.

II Pratique

1. Un algorithme

• Après la déclaration des variables et l'initialisation, l'algorithme suivant demande à l'utilisateur une valeur de n et de q. Puis il exécute toujours la même opération : il ajoute le nombre q^k au nombre contenu dans la variable s et range le résultat dans cette variable. Celle-ci change donc de contenu. Son exécution calcule la somme $q^0 + q^1 + \dots + q^n$.

Algorithme	Langage Python

$s \leftarrow 0$
Saisir la valeur de q
Saisir la valeur de n
Pour k allant de 0 à n
    $s \leftarrow s + q^k$
Fin Pour
Afficher s
	s=0
	q=float(input("valeur de q ?"))
	n=int(input("valeur de n ?"))
	    for k in range(0,n+1):
	    s=s+q**k
	
	print(s)

• Si $n = 9$ et $q = 2$, on trouve $s = 1\,023$, en conformité avec $\dfrac{1-2^{10}}{1-2} = 2^{10} - 1 = 1\,024 - 1 = 1\,023$.

• **Énoncé :** quelles valeurs faut-il fournir à l'algorithme ci-dessus pour qu'il affiche la somme des 100 premières puissances positives de 3 ?

• **Réponse :** il suffit de fournir la valeur 3 pour q et 99 pour n. En effet, l'exécution de l'algorithme provoque le calcul de $3^0 + 3^1 + \dots + 3^{99}$.

> La commande float (input(...)) indique que le nombre saisi est un réel, un flottant (float) en langage de programmation.

2. Un calcul algébrique

• Démontrons la formule $\dfrac{P(1-q^{\text{nombre de termes}})}{1-q}$ du paragraphe précédent.

• Posons $u_i = P$ (i pour initial) et supposons que le nombre de termes soit égal à m. Le dernier terme de la somme sera donc u_{i+m-1}, car si le terme n° 1 est u_i, le terme n° 2 est u_{i+1}..., le terme n° m est u_{i+m-1}.

• D'autre part, $u_{i+1} = qu_i$, ... $u_{i+m} = qu_{i+m-1}$, donc (→ *voir fiche 7*) :

$u_i + u_{i+1} + \dots + \dots u_{i+m-1} = u_i(1 + q + \dots + q^{m-1}) = u_i\dfrac{1-q^m}{1-q}$, ce qu'il fallait démontrer.

Exercice commenté pas à pas

Comparer des suites arithmétiques et géométriques

Un agent d'assurance propose deux contrats.
La première année chaque contrat coûte 60 000 € tout compris.
Contrat 1 : chaque année le contrat augmente de 5 %.
Contrat 2 : le contrat augmente de 3 500 € par an.
Quel est le contrat le moins cher pour une souscription de 11 ans ?

1. Soit n un entier naturel au moins égal à 1. On note u_n le montant du contrat 1 au début de l'année n et d_n le montant du contrat 2 au début de l'année n.
Calculer u_1 et d_1.

2. a. Montrer que la suite (u_n) est une suite géométrique de raison 1,05.

b. En déduire l'expression de u_n en fonction de n.

3. a. Montrer que la suite (d_n) est une suite arithmétique dont on précisera la raison.

b. En déduire l'expression de d_n en fonction de n.

4. a. Pour chaque type de contrat, calculer les sommes totales U et D versées en 11 ans.

4. b. Conclure.

5. Dans un tableur, construire une feuille de calcul permettant de calculer u_n et d_n et les sommes U et D.

→ u_1 et d_1 correspondent aux montants de chaque contrat la première année.

1. D'après l'énoncé, $u_1 = d_1 = 60\,000$. En effet, le premier versement est de 60 000 € pour chacun des contrats.

→ Au début de chaque année, le montant du contrat 1 est égal au montant de l'année précédente, augmenté de 5 %.

2. a. Pour tout entier naturel n : $u_{n+1} = u_n + 0{,}05u_n = 1{,}05u_n$.
La suite (u_n) est donc une suite géométrique de premier terme 60 000 et de raison 1,05.

b. Pour tout entier naturel $n \geq 1$:
$u_n = u_1 \times 1{,}05^{n-1} = 60\,000 \times 1{,}05^{n-1}$.

Au début de chaque année, le montant du contrat 1 est égal au montant de l'année précédente, augmenté de la somme fixe de 3 500 €.

3. a. Pour tout entier naturel n : $d_{n+1} = d_n + 3\,500$. La suite (d_n) est donc arithmétique de premier terme 60 000 et de raison 3 500.
b. Pour tout entier naturel $n \geq 1$: $d_n = d_1 + 3\,500\,(n-1)$.

Calculer le total des sommes versées chaque année pendant 11 ans.

4. a. On cherche les valeurs de $U = \sum_{k=1}^{11} u_k = u_1 + u_2 + \ldots + u_{11}$

et de $D = \sum_{k=1}^{11} d_k = d_1 + d_2 + \ldots + d_{11}$.

On calcule $d_{11} = 60\,000 + 10 \times 3\,500 = 95\,000$.

On trouve $U = u_1 \dfrac{(1 - 1{,}05^{11})}{1 - 1{,}05} \Rightarrow U \approx 852\,407$.

$D = \dfrac{(d_1 + d_{11}) \times 11}{2} = 852\,500$.

Comparer les montants versés.

b. Il faut choisir le contrat 1. On économise ainsi 93 € environ en 11 ans.

On peut nommer *n* les cellules utiles de la colonne A. (Formules > Définir un nom).

	A	B	C	D	E
1	n	u_n	U	d_n	D

5. On écrit les formules de la ligne 3 que l'on copie vers le bas jusqu'à la ligne 12.

	A	B	C	D	E
1	n	u_n	U	d_n	D
2	1	=60000*1,05^(n-1)	60000	=60000+3500*(n-1)	60000
3	2	=60000*1,05^(n-1)	=C2+B3	=60000+3500*(n-1)	=E2+D3
4	3	=60000*1,05^(n-1)	=C3+B4	=60000+3500*(n-1)	=E3+D4
5	4	=60000*1,05^(n-1)	=C4+B5	=60000+3500*(n-1)	=E4+D5
6	5	=60000*1,05^(n-1)	=C5+B6	=60000+3500*(n-1)	=E5+D6
7	6	=60000*1,05^(n-1)	=C6+B7	=60000+3500*(n-1)	=E6+D7
8	7	=60000*1,05^(n-1)	=C7+B8	=60000+3500*(n-1)	=E7+D8
9	8	=60000*1,05^(n-1)	=C8+B9	=60000+3500*(n-1)	=E8+D9
10	9	=60000*1,05^(n-1)	=C9+B10	=60000+3500*(n-1)	=E9+D10
11	10	=60000*1,05^(n-1)	=C10+B11	=60000+3500*(n-1)	=E10+D11
12	11	=60000*1,05^(n-1)	=C11+B12	=60000+3500*(n-1)	=E11+D12

BILAN

Suites arithmétiques et géométriques

FICHE 11

QUIZ-Mémorisation active

1 Suites arithmétiques

Questions	Réponses
Comment peut-on démontrer qu'une suite (u_n) est une suite arithmétique ?	Il suffit de démontrer que, pour tout entier naturel n, la différence $u_{n+1} - u_n$ est constante, c'est-à-dire qu'elle est égale à un nombre **indépendant de n**.
Si, pour tout entier naturel n, on a $u_n = -1 + \frac{1}{2}n$, peut-on dire que la suite (u_n) est arithmétique ?	**Oui.** En effet, on peut écrire $u_n = f(n)$, avec $f(x) = \frac{1}{2}x - 1$. La fonction f étant affine, la suite (u_n) est une suite arithmétique de raison $\frac{1}{2}$ et de premier terme −1. En général, $u_n = u_0 + nr$.
Pour calculer la somme d'une tranche de termes consécutifs d'une suite arithmétique, que doit-on absolument connaître ?	Il faut absolument connaître le premier et le dernier terme de la tranche, ainsi que le nombre de termes qui composent la tranche. Il n'est pas nécessaire de connaître la raison de la suite.

2 Suites géométriques

Questions	Réponses
En général, comment démontrer qu'une suite (u_n) est une suite géométrique ?	Il suffit de démontrer que, pour tout entier naturel n, le quotient $\frac{u_{n+1}}{u_n}$ est constant, c'est-à-dire qu'il est égal à un nombre **indépendant de n**.
Que signifie « exprimer u_n en fonction de n » lorsque u_n est une suite géométrique de raison q et de premier terme u_0 ?	La réponse attendue est $u_n = u_0q^n$. Ainsi, pour calculer un terme, il est inutile de connaître la valeur du terme qui le précède.
Pour calculer la somme d'une tranche de termes **consécutifs** d'une suite géométrique, que doit-on absolument connaître ?	Il faut absolument connaître le premier terme de la tranche, la raison de la suite, ainsi que le nombre de termes qui composent la tranche.

SCHÉMA-BILAN

Somme S d'une tranche de termes consécutifs d'une suite

Suite arithmétique

$$1 + 2 + \ldots + n = \frac{n(n+1)}{2}$$

Premier terme : P
Dernier terme : D

$$S = \frac{(P + D) \times \text{nombre de termes}}{2}$$

Suite géométrique $q \neq 1$

$$1 + q + \ldots + q^n = \frac{1 - q^{n+1}}{1 - q}$$

Premier terme : P

$$S = P\frac{1 - q^{\text{nombre de termes}}}{1 - q}$$

Calcul, en langage Python, d'une tranche de termes consécutifs (p : premier terme ; n : nombre de termes)

Suite arithmétique

```
def s(p,r,n):
        s=(p+p+(n-1)*r)*n/2
return(s)
```

s(0,1,101) renvoie 5050.0

Suite géométrique

```
def s(p,q,n):
    if q==1:
            s=p*n
    else:
            s=p*(1-q**n)/(1-q)
return(s)
```

s(1,2,9) renvoie 511.0

Forme canonique et discriminant

FICHE 12

I Théorie

1. Forme réduite et ordonnée

• Un polynôme du second degré, réduit et ordonné suivant les puissances décroissantes à l'inconnue x, s'écrit sous la forme $ax^2 + bx + c$ où a, b et c sont trois constantes, avec $a \neq 0$.

• **Remarques**

1. On impose $a \neq 0$, sinon le polynôme serait de degré 1 ou 0.

2. Le polynôme $3x^2 - 5 + 2x$ est réduit, mais non ordonné, et le polynôme $5x^2 - x^2 + 9x - 1$ n'est pas réduit. Les formes réduites et ordonnées de ces deux polynômes sont respectivement $3x^2 + 2x - 5$ et $4x^2 + 9x - 1$.

3. Parce qu'il y a trois termes différents dans l'expression $ax^2 + bx + c$, on l'appelle parfois un trinôme du second degré.

2. Définitions

On pose $P(x) = ax^2 + bx + c$, avec $a \neq 0$.

• Le **discriminant** de $P(x)$ est le nombre $b^2 - 4ac$. On le nomme Δ (lire « delta »).

• La forme canonique de $P(x)$ est l'écriture $a(x - \alpha)^2 + \beta$ où :

$$\alpha = -\frac{b}{2a} \text{ et } \beta = -\frac{\Delta}{4a}.$$

• **Remarques**

1. On a donc $ax^2 + bx + c = a\left(x + \frac{b}{2a}\right)^2 - \frac{\Delta}{4a}$.

2. N'oubliez pas que le calcul $b^2 - 4ac$ suppose que le polynôme soit écrit sous la forme $ax^2 + bx + c$! Ainsi, si $P(x) = 5x + 4 - x^2$, alors $a = -1$, $b = 5$ et $c = 4$.

3. Un algorithme

L'exécution de l'algorithme suivant affiche la valeur du discriminant de $ax^2 + bx + c$, une fois que l'utilisateur a saisi les valeurs de a, b et c.

Algorithme	Langage Python

Saisir la valeur de a, b, c	`a=float(input("valeur de a ?"))`
	`b=float(input("valeur de b ?"))`
	`c=float(input("valeur de c ?"))`

delta $\leftarrow b^2 - 4ac$ Afficher delta	`delta = b**2-4*a*c` `print(delta)`

II Pratique

Même si vous retenez par cœur la forme canonique, vous pouvez la retrouver en utilisant les techniques ci-dessous.

1. Cas particuliers

Avec les identités remarquables, on sait que, pour tous réels u et v :

$$(u+v)^2 = u^2 + 2uv + v^2$$
$$(u-v)^2 = u^2 - 2uv + v^2.$$

On trouve ainsi les formes canoniques de certains polynômes particuliers où $\beta = 0$, donc $\Delta = 0$ aussi.

Exemples :

1. $9x^2 + 6x + 1 = (3x+1)^2$, donc $\alpha = -\dfrac{1}{3}$ et $\beta = 0$.
2. $-x^2 + 10x - 25 = -(x-5)^2$, donc $\alpha = 5$ et $\beta = 0$.
3. Dans le cas où $b = 0$, $-6x^2 + 7$ est la forme canonique, avec $\alpha = 0$ et $\beta = 7$.

2. Cas général

Étape 1. Factoriser par a : $ax^2 + bx + c = a\left(x^2 + \dfrac{b}{a}x\right) + c$.

Étape 2. Considérer que $x^2 + \dfrac{b}{a}x$ est une identité remarquable incomplète :

$$a\left(x^2 + \frac{b}{a}x\right) + c = a\left[x^2 + 2\frac{b}{2a}x + \left(\frac{b}{2a}\right)^2 - \left(\frac{b}{2a}\right)^2\right] + c.$$

Étape 3. Utiliser la factorisation de l'identité remarquable :

$$a\left(x^2 + \frac{b}{a}x\right) + c = a\left[\left(x + \frac{b}{2a}\right)^2 - \frac{b^2}{4a^2}\right] + \frac{4ac}{4a} = a\left(x + \frac{b}{2a}\right)^2 + \frac{4ac - b^2}{4a}.$$

Étape 4. Utiliser Δ : $a\left(x^2 + \dfrac{b}{a}x\right) + c = a\left(x + \dfrac{b}{2a}\right)^2 + \dfrac{-\Delta}{4a}$.

Exemple :

$-3x^2 + x + 5 = -3\left(x - \dfrac{1}{6}\right)^2 + \dfrac{61}{12}$.

Racines et factorisation

I Théorie

Dans toute la suite, on note $P(x) = ax^2 + bx + c$ avec $a \neq 0$.

1. Racines

• **Définition :** on appelle racine de $P(x)$ tout nombre annulant $P(x)$, c'est-à-dire tout nombre x_0 tel que $P(x_0) = 0$.

• **Théorème :** l'existence de racine de $P(x)$ dépend du signe de son discriminant.

• $P(x)$ n'a pas de racines si, et seulement si, $\Delta < 0$.

• $P(x)$ a une racine unique si, et seulement si, $\Delta = 0$. Cette racine est $-\frac{b}{2a}$.

• $P(x)$ a deux racines distinctes si, et seulement si, $\Delta > 0$. Ces deux racines sont $\frac{-b-\sqrt{\Delta}}{2a}$ et $\frac{-b+\sqrt{\Delta}}{2a}$.

• **Remarques**

1. On peut donc dire que l'équation $ax^2 + bx + c = 0$ a des solutions si, et seulement si, $\Delta \geqslant 0$.

2. Dans le cas où le polynôme a des racines (notées x' et x''), c'est-à-dire dans le cas où son discriminant est **positif** ou **nul**, alors :

$$x' + x'' = -\frac{b}{a} \text{ et } x'x'' = \frac{c}{a}.$$

3. Si a et c sont de signes contraires, $P(x)$ a nécessairement des racines car $ac \leq 0$. $b^2 - 4ac$ est donc nécessairement positif.

4. On note souvent S l'ensemble des racines de $P(x)$, c'est-à-dire l'ensemble des solutions de l'équation $P(x) = 0$.

2. Factorisation

• **Théorème :** on peut factoriser le polynôme $ax^2 + bx + c$ en un produit de deux facteurs du premier degré si, et seulement si, son discriminant est positif ou nul.

• Si $\Delta = 0$, alors $ax^2 + bx + c = a\left(x + \frac{b}{2a}\right)^2$.

• Si $\Delta > 0$, alors $ax^2 + bx + c = a\,(x - x')(x - x'')$ où x' et x'' sont les deux racines de $ax^2 + bx + c$.

• **Remarques**

1. $a\left(x+\dfrac{b}{2a}\right)^2 = a\left(x+\dfrac{b}{2a}\right)\left(x+\dfrac{b}{2a}\right)$. C'est pourquoi on dit parfois que la racine $-\dfrac{b}{2a}$ est une **racine double**.

2. L'identité remarquable $u^2 - v^2 = (u - v)(u + v)$ permet une factorisation immédiate d'un polynôme du second degré.

| **Exemple :** $25x^2 - 49 = (5x - 7)(5x + 7)$.

II Pratique du second degré

1. Résolutions d'une équation à l'aide de Δ

• **Énoncé :** résoudre les équations suivantes.

1. $2x^2 - 5x + 3 = 0$. 2. $x^2 - 7x = -10$. 3. $x^2 + x + 1 = 0$.

• **Réponses**

1. On trouve $a = 2$, $b = -5$, $c = 3$. $\Delta = 25 - 24 = 1$.

L'équation a donc deux solutions, qui sont $\dfrac{5-1}{4}$ et $\dfrac{5+1}{4}$, donc 1 et $\dfrac{3}{2}$.

2. $x^2 - 7x = -10 \Leftrightarrow x^2 - 7x + 10 = 0$.
Donc $\Delta = (-7)^2 - 4 \times 1 \times 10 = 49 - 40 = 9$.
On en déduit que l'équation a deux solutions, qui sont $\dfrac{7-3}{2}$ et $\dfrac{7+3}{2}$, c'est-à-dire $S = \{2 ; 5\}$.

3. Dans ce cas, $a = b = c = 1$, donc $\Delta = -3$, ce qui conduit à $S = \varnothing$.

2. Résolutions raisonnées

• **Énoncé :** résoudre les équations suivantes sans calculer Δ.

1. $16x^2 - 24x + 9 = 0$. 2. $x^2 + 15 = 0$. 3. $9x^2 - 64 = 0$.

• **Réponses**

1. $16x^2 - 24x + 9 = (4x)^2 - 2 \times 4x \times 3 + 3^2 = (4x - 3)^2$.

Donc $16x^2 - 24x + 9 = 0 \Leftrightarrow 4x - 3 = 0 \Leftrightarrow x = \dfrac{3}{4}$. D'où $S = \left\{\dfrac{3}{4}\right\}$.

2. Puisque $x^2 \geqslant 0$, pour tout x, $x^2 + 15 \geqslant 15$. Il n'existe donc aucun nombre x tel que $x^2 + 15 = 0$. C'est pourquoi $S = \varnothing$.

3. $9x^2 - 64 = (3x)^2 - 8^2 = (3x - 8)(3x + 8)$,

d'où $9x^2 - 64 = 0 \Leftrightarrow (3x - 8)(3x + 8) = 0$, donc $S = \left\{-\dfrac{8}{3} ; \dfrac{8}{3}\right\}$.

Paraboles

I Présentation des paraboles

Une parabole est la courbe représentant un polynôme du second degré (donc de la forme $ax^2 + bx + c$ avec $a \neq 0$).

1. Point de vue algébrique

Les variations de $P(x) = ax^2 + bx + c$ dépendent du signe de a :

$a > 0$

x	$-\infty$	$-\dfrac{b}{2a}$	$+\infty$
$P(x)$	↘	$-\dfrac{\Delta}{4a}$	↗

$a < 0$

x	$-\infty$	$-\dfrac{b}{2a}$	$+\infty$
$P(x)$	↗	$-\dfrac{\Delta}{4a}$	↘

2. Point de vue graphique

- Il existe deux types de paraboles :
- la parabole **concave** (smiley ☹), où $a < 0$.
- la parabole **convexe** (smiley ☺), où $a > 0$;
- Dans les deux cas, les paraboles ont un axe de symétrie, qui est la droite d'équation $x = -\dfrac{b}{2a}$.

Les axes ne sont pas représentés, mais ils ont l'allure habituelle dans un repère orthogonal, où ils sont perpendiculaires.

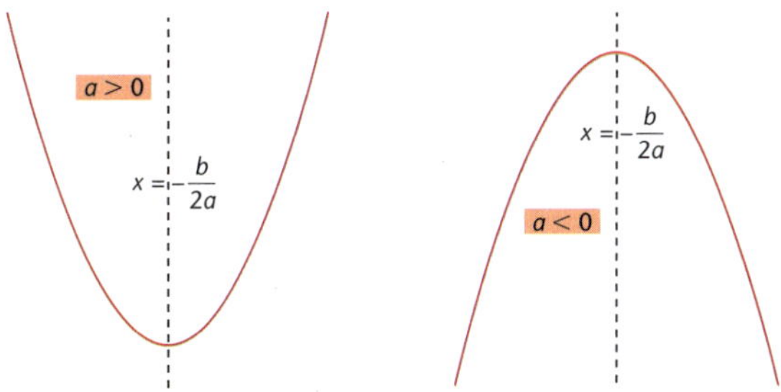

II Utilisation pratique

- L'utilisation des paraboles permet de :
- savoir si une équation du type $ax^2 + bx + c = 0$ a des solutions ou non ;

• connaître le signe de l'expression $ax^2 + bx + c$ pour toute valeur de x.

• Sur les graphiques ci-dessous, l'axe des ordonnées n'est pas symbolisé, car il ne joue aucun rôle pour la détermination des racines et du signe de $P(x)$.

• Les abscisses des points d'intersection des paraboles avec l'axe horizontal sont les racines de $ax^2 + bx + c$.

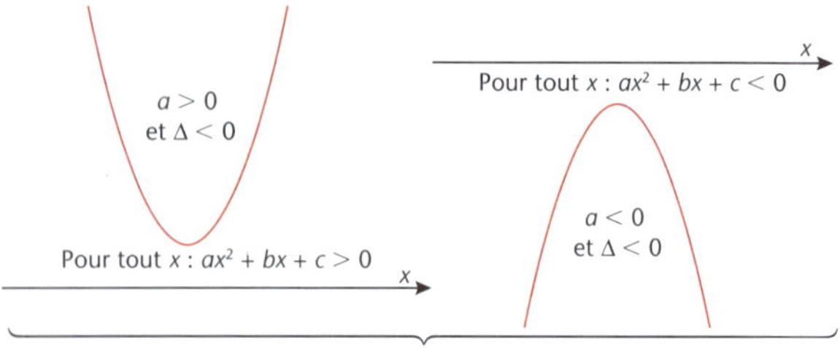

$S = \varnothing$

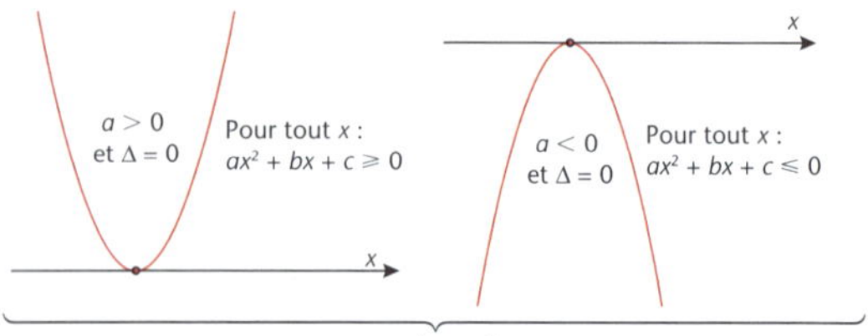

$S = \left\{-\dfrac{b}{2a}\right\}$

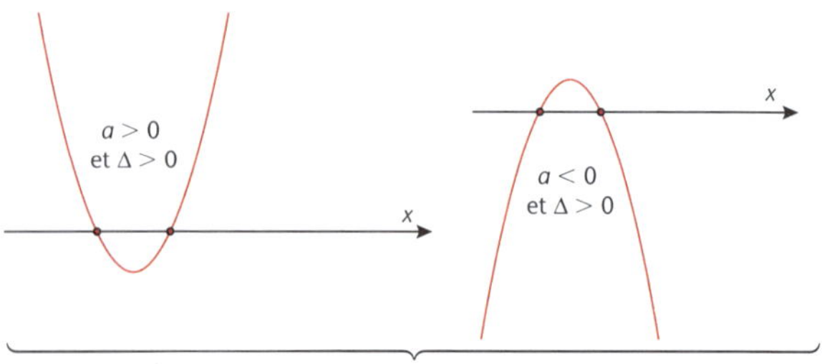

$S = \left\{\dfrac{-b-\sqrt{\Delta}}{2a} ; \dfrac{-b+\sqrt{\Delta}}{2a}\right\}$

• À l'extérieur des racines : $ax^2 + bx + c$ a le même signe que a.

• À l'intérieur des racines : $ax^2 + bx + c$ a le signe opposé à celui de a.

Inéquations

FICHE 15

I Théorie

On pose $P(x) = ax^2 + bx + c$ avec $a \neq 0$; I est un intervalle.

1. Point de vue graphique

- On sait que la courbe représentative d'une fonction f est au-dessus de l'axe des abscisses sur I si, et seulement si, $f(x) \geqslant 0$. Elle est en-dessous de l'axe sur I si, et seulement si, $f(x) \leqslant 0$.
- Dans la fiche 14, on voit que :
- $P(x)$ a un signe constant si, et seulement si, $\Delta \leqslant 0$;
- $P(x)$ n'a pas un signe constant si, et seulement si, $\Delta > 0$.

Cela signifie que, si $\Delta > 0$, il existe des valeurs de x qui font que $P(x) > 0$, et d'autres valeurs de x qui font que $P(x) < 0$.

2. Point de vue algébrique

- Les deux points suivants précisent le signe de $P(x)$:
- si $\Delta \leqslant 0$ alors, pour tout x, $P(x)$ a le même signe que a ;
- si $\Delta > 0$, on a le tableau de signes suivant (x' et x'' sont les racines).

x	$-\infty$		x'		x''		$+\infty$
$ax^2 + bx + c$		signe de a	0	signe de $-a$	0	signe de a	

3. Un algorithme

L'exécution de l'algorithme suivant informe l'utilisateur sur le signe de $P(x)$ en fonction du signe de Δ.

Algorithme	Langage Python

Saisir la valeur de a, b, c
delta $\leftarrow b^2 - 4ac$
 	
Si delta <= 0
Alors afficher « le signe du polynôme est constant »
Sinon afficher « le signe du polynôme est variable »
Fin si
	a=float(input("valeur de a ?"))
	b=float(input("valeur de b ?"))
	c=float(input("valeur de c ?"))
	delta=b**2-4*a*c
	if delta<=0:
	    print("signe constant")
	else:
	    print("signe variable")

II Pratique

1. Point de vue algébrique

• **Énoncé :** résoudre les inéquations suivantes.

1. $3x^2 - 5 \leqslant -2x$.

2. $\dfrac{-x^2 + x + 3}{x^2 + 1} > 0$.

• **Réponse :** la méthode consiste à se ramener à des expressions du type $ax^2 + bx + c$ ou à exploiter des identités remarquables.

1. L'inéquation équivaut à $3x^2 + 2x - 5 \leqslant 0$. On trouve facilement $\Delta = 64$, $x' = 1$ et $x'' = -\dfrac{5}{3}$. Le tableau de signes ci-dessous fournit l'ensemble des solutions de l'inéquation : $S = \left[-\dfrac{5}{3} ; 1\right]$.

x	$-\infty$		$-\frac{5}{3}$		1		$+\infty$
$3x^2 + 2x - 5$		$+$	0	$-$	0	$+$	

2. Au numérateur, on a : $a = -1$, $b = 1$, $c = 3$. On obtient $x' = \dfrac{1 - \sqrt{13}}{2}$ et $x'' = \dfrac{1 + \sqrt{13}}{2}$. D'autre part, pour tout x, $x^2 + 1 > 0$. Le signe du quotient est le même que celui du numérateur.

Donc $S = \left[\dfrac{1 - \sqrt{13}}{2} ; \dfrac{1 + \sqrt{13}}{2}\right]$.

2. Point de vue graphique

Pour résoudre graphiquement l'inéquation $x^2 - 2 \leqslant x$, on trace la parabole d'équation $y = x^2 - 2$, qui est convexe, dont les points d'intersection avec l'axe horizontal ont pour abscisses $-\sqrt{2}$ et $\sqrt{2}$, et dont le minimum est -2. On trace aussi la droite d'équation $y = x$. Il semble que les abscisses des points d'intersection des deux courbes soient -1 et 2. On le vérifie : $(-1)^2 - 2 = -1$ et $2^2 - 2 = 2$.
Ainsi, $S = [-1 ; 2]$, car la courbe est située en-dessous de la droite sur cet intervalle.

Algorithmes et racines

Les mathématiciens de l'Antiquité avaient développé des techniques très performantes pour calculer des valeurs approchées de racines carrées, qu'on utilise encore aujourd'hui. Elles conduisent à des algorithmes permettant d'obtenir des valeurs approchées des racines de polynômes du second degré.

I L'algorithme de Héron

1. De quoi s'agit-il ?

• Soit $a > 0$ un nombre. On veut trouver une valeur approchée à 10^{-6} près de $\sqrt{a}$.

• Pour cela, on construit d'abord un **rectangle d'aire a** dont on choisit raisonnablement la longueur c d'un de ses côtés. L'autre côté vaut donc $\frac{a}{c}$, car $\frac{a}{c} \times c = a$ (en rouge).

• On construit ensuite un deuxième rectangle (en bleu), **toujours d'aire a**, dont un côté a pour valeur la moyenne des deux précédents, c'est-à-dire $x = \frac{1}{2}\left(c + \frac{a}{c}\right)$.

L'autre côté vaut donc $\frac{a}{x}$.

• Les rectangles successifs se rapprochent de plus en plus d'un carré d'aire a dont un côté, x, est une valeur approchée de $\sqrt{a}$.
On répète le processus jusqu'à ce que le côté x ait la précision requise.

Trois rectangles d'aire a construits selon le processus de Héron pour calculer $\sqrt{a}$

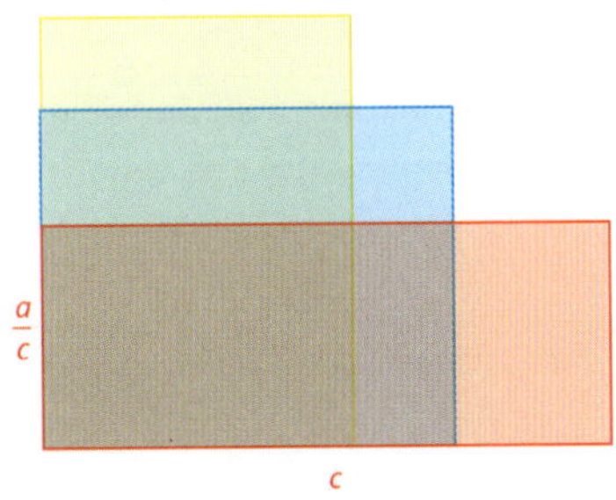

2. Mise en œuvre

• L'exécution de l'algorithme suivant fournit une valeur de $\sqrt{a}$ à 10^{-6}.

Algorithme	Langage Python
Saisir la valeur de a et c. $x \leftarrow 0.5*(c+a/c)$ Tant que $\lvert x^2 - a \rvert \geq 10^{-6}$ $x \leftarrow 0.5 * \left(x + \frac{a}{x}\right)$. Fin Tant que Afficher x	a=float(input("valeur de a ?")) c=float(input("valeur de c ?")) x=0.5*(c+a/c) while abs(x**2-a)>= 10**(–6) : x=0.5*(x+a/x) print(x)

- Après lancement de l'algorithme, on obtient l'affichage ci-dessous :

```
valeur de a ? 13
valeur de c ? 3
3.6055512754639896
```

La calculatrice fournit 3,6055512754639892, valeur approchée de racine de 13.

II Application aux polynômes du second degré sous forme canonique

1. La fonction Héron

- À partir de l'algorithme précédent, on définit une fonction nommée heron qui retourne la racine carrée de a à 10^{-12} près.

Langage Python

```python
def heron(a,c):
    x=0.5*(c+a/c)
    while abs(x**2-a)>=10**(-12):
        x=0.5*(x+a/x)
    return(x)
```

Exemples : heron(29,5) affiche 5.3851648071730605, valeur approchée de $\sqrt{29}$ à au moins 10^{-12} près.

2. La résolution avec la forme canonique

- La forme canonique d'un polynôme $P(x)$ du second degré est $a(x - \alpha)^2 + \beta$. Si elles existent, les solutions de l'équation $P(x) = 0$ sont donc :

$$\sqrt{-\frac{\beta}{a}} + \alpha \text{ et } -\sqrt{-\frac{\beta}{a}} + \alpha.$$

En effet, $a(x-\alpha)^2 + \beta \Leftrightarrow (x-\alpha)^2 = -\frac{\beta}{a}$

$$\Leftrightarrow x - \alpha = \sqrt{-\frac{\beta}{a}} \text{ ou } x - \alpha = -\sqrt{-\frac{\beta}{a}}.$$

- On utilise alors la fonction heron pour calculer les racines.

Résolution d'équations

On considère un nombre m et l'équation d'inconnue x :
$(m-3)x^2+(2m-1)x+m+2=0$.

1. Écrire l'équation lorsque $m=4$, puis la résoudre.

2. Résoudre l'équation lorsque $m=3$.

3. a. Peut-on trouver une valeur de m pour que 0 soit solution de l'équation ?

b. Peut-on trouver une valeur de m pour que -1 soit solution de l'équation ?

4. On suppose que $m \neq 3$.

a. Écrire l'expression des racines en fonction de m.

b. Utiliser la question **3. b.** pour écrire l'expression des racines.

→ Lorsque $m = 4$, on obtient une équation du second degré à l'inconnue x.

1. Si $m=4$ alors $m-3=1$, $2m-1=7$, et $m+2=6$. L'équation équivaut à $1x^2+7x+6=0$, c'est-à-dire $x^2+7x+6=0$.
On trouve $\Delta=7^2-4\times1\times6=25$. L'équation a donc deux solutions qui sont $\dfrac{-7-\sqrt{25}}{2}$ et $\dfrac{-7+\sqrt{25}}{2}$, c'est-à-dire -6 et -1.

→ Lorsque $m = 3$, on obtient une équation du premier degré.

2. Si $m=3$, l'équation équivaut à $0x^2+5x+5=0$ donc $5x+5=0$ $\Leftrightarrow x=-1$. L'équation a pour solution -1.

→ Si 0 est solution, lorsqu'on remplace x par 0 dans le polynôme, on doit obtenir 0 comme résultat.

3. a. Le nombre 0 est solution de l'équation si, et seulement si, $(m-3)\times0^2+(2m-1)\times0+m+2=0 \Leftrightarrow m+2=0$. Donc, 0 est solution de l'équation si, et seulement si, $m=-2$.

→ On raisonne comme dans la question a. sachant que –1 (et non plus 0) est une solution.

3. b. De même, le nombre -1 est solution de l'équation si, et seulement si :

$$(m-3)\times(-1)^2+(2m-1)\times(-1)+m+2=0$$
$$\Leftrightarrow m-3-2m+1+m+2=0 \Leftrightarrow 0=0.$$

Cette dernière égalité est vraie pour toute valeur de m. On déduit que -1 est solution de l'équation pour toute valeur de m.

➔ Calculer Δ puis utiliser les formules des racines.

4. a. Dans cette équation, $a = m - 3$, $b = 2m - 1$, $c = m + 2$.
Donc :
$\Delta = (2m-1)^2 - 4(m-3)(m+2) = 4m^2 - 4m + 1 - 4(m^2 + 2m - 3m - 6)$
$= 4m^2 - 4m + 1 - 4m^2 + 4m + 24 \Leftrightarrow \Delta = 25.$

L'équation a donc deux solutions qui sont :

$$\frac{-2m+1-5}{2(m-3)} = \frac{2(-m-2)}{2(m-3)} = \frac{-m-2}{m-3} = -\frac{m+2}{m-3} \text{ et}$$

$$\frac{-2m+1+5}{2(m-3)} = \frac{-2(m-3)}{2(m-3)} = -1.$$

➔ Sachant que –1 est une racine, utiliser l'expression du produit des racines.

b. Si on nomme x' la racine autre que -1, on a :
$x' \times (-1) = \dfrac{c}{a} = \dfrac{m+2}{m-3} \Leftrightarrow x' = -\dfrac{m+2}{m-3}$. On retrouve bien sûr les expressions précédentes.

• **Remarque** : ci-dessous, on peut observer les représentations graphiques des fonction $x \mapsto (m-3)x^2 + (2m-1)x + m + 2$ pour des valeurs de m. On voit que toutes les courbes passent par le point de coordonnées $(-1, 0)$.

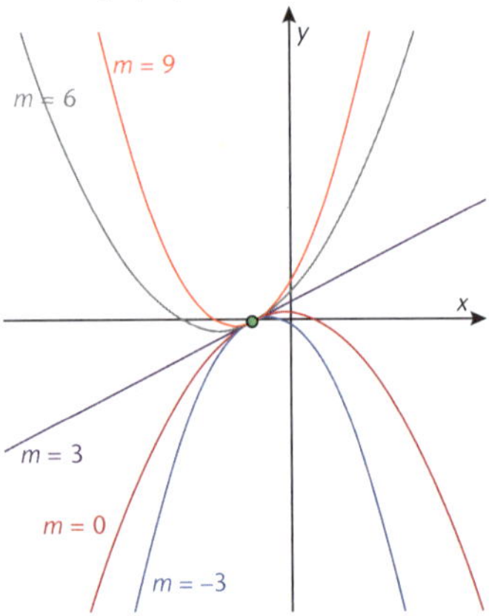

Second degré

QUIZ-Mémorisation active

1 Racines et factorisation

Questions	Réponses
Est-il toujours possible de factoriser un polynôme du second degré sous la forme $a(x - x')(x - x'')$?	**Non.** La factorisation indiquée n'est possible qu'à la condition que le polynôme ait deux racines (éventuellement confondues si $\Delta = 0$). Sinon, il est impossible de le factoriser de cette manière.
Lorsqu'elles existent, quelles sont les expressions des racines de $ax^2 + bx + c$?	Si $\Delta = b^2 - 4ac$ est positif, les expressions des racines sont : $\frac{-b - \sqrt{\Delta}}{2a}$ et $\frac{-b + \sqrt{\Delta}}{2a}$. Lorsque $\Delta = 0$, les deux racines sont confondues et valent $-\frac{b}{2a}$.

2 Paraboles

Questions	Réponses
Comment savoir si une parabole (représentant $ax^2 + bx + c$) est convexe ou concave ?	Si $a > 0$, la parabole est convexe (smiley ☺). Si $a < 0$, la parabole est concave (smiley ☹).
Une parabole a-t-elle toujours un axe de symétrie ?	**Oui.** L'axe de symétrie d'une parabole est la droite d'équation $x = -\frac{b}{2a}$.

3 Inéquations

Questions	Réponses
Est-il possible que, pour tout réel x, $ax^2 + bx + c$ ait le même signe ?	**Oui.** C'est le cas lorsque le polynôme n'a pas de racines (donc lorsque son discriminant est négatif).
Comment trouver une inéquation dont l'ensemble des solutions soit [–1 ; 2] ?	Il suffit de trouver un polynôme, P(x) dont les racines sont –1 et 2. Par exemple, $P(x) = -(x + 1)(x - 2) = -x^2 + x + 2$. L'inéquation est alors P(x) > = 0.

SCHÉMAS-BILANS

Résolution de $ax^2 + bx + c = 0$; $\Delta = b^2 - 4ac$

$\Delta < 0$	$\Delta = 0$	$\Delta > 0$
Pas de solution $S = \varnothing$	Une solution $S = \left\{-\frac{b}{2a}\right\}$	Deux solutions $S = \left\{\frac{-b-\sqrt{\Delta}}{2a} ; \frac{-b+\sqrt{\Delta}}{2a}\right\}$

Penser aussi à raisonner et aux identités remarquables :
$x^2 + 1 = 0$ n'a pas de solution car $x^2 + 1 > 0$ pour tout x.
$9x^2 - 25 = 0 \Leftrightarrow (3x - 5)(3x + 5) = 0$. $S = \left\{-\frac{5}{3} ; \frac{5}{3}\right\}$

Signe de $ax^2 + bx + c$

Calcul de $\Delta = b^2 - 4ac$

$\Delta < 0$	$\Delta = 0$	$\Delta > 0$
Signe de a	Signe de a	Signe de a à l'extérieur des racines Signe de $-a$ à l'intérieur des racines

Penser aussi à raisonner et aux identités remarquables
$x^2 - 8x + 16 \geq 0 \Leftrightarrow (x - 4)^2 \geq 0$ donc $S = \mathbb{R}$
Penser aussi à utiliser les propriétés graphiques des paraboles

FICHE 19

Nombre dérivé et tangente

I Nombre dérivé en *a*

On donne une fonction *f* définie sur un intervalle *I* et *a* un point de cet intervalle.

1. Taux d'accroissement en *a*

• **Définition :** soit *h* un nombre réel non nul tel que $a + h \in I$. On appelle **taux d'accroissement de *f* en *a*** tout quotient de la forme $\dfrac{f(a+h) - f(a)}{h}$.

• **Interprétation graphique**

La figure montre comment interpréter graphiquement un taux d'accroissement en *a* lorsque *h* est positif.

Le taux d'accroissement est ici la pente de la droite (AM), le point M ayant pour coordonnées $(a + h\ ;\ f(a + h))$. En effet, cette pente est égale à $\dfrac{y_M - y_A}{x_M - x_A}$.

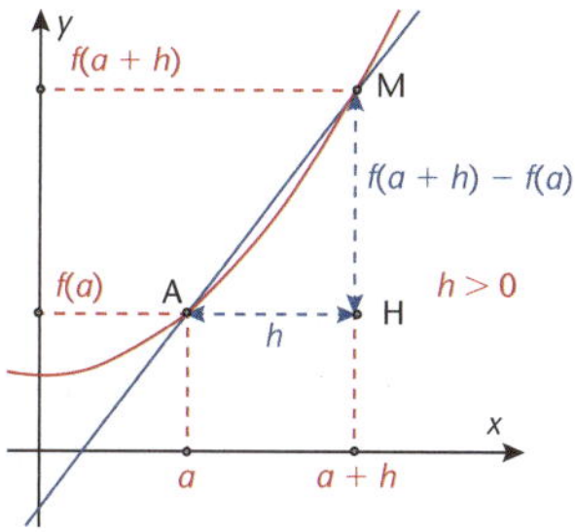

2. Fonctions dérivables ou non dérivables en *a*

• **Définition :** dire que la fonction *f* est dérivable en *a* signifie que la limite, quand *h* tend vers 0, du taux d'accroissement de *f* en *a*, existe et est finie. Cette limite finie s'appelle alors le nombre dérivé de *f* en *a*.

• **Remarques**

1. Si une fonction est dérivable en *a*, alors la pente de la droite (AM) précédente tend vers une limite finie. Celle-ci est la pente d'une droite appelée tangente à la courbe en A. Cette tangente est représentée en pointillés sur la figure.

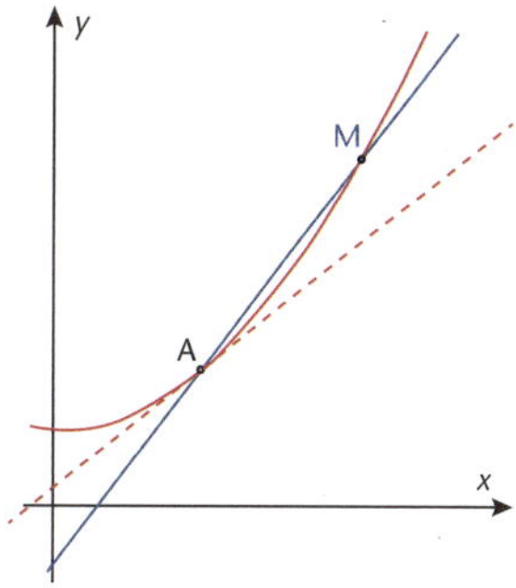

2. Une fonction peut ne pas être dérivable en un point *a*. Soit son taux d'accroissement en *a* a une limite infinie quand *h* tend vers 0,

soit le taux d'accroissement n'existe pas. Par exemple, la fonction valeur absolue n'est pas dérivable en 0, car son taux d'accroissement en 0 vaut 1 si $h > 0$ et -1 si $h < 0$.

II Tangente au point d'abscisse *a*

1. Définition algébrique

• Si une fonction f est dérivable en un point a, on appelle tangente à sa courbe la droite passant par le point $A(a\,;\,f(a))$, dont le coefficient directeur est le nombre dérivé en a.

• Si l'on note $f'(a)$ le nombre dérivé en a, alors une équation cartésienne de la tangente en A est $y = f'(a)(x - a) + f(a)$.

• **Remarques**

1. Dans l'équation précédente, on constate que si $x = a$, alors $y = f(a)$. La droite en question passe bien par le point A.

2. On peut aussi écrire l'équation précédente sous la forme $y = f'(a)x - af'(a) + f(a)$. On voit ainsi que sa pente est $f'(a)$ et que son ordonnée à l'origine est $-af'(a) + f(a)$.

2. Interprétation géométrique

• Si une courbe a une tangente en un point A, alors celle-ci touche la courbe en un seul point **au voisinage de A** (c'est-à-dire près de A). C'est pourquoi on les représente comme indiqué sur la figure 1.

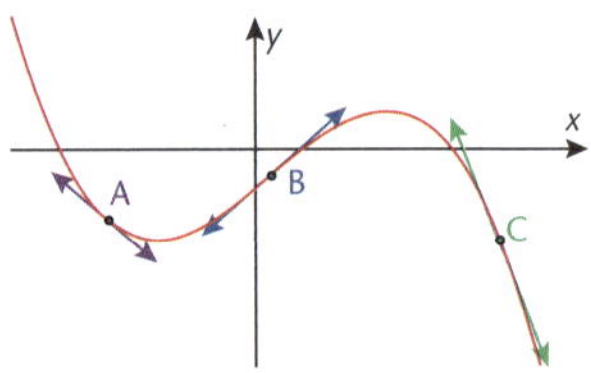

Figure 1

• Sur la figure 1, la tangente en B est à la fois au-dessus et en dessous de la courbe, contrairement aux tangentes en A et C, qui restent soit en dessous (A) soit au-dessus (C) de la courbe. La tangente en B est une **tangente d'inflexion**.

• Dans le cas où le taux d'accroissement de f en a tend vers l'infini, le nombre dérivé en a n'existe pas. Cependant, on admet que la courbe a une **tangente verticale** en ce point. C'est le cas de la fonction racine carrée en O, sur la figure 2.

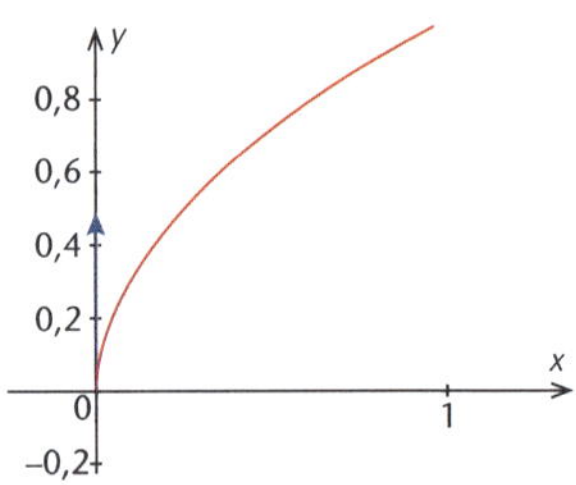

Figure 2

Fonction dérivée

FICHE 20

I Fonctions dérivables

On dispose d'une fonction définie sur un intervalle I et d'un point a de I.

1. Définition

• La fonction f peut avoir deux états : soit elle est dérivable en a, soit elle n'est pas dérivable en a.

• Dire qu'une fonction est dérivable sur l'intervalle I signifie que f est dérivable en tout point de l'intervalle I.

Exemples :

1. Toute fonction affine ($f : x \mapsto mx + p$) est dérivable sur $\mathbb{R}$.
En effet, pout tout $x \in \mathbb{R}$:

$$\frac{f(a+h)-f(a)}{h} = \frac{m(a+h)+p-ma-p}{h} = m.$$

Donc $\lim\limits_{h\to 0} \frac{f(a+h)-f(a)}{h} = m$. Le taux d'accroissement de f en a a donc une limite finie quand h tend vers 0.

2. La fonction racine carrée est définie sur $\mathbb{R}^+$ mais n'est pas dérivable sur $\mathbb{R}^+$. En effet, elle n'est pas dérivable en 0, car h étant un réel strictement positif : $\lim\limits_{h\to 0} \frac{\sqrt{h}-\sqrt{0}}{h} = \lim\limits_{h\to 0} \frac{1}{\sqrt{h}} = +\infty$.

$\sqrt{h}$ se rapprochant de 0, son inverse devient donc infiniment grand.

On peut cependant démontrer que f est dérivable en a si, et seulement si, $a > 0$.

C'est pourquoi f est dérivable sur $]0\,;+\infty[$.

2. Du nombre dérivé à la fonction dérivée

• À tout point de a de I où f est dérivable, associons son nombre dérivé en a. On obtient ainsi une nouvelle fonction. Celle-ci s'appelle la fonction dérivée de f et se note f'.

Exemple : soit f une fonction affine de pente m. Dans le paragraphe précédent on a vu que, pour tout $a \in \mathbb{R}$: $f'(a) = m$.

En utilisant la notation usuelle des fonctions, c'est-à-dire en écrivant $f'(x)$ et non $f'(a)$, on obtient $f(x) = mx + p \Rightarrow f'(x) = m$.

• **Remarques**

1. On a vu, avec la fonction racine carrée, que l'ensemble de définition de f' n'est pas nécessairement le même que celui de f.

2. La courbe d'une fonction dérivable sur I est parfaitement **lisse** (figure 1), **sans pic** (contrairement à la figure 2) et **sans point de « plongée »** en O (la courbe de la figure 3 plongeant vers ce point).

Figure 1

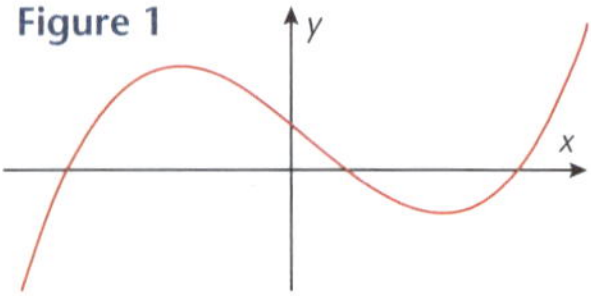

Figure 2

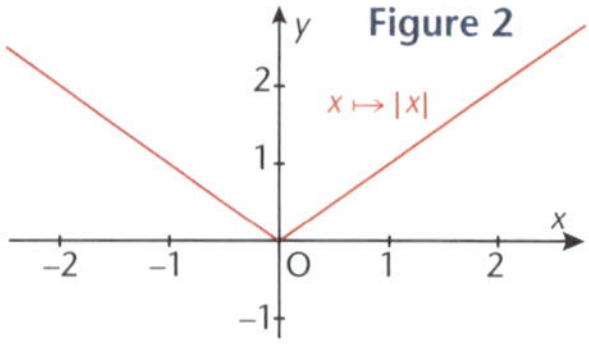

• Par ailleurs, on dit que la courbe de la figure 2 a un **point anguleux**.

Figure 3

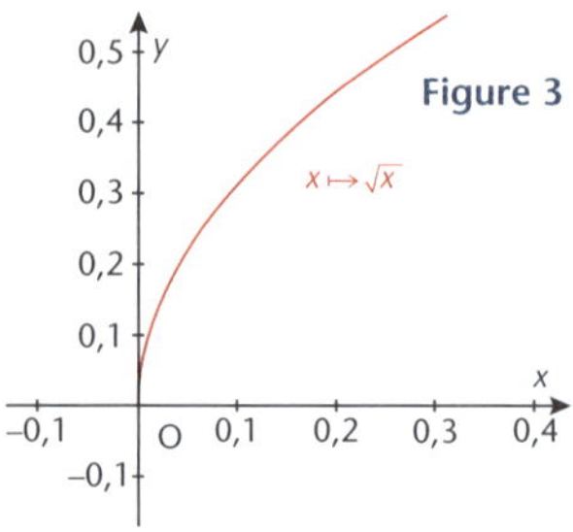

II Opérations sur les fonctions dérivables

• **Théorème** : soit f et g deux fonctions dérivables sur un intervalle I. Alors :

- $f + g$ est dérivable sur I ;
- $f \times g$ est dérivable sur I ;
- $\dfrac{f}{g}$ est dérivable en tout point de I où g ne s'annule pas ;
- $\sqrt{f}$ est dérivable en tout point a de I, tel que $f(a) > 0$.

• On voit en particulier que l'inverse d'une fonction dérivable est dérivable en tout point où elle ne s'annule pas (faire $f = 1$ dans $\dfrac{f}{g}$).

En outre, si f est dérivable, alors αf l'est aussi, pour tout réel α (faire $g = \alpha$ dans $f \times g$).

• Pour connaître les formules donnant les dérivées des fonctions $f + g$, $f \times g$, etc. → *voir fiche 21.*

FICHE 21

Formules de dérivation

Dans la *fiche 20*, nous avons vu que la somme et le produit de fonctions dérivables étaient eux-mêmes des fonctions dérivables. Certes, mais comment faire pour **calculer effectivement ces dérivées** ? Les tableaux suivants répondent à cette question.

I Fonctions de référence

- Soit n un entier relatif, a et b deux nombres réels.

Fonction f	Dérivée f'	Validité	n°
Affine : $x \mapsto ax+b$	a	Tout x	1
Puissance : $x \mapsto x^n$	nx^{n-1}	Tout $x \neq 0$	2
Inverse : $x \mapsto \frac{1}{x}$	$-\frac{1}{x^2}$	Tout $x \neq 0$	3
Racine carrée : $x \mapsto \sqrt{x}$	$\frac{1}{2\sqrt{x}}$	Tout $x > 0$	4

La formule n° 1 a été démontrée dans la *fiche 20.*

Exemples :

Fonction f	Dérivée f'	Formule n°
$f(x) = b$	$f'(x) = 0$	$1 : a = 0.$
$f(x) = x$	$f'(x) = 1$	$1 : a = 1, b = 0$
$f(x) = ax$	$f'(x) = a$	$1 : b = 0$
$f(x) = x^2$	$f'(x) = 2x$	$2 : n = 2$
$f(x) = x^3$	$f'(x) = 3x^2$	$2 : n = 3$

- **Remarques**

1. Dans le premier exemple, on voit que la dérivée d'une fonction constante est égale à 0.

2. Puisque $\frac{1}{x} = x^{-1}$, la formule n° 2 reste vraie si $n = -1$ et si $x \neq 0$.

3. Puisque $\sqrt{x} = x^{\frac{1}{2}}$, la formule n° 2 reste vraie si $n = \frac{1}{2}$ et si $x > 0$.

On a vu, dans la *fiche 20*, que la fonction racine carrée n'est pas dérivable en 0. C'est pourquoi la formule n° 4 n'est valable que dans le cas où $x > 0$.

II Opérations sur les dérivées

1. Fonctions dérivés

• Soit g une fonction dérivable sur $\mathbb{R}$, a et b deux réels. Alors la fonction f définie par $f(x) = g(ax + b)$ est dérivable sur $\mathbb{R}$ et $f'(x) = ag'(ax + b)$.

2. Opérations algébriques

• On dispose de fonctions u et v dérivables sur le même intervalle I et d'une constante k.

Fonction	Dérivée	Validité	n°
Produit par *k* : kv	kv'	Sur I	1
Somme : $u + v$	$u' + v'$	Sur I	2
Produit : uv	$u'v + uv'$	Sur I	3
Inverse : $\frac{1}{v}$	$-\frac{v'}{v^2}$	Sur I et $v(x) \neq 0$	4
Quotient : $\frac{u}{v}$	$\frac{u'v - uv'}{v^2}$	Sur I et $v(x) \neq 0$	5

• **Remarques**

1. Si la dérivée d'une somme est égale à la somme des dérivées, il n'en est pas de même pour la dérivée d'un produit ou d'un quotient.

2. La formule n° 1 est un cas particulier de la formule n° 3. En se rapportant à cette dernière, supposons que u soit la fonction constante de valeur k. On sait que sa dérivée est nulle. Donc $(uv)' = 0v + kv' = kv'$.

3. La formule n° 4 est un cas particulier de la formule n° 5. En se rapportant à cette dernière, supposons que u soit constante de valeur 1. Alors $\left(\frac{1}{v}\right)' = \frac{0v - 1v'}{v^2} = -\frac{v'}{v^2}$.

4. Si on retient les formules n° 3 et n° 4, on peut retrouver la formule n° 5. En effet :

$$\left(\frac{u}{v}\right)' = \left(u \times \frac{1}{v}\right)' = u'\frac{1}{v} + u\left(\frac{1}{v}\right)' = \frac{u'}{v} + u\left(-\frac{v'}{v^2}\right) = \frac{u'v - uv'}{v^2}.$$

5. On a $\left(\frac{k}{v}\right)' = -k\frac{v'}{v^2}$. En effet :

$$\left(\frac{k}{v}\right)' = \left(k \times \frac{1}{v}\right)' = k\left(\frac{1}{v}\right)' = k\left(-\frac{v'}{v^2}\right).$$

Pour effectuer ce calcul, on a utilisé les formules n° 1 et n° 4.

Courbes et tangentes

Soit f la fonction définie par $f(x) = \frac{1}{3}x^3 - 4x$ et C_f sa courbe représentative.

1. Calculer $f'(x)$.

2. C_f admet-elle des tangentes horizontales ?

3. Soit m un nombre. Comment doit-on choisir m pour que C_f admette une tangente de pente m ?

4. Interpréter les formules de la feuille de calcul ci-dessous (les lignes 4 à 10 sont cachées), sachant que la variable a est définie dans une autre cellule et que f_a est la valeur de $f(a)$, calculée dans une autre cellule.

	A	B	C	D
1	*h*	*f(a+h)*	tangente	Différence
2	–0,01	=(a+A2)^3/3–4*(a+A2)	=A2*(a^2–4)+f_a	=ABS(B2–C2)
3	–0,008	=(a+A3)^3/3–4*(a+A3)	=A3*(a^2–4)+f_a	=ABS(B3–C3)
11	0,008	=(a+A11)^3/3–4*(a+A11)	=A11*(a^2–4)+f_a	=ABS(B11–C11)
12	0,01	=(a+A12)^3/3–4*(a+A12)	=A12*(a^2–4)+f_a	=ABS(B12–C12)

Il suffit d'utiliser les formules de dérivation.

1. Pour tout x : $f'(x) = \frac{1}{3}3x^2 - 4 = x^2 - 4$.

Une tangente horizontale a pour coefficient directeur 0.

2. La courbe C_f admet des tangentes horizontales en des points dont l'abscisse a vérifie $f'(a) = 0$, c'est-à-dire $a^2 - 4 = 0 \Leftrightarrow a^2 = 4$. Ces abscisses sont donc –2 et 2. Par conséquent, C_f admet une tangente horizontale aux points de coordonnées

$\left(-2 ; \frac{16}{3}\right)$ et $\left(2 ; -\frac{16}{3}\right)$.

> $f'(a)$ est la pente de la tangente à C_f au point d'abscisse a.

La question équivaut à discuter, suivant les valeurs de *m*, le nombre de solutions de l'équation, l'inconnue *a*, $f'(a) = m$.

3. On cherche les nombres a tels que $f'(a) = m$, c'est-à-dire $a^2 - 4 = m \Leftrightarrow a^2 = m + 4$. Ces nombres a existent si, et seulement si, $m + 4 \geqslant 0$, donc $m \geqslant -4$.

C_f admet donc une tangente de pente m si, et seulement si, $m \geqslant -4$.

→ Pour interpréter les formules de la colonne C, penser à l'équation réduite de la tangente au point d'abscisse a.

La colonne B calcule $f(a + h)$, le nombre h figurant dans la colonne A. Soit T la tangente à C_f au point d'abscisse a. Son équation réduite est $y = f'(a)(x - a) + f(a)$. La colonne C calcule donc l'ordonnée du point de T, qui a pour abscisse $a + h$, car $x = a + h \Rightarrow y = f'(a)h + f(a)$.
On constate que la différence $|f(a + h) - y|$ est proche de 0 lorsque h est proche de 0.

La tangente donne une approximation correcte de la fonction au voisinage du point de contact.

	A	B	C	D
1	*h*	*f*(*a*+*h*)	tangente	Différence
2	–0	3,69657	3,69667	0,00010
3	–0	3,69060	3,69067	0,00006
11	0	3,64260	3,64267	0,00006
12	0	3,63657	3,63667	0,00010

Ci-dessous, on peut voir la représentation graphique de f dans un repère non orthonormé, ainsi que sa tangente au point d'abscisse 0. On constate que la courbe et la tangente sont pratiquement confondues au voisinage de O.

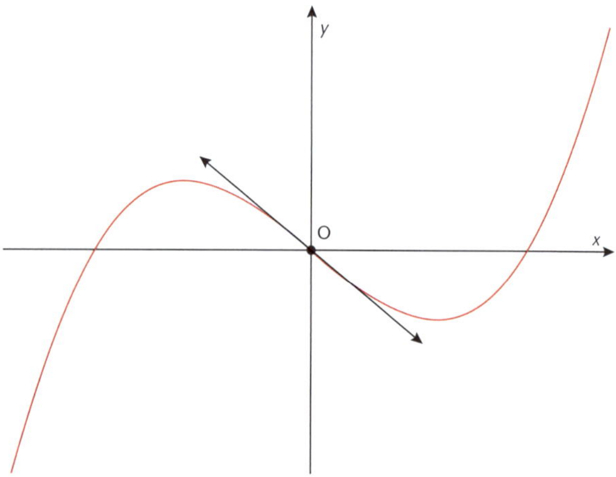

Dérivation

QUIZ-Mémorisation active

1 Nombre dérivé et tangente

Questions	Réponses
Quel lien y a-t-il entre une droite tangente à une courbe et le nombre dérivé en un point ?	Lorsqu'une fonction f est dérivable en un point a, la courbe représentant f a une tangente au point d'abscisse a et la pente de cette tangente est $f'(a)$.
Une courbe peut-elle avoir une tangente verticale en un point ?	**Oui.** C'est le cas lorsque le taux d'accroissement de f en a est infini. La fonction n'est alors pas dérivable en a et la tangente à la courbe au point d'abscisse a est verticale.

2 Fonction dérivée

Questions	Réponses
Quelle formule simple peut-on utiliser pour dériver $\frac{1}{x^n}$?	En écrivant $\frac{1}{x^n} = x^{-n}$, on trouve la dérivée : $-nx^{-n-1} = -\frac{n}{x^{n+1}}$. Ainsi, $f(x) = \frac{1}{x^4} \Rightarrow f'(x) = -\frac{4}{x^5}$.
Quels liens y a -t-il entre nombre dérivé et fonction dérivée ?	Quand il existe, le nombre dérivé est un nombre, qui est la limite d'un taux d'accroissement. La fonction dérivée se note f'. Quand il existe, le nombre dérivé de f en a se note $f'(a)$.

3 Formules de dérivation

Questions	Réponses
Quelles formules faut-il utiliser pour dériver simplement $f(x) = 3(4x-1)^6$?	$g(x) = x^6 \Leftrightarrow g'(x) = 6x^5$. Donc, par composition, la dérivée de $(4x-1)^6$ est $4 \times 6(4x-1)^5 = 24(4x-1)^5$. D'où : $f'(x) = 72(4x-1)^5$.
La dérivée d'une somme est-elle égale à la somme des dérivées ? Qu'en est-il pour la dérivée d'un produit, d'un quotient ?	La dérivée de la somme $u + v$ est $u' + v'$. Toutefois, la dérivée du produit uv n'est pas $u'v'$ et la dérivée du quotient $\frac{u}{v}$ n'est pas $\frac{u'}{v'}$.

SCHÉMA-BILAN

Déterminer un nombre dérivé

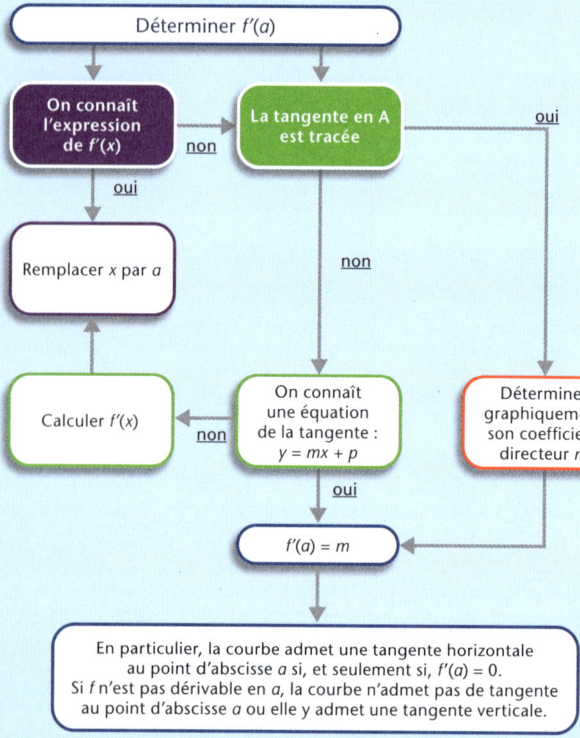

Variations et extremums

I Variations d'une fonction

1. Théorème de variation

• **Théorème :** soit f une fonction dérivable sur un intervalle I.

1. Si, pour tout $x \in I$, $f'(x) \geqslant 0$, alors f est croissante sur I. De plus, si $f'(x) \geqslant 0$ et $f'(x) = 0$ en un nombre fini de points, alors f est **strictement croissante** sur I.

2. Si, pour tout $x \in I$, $f'(x) \leqslant 0$, alors f est décroissante sur I. De plus, si $f'(x) \leqslant 0$ et $f'(x) = 0$ en un nombre fini de points, alors f est **strictement décroissante** sur I.

• Si, pour tout $x \in I$, $f'(x) = 0$ alors f est **constante** sur I.

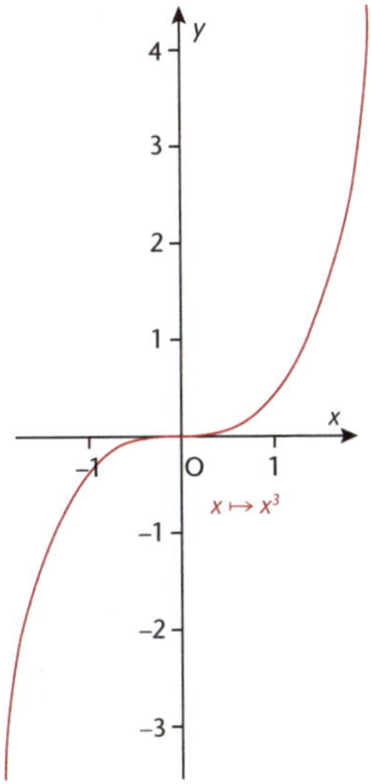

• **Remarques**

1. Si pour tout $x \in I$, $f'(x) > 0$ (respectivement $f'(x) < 0$), alors f est strictement croissante (respectivement strictement décroissante) sur I.

2. Si f est croissante (respectivement décroissante) sur I, alors $f'(x) \geqslant 0$ (respectivement $f'(x) \leqslant 0$) pour tout $x \in I$.

2. Conséquences sur les tangentes

• Si une fonction est croissante (respectivement décroissante) sur un intervalle, alors les pentes de toutes les tangentes à sa courbe sont **positives (respectivement négatives)**. Cela signifie qu'elles sont représentées par des fonctions affines croissantes (respectivement décroissantes).

• Sur les figures 1 et 2, tracées dans un repère usuel, on a effacé les axes et les courbes. On a conservé uniquement les tangentes, ainsi que leur point de contact. Sur la figure 1, f est croissante. Sur la figure 2, elle est décroissante.

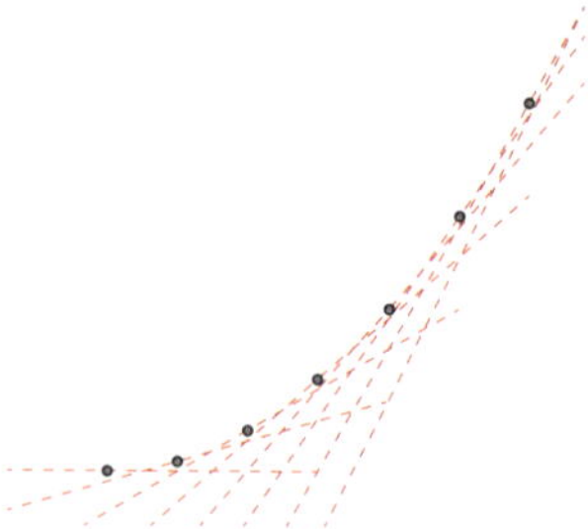

Figure 1

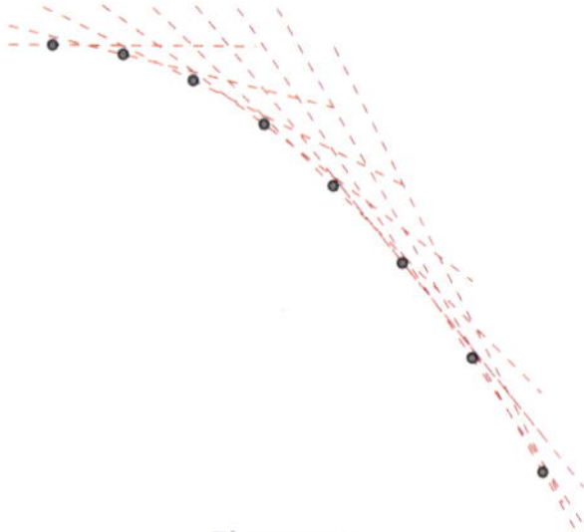

Figure 2

II Extremums d'une fonction

• **Définition :** soit f une fonction définie sur un intervalle I et a un point de l'intervalle.

• f admet un **maximum** en a signifie que pour tout $x \in I$, $f(x) \leqslant f(a)$.

• f admet un **minimum** en a signifie que pour tout $x \in I$, $f(x) \geqslant f(a)$.

• Le mot **extremum** désigne indifféremment **maximum** ou **minimum**. Dans les deux cas de la définition, on dit que f atteint son extremum en a.

• **Remarques**

1. S'il est possible de scinder l'intervalle I en sous-intervalles, f ayant un extremum sur chacun d'entre eux, on parle d'extremums locaux.
Sur la figure 1, on voit que f a un maximum local atteint en a_1 et un minimum local atteint en 4.

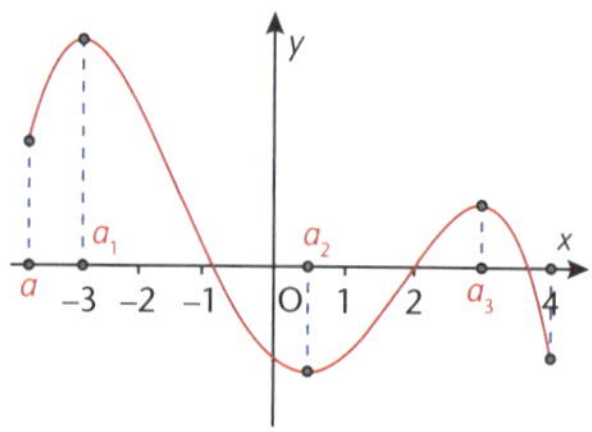

Figure 1

2. Il est indispensable de préciser l'intervalle sur lequel on examine la fonction f.
Ainsi, sur tout intervalle $[a\ ;\ b]$ ne contenant pas zéro, la fonction inverse a un maximum (atteint en a) et un minimum (atteint en b), mais il n'existe aucun point où elle atteint un maximum ou un minimum sur l'intervalle $]0\ ;\ +\infty[$.

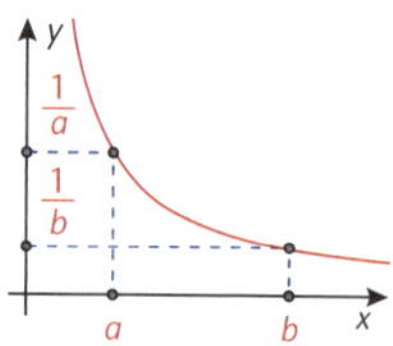

Figure 2

FICHE 25

Le tableau de variations

I La théorie générale

1. Théorèmes

• **Théorème 1 :** soit f une fonction définie **et dérivable** sur un intervalle I. Soit a un point de I qui ne soit pas une de ses extrémités. Si la fonction f a un extremum en a, alors $f'(a) = 0$.

• **Remarques**

1. Le théorème énonce une condition nécessaire pour qu'une fonction dérivable sur I y ait un extremum. Autrement dit, dans les conditions du théorème, si $f'(a) \neq 0$, alors f n'a pas d'extremum en a.

2. La condition $f'(a) = 0$ n'est pas suffisante pour que f ait un extremum en a. En effet, si $f(x) = x^3$, alors $f'(x) = 3x^2 \Rightarrow f'(0) = 0$. Cependant, f est strictement croissante sur $\mathbb{R}$ et n'a donc d'extremum en aucun point de $\mathbb{R}$ (→ *voir fiche 24*). On dispose toutefois d'un second théorème pour trouver un extremum de f.

• **Théorème 2 :** soit f une fonction définie **et dérivable** sur un intervalle I. Soit a un point de I qui ne soit pas une de ses extrémités. Si la fonction dérivée f' s'annule en a en changeant de signe, alors f a un extremum en a.

2. Illustration

On voit sur les tableaux ci-dessous que f a un minimum (tableau 1) ou un maximum (tableau 2) sur I. Les bornes de I ne sont pas indiquées.

x		a	
$f'(x)$	–	0	+
$f(x)$	↘	$f(a)$	↗

Tableau 1

x		a	
$f'(x)$	+	0	–
$f(x)$	↗	$f(a)$	↘

Tableau 2

Sur les graphiques 1 et 2, on a fait figurer la tangente au point où la courbe a un extremum. Cette tangente est **horizontale** car son coefficient directeur $f'(a)$ est égal à 0.

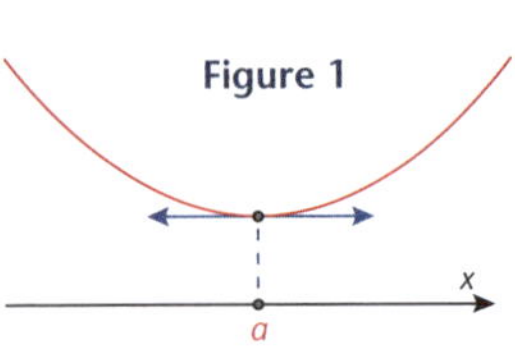

Figure 1

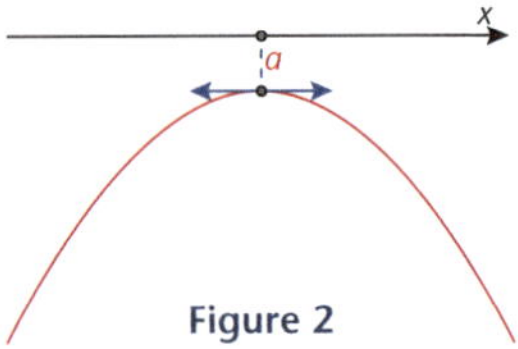

Figure 2

II Exemples

• **Énoncé :** déterminer les extremums **sur [–1,5 ; 2]** de la fonction f définie par $f(x) = -2x^3 - 3x^2 + 12x + 6$.

• **Réponse :** on peut bien entendu utiliser la calculatrice, définir $Y_1 = f(X)$, tracer la courbe et utiliser les menus adaptés pour résoudre la question. On peut aussi dresser le tableau de variations de f.
Pour tout $x \in \mathbb{R}$: $f'(x) = -6x^2 - 6x + 12 = -6(x^2 + x - 2)$. Un calcul rapide du discriminant conduit au tableau de variations suivant :

x	$-\infty$		-2		$-1{,}5$		1		2		$+\infty$
$f'(x)$		$-$	0		$+$		0		$-$		
$f(x)$		↘	-14	↗	-12	↗	13	↘	2	↘	

Celui-ci fournit la courbe 1 (tracée dans un repère non orthonormé). Ainsi, sur [–1,5 ; 2], f a un minimum égal à -12 qui est atteint en $-1{,}5$. Elle a un maximum égal à 13 qui est atteint en 1.

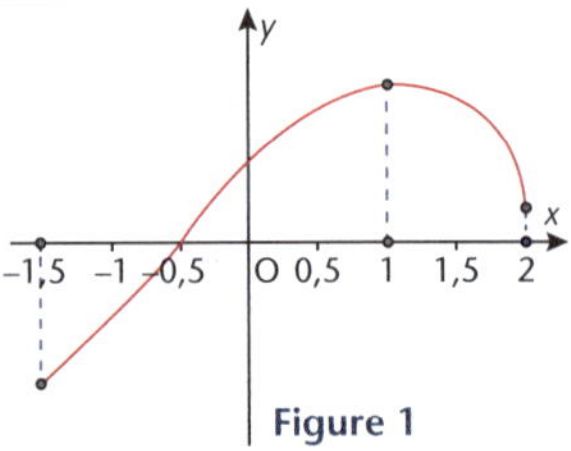

Figure 1

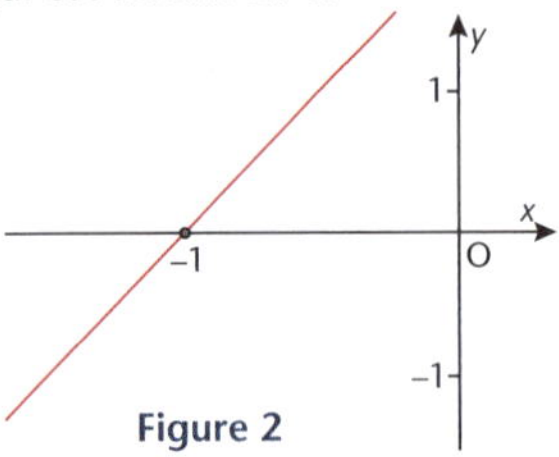

Figure 2

• **Énoncé :** la représentation graphique de la **fonction dérivée** d'une fonction f est donnée sur la figure 2. Dresser le tableau de variations de f.

• **Réponse :** on trouve facilement le **signe de $f'(x)$** qui fournit les **variations de f**.

x		-1	
$f'(x)$	$-$	0	$+$
$f(x)$	↘	$f(-1)$	↗

Traitement d'inégalités

FICHE 26

Dans la suite, on dispose de fonctions dérivables sur un intervalle *I*.

I Utilisation du tableau de variations

Grâce au tableau de variations de *f*, on doit être en mesure de dire si une inéquation du type $f(x) \geqslant k$ a des solutions et leur nombre éventuel. On doit également être en mesure de déterminer un encadrement de ces solutions. Pour cela, on convient que les flèches symbolisant les variations de *f* indiquent que *f* est **strictement monotone** sur l'intervalle où elles sont indiquées.

Pour avoir une valeur approximative de cet encadrement, on peut utiliser une calculatrice ou écrire un algorithme.

II Mise en œuvre

1. Les bases

Soit *m* et *M* deux nombres.
Pour démontrer que pour tout $x \in I$, $m \leqslant f(x) \leqslant M$, il suffit d'étudier les variations de *f* sur *I*, à l'aide du tableau de variations de *f*.

Exemples :

1. Sur le tableau ci-contre, on peut voir que sur $[a\ ;\ c]$, *f* a un minimum égal à –2, atteint en *b*, et un maximum égal à 4, atteint en *c*.

Donc, pour tout $x \in [a\ ;\ c]$:
$-2 \leqslant f(x) \leqslant 4$.

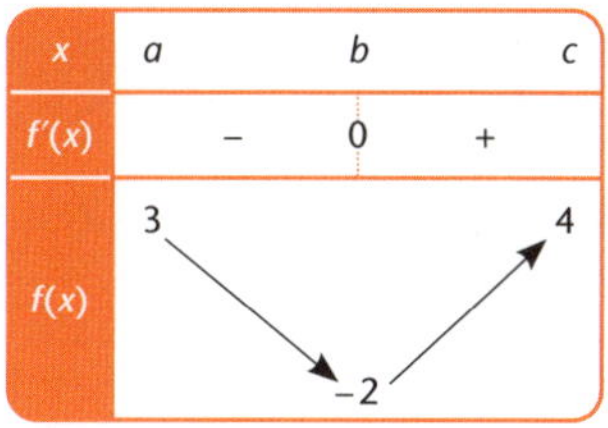

2. Sur le second tableau (voir verso de la fiche), on voit que, sur $[a\ ;\ d]$, *f* a un minimum égal à 0, atteint en *b* et un maximum égal à 10, atteint en *a*.

Donc, pour tout $x \in [a\ ;\ d]$: $0 \leqslant f(x) \leqslant 10$.

x	a		b		c		d
$f'(x)$		$-$	0	$+$	0	$-$	
$f(x)$	10	↘	0	↗	4	↘	2

2. Application

Pour tout $x \in I$: $f(x) \leqslant g(x) \Leftrightarrow 0 \leqslant g(x) - f(x)$. Résoudre l'inéquation $f(x) \leqslant g(x)$ revient donc à trouver, s'ils existent, le ou les sous-intervalles de I, sur lesquels une certaine fonction (ici $g(x) - f(x)$) est positive.

- **Énoncé :** montrer que pour tout $x \in [-1\ ;\ 2]$, $\dfrac{x^3 - 2x}{x^2 + 1} < 1$.

- **Réponse :** comme $x^2 + 1$ est positif, pour tout $x \in \mathbb{R}$, l'inégalité proposée est équivalente à $x^3 - 2x < x^2 + 1$ par produit en croix.

L'inéquation $\dfrac{x^3 - 2x}{x^2 + 1} < 1$ équivaut donc à $x^3 - x^2 - 2x - 1 < 0$.

Posons $h(x) = x^3 - x^2 - 2x - 1$. Alors $h'(x) = 3x^2 - 2x - 2$. Un calcul de discriminant conduit aux deux racines $x_1 = \dfrac{1 - \sqrt{7}}{3}$ et $x_2 = \dfrac{1 + \sqrt{7}}{3}$ et au tableau de variations suivant :

x	-1		x_1		x_2		2
$h(x)$		$+$	0	$-$	0	$+$	
$h(x)$	-1	↗	M	↘	m	↗	-1

On calcule $h(x_1) \approx -0{,}37$, donc $M < 0$. Ainsi, pour tout $x \in [-1\ ;\ 2]$: $h(x) \leqslant M \Rightarrow h(x) < 0$, ce qu'il fallait démontrer.

La courbe de h ci-contre confirme le tableau de variations.

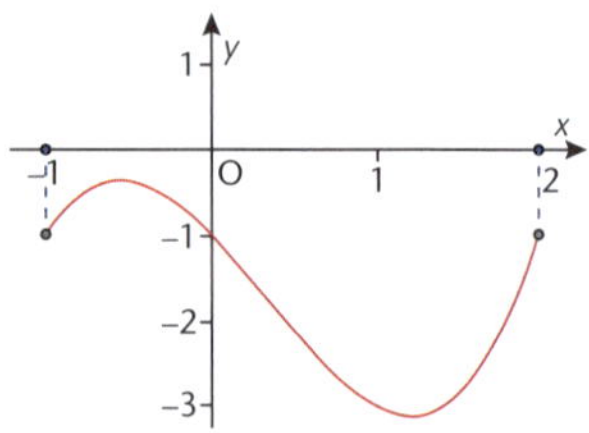

Exercice commenté pas à pas

Un problème d'optimisation

Un camion doit parcourir 150 kilomètres. **On cherche à optimiser sa vitesse moyenne** v pour que le coût du trajet soit minimum. On sait que :
– sa consommation en carburant est $\left(6 + \frac{v^2}{300}\right)$ litres par heure ;
– le carburant coûte 1,50 € le litre ;
– le conducteur est payé 31 € de l'heure.
Soit t le temps en heures que dure le trajet.

1. a. Exprimer la vitesse v en fonction de t.
b. En déduire la consommation d'essence du camion en litres par heure en fonction de t.
2. a. Calculer, en fonction de t, le coût du carburant pour les 150 km de trajet, ainsi que celui du conducteur.
b. Prouver que le coût total du trajet est $f(t) = 40t + \frac{112{,}5}{t}$.
3. a. Calculer $f'(t)$, puis étudier son signe sur l'intervalle $]0 ; +\infty[$.
b. Dresser le tableau des variations de f et conclure.

Avant de commencer

▶ Une fois que vous aurez exprimé toutes les expressions en fonction de t, revenez à la question initiale pour conclure : quelle est la vitesse moyenne qui optimise le coût du trajet ?

→ La distance *d* parcourue par un mobile pendant un temps *t* à la vitesse moyenne *v* est $d = vt$.

1. a. La distance à parcourir étant de 150 km, on a $150 = vt \Rightarrow v = \frac{150}{t}$.

→ Reprendre la formule donnant la consommation.

b. Comme $v^2 = \frac{150^2}{t^2} = \frac{22\,500}{t^2}$, la consommation en litres par heure est donc égale à $6 + \frac{22\,500}{300t^2} = 6 + \frac{75}{t^2}$.

→ Déterminer le nombre de litres consommés durant les 150 km.

2. a. Le camion consommera $\left(6+\dfrac{75}{t^2}\right)t$ litres, c'est-à-dire $6t+\dfrac{75}{t}$ litres. Le coût du carburant sera donc le suivant : $\left(6t+\dfrac{75}{t}\right)\times 1{,}5 = 9t+\dfrac{112{,}5}{t}$. Le coût du conducteur sera évalué à $31t$.

→ Le coût total comprend à la fois le coût du carburant et celui du conducteur.

b. Coût total du trajet : $9t+\dfrac{112{,}5}{t}+31t = 40t+\dfrac{112{,}5}{t}$.

→ On pourra exprimer $f'(t)$ sous la forme d'une fraction.

3. a. $f'(t) = 40-\dfrac{112{,}5}{t^2}$, car la dérivée de $\dfrac{1}{t}$ est $-\dfrac{1}{t^2}$. On peut aussi écrire $f'(t)=\dfrac{40t^2-112{,}5}{t^2}$.

→ Calculer la valeur du minimum à l'unité près.

b. Comme le dénominateur de $f'(t)$ est positif, son signe est celui de $40t^2-112{,}5$.

$$40t^2-112{,}5=0 \Leftrightarrow t^2=\frac{112{,}5}{40} \Leftrightarrow t=\sqrt{\frac{112{,}5}{40}} \text{ ou } t=-\sqrt{\frac{112{,}5}{40}}$$

Le coefficient 40 étant positif, on obtient le signe de $40t^2-112{,}5$ décrit dans le tableau de variations suivant où $a=\sqrt{\dfrac{112{,}5}{40}}$.

t	0		a		$+\infty$
$f'(t)$		$-$	0	$+$	
$f(t)$	‖	↘	$f(a)$	↗	4

$a \approx 1{,}68$ heures. Le coût est minimum pour $t=a$. La vitesse moyenne doit donc être de $\dfrac{150}{a}$, c'est-à-dire 89 km/h environ.

Variation des fonctions

QUIZ-Mémorisation active

1 Variations

Questions	Réponses
Pour qu'une fonction soit strictement croissante sur un intervalle, faut-il que sa dérivée soit strictement positive ?	**Non.** Il suffit que sa dérivée soit strictement positive, sauf en un nombre fini de points. Par exemple, $x \mapsto x^3$ est strictement croissante sur $\mathbb{R}$ et sa dérivée $3x^2$ s'annule en 0.
Si f est croissante sur un intervalle, les tangentes à C_f représentent-elles des fonctions affines croissantes ?	**Oui.** En effet, si f est croissante, sa dérivée f' est positive. Or, $f'(a)$ est le coefficient directeur de la tangente à C_f au point d'abscisse a. La fonction affine qu'elle représente est donc croissante.
Si f' est croissante sur un intervalle I, peut-on en déduire que f est positive sur I ?	**Non.** Par exemple, $x \mapsto x^2 - 16$ a pour dérivée $2x$ qui est croissante sur $\mathbb{R}$. Pourtant $x^2 - 16$ est négative sur $[-4 ; 4]$. Il n'y a pas de lien entre la monotonie de f' et le signe de f.

2 Traitement d'inégalités

x	a		b		c		d
$f(x)$	1	↘	0	↗	2	↘	-1

Questions	Réponses
Le tableau de variations ci-dessus permet-il de connaître le signe de $f'(x)$?	**Oui.** $f'(x) \geq 0 \Leftrightarrow x \in [b, c]$ et $f'(x) \leq 0 \Leftrightarrow x \in [a, b] \cup [c, d]$.
Le tableau de variations ci-dessus permet-il de connaître le signe de $f(x)$?	**Oui.** Puisque 0 est le minimum de $f(x)$ sur l'intervalle $[a, c]$, on en conclut que $f(x)$ est positif sur cet intervalle. D'autre part, f décroît de 2 à -1 sur l'intervalle $[c, d]$. Étant donné qu'elle est dérivable, il existe une valeur, e, qui l'annule. Donc $f(x) \geq 0$ sur $[a, e]$ et $f(x) \leq 0$ sur $[e, d]$.

SCHÉMA-BILAN

Déterminer les variations d'une fonction *f*

On suppose que *f* est dérivable sur un intervalle *I*.

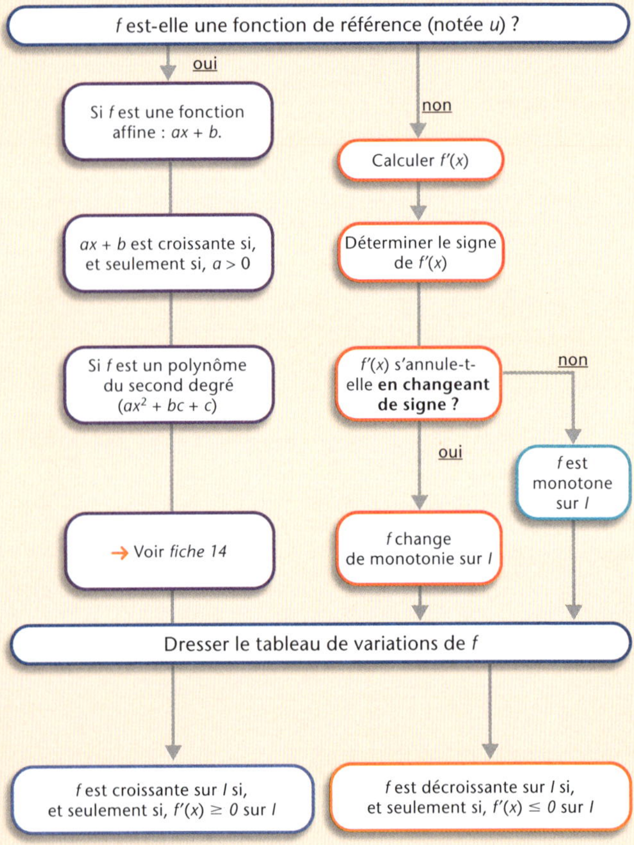

Définition et premières propriétés

FICHE 29

I Définition et conséquences immédiates

1. Définition

• La fonction exponentielle, que l'on note exp, est la seule fonction dérivable sur $\mathbb{R}$ et qui vérifie les deux conditions suivantes :

- $\exp(0) = 1$;
- $\forall x \in \mathbb{R} : \exp'(x) = \exp(x)$.

• La fonction exponentielle est donc égale à sa dérivée.

2. Conséquences immédiates

• **Propriétés**

1. $\forall x \in \mathbb{R} : \exp(x)\exp(-x) = 1$, donc $\exp(x) \neq 0$ et $\exp(-x) = \dfrac{1}{\exp(x)}$.

2. $\forall x, y \in \mathbb{R} : \exp(x + y) = \exp(x)\exp(y)$: propriété fondamentale de la fonction exponentielle.

3. $\forall x \in \mathbb{R} : \exp(x) > 0$.

• **Démonstrations**

1. Posons $f(x) = \exp(x)\exp(-x)$. La fonction f est dérivable en tant que produit de deux fonctions dérivables. De plus, $f(0) = 1$ et

$$\forall x \in \mathbb{R} : f'(x) = \exp'(x)\exp(-x) + \exp(x)(-\exp'(-x))$$
$$= \exp(x)\exp(-x) - \exp(x)\exp(-x) = 0.$$

La fonction f est donc une constante, qui est égale à 1, car $f(0) = 1$ et $\forall x \in \mathbb{R} : \exp(x)\exp(-x) = 1 \Rightarrow \exp(x) \neq 0$ et $\exp(-x) = \dfrac{1}{\exp(x)}$.

La dérivée de $g(ax + b)$ est $ag'(ax + b)$
→ voir fiche 21.

2. Soit y un nombre fixé, donc une constante.
Posons $h(x) = \exp(x + y)\exp(-x)\exp(-y)$.
La fonction h est dérivable et $\forall\, x \in \mathbb{R}$:
$h'(x) = (\exp'(x + y)\exp(-x) - \exp(x + y)\exp(-x))\exp(-y) = 0$.

En effet, $\dfrac{d}{dx}(\exp(-x)) = -\exp(-x)$ et $\exp'(x + y) = \exp(x + y)$.

La fonction h est donc une constante, qui est égale à 1 car, d'après la propriété 1 : $h(0) = \exp(y)\exp(-y) = 1$ et

$$\exp(x + y)\exp(-x)\exp(-y) = 1 \Rightarrow \frac{\exp(x + y)}{\exp(x)\exp(y)} = 1$$
$$\Rightarrow \exp(x + y) = \exp(x)\exp(y).$$

3. D'après la propriété 2, $\forall x \in \mathbb{R}$:

$$\exp(x) = \exp\left(\frac{x}{2}+\frac{x}{2}\right) = \exp\left(\frac{x}{2}\right)\exp\left(\frac{x}{2}\right) = \left(\exp\left(\frac{x}{2}\right)\right)^2 \Rightarrow \exp(x) > 0.$$

II Variations et courbe

1. Variation

Sa dérivée étant **strictement positive**, la fonction exponentielle est **strictement croissante**. On pose $\exp(1) = e$; $e \approx 2{,}718$.

e s'appelle le nombre de Néper.

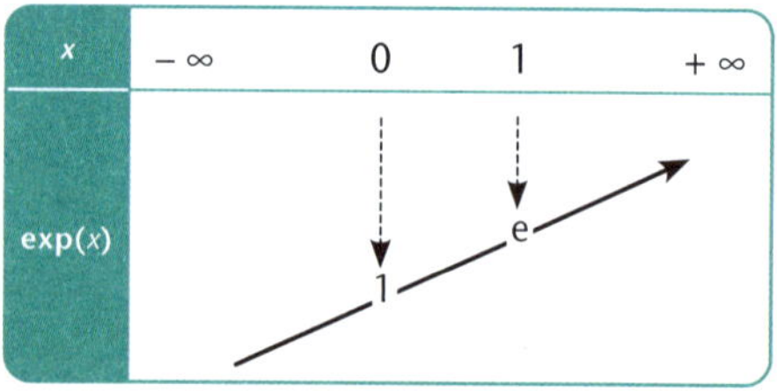

2. Courbe

Équations des tangentes :
- $y = \exp'(a)(x - a) + \exp(a)$;
- au point A d'abscisse 0 : $y = x + 1$;
- au point B d'abscisse 1 : $y = ex$ (elle passe par l'origine du repère).

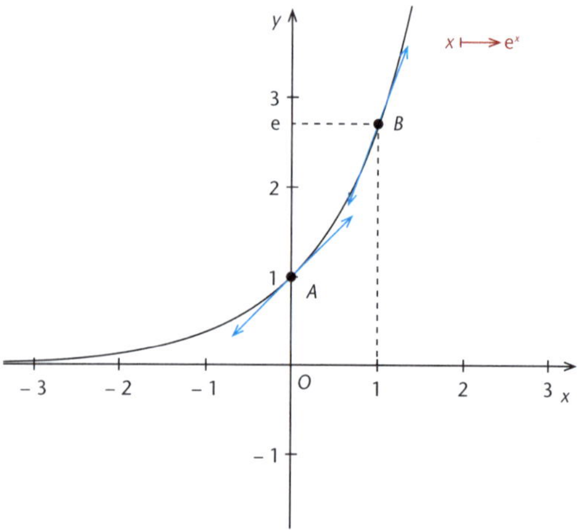

Propriétés algébriques

I Liste des propriétés algébriques

- Soit a et b deux nombres réels, n une fraction.

1	Exponentielle d'une somme	$\exp(a+b) = \exp(a)\exp(b)$	$e^{a+b} = e^a \times e^b$
2	Exponentielle de l'opposé	$\exp(-b) = \dfrac{1}{\exp(b)}$	$e^{-b} = \dfrac{1}{e^b}$
3	Exponentielle d'une différence	$\exp(a-b) = \dfrac{\exp(a)}{\exp(b)}$	$e^{a-b} = \dfrac{e^a}{e^b}$
4	Exponentielle d'un produit	$\exp(na) = (\exp(a))^n$	$e^{na} = (e^a)^n$

- **Démonstrations**

Les propriétés 1 et 2 ont été démontrées dans la *fiche 29*.

3. $\exp(a-b) = \exp(a+(-b))$

$$= \exp(a)\exp(-b) = \exp(a) \times \frac{1}{\exp(b)} = \frac{\exp(a)}{\exp(b)},$$

ce qu'il fallait démontrer.

4. La propriété est admise.

- **Remarques**

1. Dans le cas où $n = \frac{1}{2}$, la propriété 4 s'applique encore :

$e^{\frac{1}{2}a} = (e^a)^{\frac{1}{2}} \Rightarrow e^{\frac{1}{2}a} = \sqrt{e^a}$.

Dans le cas où $n = -\frac{1}{2}$, on a encore $e^{-\frac{1}{2}a} = (e^a)^{-\frac{1}{2}} = \dfrac{1}{\sqrt{e^a}}$.

2. Ces formules sont à rapprocher de celles vues dans les classes antérieures sous la forme $a^{n+p} = a^n a^p$, $a^{-n} = \dfrac{1}{a^n}$ et $a^{n-p} = \dfrac{a^n}{a^p}$.

3. La formule 4, appliquée avec $a = 1$, montre que $\exp(n) = (\exp(1))^n = e^n$. On étend cette notation à tout réel n, ce qui justifie a posteriori que l'on écrive e^x au lieu de $\exp(x)$.

II Équations et inéquations

1. Résolutions élémentaires

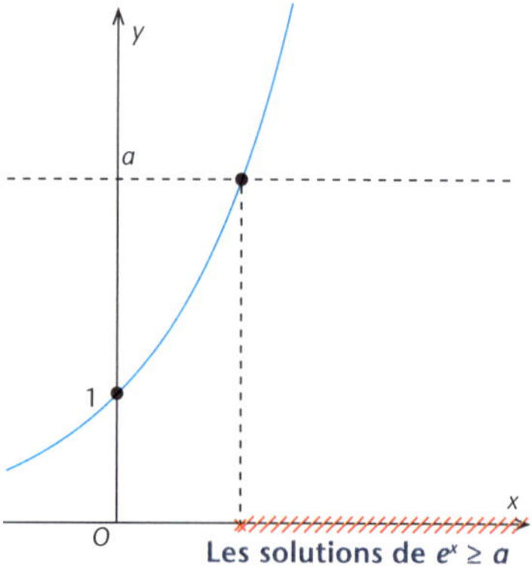

Théorème : soit a un nombre réel.

1. L'équation, d'inconnue x, $e^x = a$, admet une solution unique si, et seulement si, $a > 0$.
En particulier, $e^x = 1 \Leftrightarrow x = 0$.

2. L'inéquation, d'inconnue x, $e^x \leqslant a$ a des solutions si, et seulement si, $a > 0$.

3. L'inéquation, d'inconnue x, $e^x \geqslant a$, a toujours des solutions. Si $a \leqslant 0$, tous les nombres sont des solutions.

2. Résolutions se ramenant à l'étude de polynômes

- **Énoncé :** résoudre l'équation $e^{2x} + 4e^x - 5 = 0$.

- **Réponse :** on pose $X = e^x$. Alors $X^2 = e^{2x}$ et $e^{2x} + 4e^x - 5 = 0$ $\Leftrightarrow X^2 + 4X - 5 = 0$.

On trouve $\Delta = 36$, ainsi que deux solutions : $X_1 = 1$ et $X_2 = -5$. On cherche alors x_1 et x_2, de telle sorte que $e^{x_1} = 1$ et $e^{x_2} = -5$.

Une fonction exponentielle est toujours positive.

Seule la première équation fournit une solution, et on trouve $x_1 = 0$.

Finalement, l'équation proposée admet une solution unique qui est 0.

- **Énoncé :** résoudre l'inéquation $e^{2x} + 4e^x - 5 > 0$.

- **Réponse :** avec les notations ci-dessus, l'inéquation équivaut à $X^2 + 4X - 5 > 0$.

D'après le signe d'un polynôme du second degré :
$X^2 + 4X - 5 > 0 \Leftrightarrow X < -5$ ou $X > 1$, c'est-à-dire $e^x < -5$ ou $e^x > 1$.
Seule la deuxième inéquation fournit des solutions car une fonction exponentielle ne saurait être négative. De plus, $e^x > 1 \Leftrightarrow x > 0$.

Finalement, les solutions de l'inéquation $e^{2x} + 4e^x - 5 > 0$ sont les nombres de $]0 ; +\infty[$.

Fonctions exp(*kx*)

FICHE 31

I Étude des fonctions $x \mapsto e^{kx}$ et $x \mapsto e^{-kx}$

1. Variations

• Soit k une constante strictement positive. Posons $f(x) = e^{kx}$ et $g(x) = e^{-kx}$. Alors $f(x) = \exp(kx)$ et $g(x) = \exp(-kx)$.

• $\forall x \in \mathbb{R}$ $f'(x) = k \exp'(kx) = k \exp(kx) = ke^{kx} \Rightarrow f'(x) > 0$, ce qui implique que la fonction f est strictement croissante.

• $\forall x \in \mathbb{R}$: $g'(x) = -k \exp'(-kx) = -k\exp(-kx) = -ke^{-kx} \Rightarrow g'(x) < 0$, ce qui implique que la fonction g est strictement décroissante.

On sait que la dérivée de $f(ax + b)$ est $af'(ax + b)$ → *fiche 21*.

2. Courbes

• Soit $M(x, e^{kx})$ un point de la courbe $\mathscr{C}_f$. Son symétrique par rapport à l'axe des ordonnées est $M'(-x, e^{kx})$, c'est-à-dire $(-x, g(-x))$. Ce point M' appartient donc à $\mathscr{C}_g$.

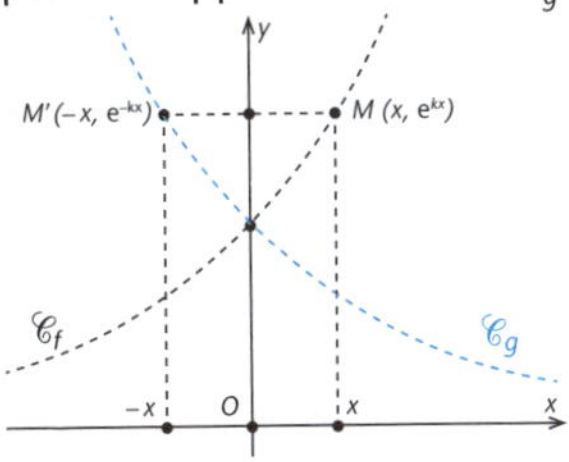

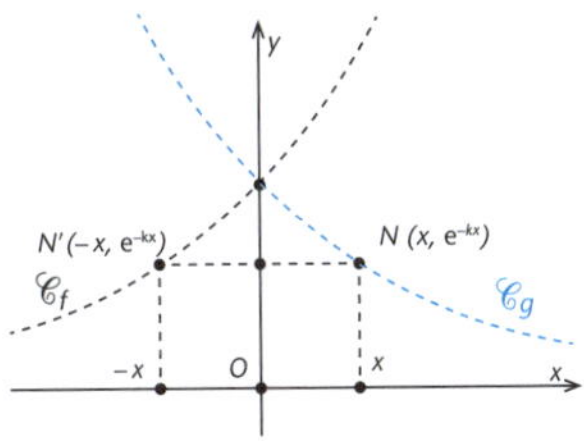

• De même, $N(x, e^{-kx}) \in \mathscr{C}_g$. Son symétrique par rapport à l'axe des ordonnées est $N'(-x, e^{-kx})$, c'est-à-dire $(-x, f(-x))$, donc $N' \in \mathscr{C}_f$. Il en résulte que les courbes des fonctions $x \mapsto e^{kx}$ et $x \mapsto e^{-kx}$ sont symétriques par rapport à l'axe des ordonnées.

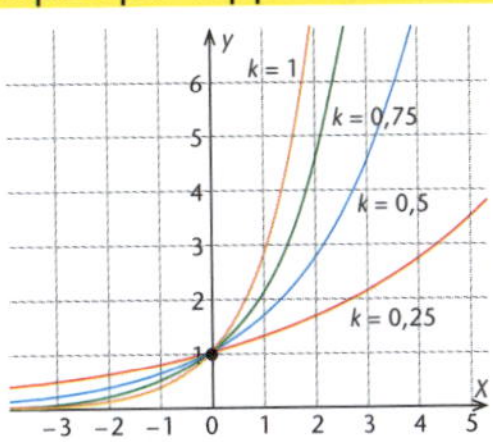

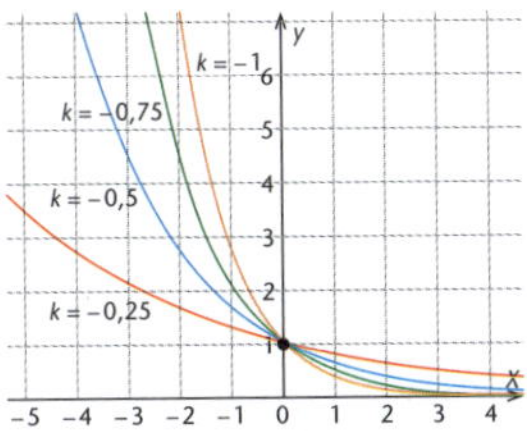

II Applications

1. Étude d'une fonction

• **Énoncé :** soit f la fonction définie sur $\mathbb{R}$ par $f(x) = x + 2e^{-0,5x}$.

1. Calculer $f'(x)$.
2. Examiner le signe de $f'(x)$. On montrera en particulier qu'elle s'annule en un seul et même point.
3. En déduire les variations de f que l'on résumera dans un tableau de variations.

• **Réponse :**

1. Pour tout $x \in \mathbb{R}$, $f'(x) = 1 + 2 \times (-0,5)e^{-0,5x} = 1 - 1e^{-0,5x} = 1 - e^{-0,5x}$.
2. Pour trouver le signe de $f'(x)$, résolvons l'inéquation $f'(x) \geqslant 0$:

$f'(x) \geqslant 0 \Leftrightarrow 1 - e^{-0,5x} \geqslant 0$

$\Leftrightarrow 1 \geqslant e^{-0,5x} \Leftrightarrow e^0 \geqslant e^{-0,5x} \Leftrightarrow 0 \geqslant -0,5x$

$\Leftrightarrow 0 \leqslant x$

On en déduit donc que $f'(x) < 0$

$\Leftrightarrow 0 > x$.

$f'(x)$ ne s'annule donc qu'en un seul point : 0.

3. Le tableau de variations suivant en résulte, sachant que $f(0) = 0 + 2e^0 = 2$.

x	$-\infty$		0		$+\infty$
$f'(x)$		$-$	0	$+$	
$f(x)$		↘	2	↗	

2. Utilisation d'un tableur

• La courbe en vert représente la fonction f précédente.

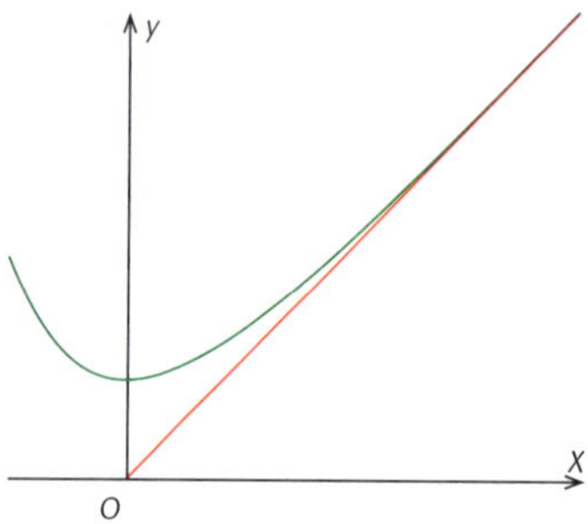

	A	B
1	x	f(x)
2	0	2
3	2	2,7358
4	4	4,2707
5	6	6,0996
6	8	8,0366
7	10	10,0135
8	12	12,0050
9	14	14,0018
10	16	16,0007
11	18	18,0002
12	20	20,0001
13	22	22,0000
14	24	24,0000
15	26	26,0000
16	28	28,0000
17	30	30,0000

• On constate sur le tableur que si x prend des valeurs de plus en plus grandes alors $f(x) \approx x$.

• La formule de calcul de B2 est « = A2+2*exp(– 0,5*A2) ». On la recopie vers le bas.

On en déduit que la courbe de f se confond avec la droite d'équation $y = x$. C'est ce que suggère le graphique.

FICHE 32

Exercices commentés pas à pas

Applications de la fonction exponentielle

Sujet : fonction exponentielle et suite géométrique

Soit (u_n) une suite arithmétique de raison r et $v_n = e^{u_n}$.

1. a. Exprimer u_{n+1} en fonction de u_n et r.
b. En déduire que la suite (v_n) est une suite géométrique dont on déterminera la raison et le premier terme.
2. a. Exprimer v_n en fonction de n sachant que $u_0 = 0$ et $r = -2$.
b. À l'aide d'un algorithme, déterminer le plus petit entier naturel n tel que $v_n \leqslant 10^{-10}$.

Avant de commencer

► Revoir les fiches 6, 7 et 30.

1. a. Pour tout entier naturel, $u_{n+1} = u_n + r$.

b. $v_{n+1} = e^{u_{n+1}} = e^{u_n + r} = e^{u_n} e^r = e^r v_n$. (v_n) est donc une suite géométrique de raison e^r et de premier terme e^{u_0}.

2. a. Pour tout entier naturel, $v_n = v_0 (e^r)^n = v_0 e^{nr}$. Or, $v_0 = e^{u_0} = e^0 = 1$ et $e^{nr} = e^{-2n}$. Donc $v_n = e^{-2n}$.

b. Le programme calcule v_n tant que v_n est supérieur ou égal à 10^{-10} et s'arrête dès que $v_n < 10^{-10}$.

```
n,v=0,1 #initialisation
while v>= 10**(-10) :
        v=exp(-2*n)
        n=n+1
print(n-1)
```

On trouve $n = 12$.

Sujet : étude d'une fonction exponentielle

On considère les fonctions g et f définies sur $\mathbb{R}$ par :
$g(x) = e^x + x + 1$ et $f(x) = \dfrac{x}{1 + e^{-x}}$.

1. a. Prouver que l'équation $g(x) = 0$ a une solution unique α dont on donnera une valeur approchée à 10^{-2}.
b. En déduire le signe de $g(x)$.

2. Vérifier que $f'(x) = \dfrac{e^x g(x)}{(e^x + 1)^2}$ et en déduire les variations de f.

→ Programmer sa calculatrice et utiliser la fonction « solve » ou « root » de la fenêtre graphique.

1. a. $g'(x) = e^x + 1 > 0$. g est donc strictement croissante. On trouve $a \approx -1{,}28$, solution unique de $g(x) = 0$.

→ Utiliser la représentation graphique.

1. b. On en déduit que $g(x) \leqslant 0$ sur $]-\infty\,;\,a]$ et $g(x) \geqslant 0$ sur $[a\,;\,+\infty[$.

→ Dériver à l'aide de la formule du quotient.

2. On dérive f comme un quotient et on trouve :

$$f'(x) = \frac{1(1+e^{-x}) - x(-e^{-x})}{(1+e^{-x})^2} = \frac{1+e^{-x}+xe^{-x}}{(1+e^{-x})^2}.$$

Or, $1 + e^{-x} + xe^{-x} = e^{-x}(e^x + 1 + x)$

et $1 + e^{-x} = e^{-x}(e^x + 1) \Rightarrow (1 + e^{-x})^2 = e^{-2x}(e^x + 1)^2$.

Donc : $f'(x) = \dfrac{e^{-x}g(x)}{e^{-2x}(e^x+1)^2} = \dfrac{e^x g(x)}{(e^x+1)^2}$. Le signe de $f'(x)$ est donc celui de $g(x)$.

D'où le tableau de variations de f :

x	$-\infty$		a		$+\infty$
$f'(x)$		$-$	0	$+$	
$f(x)$		↘	$f(a)$	↗	

Ci-dessous, on peut voir la représentation graphique de f dans un repère non orthonormé.

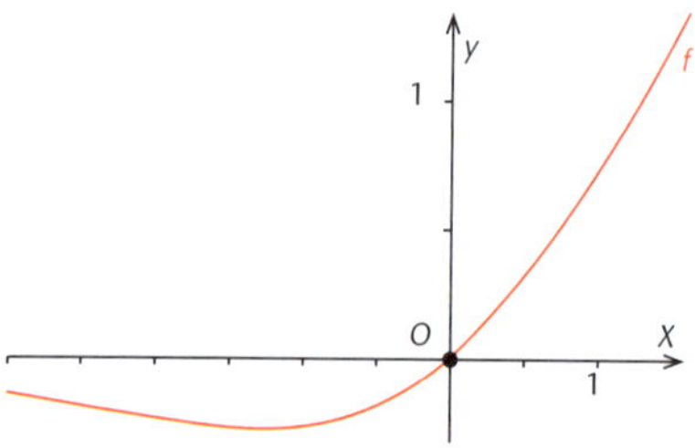

Fonctions exponentielles

QUIZ-Mémorisation active

1 Propriétés algébriques

Questions	Réponses
Comment traduire, à l'aide d'une égalité, que l'exponentielle d'une somme est égale au produit des exponentielles ?	Soit a et b deux nombres. Alors e^{a+b} (exponentielle d'une somme) est égale à $e^a e^b$ (produit des exponentielles).
Comment traduire par une phrase que $e^{-b} = \dfrac{1}{e^b}$?	L'exponentielle de l'opposé (e^{-b}) est égale à l'inverse de l'exponentielle $\left(\dfrac{1}{e^b}\right)$.
Soit m un nombre. L'équation d'inconnue x, $e^x = m$ a-t-elle toujours des solutions ?	**Non**. Elle a des solutions si, et seulement si, $m > 0$ car une exponentielle est toujours positive, quel que soit son exposant.

2 Propriétés analytiques

Questions	Réponses
Existe-t-il des fonctions f définies sur $\mathbb{R}$, dérivables et dont la dérivée soit égale à elles-mêmes ?	**Oui**. Ce sont les fonctions de la forme $x \mapsto ke^x$. De plus, si on impose $f(0) = 1$, alors la seule fonction possible est la fonction exponentielle elle-même.
Soit k une constante. Si $f(x) = e^{kx}$, que vaut $f'(x)$?	$f(x) = \exp(kx)$. Selon la formule de dérivation de la composée (*fiche 21*), $f'(x) = k \times \exp'(kx) \Rightarrow f'(x) = ke^{kx}$.
Soit k une constante. Quelle est la monotonie des fonctions $x \mapsto e^{kx}$ sur $\mathbb{R}$?	Les fonctions $x \mapsto e^{kx}$ sont croissantes si, et seulement si, $k \geqslant 0$ et décroissantes si, et seulement si, $k \leqslant 0$.
Comment construire rapidement la courbe de e^{-x} à partir de celle de e^x ?	La courbe de e^{-x} est symétrique de celle de e^x par rapport à l'axe des ordonnées.

SCHÉMA-BILAN

Propriétés algébriques

Retenir

- $e^a e^b = e^{a+b}$
- $\dfrac{e^a}{e^b} = e^{a-b}$
- $\dfrac{1}{e^b} = e^{-b}$
- $(e^x)^2 = e^{2x}$

Attention

- $e^a + e^b \neq e^{a+b}$
- $e^a - e^b \neq e^{a-b}$
- $e^{-b} \neq -e^b$
- $e^{x^2} \neq (e^x)^2$

Pour étudier des fonctions avec exponentielles

Retenir

- $e \approx 2{,}718$
- La dérivée de e^x est e^x.
- une primitive de e^x est e^x.
- une primitive de e^{ax+b} est $\dfrac{1}{a}e^{ax+b}$.

Attention

- Le nombre e n'est pas la fonction e^x.
- La dérivée de e^u n'est pas e^u mais $u'\,e^u$.
- On ne connaît pas en général de primitives de e^u.
- Une primitive de e^{ax+b} n'est pas e^{ax+b}.

En général, pour résoudre une équation où figure une exponentielle, on utilise la calculatrice ou un algorithme.

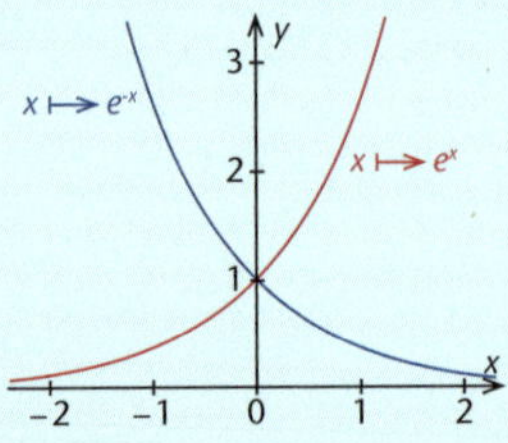

Cercle trigonométrique et angles

FICHE 34

Sur la droite réelle, on définit une graduation avec une origine et une unité. En enroulant la droite sur un cercle, on définit ensuite une sorte de graduation afin de mesurer les angles d'une nouvelle façon.

1 Enroulement d'une droite sur un cercle

On se place dans un repère orthonormé $(O ; \vec{i}, \vec{j})$.

• **Définition 1 :** le cercle de centre O et de rayon 1 s'appelle le **cercle trigonométrique**.

Considérons une droite réelle d'origine A, ainsi qu'un point M d'abscisse x $(0 < x \leqslant 2\pi)$ sur cette droite. Imaginons un fil de longueur x fixé en A et enroulons-le sur le cercle trigonométrique dans le **sens antihoraire** (↺) ou **sens direct**. L'extrémité libre du fil se pose en un point I. Si le fil a pour longueur $2\pi + x$, l'extrémité libre se superpose en ce même point I après un tour de cercle, car la longueur du cercle est égale à 2π. De même, si le fil a pour longueur $4\pi + x$, $6\pi + x$, $8\pi + x$, etc, l'extrémité libre vient exactement en I.

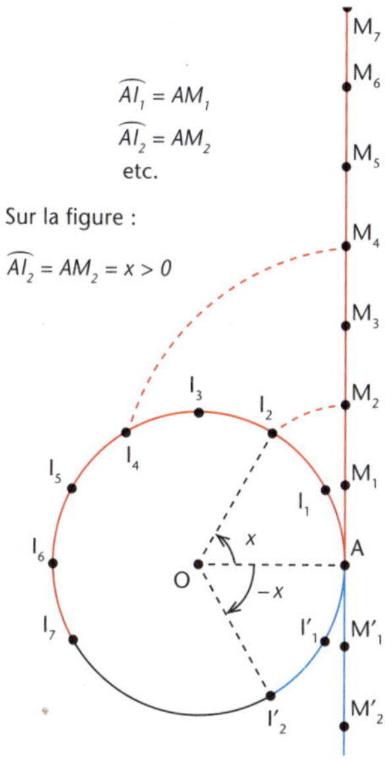

• **Définition 2 :** le point I s'appelle l'image sur le cercle des nombres de la forme $2k\pi + x$, où k désigne un entier naturel.

Le point M′, symétrique de M par rapport à A, a pour abscisse $-x$. On enroule le fil de longueur x, toujours fixé en A, dans le **sens horaire** (↻) ou **sens indirect**. On obtient des images I' symétriques des précédentes par rapport à l'axe des abscisses, c'est-à-dire des images des nombres de la forme

$-x - 2k\pi$ $(k \in \mathbb{N})$.

Ainsi, tout nombre réel a une seule image sur le cercle trigonométrique et tout point du cercle trigonométrique est l'image d'une infinité de réels.

• **Théorème :** deux nombres x_1 et x_2 ont la même image sur le cercle trigonométrique si, et seulement si, l'on peut écrire $x_2 = x_1 + 2k\pi$, $k \in \mathbb{Z}$, c'est-à-dire $x_2 - x_1 = 2k\pi$, $k \in \mathbb{Z}$.
On dit que x_1 et x_2 sont égaux modulo 2π.

II Mesures d'un angle orienté

• **Définition :** soit I un point du demi-cercle trigonométrique supérieur. La **mesure principale**, en radians, **de l'angle orienté dans le sens direct** de A vers I, $\widehat{AOI}$, est égale à la longueur de l'arc $\widehat{AI}$.
Soit I′ un point du demi-cercle trigonométrique inférieur, à l'exclusion de A. **La mesure principale** en radians **de l'angle orienté dans le sens indirect** de A vers I′, $\widehat{AOI'}$, est égale à l'opposé de la longueur de l'arc $\widehat{AI'}$.
Donc, si α **est la mesure principale** d'un angle orienté $\widehat{AOB}$ de A vers B, alors $\alpha \in]-\pi, \pi]$.
Par extension, on dit que tout nombre de la forme $\alpha + 2k\pi$, $k \in \mathbb{Z}$ est une mesure en radians de cet angle orienté.

Exemple : l'angle orienté de A vers I_2 dans le sens positif $\widehat{AOI_2}$, a pour mesure principale x ; l'angle orienté de A vers I'_2, dans le sens négatif $\widehat{AOI'_2}$ a pour mesure principale $-x$.
Sur la figure, le point A est repéré par 0 et les points I ne sont pas placés.

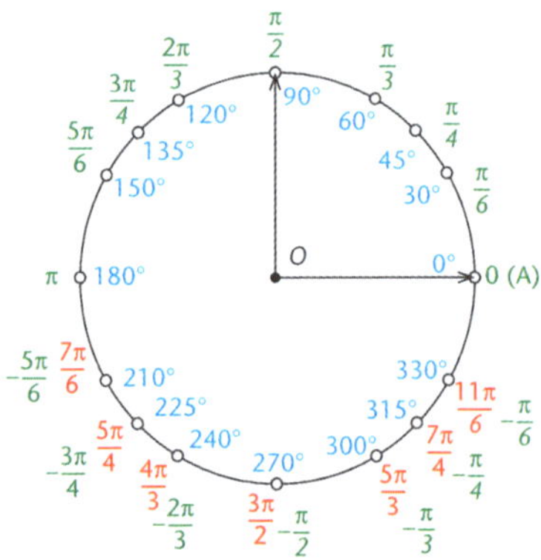

En bleu et rouge : les angles $\widehat{AOI}$ dans le sens direct de A vers I.
Les mesures principales de $\widehat{AOI}$ et $\widehat{AOI'}$, mesurées comme dans la définition, sont en vert.

• Soit r et d les mesures principales respectives en radians et en degrés d'un angle orienté. Alors :

$180r = \pi d$ équivalent à

$$d = \frac{1}{\pi}180r \text{ et } r = \frac{1}{180}\pi d.$$

Fonctions sinus et cosinus

FICHE 35

On connaît les sinus et cosinus d'un angle aigu d'un triangle rectangle. On peut aussi définir le sinus et le cosinus de tout réel en utilisant **l'enroulement de la droite réelle sur le cercle trigonométrique**.

I Dans un triangle rectangle

- Dans un triangle rectangle on a défini le **sinus** et le **cosinus** d'un angle aigu.

$$\sin \hat{A} = \frac{\text{côté opposé}}{\text{hypoténuse}} = \frac{CB}{CA}$$

$$\cos \hat{A} = \frac{\text{côté adjacent}}{\text{hypoténuse}} = \frac{AB}{AC}$$

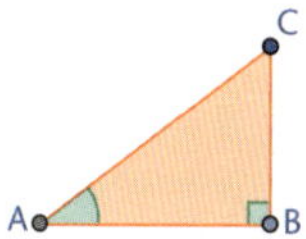

- On peut aussi définir la **tangente** d'un angle aigu :

$$\tan \hat{A} = \frac{\sin \hat{A}}{\cos \hat{A}} = \frac{\text{côté opposé}}{\text{côté adjacent}} = \frac{BC}{BA}.$$

- Les valeurs remarquables suivantes sont utiles aussi bien en mathématiques qu'en physique ($\hat{A}$ est exprimé en radians).

$\hat{A}$	0	$\frac{\pi}{6}$	$\frac{\pi}{4}$	$\frac{\pi}{3}$	$\frac{\pi}{2}$
$\sin \hat{A}$	0	$\frac{1}{2}$	$\frac{\sqrt{2}}{2}$	$\frac{\sqrt{3}}{2}$	1
$\cos \hat{A}$	1	$\frac{\sqrt{3}}{2}$	$\frac{\sqrt{2}}{2}$	$\frac{1}{2}$	0

- **Remarques**

1. On sait que $\frac{\sqrt{2}}{2} = \frac{1}{\sqrt{2}}$.

2. Pour se souvenir du tableau, il suffit de se rappeler la première ligne en écrivant des fractions de dénominateur 2 et en écrivant les racines carrées des nombres entiers consécutifs de 0 à 4 : $\frac{\sqrt{0}}{2}, \frac{\sqrt{1}}{2} ; \frac{\sqrt{2}}{2} ; \frac{\sqrt{3}}{2} ; \frac{\sqrt{4}}{2}$.

3. On complète ensuite la ligne des cosinus, sachant que le cosinus d'un angle est égal au sinus de son complémentaire. Par exemple, $\sin\frac{\pi}{6} = \cos\frac{\pi}{3}$.

II Cosinus et sinus d'un nombre

1. Sur le cercle trigonométrique

• On généralise les définitions précédentes. Soit x un réel et $M(x_M\,;\,y_M)$ son image sur le cercle trigonométrique.
On définit alors :

$$\cos x = x_M \text{ et } \sin x = y_M.$$

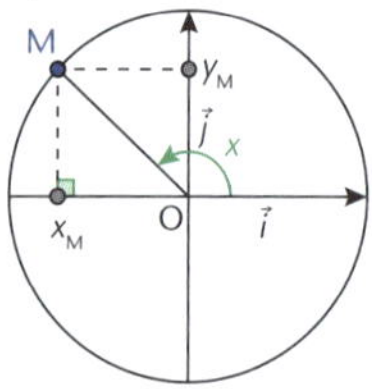

• **Remarques**

1. On peut aussi écrire cos(x) et sin(x) avec parenthèses.
2. Pour tout $x \in \mathbb{R}$: $\cos^2 x + \sin^2 x = 1$.

En effet, le triangle OMx_M est en général rectangle en x_M. Son hypoténuse est égale à 1 car c'est le rayon du cercle trigonométrique. Le théorème de Pythagore permet de justifier la formule.

3. On définit également $\tan x = \frac{\sin x}{\cos x}$, à condition que x soit différent de $\frac{\pi}{2} + k\pi$, où k est un entier relatif quelconque.

2. Cas général

• Par les formules du paragraphe précédent, on définit deux fonctions.

• L'une s'appelle cosinus et à tout réel x associe $\cos x$; l'autre s'appelle sinus et à tout x associe $\sin x$.
Le signe de ces fonctions est résumé sur la figure ci-contre.

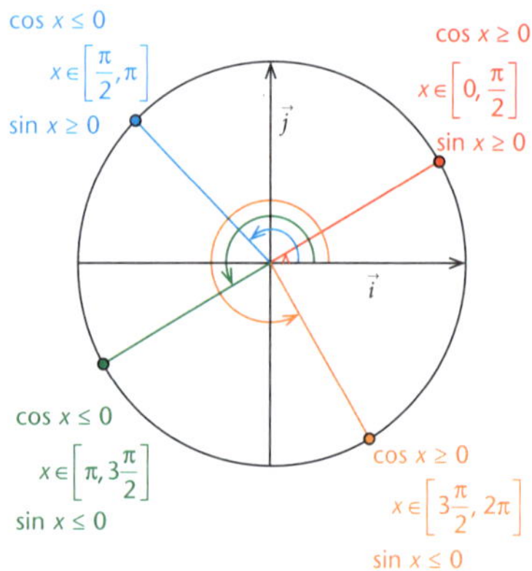

Étude des fonctions sinus et cosinus

FICHE 36

On construit les courbes des fonctions sinus et cosinus sur $[0, \pi]$, puis sur $\mathbb{R}$ par symétrie et périodicité.

I Propriétés des fonctions sinus et cosinus

1. Symétries

Pour tout réel x et tout entier k :

Formule	Interprétation
$\cos(-x) = \cos(x)$	La fonction cosinus est paire.
$\sin(-x) = -\sin(x)$	La fonction sinus est impaire.
$\cos(x) = \sin\left(\frac{\pi}{2} - x\right)$ $\sin(x) = \cos\left(\frac{\pi}{2} - x\right)$	Dans un triangle rectangle, le sinus d'un angle aigu et le cosinus de son complémentaire sont égaux. On généralise cela à x et $\frac{\pi}{2} - x$, dont la somme vaut $\frac{\pi}{2}$.
$\cos(x) = \sin\left(\frac{\pi}{2} + x\right)$ $\sin(x) = -\cos\left(\frac{\pi}{2} + x\right)$	Applications des formules précédentes en remplaçant x par $-x$.
$\cos(x + k2\pi) = \cos(x)$ $\sin(x + k2\pi) = \sin(x)$	Les fonctions sinus et cosinus sont périodiques. Leur période est 2π.

2. Variations

• En utilisant le cercle trigonométrique, on constate que la **fonction cosinus** est **décroissante** sur l'intervalle $[0, \pi]$. Elle décroît de sa valeur maximale 1, obtenue pour $x = 0$ à sa valeur minimale -1, obtenue pour $x = \pi$.

• De même, la **fonction sinus** est **croissante** de 0 à 1 sur l'intervalle $\left[0, \frac{\pi}{2}\right]$ et **décroissante** de 1 à 0 sur l'intervalle $\left[\frac{\pi}{2}, \pi\right]$.

II Courbes

1. Fonction sinus

• Construisons la courbe de la fonction sinus sur l'intervalle $[0, \pi]$.

On déroule le demi-cercle supérieur de rayon 1 (points rouges) sur l'axe des abscisses. Leurs images par la fonction sinus (points bleus) se reportent comme indiqué.

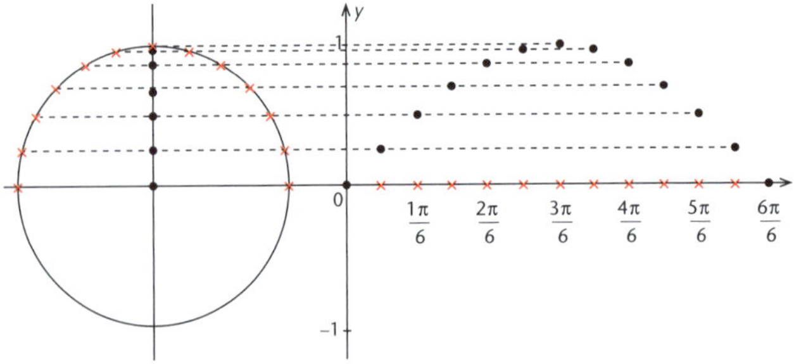

• La fonction sinus étant impaire, on obtient par symétrie la partie formée par les points rouges, que l'on complète par translations de vecteurs $2\pi\vec{i}$ et $-2\pi\vec{i}$ puisque la fonction est périodique.

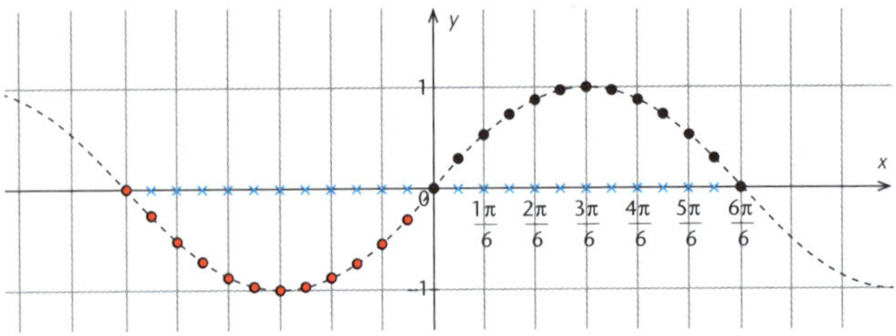

2. Fonction cosinus

• La fonction cosinus se déduit de la précédente par translation de vecteur $-\frac{\pi}{2}\vec{i}$ car $\cos(x) = \sin\left(x + \frac{\pi}{2}\right)$.

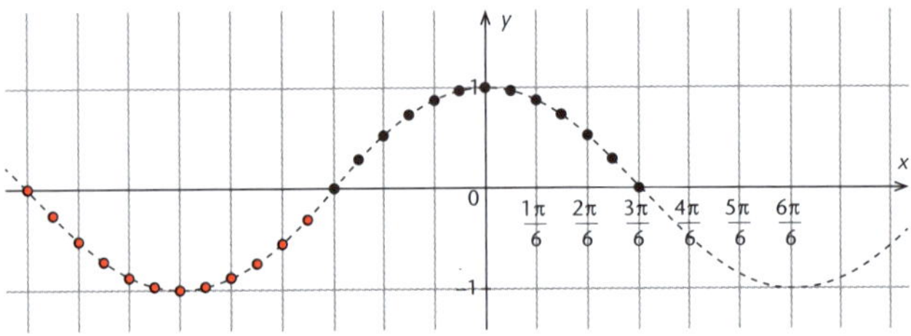

Ces deux courbes s'appellent des sinusoïdes.

Équations et courbes trigonométriques

Sujet : résoudre une équation trigonométrique et placer les images des solutions sur le cercle trigonométrique

Il s'agit de résoudre l'équation $\cos(4x) = -0{,}5$.

1. Trouver un réel a dont le cosinus est égal à $-0{,}5$.

2. a. Trouver des relations liant x et a lorsque $\cos(4x) = \cos(a)$.

b. En déduire deux groupes de solutions de l'équation.

3. Placer les images des solutions sur le cercle trigonométrique.

→ Construire le cercle trigonométrique et placer le nombre −0,5 sur l'axe des abscisses.

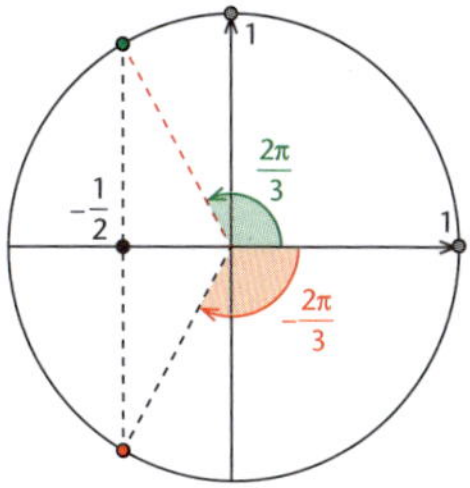

1. On voit sur le cercle trigonométrique que l'on peut choisir $a = \frac{2\pi}{3}$ ou $a = -\frac{2\pi}{3}$.

$\frac{2\pi}{3} rd = 120°$.

→ Ne pas oublier que $\cos(4x) = \cos(4x + k2\pi)$.

2. a. Choisissons $a = \frac{2\pi}{3}$. On a alors

$$\cos(4x) = \cos\left(\frac{2\pi}{3}\right) \Leftrightarrow 4x = \frac{2\pi}{3} + k2\pi \text{ ou } 4x = -\frac{2\pi}{3} + k2\pi.$$

b. On en déduit $x = \frac{\pi}{6} + \frac{k\pi}{2}$ ou $x = -\frac{\pi}{6} + \frac{k\pi}{2}$.

→ Placer les images en partant de $k = 0$.

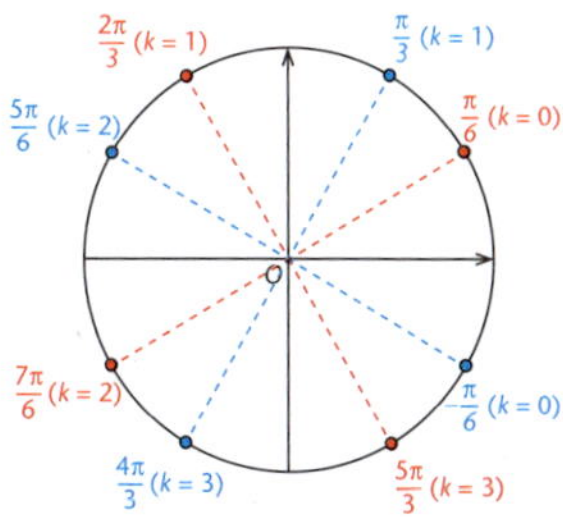

3. Le premier groupe de solutions est codé en rouge. On commence par placer $\frac{\pi}{6}$ (30°) et on continue dans le sens direct par rotation d'angle $\frac{\pi}{2}$. Le second groupe est codé en bleu en commençant par $-\frac{\pi}{6}$.

Sujet : étude d'une fonction trigonométrique

On pose $f(x) = \sin(2x)$.
On se propose de justifier la forme de sa courbe.

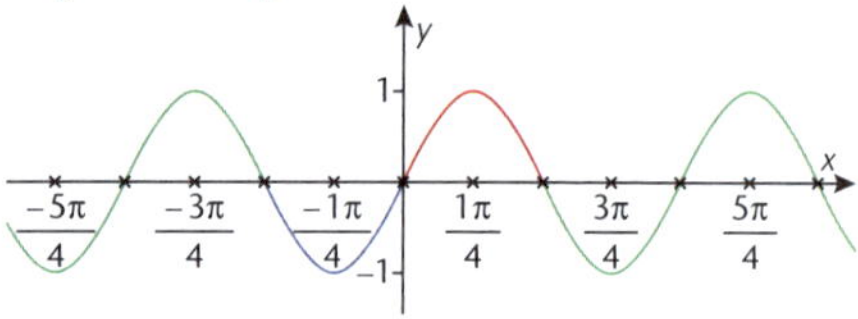

1. Montrer que f est périodique de période π puis que f est impaire.

2. On se contente d'étudier les variations de f sur $\left[0,\frac{\pi}{2}\right]$. Expliquer pourquoi.

3. On admet que $\sin'(x) = \cos(x)$. Calculer alors $f'(x)$ et construire le tableau de variations de f sur $\left[0,\frac{\pi}{2}\right]$.

4. Construire la courbe représentant f sur $\left[0,\frac{\pi}{2}\right]$ puis sur $\mathbb{R}$.

➔ Montrer que $\forall x \in \mathbb{R}$ $f(x + \pi) = f(x)$.

1. $\forall x \in \mathbb{R}$, $f(x + \pi) = \sin(2(x + \pi)) = \sin(2x + 2\pi) = \sin(2x) = f(x)$.
f est donc périodique de période π.
$\forall x \in \mathbb{R}$, $f(-x) = \sin(-2x) = -\sin(2x) = -f(x)$. Donc f est impaire.

➔ Utiliser les symétries permises par la périodicité et la parité de f.

2. Étudions la fonction sur $\left[0,\frac{\pi}{2}\right]$. Par symétrie par rapport à O (f est impaire), on a la courbe sur $\left[-\frac{\pi}{2},0\right]$. Par translations de vecteurs $\pi\vec{i}$ et $-\pi\vec{i}$, on obtient la totalité de la courbe par périodicité.

➔ Ne pas oublier que $h(x) = g(ax + b) \Rightarrow h'(x) = ag'(ax + b)$!

3. $\forall x \in \mathbb{R}$, $f'(x) = 2\sin'(2x) = 2\cos(2x)$. De plus,
$x \in \left[0,\frac{\pi}{4}\right] \Rightarrow 2x \in \left[0,\frac{\pi}{2}\right] \Rightarrow \cos(2x) \geq 0$ et
$x \in \left[\frac{\pi}{4},\frac{\pi}{2}\right] \Rightarrow \cos(2x) \leq 0$.
On en déduit le tableau de variations ci-contre.

x	0		$\frac{\pi}{4}$		$\frac{\pi}{2}$
$f'(x)$		$-$	0	$+$	
$f(x)$	0	↗	1	↘	0

➔ Construire la courbe.

4. On commence par construire la partie en rouge, puis par symétrie celle en bleu et enfin la totalité, en vert.

Trigonométrie

QUIZ-Mémorisation active

1 Cercle trigonométrique

Questions	Réponses
Dans la phrase « On parcourt le cercle trigonométrique dans le sens direct », donnez un synonyme du mot direct.	Le sens direct est le sens anti-horaire (↺). Le sens indirect est le sens horaire (↻). Le point de départ du parcours est $(1,0)$.
La mesure principale en radians d'un angle orienté appartient à un certain intervalle. Lequel ?	La mesure principale en radians d'un arc orienté appartient à l'intervalle $]-\pi, \pi]$. Il faudra bien noter les bornes.
Les images de nombres négatifs sur le cercle trigonométrique sont-elles nécessairement situées sur le demi-cercle inférieur ?	Pas nécessairement. Par exemple, $-\frac{3\pi}{2}$ a la même image que $\frac{\pi}{2}$ car $-\frac{3\pi}{2} = \frac{\pi}{2} - 2\pi$. Deux nombres qui diffèrent de 2π ont la même image sur le cercle.

2 Propriétés des fonctions cosinus et sinus

Questions	Réponses
Dans quels intervalles les fonctions cosinus et sinus ont-elles le même signe ?	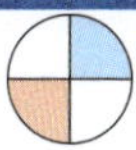 Elles ont le même signe dans les quadrants bleu et rouge.
Les fonctions sinus et cosinus sont périodiques de période 2π. Qu'est-ce que cela signifie graphiquement ?	Deux points d'une sinusoïde d'abscisses x et $x + 2\pi$ ont la même ordonnée. Une sinusoïde désigne aussi bien la courbe de sinus que de cosinus.
Quelles sont les variations des fonctions cosinus et sinus sur l'intervalle $[0,\pi]$?	La fonction cosinus est décroissante de 1 à −1 sur l'intervalle $[0, \pi]$. La fonction sinus est croissante de 0 à 1 sur l'intervalle $\left[0, \frac{\pi}{2}\right]$, puis décroissante de 1 à 0 sur l'intervalle $\left[\frac{\pi}{2}, \pi\right]$.

SCHÉMA-BILAN

Résoudre une équation trigonométrique dans un intervalle donné

$\cos x = \frac{1}{\sqrt{2}}$ sur l'intervalle $\left]-\frac{15\pi}{6} ; -\frac{3\pi}{2}\right]$

↓

Recherche de a tel que $\cos a = \frac{1}{\sqrt{2}}$ (voir figure)

↓

$a = \frac{\pi}{4}$

↓

L'équation équivaut à $\cos x = \cos\frac{\pi}{4}$.

↓

$x = \frac{\pi}{4} + 2k\pi$ **ou** $x = -\frac{\pi}{4} + 2k'\pi$

↓

On choisit k et k' tels que $-\frac{15\pi}{6} \leqslant \frac{\pi}{4} + 2k\pi \leqslant -\frac{3\pi}{2}$

et $-\frac{15\pi}{6} \leqslant -\frac{\pi}{4} + 2k'\pi \leqslant -\frac{3\pi}{2}$.

↓

On trouve $-\frac{33}{24} \leqslant k \leqslant -\frac{7}{8} \Leftrightarrow k = -1$ **et** $-\frac{27}{24} \leqslant k' \leqslant -\frac{15}{24} \Leftrightarrow k' = -1$.

↓

Bilan : $S = \left\{\frac{\pi}{4} - 2\pi ; -\frac{\pi}{4} - 2\pi\right\} = \left\{-\frac{7\pi}{4} ; -\frac{9\pi}{4}\right\}$.

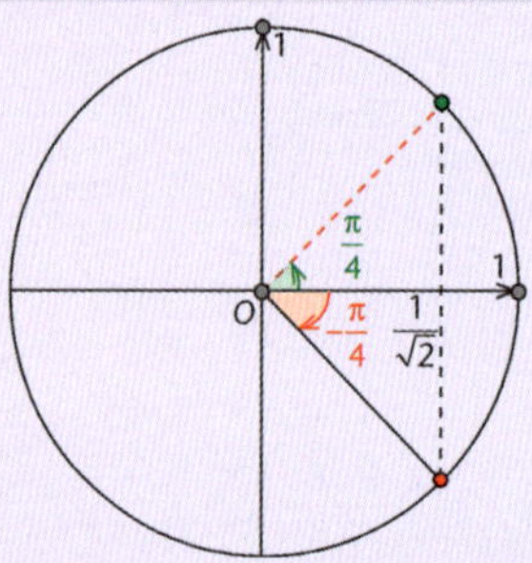

Définitions et calculs élémentaires

FICHE 39

I Définition

On pose $\vec{u} = \overrightarrow{AB}$ et $\vec{v} = \overrightarrow{AC}$.

1. Cas de deux vecteurs colinéaires

Définition : lorsque $\vec{u}$ et $\vec{v}$ sont colinéaires, le produit scalaire de $\vec{u}$ et $\vec{v}$ est le nombre que l'on note $\vec{u} \cdot \vec{v}$ ou $\vec{v} \cdot \vec{u}$, et qui est égal à :

- 0 si l'un des deux vecteurs est égal à $\vec{0}$;
- $AB \times AC$ si $\vec{u}$ et $\vec{v}$ sont de même sens ;
- $-AB \times AC$ si $\vec{u}$ et $\vec{v}$ sont de sens contraires.

> Le produit scalaire de deux vecteurs colinéaires est un nombre, et non un vecteur.

2. Cas de deux vecteurs non colinéaires

Soit H la projection orthogonale de C sur (AB).

- **Définition :** le produit scalaire $\vec{u} \cdot \vec{v}$ est égal au produit scalaire $\overrightarrow{AB} \cdot \overrightarrow{AH}$. On voit sur les figures ci-dessous le signe de $\overrightarrow{AB} \cdot \overrightarrow{AC}$.

Sur la figure 3 : $(AC) \perp (AB)$ donc $\overrightarrow{AH} = \vec{0} \Rightarrow \overrightarrow{AB} \cdot \overrightarrow{AC} = 0$.

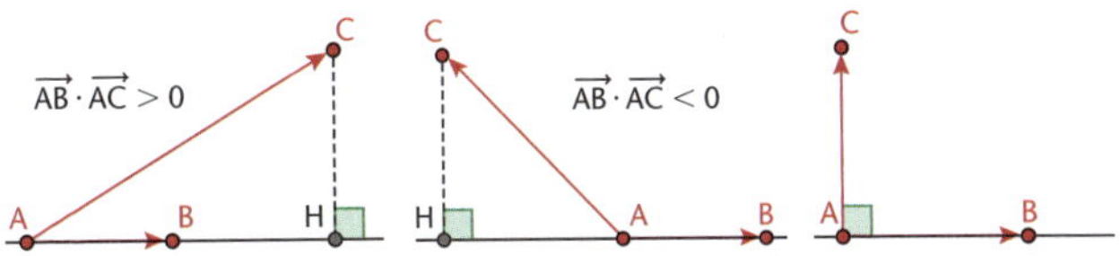

Figure 1 Figure 2 Figure 3

- **Remarque :** $\vec{u} \cdot \vec{v} = 0 \Leftrightarrow \vec{u} \perp \vec{v}$. Pour que $\vec{u} \cdot \vec{v} = 0$, il n'est donc pas nécessaire que l'on ait $\vec{u} = \vec{0}$ ou $\vec{v} = \vec{0}$.

3. Expressions du produit scalaire

- **Avec le cosinus** (A, B et C sont distincts), l'expression du produit scalaire est la suivante :

$$\vec{u} \cdot \vec{v} = AB \times AC \cos \widehat{BAC}.$$

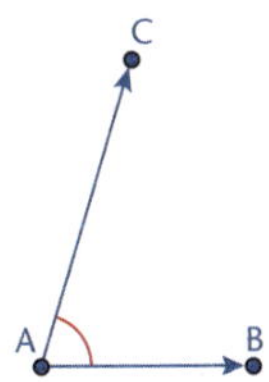

- **Remarque :** on constate que si l'angle géométrique $\widehat{BAC}$ est supérieur à 90°, le produit scalaire est négatif. S'il est droit, le produit scalaire est égal à 0.

• **Dans un repère orthonormé :** on suppose que $\vec{u}$ et $\vec{v}$ ont pour coordonnées respectives $(x\,;\,y)$ et $(x'\,;\,y')$ Alors :

$$\vec{u}\cdot\vec{u}' = xx' + yy'.$$

En particulier, si $\vec{u} = \vec{v}$ alors $\vec{u}\cdot\vec{u} = x^2 + y^2$.

II Calculs élémentaires

• **Théorème :** pour tous vecteurs $\vec{u}$, $\vec{v}$, $\vec{w}$ et tout réel a :

$$\vec{u}\cdot(\vec{v} + \vec{w}) = \vec{u}\cdot\vec{v} + \vec{u}\cdot\vec{w}$$

$$\vec{u}\cdot(a\vec{v}) = a(\vec{u}\cdot\vec{v}) = (a\vec{u})\cdot\vec{v}.$$

On reconnaît les propriétés usuelles de la multiplication dans $\mathbb{R}$.

• **Définition :** la norme d'un vecteur $\vec{u}$ est sa longueur, que l'on note $\|\vec{u}\|$.

Autrement dit, $\vec{u} = \overrightarrow{AB} \Rightarrow \|\vec{u}\| = AB$. D'autre part, $\vec{u}\cdot\vec{u} = AB^2 = \|\vec{u}\|^2$ $\Rightarrow AB^2 = (x_B - x_A)^2 + (y_B - y_A)^2$.

• **Théorème :** pour tous vecteurs $\vec{u}$ et $\vec{v}$:

$$\|\vec{u} + \vec{v}\|^2 = \|\vec{u}\|^2 + \|v\|^2 + 2\vec{u}\cdot\vec{v}$$

$$\|\vec{u} - \vec{v}\|^2 = \|\vec{u}\|^2 + \|\vec{v}\|^2 - 2\vec{u}\cdot\vec{v}.$$

En effet : $\|\vec{u} + \vec{v}\|^2 = (\vec{u} + \vec{v})\cdot(\vec{u} + \vec{v}) = \vec{u}\cdot\vec{u} + \vec{u}\cdot\vec{v} + \vec{v}\cdot\vec{u} + \vec{v}\cdot\vec{v}$ $= \|\vec{u}\|^2 + 2\vec{u}\cdot\vec{v} + \|\vec{v}\|^2$.

On procède de la même manière pour $\|\vec{u} - \vec{v}\|^2$.

• **Remarques**

1. Noter l'analogie avec les identités remarquables $(a \pm b)^2$.

2. Par soustraction membre à membre, on obtient :
$\|\vec{u} + \vec{v}\|^2 - \|\vec{u} - \vec{v}\|^2 = 4\vec{u}\cdot\vec{v}$, donc $\vec{u}\cdot\vec{v} = \frac{1}{4}(\|\vec{u} + \vec{v}\|^2 - \|\vec{u} - \vec{v}\|^2)$.

3. En additionnant membre à membre les deux égalités du théorème, on trouve $\|\vec{u} + \vec{v}\|^2 + \|\vec{u} - \vec{v}\|^2 = 2(\|\vec{u}\|^2 + \|\vec{v}\|^2)$, que l'on interprète ainsi : la somme des carrés des diagonales d'un parallélogramme est égale au double de la somme des carrés de ses côtés ($\vec{u} = \overrightarrow{AB}$, $\vec{v} = \overrightarrow{AD}$, $\vec{u} + \vec{v} = \overrightarrow{AC}$, $\vec{u} - \vec{v} = \overrightarrow{DB}$).

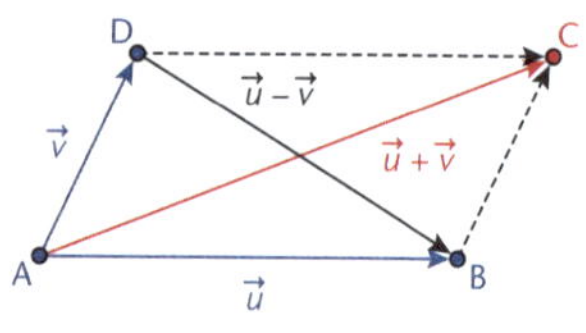

Détermination d'angles et de longueurs

FICHE 40

I Les formules d'Al-Kashi

• **Théorème :** soit ABC un triangle :

on note AB = c, BC = a, CA = b. Alors :

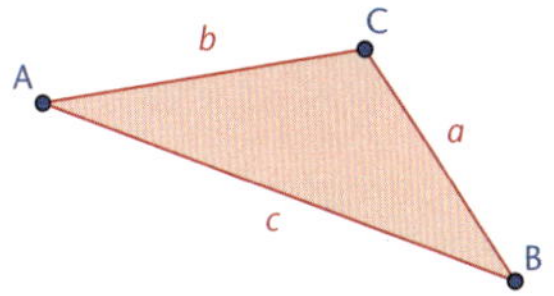

$$a^2 = b^2 + c^2 - 2bc\cos\hat{A}$$

$$b^2 = c^2 + a^2 - 2ca\cos\hat{B}$$

$$c^2 = a^2 + b^2 - 2ab\cos\hat{C}.$$

• **Démonstration :** prouvons la première égalité.

$BC^2 = \overrightarrow{BC}\cdot\overrightarrow{BC} = (\overrightarrow{BA} + \overrightarrow{AC})\cdot(\overrightarrow{BA} + \overrightarrow{AC})$.

Donc $BC^2 = BA^2 + AC^2 + 2\overrightarrow{BA}\cdot\overrightarrow{AC} \Rightarrow a^2 = c^2 + b^2 - 2\overrightarrow{AB}\cdot\overrightarrow{AC}$
$= c^2 + b^2 - 2AB \times AC \times \cos(\overrightarrow{AB}, \overrightarrow{AC})$
$= c^2 + b^2 - 2bc\cos\hat{A}$, ce qu'il fallait démontrer.

On prouve les deux autres égalités de la même façon.

• **Remarques**

1. Ces formules sont des généralisations du théorème de Pythagore dans le cas d'un triangle quelconque. En effet, si le triangle est rectangle en C, $\cos\hat{C} = 0$ et le résultat est connu : $c^2 = a^2 + b^2$.

2. Il suffit de retenir la première égalité. On obtient ensuite la deuxième par **permutation circulaire**, c'est-à-dire en remplaçant a par b, b par c et c par a. On opère de même pour la troisième, à partir de la deuxième.

3. Le nom d'un côté est la lettre minuscule du sommet qui lui est opposé (a est opposé à A, b à B et c à C).

4. On constate donc que lorsqu'on connaît les mesures des trois côtés d'un triangle, on connaît également les mesures de ses trois angles ! Par exemple, $\cos\hat{A} = \dfrac{b^2 + c^2 - a^2}{2bc}$.

• **L'algorithme suivant** donne la valeur de $\hat{A}$, $\hat{B}$, $\hat{C}$ lorsque l'utilisateur lui fournit a, b, c.

Ces valeurs doivent respecter l'inégalité triangulaire.

• La fonction acos est l'équivalent de $\cos^{-1}$. Elle fournit des valeurs en radians, qu'il faut convertir en degrés.

```
a=float(input("a = ?"))
b=float(input("b = ?"))
c=float(input("c = ?"))
anga=acos((b**2+c**2-a**2)/(2*b*c))*180/pi
angb=acos((c**2+a**2-b**2)/(2*c*a))*180/pi
angc=180-anga-angb
print(anga, angb, angc)
```

II L'égalité de la médiane

Théorème : considérons un segment [AB] et I son milieu. Alors, pour tout point M :

$$MA^2 + MB^2 = \frac{1}{2}AB^2 + 2MI^2.$$

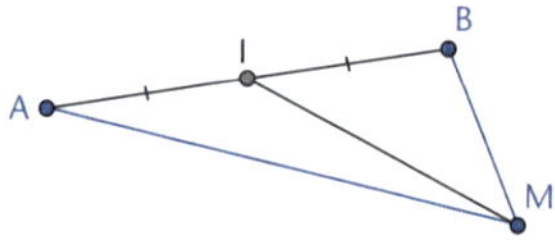

• **Démonstration :** on sait que $\overrightarrow{IA} + \overrightarrow{IB} = \vec{0}$.

1. $MA^2 = (\overrightarrow{MI} + \overrightarrow{IA})\cdot(\overrightarrow{MI} + \overrightarrow{IA}) = MI^2 + 2\overrightarrow{MI}\cdot\overrightarrow{IA} + IA^2$

$MB^2 = (\overrightarrow{MI} + \overrightarrow{IB})\cdot(\overrightarrow{MI} + \overrightarrow{IB}) = MI^2 + 2\overrightarrow{MI}\cdot\overrightarrow{IB} + IB^2$

Donc :

$$MA^2 + MB^2 = 2MI^2 + IA^2 + IB^2 + 2\overrightarrow{MI}\cdot(\overrightarrow{IA} + \overrightarrow{IB})$$
$$= 2MI^2 + \left(\frac{1}{2}AB\right)^2 + \left(\frac{1}{2}AB\right)^2 = 2MI^2 + \frac{1}{2}AB^2.$$

• **Remarque** : soit M′ le symétrique de M par rapport à I.

L'égalité précédente se traduit par $4MI^2 + AB^2 = 2(MA^2 + MB^2)$, donc :

$$(2MI)^2 + AB^2 = 2(MA^2 + MB^2)$$
$$\Leftrightarrow MM'^2 + AB^2 = 2(MA^2 + MB^2).$$

En posant $\vec{u} = \overrightarrow{AM}$ et $\vec{v} = \overrightarrow{AM'}$ on obtient l'égalité vue dans la fiche 39 (*in fine*) : $\|\vec{u} + \vec{v}\|^2 + \|\vec{u} - \vec{v}\|^2 = 2(\|\vec{u}\|^2 + \|\vec{v}\|^2)$ car $\vec{u} + \vec{v} = \overrightarrow{AB}$ et $\vec{u} - \vec{v} = \overrightarrow{M'M}$.

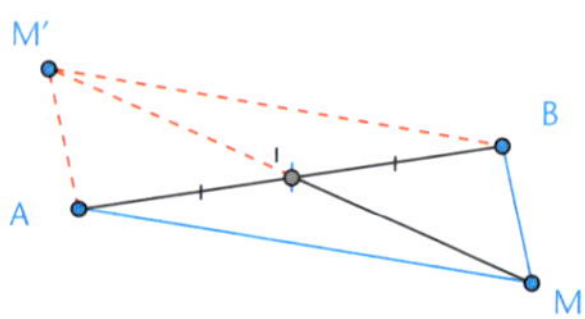

Applications du produit scalaire

FICHE 41

I Lignes de niveau

1. $\overrightarrow{MA} \cdot \overrightarrow{MB} = k$

• **Énoncé :** étant donné deux points fixes A et B, et une constante k, où se trouvent les points M du plan tels que $\overrightarrow{MA} \cdot \overrightarrow{MB} = k$? L'ensemble trouvé s'appelle une **k-ligne de niveau** de l'expression $\overrightarrow{MA} \cdot \overrightarrow{MB}$.

• **Réponse :** soit I le milieu de [AB]. On sait que $\overrightarrow{IA} + \overrightarrow{IB} = \vec{0}$ et $IA = IB = \frac{1}{2}AB$. Donc :

$$\overrightarrow{MA} \cdot \overrightarrow{MB} = k \Leftrightarrow (\overrightarrow{MI} + \overrightarrow{IA}) \cdot (\overrightarrow{MI} + \overrightarrow{IB}) = k$$

$$\Leftrightarrow MI^2 + \overrightarrow{MI} \cdot (\overrightarrow{IB} + \overrightarrow{IA}) + \overrightarrow{IA} \cdot \overrightarrow{IB} = k$$

$$\Leftrightarrow MI^2 - IA^2 = k \Leftrightarrow MI^2 = k + IA^2 \Leftrightarrow MI^2 = k + \frac{1}{4}AB^2.$$

Sachant que MI^2 est un nombre positif :

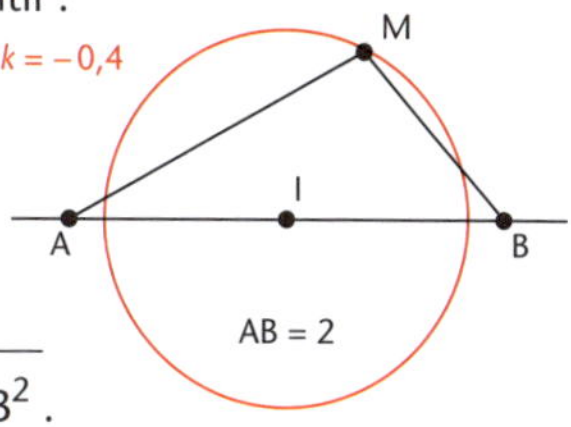

1. Si $k < -\frac{1}{4}AB^2$, alors il n'existe aucun point M tel que $\overrightarrow{MA} \cdot \overrightarrow{MB} = k$.

2. Si $k \geqslant -\frac{1}{4}AB^2$, alors :

$$MI^2 = k + \frac{1}{4}AB^2 \Leftrightarrow IM = \sqrt{k + \frac{1}{4}AB^2}.$$

Les points M se trouvent donc sur le cercle de centre I, de rayon $\sqrt{k + \frac{1}{4}AB^2}$, qui peut être réduit au seul point I dans le cas où $k = -\frac{1}{4}AB^2$.

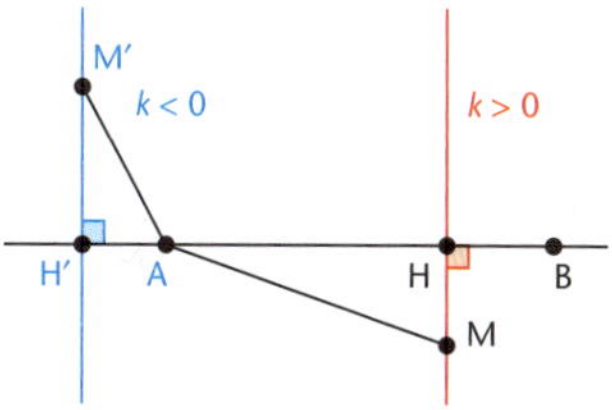

2. $\overrightarrow{AM} \cdot \overrightarrow{AB} = k$

• Soit H la projection orthogonale de M sur (AB), on a $\overrightarrow{AH} \cdot \overrightarrow{AB} = \overrightarrow{AM} \cdot \overrightarrow{AB} = k$.

Les positions possibles de H sont indiquées en fonction du signe de k.

La *k*-**ligne de niveau** est la droite perpendiculaire à (AB) passant par H.

Si $k = 0$ la ligne de niveau est la perpendiculaire à (AB) passant par A.

II Centre de gravité et optimisation

• **Énoncé :** on donne un triangle ABC et un point M. Est-il possible de trouver un point M qui minimise l'expression $MA^2 + MB^2 + MC^2$?

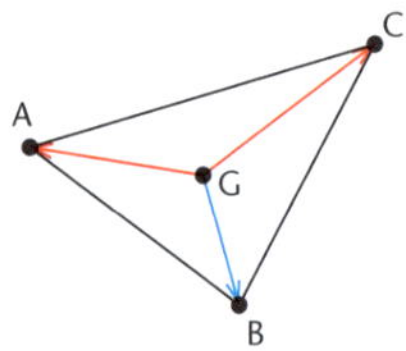

• **Réponse :** pour résoudre ce problème, on utilise le centre de gravité G du triangle. Il vérifie la relation $\overrightarrow{GA} + \overrightarrow{GB} + \overrightarrow{GC} = \vec{0}$.

• On a :

$$MA^2 = \overrightarrow{MA} \cdot \overrightarrow{MA} = (\overrightarrow{MG} + \overrightarrow{GA}) \cdot (\overrightarrow{MG} + \overrightarrow{GA}) = MG^2 + 2\overrightarrow{MG} \cdot \overrightarrow{GA} + GA^2.$$

De même, $MB^2 = MG^2 + 2\overrightarrow{MG} \cdot \overrightarrow{GB} + GB^2$ et

$$MC^2 = MG^2 + 2\overrightarrow{MG} \cdot \overrightarrow{GC} + GC^2.$$

Donc : $MA^2 + MB^2 + MC^2$

$$= 3MG^2 + 2\overrightarrow{MG} \cdot (\overrightarrow{GA} + \overrightarrow{GB} + \overrightarrow{GC}) + GA^2 + GB^2 + GC^2$$

$$MA^2 + MB^2 + MC^2 = 3MG^2 + GA^2 + GB^2 + GC^2.$$

• MG^2 étant positif, il en résulte que, pour tout point M, $MA^2 + MB^2 + MC^2 \geq GA^2 + GB^2 + GC^2$.

$GA^2 + GB^2 + GC^2$ est donc la valeur minimale de l'expression $MA^2 + MB^2 + MC^2$ et elle est atteinte pour $M = G$.

• L'expression $MA^2 + MB^2 + MC^2$ est donc minimale pour une seule et même valeur de M, qui est le centre de gravité du triangle ABC.

• **Remarque :** si on remplace successivement M par A, B, C dans la relation surlignée on obtient :

$$AB^2 + AC^2 = 4AG^2 + GB^2 + GC^2$$
$$BA^2 + BC^2 = 4BG^2 + GA^2 + GC^2$$
$$CA^2 + CB^2 = 4CG^2 + GA^2 + GB^2$$

Par addition et après simplification : $2(AB^2 + BC^2 + CA^2) = 6(GA^2 + GB^2 + GC^2)$.

Donc : $GA^2 + GB^2 + GC^2 = \frac{1}{3}(AB^2 + BC^2 + CA^2)$.

La valeur minimale de l'expression $MA^2 + MB^2 + MC^2$ est donc $\frac{1}{3}(AB^2 + BC^2 + CA^2)$.

En particulier, si le triangle ABC est équilatéral de côté a, alors la valeur minimale est égale à a^2.

Exercice commenté pas à pas

Produit scalaire et orthogonalité

On considère un triangle ABC isocèle en A, I le milieu de [BC] et H le projeté orthogonal de I sur [AC]. On note J le milieu de [IH]. On veut démontrer que les droites (AJ) et (BH) sont perpendiculaires.

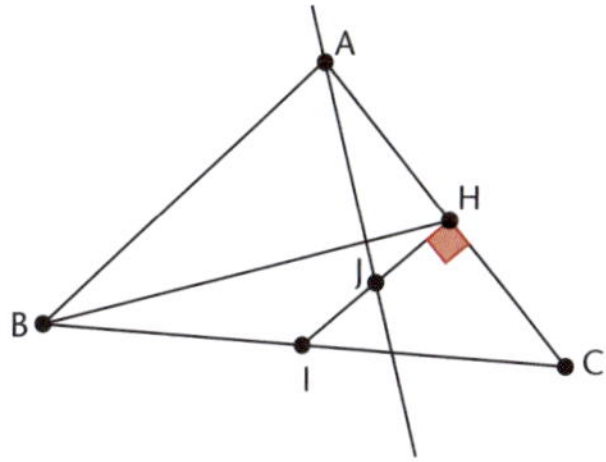

1. a. Exprimer la somme $\overrightarrow{AI} + \overrightarrow{AH}$ en fonction de $\overrightarrow{AJ}$.

b. En déduire que $\overrightarrow{AJ} \cdot \overrightarrow{BH} = \dfrac{1}{2}(\overrightarrow{AI} \cdot \overrightarrow{BH} + \overrightarrow{AH} \cdot \overrightarrow{BH})$.

2. Montrer que $\overrightarrow{AI} \cdot \overrightarrow{BH} = \overrightarrow{AI} \cdot \overrightarrow{CH}$.

3. a. Montrer que $\overrightarrow{AH} \cdot (\overrightarrow{BH} - \overrightarrow{HC}) = 0$.

b. En déduire que $\overrightarrow{AH} \cdot \overrightarrow{BH} = \overrightarrow{AH} \cdot \overrightarrow{HC}$.

4. Conclure.

Avant de commencer

▶ Pour résoudre ce problème, on devra faire appel aux vecteurs et à leurs propriétés ; on utilisera aussi la condition d'orthogonalité de deux vecteurs.

→ Utiliser la somme vectorielle liée au parallélogramme.

1. a. $\overrightarrow{AI} + \overrightarrow{AH} = \overrightarrow{AS}$ où S est le sommet du parallélogramme AHSI.
J étant le centre de ce parallélogramme, on a $\overrightarrow{AI} + \overrightarrow{AH} = 2\overrightarrow{AJ}$.

→ Effectuer le produit scalaire par $\overrightarrow{BH}$ de la somme vectorielle précédente.

b. On a donc

$$\overrightarrow{AJ} = \frac{1}{2}(\overrightarrow{AI} + \overrightarrow{AH}) \Rightarrow \overrightarrow{AJ} \cdot \overrightarrow{BH} = \frac{1}{2}(\overrightarrow{AI} + \overrightarrow{AH}) \cdot \overrightarrow{BH}$$

$$= \frac{1}{2}(\overrightarrow{AI} \cdot \overrightarrow{BH} + \overrightarrow{AH} \cdot \overrightarrow{BH}),$$

ce qu'il fallait démontrer.

Utiliser la relation de Chasles en introduisant le point C.

2. $\overrightarrow{AI} \cdot \overrightarrow{BH} = \overrightarrow{AI} \cdot (\overrightarrow{BC} + \overrightarrow{CH}) = \overrightarrow{AI} \cdot \overrightarrow{BC} + \overrightarrow{AI} \cdot \overrightarrow{CH} = \overrightarrow{AI} \cdot \overrightarrow{CH}$. En effet, $\overrightarrow{AI} \cdot \overrightarrow{BC} = 0$, puisque la droite (AI) est la médiatrice de [BC].
En effet, le triangle ABC est isocèle en A donc (AI) est perpendiculaire à (BC).

Introduire le point I en vous rappelant qu'il est le milieu de [BC].

3. a. $\overrightarrow{AH} \cdot (\overrightarrow{BH} - \overrightarrow{HC}) = \overrightarrow{AH} \cdot (\overrightarrow{BI} + \overrightarrow{IH} - (\overrightarrow{HI} + \overrightarrow{IC}))$

$$= \overrightarrow{AH} \cdot (\overrightarrow{BI} + \overrightarrow{IH} - \overrightarrow{HI} - \overrightarrow{IC})$$

$$= \overrightarrow{AH} \cdot (\overrightarrow{BI} - \overrightarrow{IC} + 2\overrightarrow{IH}).$$

Or, $\overrightarrow{BI} - \overrightarrow{IC} = \vec{0}$ car I est le milieu de BC. Donc :
$\overrightarrow{AH} \cdot (\overrightarrow{BH} - \overrightarrow{HC}) = 2\overrightarrow{AH} \cdot \overrightarrow{IH} = 0$, car les droites (AH) et (IH) sont perpendiculaires. C'est ce qu'il fallait démontrer.

Utiliser la relation précédente.

b. $\overrightarrow{AH} \cdot (\overrightarrow{BH} - \overrightarrow{HC}) = 0 \Rightarrow \overrightarrow{AH} \cdot \overrightarrow{BH} - \overrightarrow{AH} \cdot \overrightarrow{HC} = 0$

$$\Rightarrow \overrightarrow{AH} \cdot \overrightarrow{BH} = \overrightarrow{AH} \cdot \overrightarrow{HC},$$

ce qu'il fallait démontrer.

Montrer que $\overrightarrow{AJ} \cdot \overrightarrow{BH} = 0$.

4. D'après la question 1, $\overrightarrow{AJ} \cdot \overrightarrow{BH} = \frac{1}{2}(\overrightarrow{AI} \cdot \overrightarrow{BH} + \overrightarrow{AH} \cdot \overrightarrow{BH})$. Donc :

$$\overrightarrow{AJ} \cdot \overrightarrow{BH} = \frac{1}{2}(\overrightarrow{AI} \cdot \overrightarrow{CH} + \overrightarrow{AH} \cdot \overrightarrow{HC}) = \frac{1}{2}\overrightarrow{CH} \cdot (\overrightarrow{AI} - \overrightarrow{AH}) = \frac{1}{2}\overrightarrow{CH} \cdot \overrightarrow{HI} = 0$$

car les droites (CH) et (HI) sont perpendiculaires.

C'est ce qu'il fallait montrer.

On en déduit que les vecteurs $\overrightarrow{AJ}$ et $\overrightarrow{BH}$ sont orthogonaux car leur produit scalaire est nul.

Il en résulte que les droites (AJ) et (BH) sont perpendiculaires, ce qu'il fallait démontrer.

BILAN

Calcul vectoriel et produit scalaire

FICHE 43

QUIZ-Mémorisation active

1 Produit scalaire

Questions	Réponses
Comment connaître le signe du produit scalaire de deux vecteurs ?	Si $\vec{u} = \overrightarrow{AB}$ et si $\vec{v} = \overrightarrow{AC}$, alors le produit scalaire $\vec{u} \cdot \vec{v}$ est positif si l'angle saillant $\widehat{BAC}$ est aigu. Dans le cas contraire, il est négatif.
Comment calculer $\|\vec{u} + \vec{v}\|$ et $\|\vec{u} - \vec{v}\|$ à l'aide du produit scalaire $\vec{u} \cdot \vec{v}$?	On sait que : $\|\vec{u} + \vec{v}\|^2 = \|\vec{u}\|^2 + \|\vec{v}\|^2 + 2\vec{u} \cdot \vec{v}$ et $\|\vec{u} - \vec{v}\|^2 = \|\vec{u}\|^2 + \|\vec{v}\|^2 - 2\vec{u} \cdot \vec{v}$.
La formule $xx' + yy'$ servant à calculer le produit scalaire de deux vecteurs $\vec{u}$ et $\vec{u'}$ de coordonnées respectives $(x ; y)$ et $(x' ; y')$, est-elle valable dans n'importe quel repère ?	**Non.** Elle n'est valable que si le repère est orthonormé. Cela signifie que les vecteurs de base (en général $\vec{i}$ et $\vec{j}$) doivent être orthogonaux et de longueur 1.

2 Formules d'Al-Kashi et lignes de niveau

Questions	Réponses
Dans un triangle non rectangle dont on connaît la longueur des trois côtés, est-il possible de calculer les mesures de ses trois angles ?	**Oui.** D'après les formules d'Al-Kashi, si $\hat{A}$ est la mesure de l'angle opposé au côté de mesure a, alors $\cos \hat{A} = \dfrac{b^2 + c^2 - a^2}{2bc}$. On calcule de même $\cos \hat{B}$ et $\hat{C} = 180° - \hat{A} - \hat{B}$.
Qu'est-ce qu'une ligne de niveau ?	Une ligne de niveau est un ensemble de points qui vérifient une égalité dépendant d'un nombre k. Par exemple, l'ensemble des points M du plan vérifiant $\overrightarrow{MA} \cdot \overrightarrow{MB} = 2$ (ici $k = 2$), A et B étant donnés.
On donne deux points A et B. Quelle est la ligne de niveau de l'égalité $\overrightarrow{AM} \cdot \overrightarrow{AB} = -1$?	C'est la droite perpendiculaire à (AB), la coupant en un point H tel que $\overrightarrow{AH} \cdot \overrightarrow{AB} = -1$.

SCHÉMA-BILAN

Calculer $\vec{u} \cdot \vec{v}$
($\vec{u}$ et $\vec{v}$ étant deux vecteurs)

$\vec{u} = \vec{0}$ ou $\vec{v} = \vec{0}$?

oui → $\vec{u} \cdot \vec{v} = 0$.

non ↓

Avec le projeté orthogonal

- $\vec{u} = \overrightarrow{AB}$; $\vec{v} = \overrightarrow{AC}$; H projeté orthogonal de C sur (AB).
- $\vec{u} \cdot \vec{v} = AB \times AH$ si $\overrightarrow{AB}$ et $\overrightarrow{AH}$ sont de même sens.
- $\vec{u} \cdot \vec{v} = -AB \times AH$ si $\overrightarrow{AB}$ et $\overrightarrow{AH}$ sont de sens contraires.

↓

Avec un cosinus

- $\vec{u} = \overrightarrow{AB}$; $\vec{v} = \overrightarrow{AC}$; $\vec{u} \cdot \vec{v} = AB \times AC \times \cos\widehat{BAC}$.

↓

Dans un repère orthonormé

- Soit $\vec{u}(x;y)$ et $\vec{v}(x';y')$, alors $\vec{u} \cdot \vec{v} = xx' + yy'$.

↓

Avec des normes

- $\vec{u} \cdot \vec{v} = \frac{1}{2}(\|\vec{u} + \vec{v}\|^2 - \|\vec{u}\|^2 - \|\vec{v}\|^2)$

  $\vec{u} \cdot \vec{v} = \frac{1}{4}(\|\vec{u} + \vec{v}\|^2 - \|\vec{u} - \vec{v}\|^2)$

Sachant que $\|\vec{u}\|^2 = \vec{u} \cdot \vec{u}$, $\|\vec{v}\|^2 = \vec{v} \cdot \vec{v}$, etc.

Produit scalaire et droites

FICHE **44**

On se place dans un repère orthonormé $(O ; \vec{i}, \vec{j})$.

I Équations cartésiennes de droites

1. Vecteur normal à une droite

• **Définition :** un **vecteur normal à une droite** est un vecteur non nul perpendiculaire à cette droite.

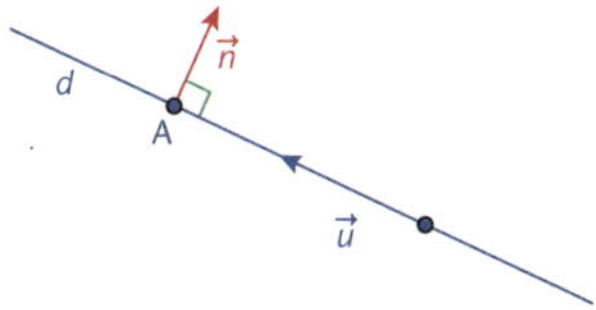

• **Remarques**

1. Une droite a une infinité de vecteurs normaux.

2. Si $\vec{n}$ est un vecteur normal à d et si $\vec{u}$ en est un vecteur directeur, alors $\vec{n} \cdot \vec{u} = 0$.

2. Équations et vecteur normal

Supposons qu'un vecteur normal à d soit $\vec{n}(a ; b)$.

• $M (x ; y) \in d$ si, et seulement si, $\overrightarrow{AM}$ et $\vec{n}$ sont orthogonaux, donc si, et seulement si, $\overrightarrow{AM} \cdot \vec{n} = 0$.

Les coordonnées de $\overrightarrow{AM}$ sont $(x - x_A ; y - y_A)$ donc :

$$\overrightarrow{AM} \cdot \vec{n} = 0 \Leftrightarrow (x - x_A)\, a + (y - y_B)\, b = 0 \Leftrightarrow ax + by - ax_A - by_A = 0.$$

Cette dernière équation est de la forme $ax + by + c = 0$.

• Réciproquement : soit a, b et c trois constantes telles que $(a ; b) \neq (0 ; 0)$.
Soit d la droite d'équation $ax + by + c = 0$. Un vecteur directeur $\vec{u}$ a pour coordonnées $(-b ; a)$. Le vecteur $\vec{n}(a ; b)$ est perpendiculaire à $\vec{u}$ car $(-b)\, a + ab = 0$. $\vec{n}$ est donc un vecteur normal à d.
On en déduit le théorème suivant.

• **Théorème :** soit $\vec{n}(a ; b)$ un vecteur non nul.
1. Toute droite dont un vecteur normal est $\vec{n}$ a une équation de la forme $ax + by + c = 0$.
2. Réciproquement : soit a, b et c trois constantes telles que $(a ; b) \neq (0 ; 0)$. La droite d'équation $ax + by + c = 0$ a un vecteur normal de coordonnées $(a ; b)$.

Exemples :

1. Toute droite parallèle à l'axe des ordonnées a pour équation $x = k$ (k est une constante).

Un vecteur normal a pour coordonnées (1 ; 0) : c'est $\vec{i}$.
De même, toute droite parallèle à l'axe des abscisses a pour vecteur normal $\vec{j}$.

2. Si l'équation réduite d'une droite est $y = mx + p$, alors un vecteur normal a pour coordonnées $(m ; -1)$.

II Droites perpendiculaires

- **Théorème :** deux droites d et d' d'équations respectives $ax + by + c = 0$ et $a'x + b'y + c' = 0$ sont perpendiculaires si, et seulement si, $aa' + bb' = 0$.

- **Corollaire :** deux droites d et d' d'équations réduites respectives $y = mx + p$ et $y = m'x + p'$ sont perpendiculaires si, et seulement si, $mm' = -1$.

- **Remarques**

1. La condition $aa' + bb' = 0$ est à rapprocher de la condition de parallélisme $ab' - a'b = 0$, mais il ne faut pas confondre les deux !

2. Les deux droites d et d' sont perpendiculaires si, et seulement si, leurs vecteurs directeurs (de coordonnées respectives $(-b ; a)$ et $(-b' ; a')$) sont orthogonaux ; donc si, et seulement si, $(-b)(-b') + aa' = 0$. On retrouve la condition du théorème.

3. Pour savoir si deux droites (AB) et (A'B') sont **perpendiculaires**, il suffit de savoir si les deux vecteurs $\overrightarrow{AB}$ et $\overrightarrow{A'B'}$ sont orthogonaux.

- **Énoncé :** trouver les coordonnées du projeté orthogonal H de A(–1, 2) sur la droite d d'équation $x - y = 0$.

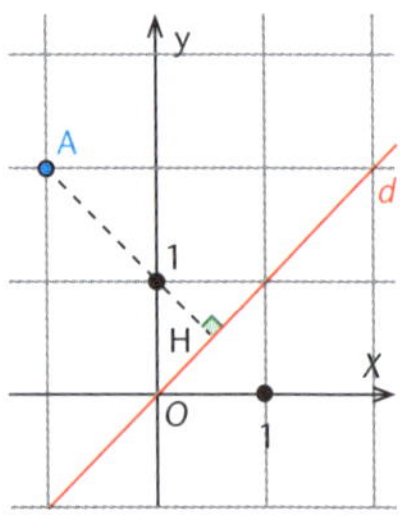

- **Réponse :** le vecteur $\vec{n}(1, -1)$ est normal à d et est colinéaire à $\overrightarrow{AH}$. D'après la règle du déterminant, $\vec{n}$ est colinéaire à $\overrightarrow{AH}$ si, et seulement si, $(x_H + 1)(-1) - (y_H - 2) \times 1 = 0$ donc $x_H + y_H = 1$.

D'autre part, $H \in d$ donc $x_H = y_H$.

On a alors $x_H = y_H = \dfrac{1}{2}$.

On généralise sans peine la technique précédente pour trouver les coordonnées du projeté orthogonal d'un point sur une droite.

Produit scalaire et cercles

FICHE 45

On se place dans un repère orthonormé $(O ; \vec{i}, \vec{j})$.

I Équations cartésiennes de cercles

1. Équations

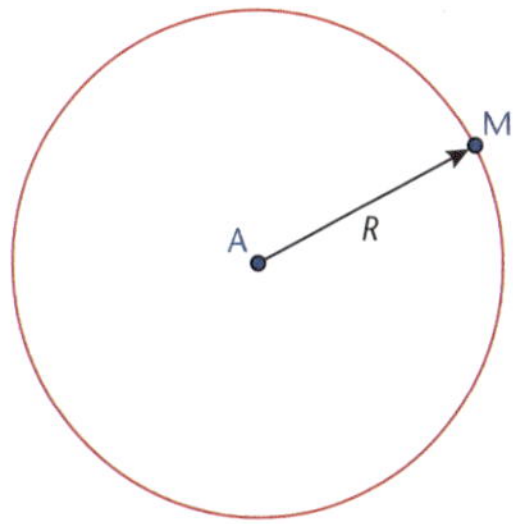

• Soit $A(a ; b)$ un point et R un nombre positif. On cherche à trouver une condition nécessaire et suffisante, portant sur les coordonnées d'un point $M(x ; y)$, pour que M appartienne au cercle $\mathscr{C}$ de centre A et de rayon R.

Un point M appartient à $\mathscr{C}$ si, et seulement si, $AM = R$.

Donc : $AM = R \Leftrightarrow AM^2 = R^2 \Leftrightarrow (x - a)^2 + (y - b)^2 = R^2$

$\Leftrightarrow x^2 + y^2 - 2ax - 2by + a^2 + b^2 - R^2 = 0.$

• Cette équation est de la forme $x^2 + y^2 - 2ax - 2by + c = 0$ où a, b et c sont trois constantes, dépendant des coordonnées de A et de R, et $c = a^2 + b^2 - R^2$. On en déduit le théorème suivant.

• **Théorème :** tout cercle de centre $A(a ; b)$ a pour équation :

$$(x - a)^2 + (y - b)^2 = R^2.$$

On peut aussi l'écrire sous la forme $x^2 + y^2 - 2ax - 2by + c = 0$ où c est une constante dépendant de a, b et R.

• **Remarques**

1. Le cercle de centre O et de rayon 1 a pour équation $x^2 + y^2 - 1 = 0$. En effet, $OM^2 = 1 \Leftrightarrow x^2 + y^2 = 1$. Ce cercle s'appelle le **cercle unité**.

2. Un cercle de centre donné a une infinité d'équations.
Si $x^2 + y^2 - 2ax - 2by + c = 0$ est l'une d'elles, alors toute équation de la forme $k(x^2 + y^2 - 2ax - 2by + c) = 0$, en est une autre ($k$ étant un nombre non nul).

2. Ensemble $x^2 + y^2 - 2ax - 2by + c = 0$

Considérons trois constantes a, b et c. L'ensemble des points $M(x ; y)$ vérifiant l'équation $x^2 + y^2 - 2ax - 2by + c = 0$ est :

• un cercle si, et seulement si, $a^2 + b^2 - c \geqslant 0$;

• l'ensemble vide si $a^2 + b^2 - c < 0$.

En effet :

$$x^2 + y^2 - 2ax - 2by + c = 0$$
$$\Leftrightarrow (x - a)^2 + (y - b)^2 = a^2 + b^2 - c.$$

Cette équation a des solutions en x et y si, et seulement si, $a^2 + b^2 - c \geqslant 0$, ce qu'il fallait démontrer.

- **Remarques**

1. Si $a^2 + b^2 - c > 0$, alors $R = \sqrt{a^2 + b^2 - c}$.

2. Si $a^2 + b^2 - c = 0$, alors le cercle est réduit à un point car son rayon est nul.

3. Cercle de diamètre [AB]

- Soit $A(x_A ; y_A)$ et $B(x_B ; y_B)$ deux points. D'après le théorème du triangle rectangle inscrit dans un cercle (vu au collège), un point $M(x, y)$ appartient au cercle de diamètre [AB] si, et seulement si, l'angle $\widehat{AMB}$ est droit, donc si, et seulement si :

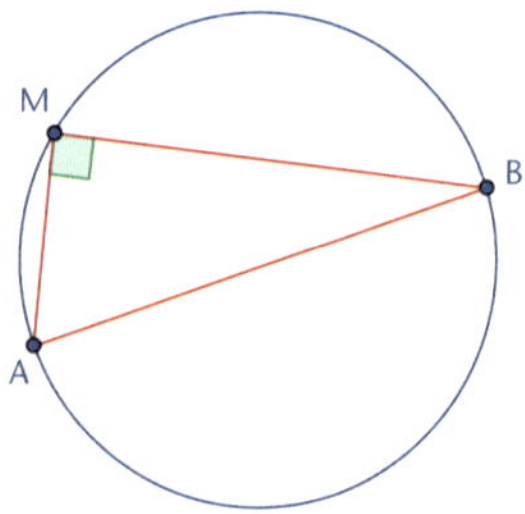

$$\overrightarrow{MA} \cdot \overrightarrow{MB} = 0.$$

- La traduction analytique de cette égalité fournit l'équation $(x - x_A)(x - x_B) + (y - y_A)(y - y_B) = 0$, qui conduit à une équation cartésienne du cercle.

Le centre du cercle est évidemment le milieu de [AB] et son rayon $\frac{1}{2}$ AB.

II Tangente à un cercle en un point

- **Énoncé :** déterminer une équation cartésienne de la tangente à un cercle de centre $I(a ; b)$ et de rayon R en un point $A(x_A ; y_A)$.

- **Réponse :** un vecteur normal à la tangente étant $\overrightarrow{IA}$, un point $M(x ; y)$ appartient à la tangente si, et seulement si :

$$\overrightarrow{AM} \cdot \overrightarrow{IA} = 0.$$

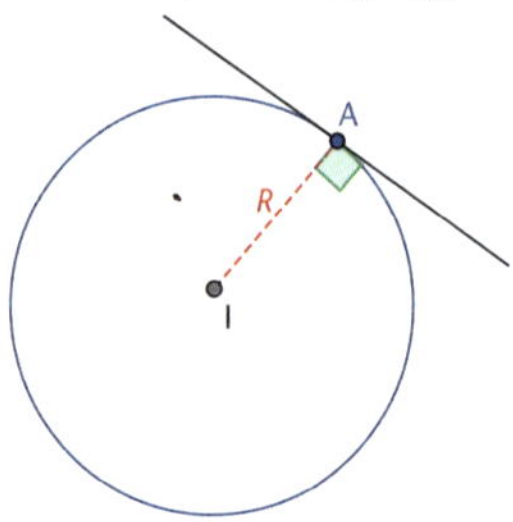

On trouve :
$(x - x_A)(x_A - a) + (y - y_A)(y_A - b) = 0$, que l'on peut réduire sous la forme $\alpha x + \beta y + \gamma = 0$.

Produit scalaire et coordonnées

Soit $b > 0$ un nombre. Dans un repère orthonormé, on donne les points A(1, 0) et B(0, b) et la droite Δ d'équation $y = x$. Les points I, J et K sont construits comme indiqué.
On veut démontrer que les points I, J et K appartiennent à un même cercle.

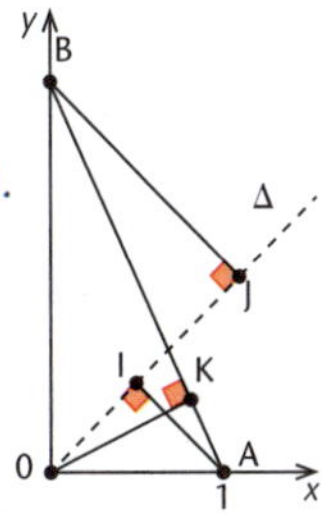

1. a. Sachant que $\overrightarrow{BJ}$ est colinéaire à $\vec{n}$, vecteur normal à Δ, trouver les coordonnées de J.
b. Trouver graphiquement les coordonnées de I.
2. a. Montrer qu'une équation cartésienne de la droite (AB) est $x + \dfrac{y}{b} = 1$ et en déduire un vecteur normal $\vec{m}$.
b. Trouver les coordonnées de K.
3. a. Calculer les coordonnées de $\overrightarrow{KI}$. On admet que $\overrightarrow{KJ}$ a pour coordonnées $\left(\dfrac{b(b-1)^2}{2(b^2+1)} ; \dfrac{b(b^2-1)}{2(b^2+1)}\right)$.
b. Conclure après avoir calculé $\overrightarrow{KI} \cdot \overrightarrow{KJ}$.

Il existe un réel k tel que $\overrightarrow{BJ} = k\vec{n}$.

1. a. Une équation cartésienne de Δ étant $x - y = 0$, on peut choisir $\vec{n}$ de coordonnées (1, –1). Les coordonnées de $k\vec{n}$ sont donc $(k ; -k)$.

Les coordonnées de $\overrightarrow{BJ}$ sont $\begin{pmatrix} x_J \\ y_J - b \end{pmatrix}$; on a donc à la fois $\begin{cases} x_J = k \\ y_J - b = -k \end{cases}$

et $y_J = x_J$. Donc $b - k = k \Leftrightarrow k = \dfrac{b}{2}$.

Les coordonnées de J sont donc $\left(\dfrac{b}{2} ; \dfrac{b}{2}\right)$.

b. Par lecture graphique, les coordonnées de I sont $\left(\dfrac{1}{2} ; \dfrac{1}{2}\right)$.

→ Les coordonnées de A et B vérifient l'équation.

2. a. Les coordonnées de A vérifient l'équation car $1 + \frac{0}{b} = 1$.
Il en est de même pour B car $0 + \frac{b}{b} = 1$. Ainsi, la droite (AB) a pour équation $x + \frac{y}{b} = 1$. Un vecteur normal $\vec{m}$ à la droite (AB) a donc pour coordonnées $\left(1 ; \frac{1}{b}\right)$.

→ Il existe un réel *c* tel que $\overrightarrow{OK} = c\vec{m}$. De plus, $K \in$ (AB).

b. Il existe un réel c tel que $\overrightarrow{OK} = c\vec{m}$. Donc : $\begin{cases} x_K = c \\ y_K = \frac{c}{b} \end{cases}$. De plus,

$$x_K + \frac{y_K}{b} = 1 \text{ donc } c + \frac{c}{b^2} = 1 \Leftrightarrow \frac{c(b^2+1)}{b^2} = 1 \Leftrightarrow c = \frac{b^2}{b^2+1}.$$

Les coordonnées de K sont donc $\left(\frac{b^2}{b^2+1} ; \frac{b}{b^2+1}\right)$.

→ Utiliser les formules usuelles.

3. a. On a $\overrightarrow{KI}\,(x_I - x_K ; y_I - y_K)$.

$$x_I - x_K = \frac{1}{2} - \frac{b^2}{b^2+1} = \frac{b^2+1-2b^2}{2(b^2+1)} = \frac{1-b^2}{2(b^2+1)} \text{ et}$$

$$y_I - y_K = \frac{1}{2} - \frac{b}{b^2+1} = \frac{b^2+1-2b}{2(b^2+1)} = \frac{(b-1)^2}{2(b^2+1)}.$$

→ Utiliser l'expression « *xx′* + *yy′* ».

b. $\overrightarrow{KI} \cdot \overrightarrow{KJ} = (x_I - x_K)(x_J - x_K) + (y_I - y_K)(y_J - y_K)$

$$= \frac{1-b^2}{2(b^2+1)} \frac{b(b-1)^2}{2(b^2+1)} + \frac{(b-1)^2}{2(b^2+1)} \frac{b(b^2-1)}{2(b^2+1)}$$

$$= \frac{b(b-1)^2(1-b^2+b^2-1)}{4(b^2+1)^2} = 0.$$

K appartient donc au cercle de diamètre [IJ], ce qu'il fallait démontrer car K, I et J appartiennent tous trois au même cercle.

BILAN

Géométrie repérée

FICHE 47

QUIZ-Mémorisation active

1 Produit scalaire et droites

Questions	Réponses
Une droite a pour équation cartésienne $ax + by + c = 0$. Donnez un vecteur normal à cette droite.	Un vecteur **normal** $\vec{n}$ a pour coordonnées $(a ; b)$. On pourra le rapprocher d'un vecteur **directeur** qui a pour coordonnées $(-b ; a)$.
Comment écrire une équation cartésienne de la droite Δ passant par un point $A(x_A ; y_A)$ et dont un vecteur normal est $\vec{n}(a,b)$?	$M(x ; y) \in \Delta \Leftrightarrow \overrightarrow{AM} \cdot \vec{n} = 0$ $\Leftrightarrow (x - x_A)a + (y - y_A)b = 0$ On est conduit à une relation de la forme $ax + by + c = 0$.
Quelle relation simple relie les pentes de deux droites perpendiculaires, dont on connaît les équations réduites ?	Dans un repère orthonormé, les équations de Δ et Δ′ étant respectivement $y = mx + p$ et $y = m'x + p'$: $\Delta \perp \Delta' \Leftrightarrow mm' = -1$.
Deux droites ont pour équations respectives $ax + by + c = 0$ et $a'x + b'y + c' = 0$. Comment sait-on si ces droites sont perpendiculaires ?	Dans un repère orthonormé, les deux droites sont perpendiculaires si, et seulement si, $aa' + bb' = 0$.

2 Produit scalaire et cercles

Questions	Réponses
Soit a, b, c trois réels. L'ensemble des points $M(x ; y)$ vérifiant $ax^2 + by^2 - 2ax - 2by + c = 0$ est-il toujours un cercle ?	**Non.** Tout dépend de c : l'ensemble décrit est un cercle si, et seulement si, $a^2 + b^2 - c \geqslant 0$.
Quelle est l'équation cartésienne réduite du cercle trigonométrique ?	$x^2 + y^2 = 1$ car un point $M(x ; y)$ appartient au cercle trigonométrique (de centre O et de rayon 1) si, et seulement si, $OM^2 = 1$.
Comment trouver les coordonnées du centre du cercle dont l'équation réduite est $x^2 + y^2 - 2ax - 2by + c = 0$?	Le centre du cercle a pour coordonnées $(a ; b)$.
Comment trouver le rayon d'un cercle dont une équation cartésienne est $x^2 + y^2 - 2ax - 2by + c = 0$?	Si R est le rayon alors $R^2 = a^2 + b^2 - c$. Cette dernière expression est positive car l'équation est celle d'un cercle.

SCHÉMA-BILAN

Déterminer une équation d'un cercle dans un repère orthonormé

Centre : I(a ; b). Rayon : $r = \sqrt{a^2 + b^2 - c}$.

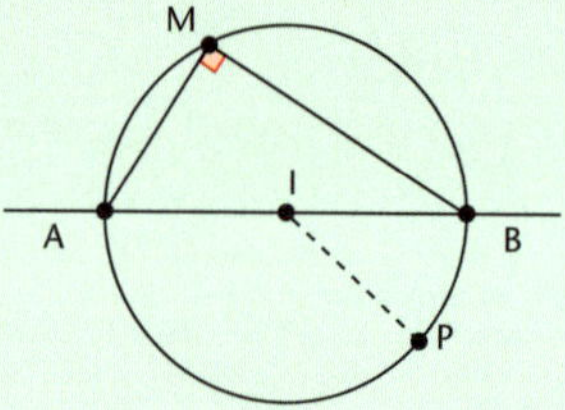

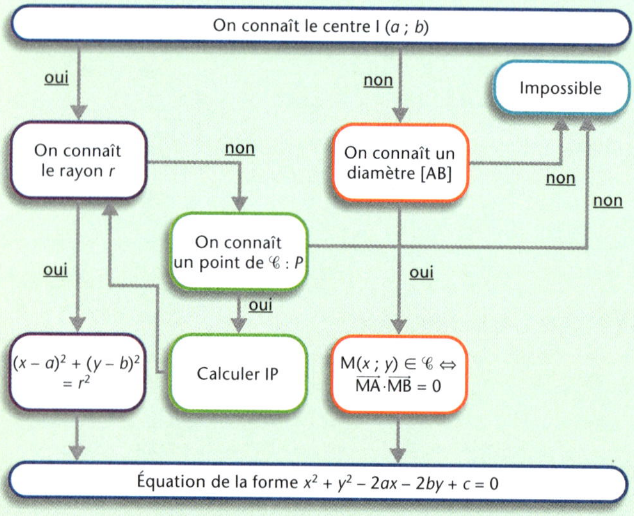

Succession de deux épreuves indépendantes

FICHE **48**

Lorsqu'on effectue deux expériences identiques et indépendantes l'une à la suite de l'autre, on peut utiliser un **arbre de probabilité** ou un **tableau à double entrée**.

I De quoi s'agit-il ?

• On effectue une certaine expérience deux fois. On suppose que le résultat de la première expérience n'a aucune influence sur le résultat de la seconde. Dans ce cas, on dit que les deux expériences sont **indépendantes**.

Exemples : jets successifs d'une pièce de monnaie ou de deux dés, tirages **avec remise** dans une urne ou un jeu de cartes, etc.

• Si l'expérience a deux issues, on les nomme respectivement **succès** (S) et **échec** ($E = \overline{S}$). On convient de noter $P(S) = p$ et $P(\overline{S}) = q$, donc $p + q = 1$.

• **Remarque :** les raisonnements développés dans cette fiche ne s'appliquent pas lorsqu'on effectue des tirages sans remise.

II Utilisation d'arbres ou de tableaux

1. Arbres de probabilité

• Trois règles régissent l'usage d'un arbre de probabilité (ou **arbre pondéré**).

1. La somme des probabilités portées par des branches de **même racine** est égale à 1.

2. La probabilité de l'évènement élémentaire figurant au bout d'un chemin est égale au produit des probabilités figurant sur les branches de ce chemin (**principe multiplicatif**).

3. La probabilité d'un évènement est égale à la somme des probabilités des évènements élémentaires qui le composent (**principe additif**).

Exemple : on a répété trois fois la même épreuve, les trois essais étant indépendants.

D'après le principe multiplicatif :

$$P(\text{SEE}) = P(\text{ESE}) = P(\text{EES}) = q^2p$$

D'après le principe additif, la probabilité d'obtenir un succès et deux échecs est égale à $3q^2p$.

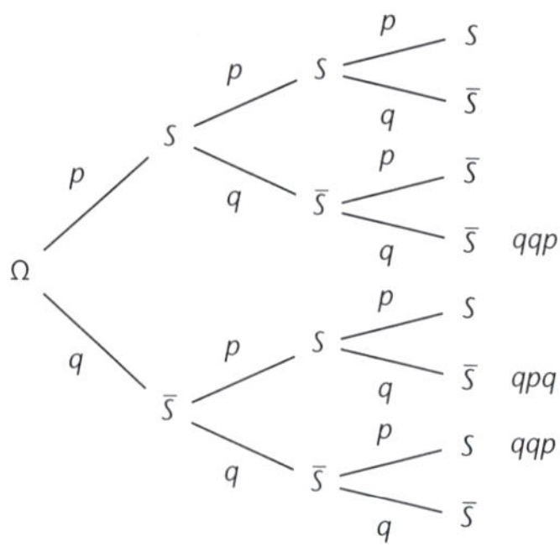

2. Tableaux

• Une roue de loterie comporte six secteurs de même taille, comme sur la figure ci-dessous.

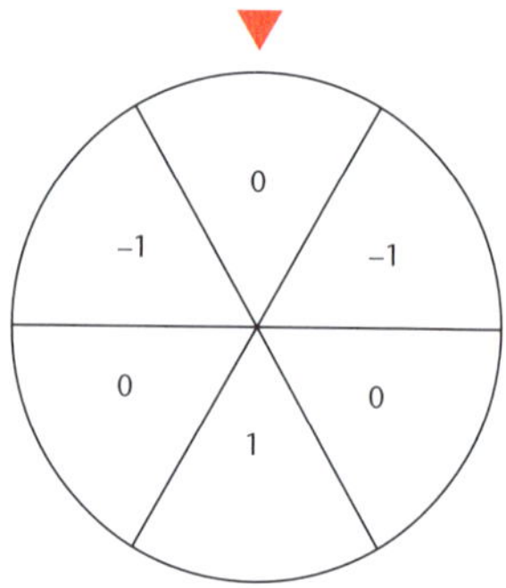

On la fait tourner une première fois, on note le nombre obtenu sous le repère rouge, puis l'on répète l'opération une seconde fois. On cherche la probabilité pour que le produit des nombres obtenus soit égal à 1.

• On représente sous la forme d'un tableau tous les évènements élémentaires : il y en a 36.

Essai1↓ Essai 2 →	–1	–1	0	0	0	1
–1	(–1 ; –1)	(–1 ; –1)	(–1 ; 0)	(–1 ; 0)	(–1 ; 0)	(–1 ; 1)
–1	(–1 ; –1)	(–1 ; –1)	(–1 ; 0)	(–1 ; 0)	(–1 ; 0)	(–1 ; 1)
0	(0 ; –1)	(0 ; –1)	(0 ; 0)	(0 ; 0)	(0 ; 0)	(0 ; 1)
0	(0 ; –1)	(0 ; –1)	(0 ; 0)	(0 ; 0)	(0 ; 0)	(0 ; 1)
0	(0 ; –1)	(0 ; –1)	(0 ; 0)	(0 ; 0)	(0 ; 0)	(0 ; 1)
1	(1 ; –1)	(1 ; –1)	(1 ; 0)	(1 ; 0)	(1 ; 0)	(1 ; 1)

• Les évènements élémentaires sont **équiprobables**. C'est pourquoi la probabilité cherchée est égale à $\frac{5}{36}$. En effet, le produit des deux nombres est égal à 1 si, et seulement si, les deux nombres sont tous les deux égaux à 1 ou à –1 (en rouge dans le tableau).

Conditionnement et indépendance

FICHE 49

I Probabilité conditionnelle

• **Définition :** soit A un évènement de probabilité non nulle.

La probabilité de B sachant A est le nombre : $P_A(B) = \dfrac{P(A \cap B)}{P(A)}$.

De cette égalité, on déduit la **formule des probabilités composées** : $P(A \cap B) = P_A(B)P(A)$. Puisque A et B jouent des rôles symétriques : $P(B \cap A) = P_A(B)P(A)$.

• L'évènement A étant donné, on définit une probabilité P_A qui a toutes les propriétés d'une probabilité classique. En particulier, pour tout évènement B et C :

$$P_A(\bar{B}) = 1 - P_A(B),\ P_A(B \cup C) = P_A(B) + P_A(C) - P_A(B \cap C).$$

• Il ne faut pas confondre $P(A \cap B)$ et $P_A(B)$. Par exemple, considérons un sac où il y a des jetons blancs (B) ou noirs (N), carrés (C) ou ronds (R), répartis selon le tableau suivant. On prélève un jeton du sac. La probabilité qu'il soit B **et** R est 0,17 : $P(B \cap R)$; la probabilité qu'il soit B sachant qu'il est R, noté $P_R(B)$, est $\dfrac{17}{40}$.

Forme \ Couleur	B	N	Total
C	0,22	0,38	0,6
R	0,17	0,23	0,4
Total	0,39	0,61	1

II Indépendance

• **Intuitivement :** dire que deux évènements **A et B sont indépendants** signifie que la réalisation de l'un n'influence pas la réalisation de l'autre. Autrement dit : $P_A(B) = P(B)$.

• **Formellement :** dire que deux évènements A et B sont indépendants signifie que $P(A \cap B) = P(A)P(B)$.

• $P_A(B) = P(B) \Leftrightarrow \dfrac{P(A \cap B)}{P(A)} = P(B) \Leftrightarrow P(A \cap B) = P(A)P(B)$.

• La formule « intuitive » suppose que l'on ait $P(A) \neq 0$ alors que l'autre ne le suppose pas.

- La notion d'indépendance de deux évènements dépend donc de la probabilité définie dans l'univers considéré. Il ne faut pas la confondre avec l'incompatibilité qui ne dépend pas de la probabilité considérée. En effet, A et B sont incompatibles signifie que $A \cap B = \varnothing$.

- Pour calculer $P(A \cap B)$, on dispose de deux formules ; le contexte permettra de trancher : $p(A \cap B) = p(A) + p(B) - p(A \cup B)$ ou $P(A)P(B)$ (si, et seulement si, A et B sont indépendants).

III Probabilités totales

1. La formule

- Dire que les évènements A_1, A_2, A_3 forment une **partition ou un système complet d'évènements** de Ω signifie qu'ils remplissent trois conditions : aucun n'est vide ; ils sont deux à deux disjoints ; leur réunion est l'univers Ω.

- Pour une telle partition, on a, pour tout évènement X, la formule des probabilités totales : $P(X) = P(X \cap A_1) + P(X \cap A_2) + P(X \cap A_3)$ $\Leftrightarrow P(X) = P_{A_1}(X)P(A_1) + P_{A_2}(X)P(A_2) + P_{A_3}(X)P(A_3)$. On généralise sans peine à 2, 4, 5 ... évènements.

- **Remarque :** dans le cas où A n'est ni $\varnothing$ ni Ω, A et $\overline{A}$ forment une partition de Ω. Par exemple : Blanc, Noir ; Pair, Impair ; Pile, Face, etc.

2. Arbre de probabilités

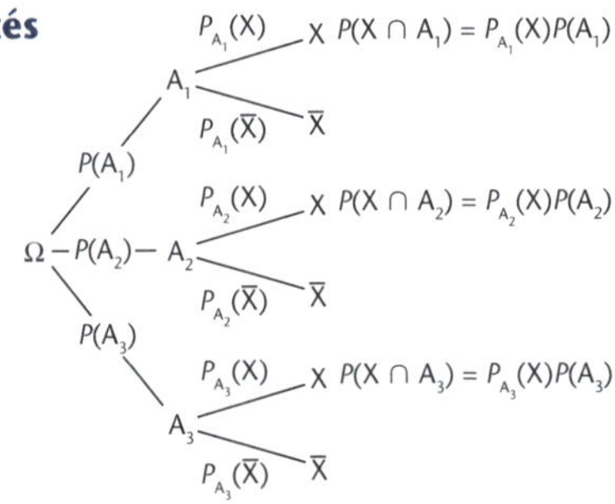

- L'arbre ci-contre, où les évènements A_i forment une partition de Ω, permet souvent de résoudre les exercices.

- On calcule $P(X \cap A_1)$ en multipliant les probabilités situées sur les branches de l'arbre qui arrivent à X en passant par A_1.

Formule de Bayes : dans cet arbre, on ne peut pas lire $P_X(A_1)$. Pour calculer cette probabilité en s'aidant de l'arbre on écrit $P_X(A_1) = \dfrac{P(X \cap A_1)}{P(X)} = \dfrac{P_{A_1}(X)P(A_1)}{P(X)}$.

- La somme des probabilités des branches de même origine est égale à 1.

| **Exemple :** $P_{A_1}(X) + P_{A_1}(\overline{X}) = 1$.

Variables aléatoires

FICHE 50

I Définition d'une variable aléatoire

1. Exemples euristiques

• Lorsqu'on effectue une expérience aléatoire, on peut observer ses issues, c'est-à-dire les évènements élémentaires qu'elle produit, sous différents angles :

• lorsqu'**on jette une pièce de monnaie 5 fois de suite**, on peut s'intéresser au nombre N de « piles » obtenus, ou encore au nombre de fois F où « pile » est apparu à un lancer pair ;

• lorsqu'on prélève 6 fois de suite une boule **avec remise** dans une urne contenant des boules blanches (B) et des boules vertes (V), on peut s'intéresser au nombre X de B obtenus, au nombre de fois Y où on a obtenu exactement deux V à la suite l'un de l'autre, etc.

• lorsqu'**on jette deux dés**, on peut examiner la somme S des points marqués ou le numéro maximum M obtenu.

• On peut ainsi définir des **fonctions aléatoires** N, F, X, Y, S et M qui, à tout évènement élémentaire, associent un nombre. Il est d'usage d'appeler ces fonctions des **variables aléatoires**.

2. Généralisation

• **Définition :** au cours d'une expérience aléatoire, une variable aléatoire est une fonction qui, à tout évènement élémentaire, associe un nombre.

> **Exemple :** avec les fonctions précédentes : $N(PPFPF) = 3$, $N(FPPFF) = 2$, $X(BRRRBB) = 3$, $S(4, 5) = 9$, etc.

• **Remarques**

1. Le mot **aléatoire** indique que les valeurs prises par la variable aléatoire dépendent du hasard (*alea* signifie « jeu de hasard » en latin).

2. Soit X une variable aléatoire. L'ensemble des valeurs qu'elle prend se note $X(\Omega)$. Dans l'exemple des dés, $S(\Omega) = \{2, 3, 4,\ldots, 11, 12\}$ et $M(\Omega) = \{1, 2, 3, 4, 5, 6\}$.

II Loi de probabilité

1. La théorie

• **Définition :** soit X une variable aléatoire. La loi de probabilité de X est la fonction notée f qui à tout $x \in \mathbb{R}$ associe $P(X = x)$. Donc :

$$f(x) = P(X = x).$$

Exemple : avec les exemples précédents,

$$P(S = 3) = P\big((1,\ 2) \cup (2,\ 1)\big) = \frac{1}{36} + \frac{1}{36} = \frac{1}{18}.$$

$$P(M = 2) = P\big((1,\ 2) \cup (2,\ 2) \cup (2,\ 1)\big) = \frac{3}{36} = \frac{1}{12}.$$

2. La pratique

• Jusqu'à présent, pour pouvoir étudier une fonction, il fallait déterminer ses variations. Avec les lois de probabilité, ce n'est plus le cas.

• Pour déterminer la loi de probabilité d'une variable aléatoire, il est nécessaire de dresser le tableau suivant, sachant que $X(\Omega) = \{x_1, x_2, \ldots, x_n\}$:

x	x_1	x_2	…	x_n
$P(X = x)$	p_1	p_2	…	p_n

• **Remarques**

1. On a $\sum_{k=1}^{n} p_k = p_1 + p_2 + \ldots + p_n = 1$. En effet, les évènements $(X = x_1)$, $(X = x_2)$,…, $(X = x_n)$ forment une partition de Ω.

2. De plus, $x \notin X(\Omega) \Leftrightarrow P(X = x) = 0$. Par exemple, $P(N = 6) = 0$ car il est impossible d'obtenir 6 « piles » au cours de 5 lancers.

3. On peut représenter graphiquement la loi de probabilité d'une variable aléatoire à l'aide d'un diagramme à bâtons ou d'un histogramme. C'est le cas ci-dessous, sachant que $X(\Omega) = \{-3, 0, 4, 5, 7\}$.

x	−3	0	4	5	7
$P(X = x)$	0,25	0,15	0,3	0,1	0,2

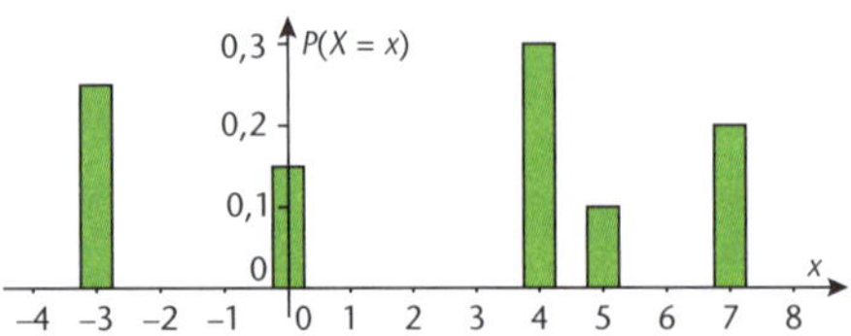

Espérance et variance

FICHE 51

Dans la suite, on considère une variable aléatoire X et on pose $X(\Omega) = \{x_1, x_2, \dots, x_n\}$. Pour tout $k \in \{1, 2, \dots, n\}$, on note $p_k = P(X = x_k)$.

I Espérance

1. Définition

- L'**espérance** de X est le nombre noté $E(X)$, ainsi défini :

$$\sum_{k=1}^{n} x_k p_k = x_1 p_1 + x_2 p_2 + \dots + x_n p_n.$$

- **Remarques**

1. On désigne aussi l'espérance d'une variable aléatoire par le terme **moyenne**. C'est pourquoi **on la note parfois $\overline{X}$** (lire : « X barre »), comme pour les statistiques.
2. Si X est constante de valeur b, alors $E(X) = b$.

2. Propriétés

- **Théorème :** soit X une variable aléatoire, a et b deux réels. Alors :

$$E(aX + b) = aE(X) + b.$$

- **Démonstration :** la variable aléatoire $Y = aX + b$ prend les valeurs $y_1, y_2, \dots, y_n$, respectivement égales à $ax_1 + b$, $ax_2 + b, \dots$ et $ax_n + b$. On en déduit :

$$E(Y) = y_1 q_1 + y_2 q_2 + \dots + y_n q_n = \sum_{k=1}^{n} y_k q_k,$$

où $q_k = P(Y = y_k)$.

D'autre part, $(Y = y_k) \Leftrightarrow (aX + b = ax_k + b) \Leftrightarrow (X = x_k)$ et donc $p_k = q_k$.

Par conséquent, puisque $\sum_{k=1}^{n} p_k = 1$:

$$E(Y) = \sum_{k=1}^{n} (ax_k + b)p_k = \sum_{k=1}^{n} (ax_k p_k + bp_k)$$

$$= a\sum_{k=1}^{n} x_k p_k + b\sum_{k=1}^{n} p_k = aE(X) + b,$$

ce qu'il fallait démontrer.

- **Remarque :** on peut utiliser les fonctions statistiques (à une variable) d'une calculatrice pour calculer l'espérance d'une variable aléatoire. Il suffit de saisir les valeurs de $X(\Omega)$ dans une liste et celles des nombres p_k dans une seconde liste, puis de lire $\overline{X}$.

II Variance et écart-type

1. Définition

- La variance de X est le nombre noté $V(X)$ égal à :

$$\sum_{k=1}^{n}(x_k - E(X))^2 p_k = (x_1 - E(X))^2 p_1 \dots + (x_n - E(X))^2 p_n.$$

- L'**écart-type** de X est le nombre noté $\sigma(X)$ égal à $\sqrt{V(X)}$ ($\sigma(X)$: lire « sigma de X »).

- **Remarques**

1. Sachant que l'espérance d'une variable aléatoire s'appelle aussi sa moyenne, on peut rapprocher la définition précédente de celle de la variance d'une série statistique.
2. Pour calculer la variance d'une variable aléatoire, il est nécessaire d'en avoir calculé l'espérance au préalable.
3. La variance d'une variable aléatoire X est un nombre positif. C'est pourquoi on peut calculer l'écart-type.
4. La variance d'une variable aléatoire est nulle si, et seulement si, elle est constante.

2. Propriétés

- **Théorème :** $V(X) = \sum_{k=1}^{n} x_k^2 p_k - (E(X))^2$.

Ce théorème est admis et fournit un moyen de calculer $V(X)$ en utilisant le tableau suivant :

x	x_1	x_2	...	x_n
x^2	x_1^2	x_2^2	...	x_n^2
$p(X = x)$	p_1	p_2	...	p_n

Notons X^2 la variable aléatoire prenant les valeurs x_1^2, x_2^2, ..., x_n^2 et posons $\sum_{k=1}^{n} x_k^2 p_k = E(X^2)$.

Alors la formule précédente s'écrit : $V(X) = E(X^2) - (E(X))^2$, où il faut bien dessiner les parenthèses.

Il s'agit de la formule de Konig-Huygens.

- **Théorème :** soit X une variable aléatoire, où a et b sont deux réels. Alors :

$$V(aX + b) = a^2 V(X).$$

Ce théorème est admis. On remarque que b n'intervient pas.

Tirages et variable aléatoire

Une urne contient trois pièces de 2 € et sept pièces de 1 €. On tire deux pièces l'une après l'autre sans remise.
1. Déterminer les probabilités des évènements.
A : « On tire deux pièces de 2 € »
B : « On tire deux pièces de 1 € »
C : « On tire une pièce de 1 € et une pièce de 2 € »
2. a. Déterminer la loi de probabilité de X, somme des valeurs de deux pièces tirées.
b. Calculer l'espérance de X.
3. On effectue trois tirages de deux pièces comme précédemment, les deux pièces étant remises dans l'urne après chaque tirage.
Calculer la probabilité de l'évènement « On tire deux fois exactement une somme supérieure à 3 € ».

→ Un arbre de probabilité permet de clarifier la situation.

1. Faites un arbre de probabilité. En l'interprétant, on trouve :
$P(A) = \frac{3}{10} \times \frac{2}{9} = \frac{1}{15}$, car au premier tirage il y a 3 pièces de 2 € sur 10 et au second, il n'en reste plus que 2 sur 9. De même :

$$P(B) = \frac{7}{10} \times \frac{6}{9} = \frac{7}{15}$$

$$P(C) = 1 - \left(\frac{1}{15} + \frac{7}{15}\right) = 1 - \frac{8}{15} = \frac{7}{15}.$$

→ Utiliser les résultats de la question n° 1.

2. a. On a $X(\Omega) = \{2, 3, 4\}$. De plus :
$P(X = 2) = P(B)$, $P(X = 3) = P(C)$ et $P(X = 4) = P(A)$. On en déduit le tableau ci-dessous.

k	2	3	4
$P(X = k)$	$\frac{7}{15}$	$\frac{7}{15}$	$\frac{1}{15}$

Utiliser la formule de définition de $E(X)$.

b. $E(X) = 2 \times \frac{7}{15} + 3 \times \frac{7}{15} + 4 \times \frac{1}{15} = \frac{39}{15} = \frac{13}{5}$.

Il s'agit d'une répétition de trois épreuves identiques et indépendantes les unes des autres.

3. Dire que la somme obtenue est supérieure à 3 € équivaut à dire qu'elle est égale à 4 €. L'arbre ci-dessous résume la situation.

La probabilité cherchée est donc égale à $\left(\frac{1}{15}\right)^2 \times \frac{14}{15} \times 3$,

c'est-à-dire environ 1 %. En effet, il faut identifier les chemins comprenant exactement deux 4 ; il y en a trois et ils portent chacun les probabilités $\left(\frac{1}{15}\right)^2 \times \frac{14}{15}$.

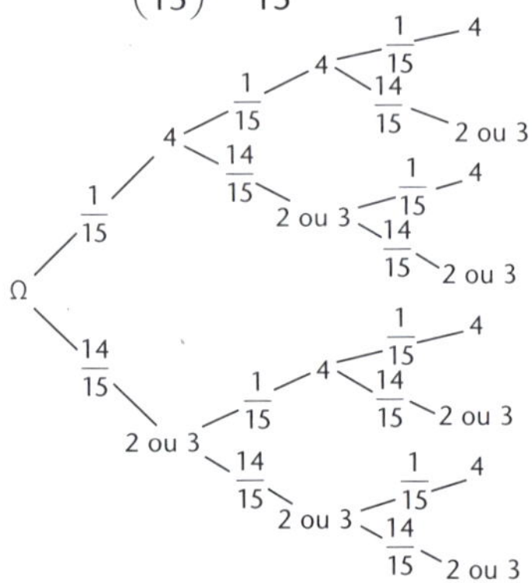

• **Remarque :** dans le cas de deux tirages **avec remise**, on obtient les probabilités résumées dans le graphique ci-dessous. La probabilité d'obtenir 2 € (respectivement 3 et 4) est égale à 0,49 (respectivement 0,42 et 0,09).

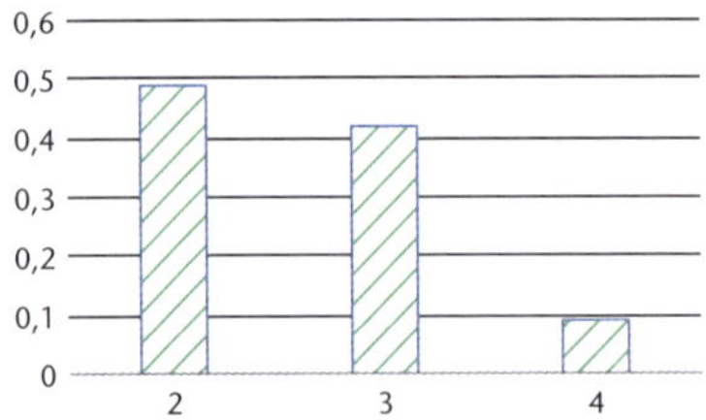

BILAN

Statistiques et probabilités

FICHE 53

QUIZ-Mémorisation active

1 Conditionnement et indépendance

Questions	Réponses
Compléter l'arbre de probabilité ci-dessous. 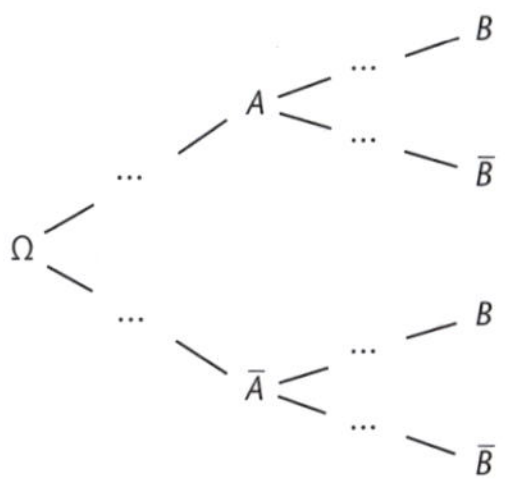	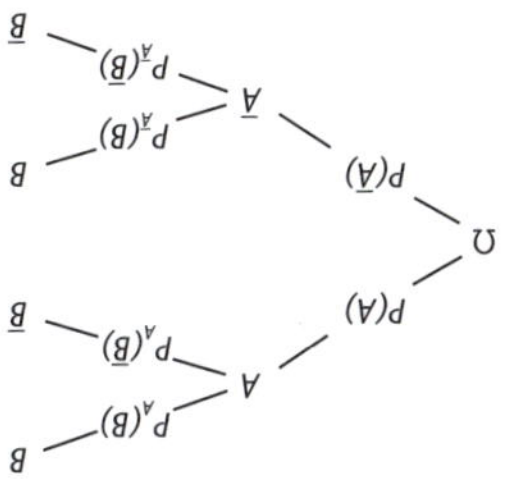
Comment peut-on calculer $P_B(A)$ à l'aide de l'arbre ci-dessus ?	Il suffit d'utiliser la formule de Bayes : $P_B(A) = \dfrac{P_A(B)P(A)}{P(B)}$.
Comment calculer $P(A \cap B)$?	On utilise la formule des probabilités composées : $P(A \cap B) = P_A(B)P(A)$. On multiplie donc les probabilités des branches qui passent par A et B.

2 Variables aléatoires

On considère la variable aléatoire X dont la loi est résumée dans le tableau suivant.

k	-3	-1	0	2	5
$P(X = k)$	$\frac{1}{8}$	$\frac{1}{4}$	p	$\frac{3}{8}$	$\frac{3}{16}$

Questions	Réponses
Que signifie $X(\Omega)$ et que vaut-il dans l'exemple ci-dessus ?	$X(\Omega)$ désigne l'ensemble des valeurs prises par X. Ici $X(\Omega) = \{-3, -1, 0, 2, 5\}$.
Quelle doit être la valeur de p pour que le tableau décrive la loi de X ?	La somme des probabilités figurant dans une loi de probabilité doit être égale à 1. C'est pourquoi $p = 1 - \frac{15}{16} = \frac{1}{16}$.

SCHÉMA-BILAN

Calcul de $V(X)$ avec un tableur, dans la cellule F3 (F2, la cellule contenant la valeur de $E(X)$, se nomme EX)

	A	B	C	D	E	F
1	x	–3	–1	0	2	
2	$P(X = x)$	0,26	0,31	0,19	0,24	=SOMMEPROD (B1 : E1 ; B2 : E2)
3	(x-$E(X)$)^2	=(B1-EX)^2	=(C1-EX)^2	=(D1-EX)^2	=(E1-EX)^2	=SOMMEPROD (B2 : E2 ; B3 : E3)

Simulation en Python de 10 000 lancers d'une pièce truquée (pile tombe dans 54 % des cas et face dans 46 % des cas)

```
from random import * #importation du module random
pile, face=0,0 #initialisation de chaque variable aléatoire
hasard=random() #un nombre choisi au hasard
        for k in range(10000):#10 000 lancers
            if hasard<= 0.54:#54 % de chance d'avoir pile
                pile=pile+1
            else:#46 % de chance d'avoir face
                face=face+1
            hasard=random() #régénération du hasard
print(pile, face) #affichage des valeurs pile et face
```

Physique-Chimie

Sommaire

Constitution et transformation de la matière

ANNEXES

Détermination de la quantité de matière d'un échantillon

FICHE 1

La connaissance de la quantité d'atomes introduits lors d'une réaction chimique ou dans un médicament est primordiale. Les chimistes utilisent pour cela une grandeur : la quantité de matière.

I Quantité de matière et constante d'Avogadro

1. Définition de la mole

- La masse d'une molécule est de l'ordre de 10^{-25} g et les balances actuelles ne peuvent mesurer une masse inférieure à 0,1 mg. Il est donc impossible de peser les molécules ou les atomes un par un.
- On introduit donc une nouvelle grandeur pour dénombrer les entités chimiques : la **quantité de matière** (souvent noté *n*) qui s'exprime en **mole** (symbole **mol**).
- Une mole d'entités correspond au nombre d'atomes qu'il y a dans 12 grammes de carbone 12.

2. Constante d'Avogadro

- Il y a une relation de proportionnalité entre le **nombre d'entités N** (atomes, molécules,...) et la **quantité de matière** *n* : $N = n.N_A$.
- Le coefficient de proportionnalité N_A est appelé **constante d'Avogadro** : $N_A = 6{,}02 \times 10^{23}$ mol^{-1}. Ce coefficient a été déterminé à partir du carbone 12.

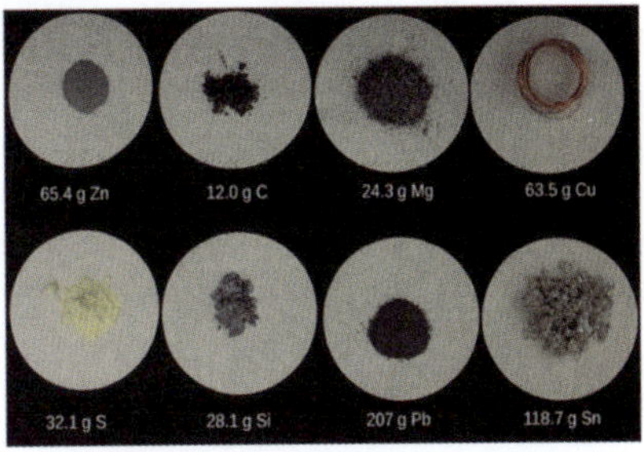

Échantillons d'atomes contenant chacun $6{,}02 \times 10^{23}$ atomes, soit 1,00 mol.

- Les composés n'ayant pas la même masse atomique ou moléculaire, la masse sera différente selon l'échantillon considéré :
  → 12 g pour une mole d'atomes de carbone ;
  → 63,5 g pour une mole d'atomes de cuivre ;
  → 207 g pour une mole d'atomes de plomb.
- Ainsi, en pesant des atomes à l'état solide, on les compte grâce à la détermination de la quantité de matière de l'échantillon.

II Masse molaire d'un atome et d'une molécule

• La **masse molaire d'un élément chimique** est **la masse d'une mole d'atomes de cet élément pris à l'état naturel**. On la note M et on l'exprime en **g.mol^{-1}**.

• Certains atomes pris à l'état naturel présentent plusieurs isotopes, il faut tenir compte de leur proportion.

Exemple : L'atome de chlore est constitué de 76,78 % de ^{35}Cl et 24,22 % de ^{37}Cl. La masse molaire du chlore est donc :

> La **valeur de la masse molaire correspond à peu près au nombre de nucléons** de l'atome considéré :
> $M(O) = 16$ g.mol^{-1} ; l'oxygène possède 16 nucléons dans son noyau.

$$M(Cl) = 35 \times 0,7678 + 37 \times 0,2422 = 35,5 \text{ g.mol}^{-1}.$$

• Pour déterminer la **masse molaire d'une molécule**, on fait la **somme des masses atomiques** tout en tenant compte de leur proportion dans la molécule.

III Détermination de la quantité de matière

• Pour les **solides**, il est plus simple de **mesurer leur masse** et d'en déduire alors leur quantité de matière grâce à la relation suivante :

$$n = \frac{m}{M}$$

n : quantité de matière en mol
m : masse du solide en g
M : masse molaire en g.mol^{-1}

• Pour les **liquides**, il est plus simple de **mesurer un volume**. La relation entre quantité de matière et volume est donnée par :

$$n = \frac{\rho.V}{M}$$

n : quantité de matière en mol
ρ : masse volumique en g.mL^{-1}
V : volume du liquide en mL
M : masse molaire en g.mol^{-1}

• Pour les **gaz**, la mesure de leur volume permet d'accéder à la quantité de matière :

$$n = \frac{V}{V_M}$$

n : quantité de matière en mol
V : volume du gaz en L
V_M : volume molaire en L.mol^{-1}

• Le volume molaire V_M des gaz dépend de la pression et de la température du gaz considéré :

→ $V_M = 22,4$ L.mol^{-1} pour $P = 1,013 \times 10^5$ Pa et $T = 0$°C ;
→ $V_M = 24,5$ L.mol^{-1} pour $P = 1,013 \times 10^5$ Pa et $T = 25$°C.

Concentration d'une solution

FICHE 2

La préparation de solutions dans le milieu hospitalier et lors de dosage nécessite une grande précision. Une verrerie jaugée permet d'obtenir une meilleure précision que celle graduée.

I Concentration d'une solution

1. Soluté et solvant dans une solution

- Une solution est composée d'un **soluté** (**espèce qui est dissoute**) et d'un **solvant** (**espèce qui dissout**).
- Un soluté peut être un solide, un liquide (éthanol) ou un gaz (dioxygène dans l'eau).
- Si la solution est suffisamment agitée, on n'observe qu'une seule phase, on dit que la solution est **homogène**.

2. Concentration en masse d'une solution

- La **concentration en masse C_m** d'un soluté peut se déterminer ainsi :

$$C_m = \frac{m}{V}$$

m : masse du soluté en g
V : volume de la solution en L (approximé souvent au volume du solvant)
C_m : concentration en masse en $g.L^{-1}$

3. Concentration en quantité de matière d'une solution

- La **concentration en quantité de matière C** d'une solution correspond au rapport entre la quantité de matière n de soluté dissout et le volume V de la solution :

$$C = \frac{n}{V}$$

n : quantité de matière en mol
V : volume de la solution en L
C : concentration en quantité de matière du soluté en $mol.L^{-1}$

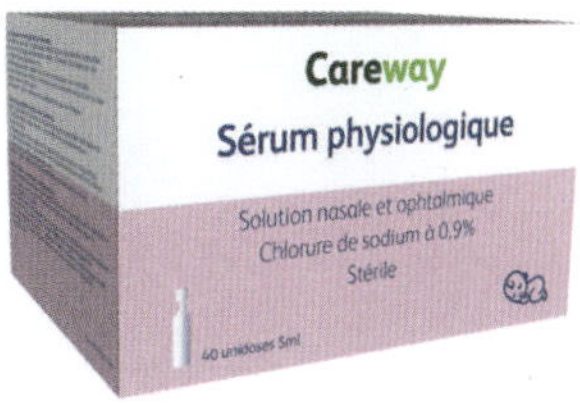

Sérum physiologique à 0,9 %. La concentration du chlorure de sodium est de 9,0 $g.L^{-1}$.

• La relation entre concentration en masse et en quantité de matière est :

$$C = \frac{C_m}{M}$$

C : concentration en quantité de matière en $mol.L^{-1}$
C_m : concentration en masse en $g.L^{-1}$
M : masse molaire du soluté en $g.mol^{-1}$

II Préparation d'une solution par dilution ou dissolution

• La solution concentrée **avant dilution** s'appelle la **solution mère**, celle **après dilution** s'appelle la **solution fille**.

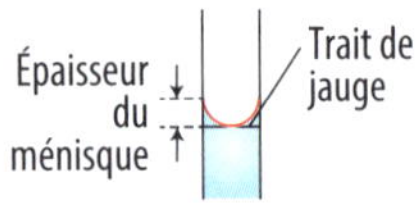

Visualisation et ajustement du ménisque au trait de jauge

• Lors d'une dilution, la concentration diminue, mais la **quantité de matière du soluté ne change pas** :

$$n = C_{mère}.V_{mère} = C_{fille}.V_{fille}.$$

$C_{mère}$, C_{fille} : concentration en quantité de matière de la solution mère et de la solution fille en $mol.L^{-1}$.
$V_{mère}$ et V_{fille} : volume de la solution mère et de la solution fille en L.

• Le **rapport des concentrations** ou des volumes est appelé **facteur de dilution**. Ce facteur permet ainsi de trouver le rapport des volumes à déterminer entre la fiole et la pipette.

Dissolution	Dilution
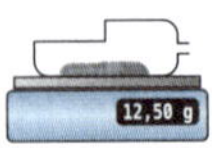 Étape 1 : Pesée 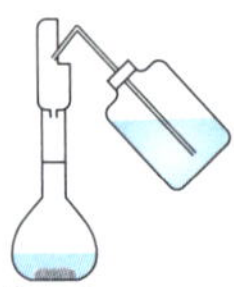 Étape 2	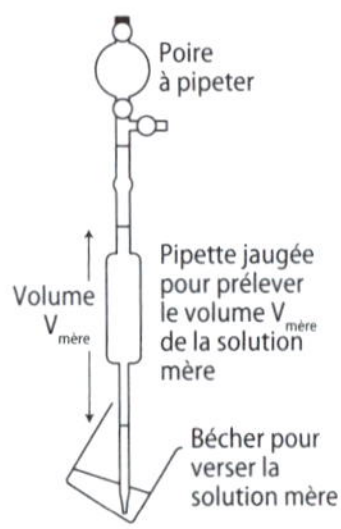
Balance et sabot de pesée Fiole jaugée	Pipette jaugée ou burette graduée Fiole jaugée

• Dans les deux cas, on **agite pour homogénéiser la solution**.

Détermination de la concentration d'une solution par mesure de son absorbance

FICHE 3

Plus une solution colorée est concentrée, plus elle absorbe de la lumière. Cependant, l'œil n'étant pas un instrument précis pour déterminer une concentration, on préfère utiliser un spectrophotomètre.

I Spectrophotomètre : un appareil pour mesurer l'absorbance

- Afin de rendre compte de l'absorption de la lumière par certaines solutions, on introduit une nouvelle grandeur : **l'absorbance, notée généralement *A***, grandeur sans unité.
- Pour mesurer l'absorbance, on utilise un **spectrophotomètre**. On place dans cet appareil une cuve remplie de la solution dont on souhaite déterminer la valeur de l'absorbance.
- Avant toute mesure, l'appareil doit être étalonné, c'est-à-dire que l'on doit régler la valeur de l'absorbance nulle. On utilise pour cela une cuve remplie d'eau distillée.

II Facteurs dont dépend l'absorbance et loi de Beer-Lambert

- De manière à être le plus précis possible, on travaille à la longueur d'onde où l'absorption est maximale.
- **L'absorbance est proportionnelle à l'épaisseur** de la solution traversée et également **proportionnelle à la concentration de la solution**.
- **La loi de Beer-Lambert** traduit cette double proportionnalité :

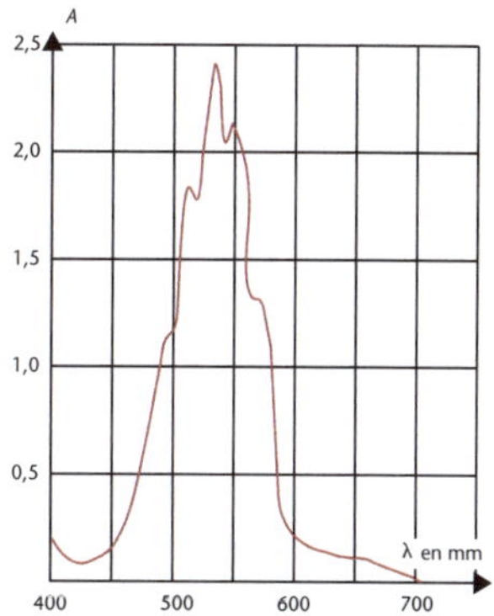

Spectre d'absorption d'une solution de permanganate de potassium. L'absorbption maximale est de λ ≈ 530 nm.

$A = \varepsilon(\lambda).\ell.c$ avec $\varepsilon(\lambda)$: coefficient d'extinction molaire en $L.mol^{-1}.cm^{-1}$; ℓ : longueur de la cuve en cm ; c : concentration de l'espèce colorée en $mol.L^{-1}$; A : absorbance sans unité.

La **loi de Beer-Lambert n'est valable que si la solution est suffisamment diluée.**

- La largeur ℓ de la cuve d'un spectrophotomètre étant constante, la loi de Beer-Lambert s'exprime plus simplement : $A = K.c$. K s'exprime alors en $L.mol^{-1}$.

III Dosage par étalonnage

- Les solutions étalons se fabriquent souvent à partir d'une solution mère : on obtient une échelle de teinte.
- L'échelle de teinte se prépare par dilution. Le tableau ci-dessous donne les volumes à prélever de la solution mère de concentration $1{,}0 \times 10^{-2}$ $mol.L^{-1}$.

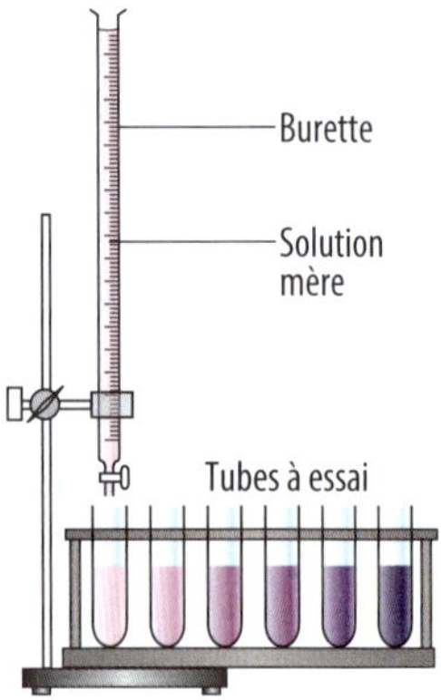

Montage et verrerie utilisée pour réaliser une échelle de teinte

C ($\times 10^{-3}$ $mol.L^{-1}$)	1,0	2,0	3,0	4,0	5,0	6,0
$V_{mère}$ en mL	1,0	2,0	3,0	4,0	5,0	6,0
V_{eau} en mL	9,0	8,0	7,0	6,0	5,0	4,0

- Tracer une droite d'étalonnage permet de réduire l'incertitude.
- Après avoir tracé la droite d'étalonnage, on peut déterminer la concentration d'une solution inconnue.

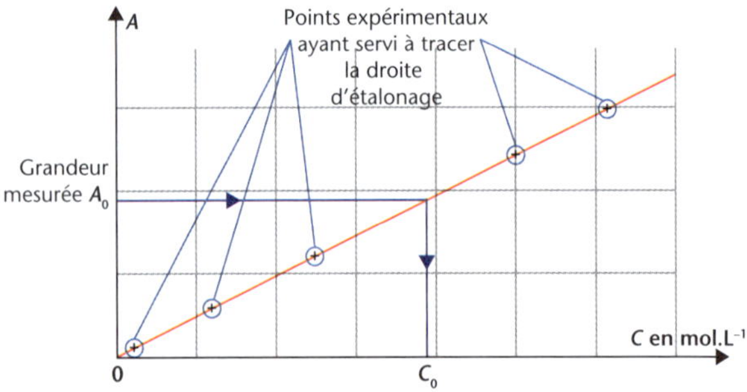

Droite d'étalonnage $A = f(C)$ permettant la détermination de la concentration C_0 de la solution

Dosage des ions cuivre (II)

Le but de l'exercice est d'illustrer le dosage de solutions parfois utilisées en hydrométallurgie et contenant des ions cuivre (II) : $Cu^{2+}_{(aq)}$. On dispose d'une solution S_1 contenant des ions $Cu^{2+}_{(aq)}$ dont on réalise le dosage spectrophotométrique.

Pour cela, on prépare un ensemble de solutions de sulfate de cuivre ($Cu^{2+}_{(aq)} + SO^{2-}_{4(aq)}$) à partir d'une solution mère S_m de concentration $c_m = 0,50$ mol.L^{-1}.

Solution	S_m	S_{d1}	S_{d2}	S_{d3}	S_{d4}	S_{d5}
$[Cu^{2+}]$ (mol.L^{-1})	0,500	0,250	0,200	0,100	0,050	0,010

On mesure l'absorbance des solutions préparées. Les points expérimentaux sont présentés sur le graphique ci-dessous.

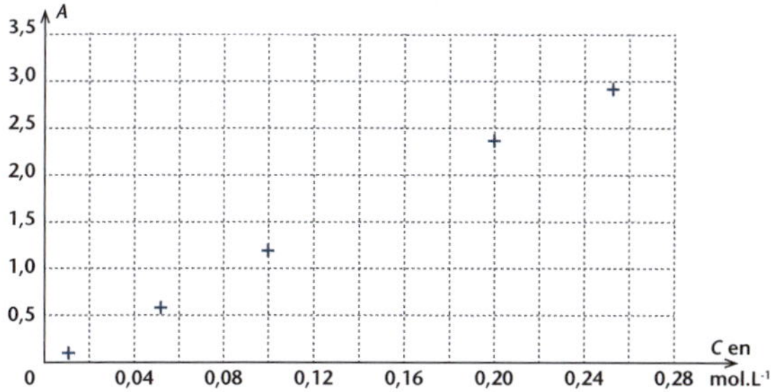

1. Préparation d'une solution diluée : décrire soigneusement la préparation de 50 mL de la solution S_{d2} à partir de la solution mère S_m sachant que l'on dispose de la verrerie suivante :

- fioles jaugées de 25 mL, 50 mL, 100 mL ;
- pipettes jaugées de 10 mL, 20 mL, 25 mL ;
- béchers de 50 mL et de 100 mL ;
- éprouvettes graduées de 20 mL et 50 mL.

2. Détermination de la concentration de la solution S_1.
L'absorbance de la solution S_1 est $A = 1,5$.

Déterminer graphiquement la concentration en ions $Cu^{2+}_{(aq)}$ de la solution S_1.

Avant de commencer

▶ La quantité de matière du soluté lors d'une dilution se conserve.

▶ La verrerie jaugée est plus précise que la verrerie graduée.

Réalisation d'une dilution

On cherche à déterminer le volume à prélever de la solution mère.

Au cours d'une dilution, la quantité de matière se conserve :

$n = C_{mère}.V_{mère} = C_{fille}.V_{fille}$

$$V_{mère} = \frac{C_{fille}.V_{fille}}{C_{mère}}$$

$$V_{mère} = \frac{0,200 \times 50,0}{0,50} = 20 \text{ mL}$$

À l'aide d'une pipette jaugée de 20 mL, on prélève la solution mère. On verse ce volume dans une fiole jaugée de 50 mL. On complète jusqu'au trait de jauge en prenant soin d'homogénéiser à la fin.

Avant de commencer

▶ Vérifier la loi de Beer-Lambert, l'absorbance est proportionnelle à la concentration de l'espèce.

▶ La courbe obtenue est une droite linéaire.

Détermination de la concentration de l'espèce

On trace une droite moyenne et on reporte la valeur de l'absorbance. Pour $A = 1,5$, on lit $C = 0,125$ mol.L^{-1}

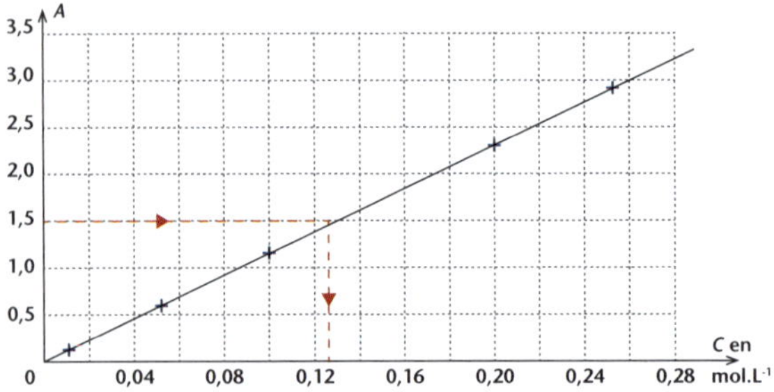

Réactions d'oxydo-réduction

FICHE 5

Les phénomènes d'explosion, de combustion, de vieillissement, de formation d'un dépôt métallique et de fonctionnement de piles ont tous un point commun : ils font intervenir des **réactions d'oxydo-réduction**.

I Oxydant et réducteur

1. Exemples de réactions d'oxydo-réduction

- Considérons l'équation $Fe_{(s)} + Cu^{2+}_{(aq)} \rightarrow Fe^{2+}_{(aq)} + Cu_{(s)}$.

Le fer perd des électrons : $Fe_{(s)} = Fe^{2+}_{(aq)} + 2e^-$.

Le cuivre gagne les électrons cédés par le fer :
$Cu^{2+}_{(aq)} + 2e^- = Cu_{(s)}$.

- Une réaction d'oxydo-réduction est une transformation au cours de laquelle des électrons sont échangés.

- La transformation $HCOOH_{(aq)} + H_2O_{(\ell)} \rightarrow HCOO^-_{(aq)} + H_3O^+_{(aq)}$ n'est pas une équation d'oxydo-réduction car il y a un échange d'ions $H^+_{(aq)}$ et non d'électrons.

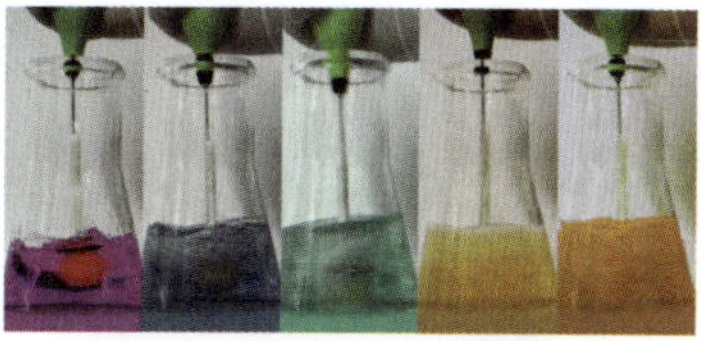

Réaction d'oxydo-réduction entre les ions MnO_4^- et le glucose d'une sucette. Les différentes colorations correspondent à plusieurs transformations des ions permanganate.

2. Définitions

- Un oxydant est une entité chimique susceptible de gagner un ou plusieurs électrons.

- Un réducteur est une entité chimique susceptible de perdre un ou plusieurs électrons.

> Moyen mnémotechnique :
> OxydAnt = gAgne
> RéductEur = pErd

- Une oxydation correspond à une perte d'électrons, une réduction à un gain d'électrons.

- Les électrons cédés par le réducteur sont aussitôt captés par l'oxydant : le réducteur est oxydé tandis que l'oxydant est réduit. L'oxydation et la réduction sont toujours simultanées.

3. Couple oxydant/réducteur

- Un couple est oxydant/réducteur si l'on peut passer de l'un à l'autre par gain ou perte d'électrons.
- Par convention, on indique toujours l'oxydant en premier, puis ensuite le réducteur ($Cu^{2+}_{(aq)}$ / $Cu_{(s)}$; $Fe^{2+}_{(aq)}$ / $Fe_{(s)}$).

$Cu^{2+}_{(aq)}$ / $Cu_{(s)}$	$Zn^{2+}_{(aq)}$ / $Zn_{(s)}$	$MnO^{-}_{4(aq)}$ / $Mn^{2+}_{(aq)}$
$Fe^{2+}_{(aq)}$ / $Fe_{(s)}$	$S_4O^{2-}_{6(aq)}$ / $S_2O^{2-}_{3(aq)}$	$O_{2(g)}$ / $H_2O_{2(aq)}$
$Fe^{3+}_{(aq)}$ / $Fe^{2+}_{(aq)}$	$H_2O_{(\ell)}$ / $H_{2\,(g)}$	$H_2O_{2(aq)}$ / $H_2O_{(\ell)}$
$Ag^{+}_{(aq)}$ / $Ag_{(s)}$	$O_{2(g)}$ / $H_2O_{(\ell)}$	$Cr_2O^{2-}_{7(aq)}$ / $Cr^{3+}_{(aq)}$

Exemples de couples d'oxydo-réduction

II Écriture d'une équation d'oxydo-réduction

1. Demi-équation

- Les demi-équations traduisent les échanges d'électrons entre l'oxydant et le réducteur.
- Dans le cas d'un couple cation métallique/métal, l'écriture de la demi-équation est simple : $M^{n+}_{(aq)} + n\,e^- = M_{(s)}$.
- Dans les autre cas, il faut s'assurer dans l'ordre suivant de la conservation (exemple avec le couple $Cr_2O^{2-}_{7(aq)}$ / $Cr^{3+}_{(aq)}$) :

1. des éléments autres que O et H : $Cr_2O^{2-}_{7(aq)} = 2Cr^{3+}_{(aq)}$;
2. de l'élément oxygène en rajoutant des molécules d'eau H_2O :
$Cr_2O^{2-}_{7(aq)} = 2\,Cr^{3+}_{(aq)} + 7H_2O_{(\ell)}$;
3. de l'élément hydrogène en rajoutant des ions $H^{+}_{(aq)}$:
$Cr_2O^{2-}_{7(aq)} + 14H^{+}_{(aq)} = 2Cr^{3+}_{(aq)} + 7H_2O_{(\ell)}$;
4. des charges électriques en utilisant des électrons :
$Cr_2O^{2-}_{7(aq)} + 14H^{+}_{(aq)} + 6e^- = 2Cr^{3+}_{(aq)} + 7H_2O_{(\ell)}$.

2. Équation-bilan

Pour obtenir l'équation chimique, on combine les deux demi-équations de façon à éliminer les électrons.

Exemple : les ions permanganate $MnO^{-}_{4(aq)}$ (oxydant) peuvent réagir avec les ions $Fe^{2+}_{(aq)}$ (réducteur) selon l'équation suivante :

$MnO^{-}_{4(aq)} + 8H^{+}_{(aq)} + 5e^- = Mn^{2+}_{(aq)} + 8H_2O_{(\ell)}$

$(Fe^{2+}_{(aq)} = Fe^{3+}_{(aq)} + e^-) \times 5 \Leftarrow$ On multiplie par 5 pour avoir autant d'électrons échangés entre le réducteur et l'oxydant

$MnO^{-}_{4(aq)} + 8H^{+}_{(aq)} + 5Fe^{2+}_{(aq)}$ ® $5Fe^{3+}_{(aq)} + Mn^{2+}_{(aq)} + 8H_2O_{(\ell)}$

Avancement et évolution d'un système chimique

FICHE 6

Lors d'une transformation, les **quantités de matière des réactifs diminuent**, celles **des produits augmentent**. Il est important de connaître les quantités de réactifs et des produits en fin de réaction.

I Avancement d'une réaction

1. Équation d'une réaction

- On considère la réaction de la forme : $a\,A + b\,B \rightarrow c\,C + d\,D$. Les **réactifs à gauche** (A et B) se situent à gauche de la flèche et les **produits à droite** (C et D).
- Les nombres placés devant les symboles chimiques (a, b, c et d) sont appelés **nombres stœchiométriques**. Ils permettent de respecter la **conservation des éléments chimiques** et la **conservation des charges électriques**.

2. Définition

- Pour connaître les quantités de matière des réactifs et des produits en fin de réaction, on introduit une nouvelle grandeur : **l'avancement (en mol)**, noté souvent x.
- L'avancement d'une réaction correspond à la quantité de matière qui serait consommée pour un réactif de coefficient stœchiométrique « 1 ».
- L'avancement varie au cours du temps, il est nul au début de la réaction et maximal en fin de réaction.

II Bilan du système chimique à l'état final

1. Tableau d'avancement

- Pour connaître l'avancement maximal et donc connaître la composition finale du système chimique, on établit un **tableau d'avancement**.

Équation chimique		aA +	bB →	cC +	dD
État du système	**Avancement (mol)**	**Quantités de matière (mol)**			
État initial	0	$n(A)_i$	$n(B)_i$	0	0
En cours de transformation	x	$n(A)_i - ax$	$n(B)_i - bx$	cx	dx
État final	x_{max}	$n(A)_i - ax_{max}$	$n(B)_i - bx_{max}$	cx_{max}	dx_{max}

Les quantités de matière initiales se déterminent à partir des formules données dans la fiche 1, **sans tenir compte** des nombres stœchiométriques de l'équation-bilan.

• $n(A)_i$ et $n(B)_i$ sont les quantités de matière à l'état initial, c'est-à-dire juste avant que la réaction commence.

• x représente l'avancement à un instant quelconque et **x_{max} l'avancement maximal,** c'est-à-dire lorsque **la réaction est terminée.**

2. Détermination de l'avancement maximal et réactif limitant

• La réaction s'arrête lorsqu'un des réactifs vient à manquer. **Le réactif qui impose l'arrêt de la transformation est appelé réactif limitant.**

• À partir du tableau d'avancement, on établit deux hypothèses :

– si A est le réactif limitant : $n(A)_i - ax_{max} = 0 \Leftrightarrow x_{max} = \frac{n(A)}{a}$;

– si B est le réactif limitant : $n(B)_i - bx_{max} = 0 \Leftrightarrow x_{max} = \frac{n(B)}{b}$.

On choisit la plus petite valeur de x_{max}.

Exemple :

Équation chimique		$2\,Al_{(s)}$	$+\ Fe_2O_{3(s)}$	$\rightarrow Al_2O_{3(s)}$	$+\ 2\,Fe_{(s)}$
État du système	**Avancement (mol)**	**Quantités de matière (mol)**			
État initial	0	0,90	0,50	0	0
En cours de transformation	x	$0{,}90 - 2x$	$0{,}50 - x$	x	$2x$
État final	x_{max}	$0{,}90 - 2x_{max}$	$0{,}50 - x_{max}$	x_{max}	$2x_{max}$

Pour Al : $x_{max} = 0{,}90/2 = 0{,}45$ mol ; pour Fe_2O_3 : $x_{max} = 0{,}50$ mol.

Nous en déduisons que l'aluminium est le réactif limitant : le bilan final est donc :

$n(Al) = 0{,}00$ mol ; $n(Fe_2O_3) = 0{,}05$ mol ; $n(Al_2O_3) = 0{,}45$ mol ; $n(Fe) = 0{,}90$ mol.

3. Mélange stœchiométrique

• Dans certaines conditions initiales, on peut avoir l'égalité :

$$\frac{n(A)}{a} = \frac{n(B)}{b}.$$

• Dans ce cas, les deux réactifs sont entièrement consommés, le mélange initial est dit stœchiométrique.

• Les proportions stœchiométriques permettent de définir l'équivalence lors d'un dosage (→ *voir fiches 8 et 9*).

Détermination de la composition d'un système chimique

QUIZ-Mémorisation active

Questions	Indices	Réponses
Quelles sont les entités échangées dans une réaction d'oxydo-réduction ?	Ces entités déterminent les dimensions d'un atome.	Les électrons.
Qu'est-ce que l'avancement d'une réaction ?	Cette grandeur permet de suivre l'évolution des quantités de matière des réactifs et des produits.	L'avancement d'une réaction correspond à la quantité de matière qui serait consommée pour un réactif de coefficient stœchiométrique « 1 ».
À quoi sert la détermination de l'avancement maximal x_{max} d'une réaction ?	Cette grandeur est utile en fin de réaction.	L'avancement maximal x_{max} permet de déterminer le réactif limitant et faire un bilan de matière en fin de réaction.
Quelle est la demi-équation du $ClO^-_{4(aq)} / Cl^-_{(aq)}$?	Penser à équilibrer les oxygènes avec des molécules d'eau et les hydrogènes avec des ions $H^+_{(aq)}$.	$ClO^-_{4(aq)} + 8H^+_{(aq)} + 8e^- = Cl^-_{(aq)} + 4\,H_2O_{(\ell)}$
Entre deux réactifs, comment détermine-t-on le réactif limitant ?	Il faut tenir déterminer l'avancement maximal x_{max}.	On détermine pour chacun des réactifs l'avancement maximal. Le réactif limitant est celui qui aura la plus petite valeur de x_{max}.
Si l'équation de la réaction, faisant les espèces A, B, C et D, est $aA + bB \rightarrow cC + dD$ (a, b, c et d les nombres stœchiométriques) quelle relation a-t-on si on est en proportion stœchiométrique ?	Les réactifs doivent être entièrement consommés à la fin de la réaction.	$\frac{n(A)}{a} = \frac{n(B)}{b}$.

SCHÉMA-BILAN

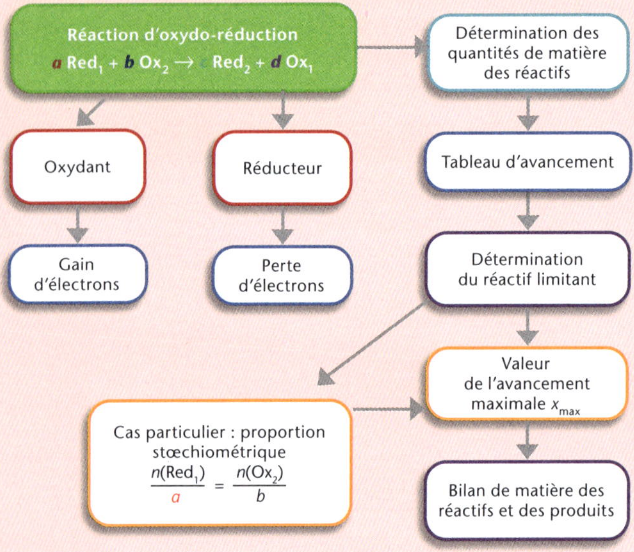

Titrage d'une solution

FICHE 8

Un dosage ou un titrage permet d'évaluer la concentration ou la quantité de matière d'une espèce en solution. Le support utilisé est une réaction chimique.

I Principe d'un titrage

- Pour déterminer la concentration ou la quantité de matière d'une espèce A, on utilise une espèce B (**espèce titrante**) dont on connaît la concentration.
- On considère que l'équation de dosage sera de la forme :

$$a\,A_{(aq)} + b\,B_{(aq)} \rightarrow c\,C_{(aq)} + d\,D_{(aq)}$$

- La **solution titrante B** est placée dans la burette graduée.
- La solution à titrer (A) est prélevée de façon précise avec une **pipette jaugée**.
- On introduit la **solution titrante B** grâce à la **burette graduée** et la solution à titrer (A) est placée sous la burette dans un bécher.

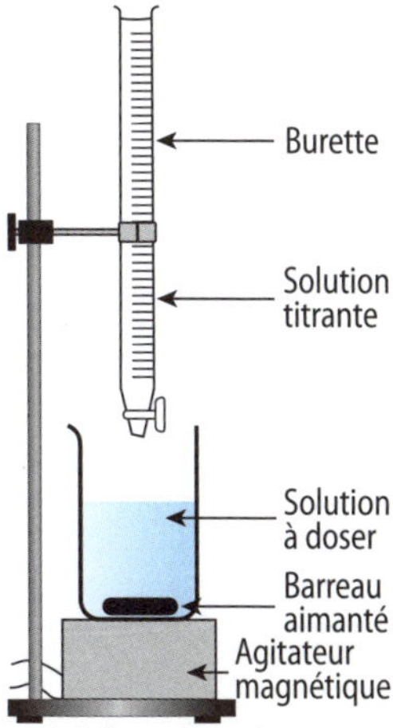

Schéma d'un dosage par titrage

La verrerie jaugée est toujours plus précise que la verrerie graduée. Cependant, pour des volumes non entier (ex. : $V = 9{,}3$ mL), la burette graduée reste la seule verrerie la plus précise.

- Le but est de verser un certain volume de la solution B de manière à ce que les espèces A et B soient en proportion stœchiométrique.
- Ce volume nécessaire à verser de la burette pour obtenir les proportions stœchiométriques est appelé volume à l'équivalence, il est **noté $V_{éq}$**.

II Caractéristique de la réaction de dosage

- La réaction de titrage doit posséder plusieurs caractéristiques. Elle doit être :

– **rapide** : dès que les réactifs sont mis en contact, ils doivent réagir ;
– **totale** : pour certaines réactions l'avancement n'atteint pas l'avancement maximal à l'état final, ce qui ne doit pas être le cas ici ;

- **spécifique** : pour une solution composée d'un mélange, l'espèce B doit réagir seulement avec l'espèce A.

III Définition de l'équivalence

L'eau potable nécessite plusieurs dosages pour contrôler sa qualité.

- À l'équivalence, les réactifs sont introduits en proportion stœchiométrique.
- L'équivalence donne la relation entre les quantités de matière des espèces titrantes et titrées :

$$\frac{n(A)}{a} = \frac{n(B)}{b}$$

$n(A)$ et $n(B)$: quantité de matière de l'espèce A et de l'espèce B respectivement en mol
a et b : nombres stœchiométriques

- Comme les deux espèces sont en solution, nous avons les relations :

$$n(A) = C_A.V$$
$$n(B) = C_B.V_{éq}$$

C_A et C_B : concentration de l'espèce A et de l'espèce B respectivement en mol.L^{-1}
V : volume de la solution à doser (A) prélevée avec une pipette jaugée en L
$V_{éq}$: volume à l'équivalence de la solution B en L

- L'expérience nous permet de déterminer le volume à l'équivalence $V_{éq}$ de la solution B. Nous pouvons si besoin calculer la concentration de la solution A :

$$\frac{C_A.V}{a} = \frac{C_B.V_{éq}}{b} \Leftrightarrow C_A = \frac{a}{b} \times \frac{C_B\,V_{éq}}{V}.$$

- Avant l'équivalence, l'espèce titrante B est le réactif limitant.
- Après l'équivalence, l'espèce titrante B est introduite en excès (il n'y a plus de réactif titré).
- Le volume à l'équivalence doit être le plus précis possible, pour déterminer de façon précise la quantité de matière de l'espèce à titrer.

Dosage colorimétrique et repérage de l'équivalence

FICHE 9

- L'une des façons de repérer l'équivalence est d'avoir un changement de couleur de la solution au moment du changement du réactif limitant (→ *voir fiche 8*).

- Pour qu'un titrage colorimétrique soit précis, il faut qu'au moment de l'ajout d'une certaine goutte, on ait simultanément changement de couleur et changement de réactif limitant.

I Repérage de l'équivalence grâce à une espèce colorée

- Lorsque l'une des espèces est colorée (comme les ions $MnO^-_{4(aq)}$ de couleur violette), il est facile de repérer l'équivalence car la solution changera de couleur à l'équivalence.

- On souhaite dose les ions $Fe^{2+}_{(aq)}$ à l'aide d'une solution de permanganate de potassium, l'équation de dosage est :

$$MnO^-_{4(aq)} + 8H^+_{(aq)} + 5Fe^{2+}_{(aq)} \rightarrow Mn^{2+}_{(aq)} + 4H_2O_{(\ell)} + 5Fe^{3+}_{(aq)}$$

- La solution de permanganate de potassium sera placée dans la burette, puisque c'est la solution titrante, et la solution contenant les ions Fe^{2+} est placée dans le bécher.

- Au début, la solution contenue dans le bécher est incolore, celle contenue dans la burette est colorée par la présence des ions $MnO^-_{4(aq)}$.

- Au fur et à mesure que l'on verse la solution de K^+, MnO^-_4, les quantités des ions Fe^{2+} diminuent, mais la solution reste incolore tant que les ions Fe^{2+} sont en excès.

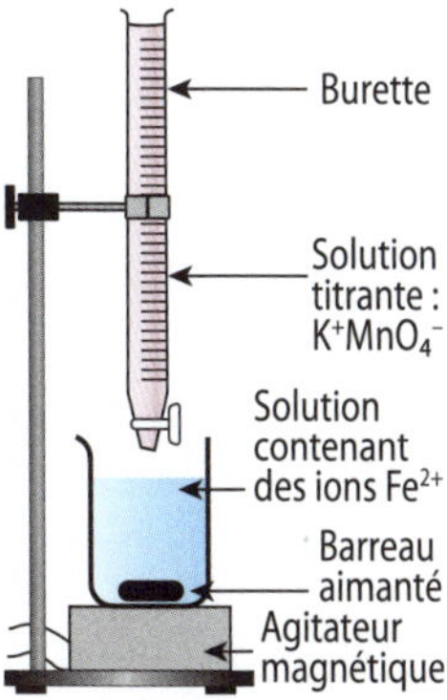

Dosage des ions Fe^{2+} par les ions MnO^-_4

- À l'équivalence, il y a changement de réactif limitant, la goutte en excès d'ions MnO^-_4 colorera la solution dans le bécher en violet.

Il est important de connaître la concentration des ions fer dans le vin. Si la teneur devient trop importante, un trouble dans le vin apparaît, que l'on appelle casse ferrique.

• Dans ce cas, la relation à l'équivalence sera (→ *voir fiche 8*) :

$$\frac{n(Fe^{2+})}{5} = n(MnO_4^-) \Leftrightarrow [Fe^{2+}] = \frac{5[MnO_4^-].V_{éq}}{V}.$$

• Pour être précis, un premier dosage rapide est effectué : on verse rapidement la solution contenue dans la burette et on repère environ le volume à l'équivalence.

• Un deuxième dosage est effectué dans les mêmes conditions, mais en faisant un goutte à goutte avec la burette juste avant le volume à l'équivalence repéré précédemment.

II Repérage de l'équivalence grâce à un indicateur coloré

• On peut utiliser un indicateur coloré si les espèces mises en jeu ne sont pas colorées ou pour repérer de façon plus précise l'équivalence du dosage.

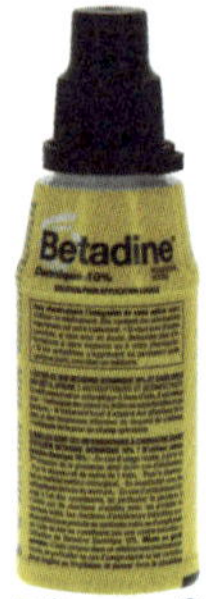

La Bétadine® est un désinfectant dont le principe actif est le diiode I_2.

Les réactions de dosage mises en jeu dans ces exemples sont des réactions d'oxydo-réduction.

• On souhaite vérifier par exemple la concentration du diiode contenu dans un désinfectant. On effectue pour cela un dosage par les ions thiosulfate : $S_2O_3^{2-}$.

• L'équation de titrage sera :
$S_2O_{3(aq)}^{2-} + I_{2(aq)} \rightarrow 2I_{(aq)}^- + S_4O_{6(aq)}^{2-}$.

• Le diiode I_2 sera introduit dans le bécher, puisque c'est l'espèce à doser, et les ions thiosulfate $S_2O_3^{2-}$ dans la burette.

• Le diiode I_2 est une espèce colorée de couleur brun-jaune, l'équivalence peut être repérée donc par une décoloration de la solution.

• Cependant, pour être plus précis, on rajoute un indicateur coloré (l'empois d'amidon) lorsque la solution devient jaune (donc une faible concentration de I_2), améliorant le contraste et ainsi la précision du résultat.

• Un indicateur coloré doit être utilisé en faible quantité (quelques gouttes suffisent), le volume à l'équivalence peut être faussé dans le cas contraire.

• Dans ce cas, la relation à l'équivalence sera (→ *voir fiche 8*) :

$$n(I_2) = \frac{n(S_2O_3^{2-})}{2} \Leftrightarrow [I_2] = \frac{[S_2O_3^{2-}].V_{éq}}{2V}.$$

Exercice commenté pas à pas

Dosage colorimétrique d'une solution

Les solutions d'eau oxygénée se décomposent avec le temps. On souhaite vérifier la concentration d'une solution dont on dispose au laboratoire. Sur la bouteille, il est indiqué $[H_2O_2] = 1{,}00 \times 10^{-1}$ mol.L^{-1}.

On titre pour cela un volume $V = 10{,}0$ mL d'une solution aqueuse d'eau oxygénée H_2O_2 par réaction avec une solution aqueuse de permanganate de potassium (K^+, MnO_4^-) de couleur violette, de concentration $c_1 = 2{,}00 \times 10^{-2}$ mol.L^{-1}. Le volume minimale de solution oxydante pour que la coloration violette persiste plus d'une minute est : $V_1 = 19{,}6$ mL.

Couples oxydant réducteur :

$MnO^-_{4(aq)}/Mn^{2+}_{(aq)}$ et $O_{2(aq)}/H_2O_{2(aq)}$.

1. Déterminer l'équation-bilan de support de ce dosage.

2. Avec quelle verrerie est prélevée la solution d'eau oxygénée H_2O_2 ? Où est introduit la solution de permanganate de potassium (K^+, MnO_4^-) ?

3. Déterminer la concentration de l'eau oxygénée. Conclure.

Avant de commencer

- Quels sont les réactifs mis en jeu ?
- Déterminer les demi-équations avant de trouver l'équation globale.

Équation-bilan du dosage

Les réactifs sont les ions permanganate $MnO^-_{4(aq)}$ et l'eau oxygénée $H_2O_{2(aq)}$. Ils se situeront à gauche donc l'équation-bilan.

Les demi-équations sont :

$$(MnO^-_{4(aq)} + 8H^+_{(aq)} + 5e^- = Mn^{2+}_{(aq)} + 4H_2O_{(\ell)}) \times 2$$

$$(H_2O_{2(aq)} = 2H^+_{(aq)} + O_{2(aq)} + 2e^-) \times 5$$

$$2MnO^-_{4(aq)} + 16H^+_{(aq)} + 5H_2O_{2(aq)} \rightarrow 2Mn^{2+}_{(aq)} + 8H_2O_{(\ell)} + 5O_{2(aq)} + 10H^+_{(aq)}$$

On simplifie par 10 $H^+_{(aq)}$ de part et d'autre de la flèche.

$$2MnO^-_{4(aq)} + 6H^+_{(aq)} + 5H_2O_{2(aq)} \rightarrow 2Mn^{2+}_{(aq)} + 8H_2O_{(\ell)} + 5O_{2(aq)}$$

Avant de commencer

- Quel est le réactif dosé ? Quel est le réactif titrant ?
- Quelle verrerie choisir pour être le plus précis possible ?

Prélèvement de la solution à titrer et emplacement de la solution titrante

La solution de permanganate de potassium ($K^+_{(aq)}$, $MnO^-_{4(aq)}$) est la solution titrante, elle doit être placée dans la burette graduée.

La solution d'eau oxygénée est la solution à doser, elle doit être prélevée avec une pipette jaugée de 10,0 mL. Cette solution est placée en-dessous de la burette graduée.

Avant de commencer

- Définir l'équivalence du dosage.
- À partir de l'équation-bilan de dosage, trouver la relation à l'équivalence.
- Connaître les calculs des quantités de matière pour une solution.

Calcul de la concentration en H_2O_2

À l'équivalence, les réactifs sont placés en proportion stœchiométrique :

$$\frac{n(MnO_4^-)}{2} = \frac{n(H_2O_2)}{5} \Leftrightarrow \frac{c_1.V_1}{2} = \frac{[H_2O_2].V}{5}$$

$$[H_2O_2] = \frac{5}{2}\frac{c_1.V_1}{V}$$

L'application numérique nous donne :

$$[H_2O_2] = \frac{5}{2} \times \frac{2{,}00 \times 10^{-2} \times 19{,}6 \times 10^{-3}}{10{,}0 \times 10^{-3}} = 9{,}80 \times 10^{-2}\ mol.L^{-1}.$$

$[H_2O_2] < 1{,}00 \times 10^{-1}$ mol.L^{-1}, la solution semble s'être décomposée légèrement.

Représentation et géométrie des molécules et des ions

FICHE 11

La représentation de Lewis des molécules vue en 2nde est aussi valable pour les ions. L'arrangement spatial de la molécule ou de l'ion a une influence sur les propriétés physico-chimiques.

I Représentation de Lewis

1. Cas des molécules

• À partir de la **règle de l'octet, du duet et de la structure électronique**, on peut établir le nombre liaisons qu'établit chaque atome ainsi que le nombre de doublets non-liants.

Nom et symbole	Numéro atomique	Structure électronique	Nombre de liaisons formées dans une molécule	Nombre de doublets non-liants
Hydrogène H	1	$1s^1$	1	0
Carbone C	6	$1s^2\ 2s^2\ 2p^2$	4	0
Azote N	7	$1s^2\ 2s^2\ 2p^3$	3	1
Oxygène O	8	$1s^2\ 2s^2\ 2p^4$	2	2
Fluor F	9	$1s^2\ 2s^2\ 2p^5$	1	3
Chlore Cl	17	$1s^2\ 2s^2\ 2p^6$ $3s^2\ 2p^5$	1	3

• On peut établir par exemple la structure de Lewis de l'ammoniac NH_3 :

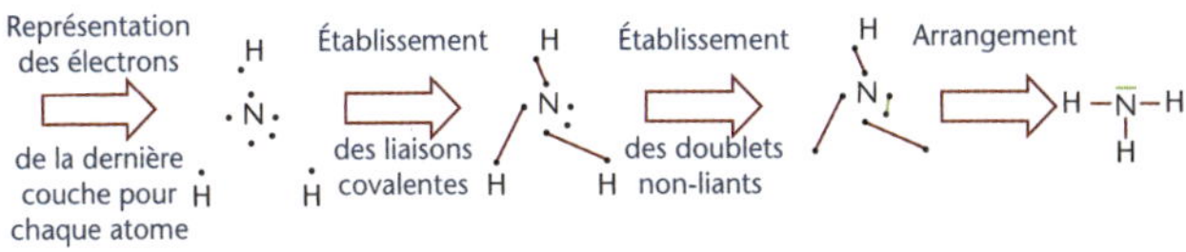

• L'atome central est toujours celui qui engage le plus de liaison. Les atomes avec une seule liaison covalente occupent toujours une position périphérique.

2. Cas des ions

• Les règles de Lewis vues pour les molécules restent valables pour les

La charge électrique est entourée et placée à côté de l'entité portant cette charge.

ions, il faut par contre établir quelle entité porte la charge de l'ion.

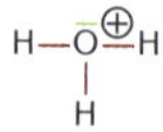

Structure de Lewis de l'ion oxonium H_3O^+

• L'ion oxonium est un cation de formule H_3O^+, on souhaite établir sa structure de Lewis :
- les hydrogènes ne pouvant établir qu'une liaison, l'oxygène sera donc au centre de cette structure ;
- l'oxygène portera la charge positive, un **doublet non-liant** est dans ce cas transformé en **doublet liant**.

II Géométrie des molécules et des ions

• Pour tenir compte de la disposition spatiale des liaisons, les chimistes ont élaboré une représentation appelée **représentation de Cram**. On indique par un :
- **trait** (—) les liaisons situées dans le plan de la feuille ;
- **triangle plein** (◄) les liaisons situées en avant du plan ;
- **triangle hachuré** (⋯) les liaisons situées en arrière du plan.

Formule brute	CH_4 (méthane)	NH_3 (ammoniac)	H_2O (eau)
Représentation de Lewis	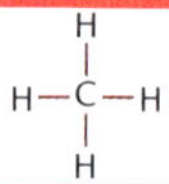	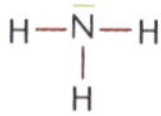	
Configuration des doublets	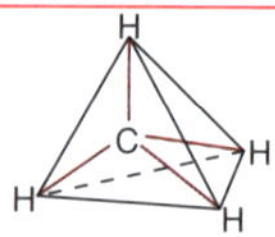	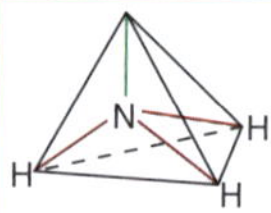	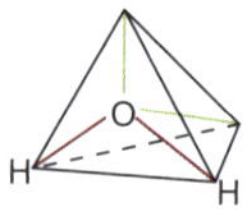
Représentation de Cram	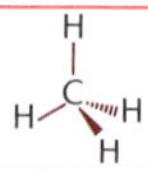	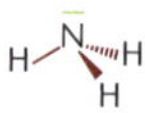	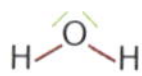
Géométrie	Tétraédrique	Pyramidale	Coudée

• L'ion oxonium H_3O^+ aura la même géométrie que la molécule d'ammoniac : pyramidale.

• Les atomes établissant des doubles liaisons ont une structure plane au niveau de la double liaison et une structure linéaire s'ils établissent une triple liaison.

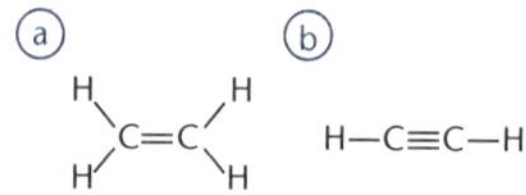

a. Structure plane de l'éthylène
b. Structure linéaire de l'éthyne

Électronégativité et polarité des liaisons

FICHE 12

Les molécules sont constituées d'éléments neutres comme les atomes. Mais au sein de la structure, la création des charges partielles influence les interactions avec les autres molécules et leurs propriétés physico-chimiques.

I Polarité des molécules

1. Électronégativité

- L'**électronégativité** est la capacité d'un atome à **attirer les électrons d'une liaison** vers lui.
- L'électronégativité, **grandeur sans dimension**, se note χ.
- Les éléments formant préférentiellement des anions (situés donc à droite dans le tableau périodique) auront une électronégativité plutôt élevée.
- Le fluor a l'électronégativité la plus élevée : il a un petit rayon atomique et il appartient à la famille des halogènes.
- L'électronégativité n'a pas de sens pour les gaz nobles, puisqu'ils ne sont pas engagés dans aucune liaison covalente.

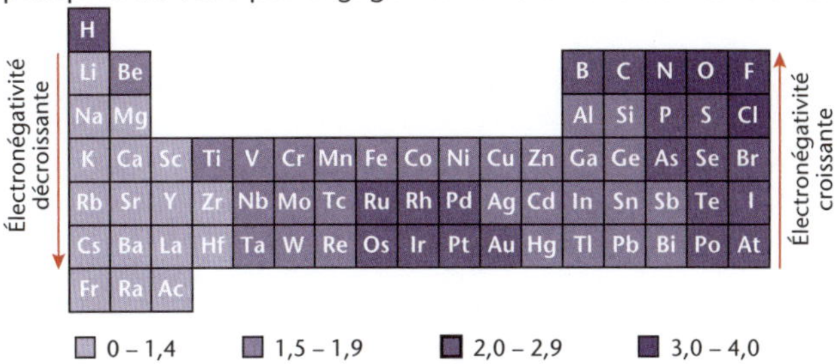

Évolution générale de l'électronégativité dans le tableau périodique des éléments

2. Polarisation de la liaison covalente

- Si dans une liaison A—B, $\chi(B) > \chi(A)$, alors le doublet d'électrons sera localisé davantage sur B que sur A. Il se crée alors une charge partielle négative δ^- sur B et une charge partielle positive δ^+ sur A. On dit que la liaison est **polarisée**.

$$\overset{\delta^+}{A} \rightarrow \overset{\delta^-}{B}$$

Notation d'une liaison polarisée

3. Polarité d'une molécule

- Les molécules constituées d'atomes identiques (N_2, O_2, F_2...) n'ont pas de liaison polarisée : elles sont **apolaires**.

- Une molécule est polaire si le barycentre des charges positives ne coïncide pas avec celui des charges négatives.

- La polarité d'une molécule se détermine en additionnant tous les moments dipolaires :
  - $\sum \vec{p_i} = \vec{0}$, la molécule est apolaire ;
  - $\sum \vec{p_i} \neq \vec{0}$, la molécule est polaire.

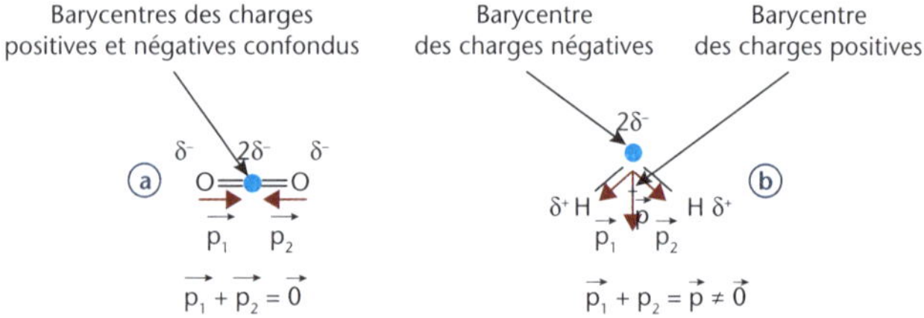

Malgré l'existence de moments dipolaires, le dioxyde de carbone CO_2 est apolaire (a), l'eau H_2O est par contre une molécule polaire (b).

II Influence de la polarité sur les propriétés physico-chimique d'une molécule

- Une molécule polaire a beaucoup d'interaction avec les molécules également polaires ou des entités chargées.

- Cette polarité influence sa solubilité mais également les températures de fusion et d'ébullition.

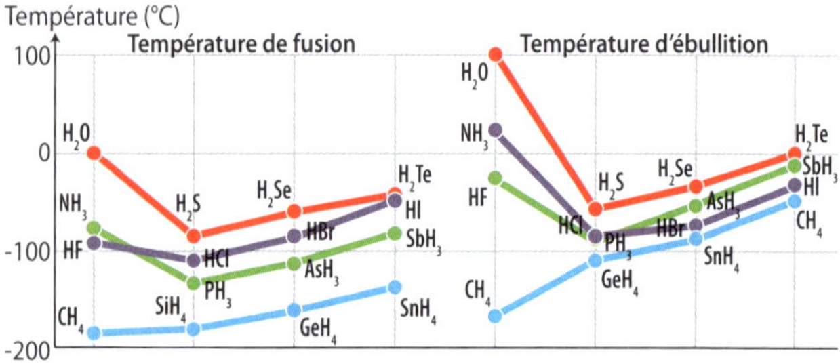

Cohésion des solides ioniques et moléculaires

FICHE 13

Un solide ionique est constitué de cations et d'anions. La cohésion d'un solide ionique est assurée par des interactions coulombiennes attractives. D'autres interactions, comme les interactions de Van der Waals, entrent en jeu pour les solides moléculaires.

I Structure des solides ioniques

1. Formule statique d'un solide ionique

- Un **solide ionique est toujours électriquement neutre** : les charges positives et négatives doivent se compenser.

- La formule statique indique la nature et la proportion de chaque ion à l'intérieur du solide.

- L'ion Ca^{2+} (chargé +2e) peut former un solide ionique avec l'ion phosphate PO_4^{3-} (chargé –3e). Il faut donc 3 ions Ca^{2+} pour 2 ions PO_4^{3-} pour avoir un solide neutre. Sa formule statique est : $Ca_3(PO_4)_2$.

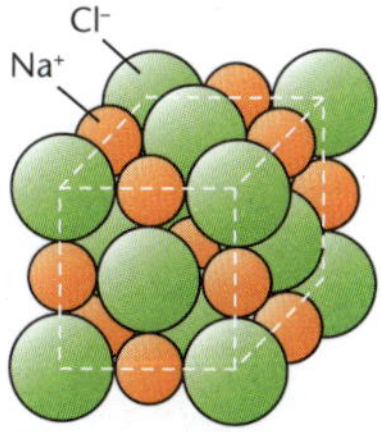

Structure du solide ionique chlorure de sodium NaCl

2. Interaction électrostatique dans un solide ionique

- **Les ions subissent entre eux des interactions électrostatiques.**

- Afin d'avoir des interactions attractives, un ion de charge négative s'entoure toujours d'ions de charge positive et inversement.

- Dans le chlorure de sodium, chaque ion chlorure Cl^- est entouré de 6 ions sodium Na^+ et inversement chaque ion sodium est entouré de 6 ions chlorure Cl^-.

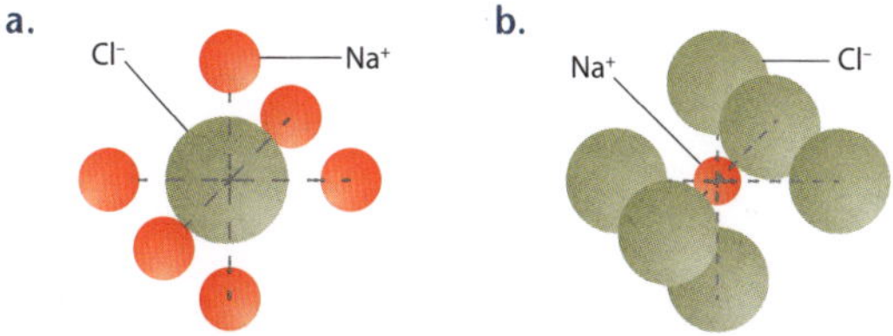

Représentation éclatée des voisins des ions chlorure Cl^- (a) et des voisins de l'ion Na^+ dans le solide NaCl

II Interactions assurant la cohésion des solides moléculaires

1. Interactions de Van der Waals

- Les interactions de Van der Waals sont des interactions entre dipôles électriques. C'est une interaction le plus souvent attractive.

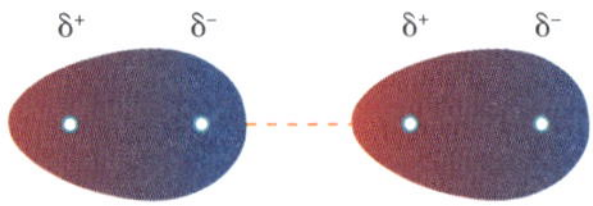

Interaction de Van der Waals : déformation du nuage électronique d'une molécule et création d'un dipôle induit

- Si la molécule est polaire, les dipôles s'orientent de manière à ce que l'interaction soit attractive.
- Si la molécule est apolaire, le nuage électronique peut quand même se déformer et faire apparaître ainsi un dipôle instantané donnant lieu à une interaction attractive.

2. Les liaisons hydrogène

- Les molécules contenant des atomes d'hydrogène impliqués dans des liaisons polarisées (→ *voir fiche 12*) peuvent établir des ponts d'hydrogène.

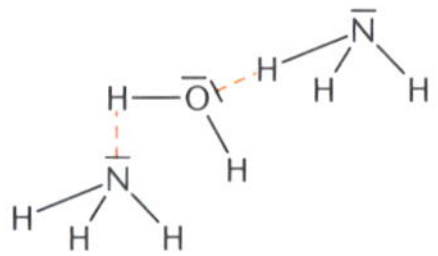

Liaisons hydrogène entre les molécules d'ammoniac NH_3 et d'eau H_2O.

- La liaison hydrogène est une interaction intermoléculaire entre un atome d'hydrogène et un autre atome d'une autre molécule plus électronégatif, le plus souvent l'oxygène O, l'azote N, le fluor F ou le chlore Cl.
- Ainsi, toutes les molécules appartenant à la famille des alcools présentent des liaisons hydrogène.
- Les liaisons hydrogène sont des interactions attractives, plus fortes que les interactions de Van der Waals.
- Les ponts d'hydrogène créés entre les molécules d'eau ont une conséquence importante : l'eau liquide est plus compacte que l'eau solide, ce qui n'est pas le cas pour les autres corps purs.

Dissolution des composés ioniques

FICHE 14

Les **interactions entre le soluté et le solvant** permettent d'expliquer la dissolution des composés ioniques.

I Mécanisme de dissolution d'un composé ionique

• La polarité de l'eau permet d'expliquer la dissolution des composés ioniques.

• Les ions sont par contre très peu solubles dans les solvants apolaires.

• Lors d'une dissolution, trois étapes importantes se distinguent :
- la **dissociation** du solide ionique ou moléculaire ;
- la **solvatation ou hydratation** : le soluté s'entoure de molécules du solvant ;
- la **dispersion** : l'espèce dissoute se répartit de façon homogène dans tout le solvant grâce à une agitation thermique et mécanique.

• Lors de la solvatation, l'interaction électrostatique qui lie les ions entre eux n'est plus suffisante pour assurer la cohésion du solide : l'interaction des ions avec les molécules polaires du solvant est devenue prédominante.

• Les molécules du solvant polaire entourant le composé ionique s'orientent de manière à produire une interaction toujours attractive avec les ions qui sont dissous.

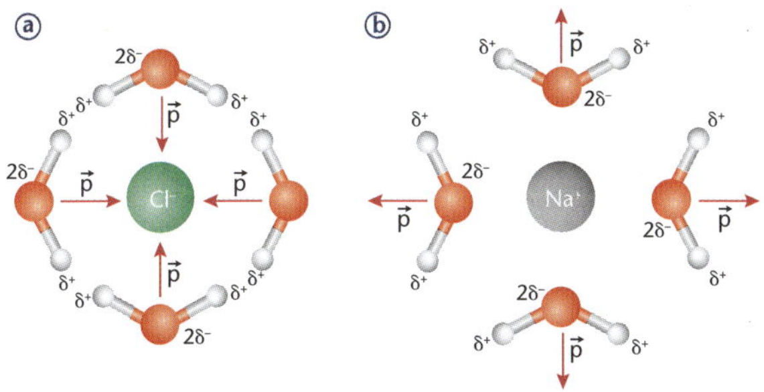

a. Hydratation d'un anion : les atomes d'hydrogène de l'eau sont orientés vers l'anion

b. Hydratation d'un cation : les atomes d'oxygène de l'eau sont orientés vers le cation

II Équation-bilan de dissolution

• Un solide ionique (le soluté) lorsqu'il se dissocie dans un solvant se dissocient en cations et en anions.

L'interaction entre le solvant et le soluté peut modifier sa couleur : les ions cobalt Co^{2+} sont bleus dans l'éthanol et rouge-violet dans l'eau.

• Par exemple, pour le phosphate de calcium, l'équation de dissolution est :

$$Ca_3(PO_{4(aq)})_{2(s)} \rightarrow 3\,Ca^{2+}_{(aq)} + 2\,PO^{3-}_{4(aq)}$$

• Les quantités de matière de chaque ion peuvent se déterminer à partir d'un tableau d'avancement :

Équation chimique		$Ca_3(PO_4)_{2(s)}$ →	$3\,Ca^{2+}$ +	$2\,PO^{3-}_{4(aq)}$
État du système	**x (mol)**	**Quantités de matière (mol)**		
État initial	0	n	0	0
Instant t	x	$n - x$	$3x$	$2x$
État final	x_{max}	$n - x_{max} = 0$	$3x_{max}$	$2x_{max}$

• À partir de cet exemple, nous pouvons définir la concentration en soluté apporté. Elle correspond la quantité de matière de soluté dissous pour un volume de 1L de solvant :

$$C = \frac{n}{V}$$

C : Concentration en soluté apporté en $mol.L^{-1}$
n : quantité de matière du soluté apporté en mol
V : volume du solvant en L

• À partir du tableau d'avancement, nous pouvons déterminer la concentration effective des ions Ca^{2+} et PO_4^{3-}, elle est indiquée entre crochets :

$$[Ca^{2+}] = \frac{3x_{max}}{V} = \frac{3n}{V} = 3C \text{ et } [PO_4^{3-}] = \frac{2x_{max}}{V} = \frac{2n}{V} = 2C$$

• La concentration en soluté apporté n'est pas toujours ainsi identique à la concentration effective des ions dissous.

BILAN

De la structure à la polarité d'une entité

FICHE 15

QUIZ-Mémorisation active

Questions	Réponses
L'azote a pour numéro atomique $Z(N) = 7$. Combien de liaison(s) covalente(s) et doublet(s) non-liant(s), l'azote établit-il ?	3 liaisons covalentes et un doublet non-liant.
Quelle est la structure de Lewis de l'ion ammonium NH_4^+ ? ($Z(N) = 7$, $Z(H) = 1$)	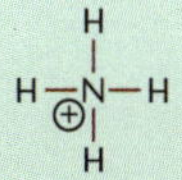
Quels sont les deux critères pour qu'un élément soit très électronégatif ?	Les éléments très électronégatifs sont situés à droite dans la classification périodique (famille des halogènes) et ayant un petit rayon atomique.
Qu'est-ce qu'une molécule polaire ?	Une molécule est polaire si le barycentre des charges négatives ne correspond pas au barycentre des charges positives.
Quelle interaction assure la cohésion d'un solide ionique ?	Interaction électrostatique.
Quelles interactions assurent la cohésion d'un solide moléculaire ?	Interaction de Van der Waals et liaisons hydrogène.
Comment expliquer que l'eau puisse dissoudre les entités ioniques ?	Car l'eau est une molécule polaire.
Donnez la définition de la concentration en soluté apporté.	La concentration en soluté apporté correspond la quantité de matière de soluté dissous pour un volume de 1 L de solvant.
Le nitrate de cuivre $Cu(NO_3)_2$ est constitué d'ions Cu^{2+} et NO_3^-. Lorsque ce solide est dissous, exprimer la concentration des ions nitrate NO_3^- en fonction de la concentration en soluté apporté C.	$[NO_3^-] = 2C$

SCHÉMA-BILAN

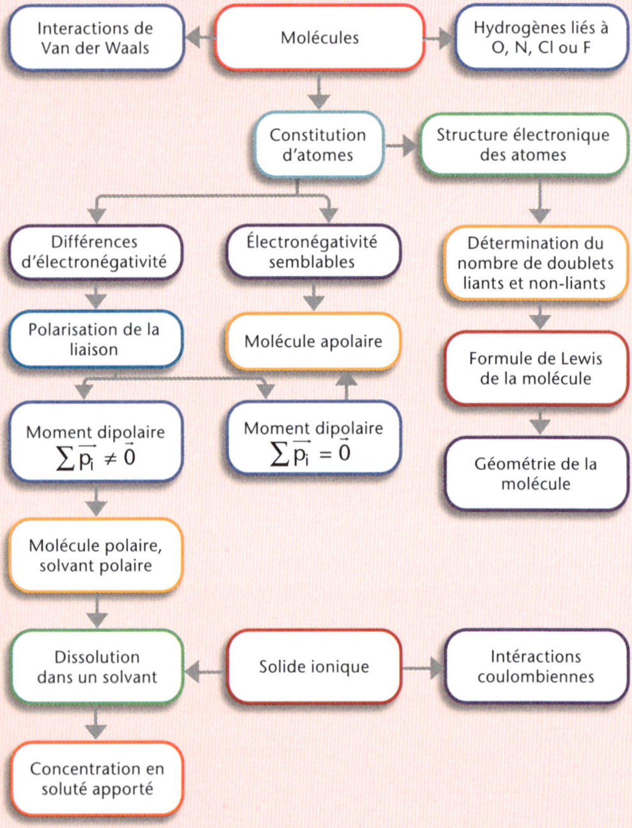

Extraction par solvant et miscibilité de deux liquides

FICHE 16

Pour extraire un composé un organique, le choix du solvant est important : l'espèce à extraire doit être très soluble dans ce solvant.

I Techniques d'extraction par un solvant

L'extraction par solvant est une technique qui consiste à faire passer, par **solubilisation**, la substance à extraire dans un solvant.

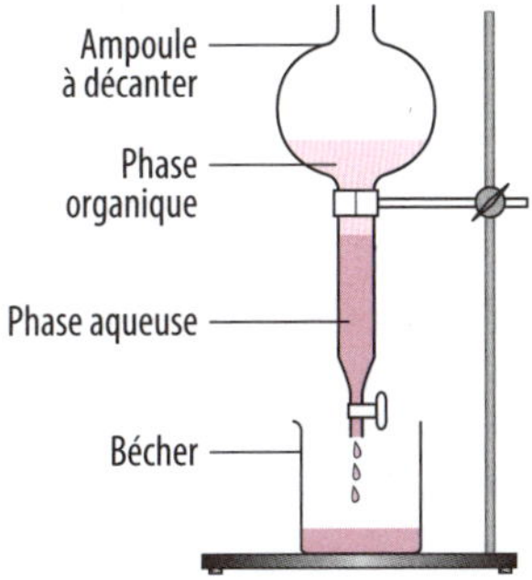

Extraction liquide-liquide

1. Extraction liquide-liquide

- L'extraction liquide-liquide s'effectue avec une ampoule à décanter. Pour cela, il faut que :
  - l'espèce **soit plus soluble** dans le solvant extracteur que dans l'eau ;
  - le solvant extracteur **ne doit pas être miscible** avec l'eau, pour pouvoir être séparé.
- Le solvant extracteur doit être le moins nocif possible pour l'environnement et pour l'Homme.

Explosif	Inflammable	Comburant	Gaz sous pression	Corrosif	Toxique	Nocif / Irritant	Danger pour la santé	Dangereux pour l'environnement

Pictogramme de sécurité : il vaut mieux choisir un solvant irritant qu'un solvant présentant un danger pour la santé

- Les deux liquides contenus à l'intérieur de l'ampoule à décanter sont agités vigoureusement, on dégaze régulièrement.

> L'emploi de solvants organiques nécessite l'utilisation d'une hotte.

- La décantation s'effectue toujours à l'air libre. L'espèce que l'on veut extraire se situe alors dans la phase organique.

- Pour connaître la position de la phase organique, on peut :
  - lire la densité du solvant. Si $d < 1$, le solvant organique se situe dans la phase supérieure. Sinon il est dans la phase inférieure dans le cas contraire ($d > 1$) ;
  - laisser tomber une goutte d'eau et on regarde dans quelle phase elle se dirige.

2. Extraction par un broyage

- L'espèce à extraire peut être contenue dans une plante, le broyage permet de libérer l'espèce que l'on veut extraire.

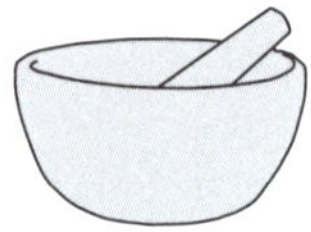

Mortier + pilon

- Lorsqu'on broie une substance à l'aide d'un mortier, on libère la substance à extraire en détruisant les cellules.
- On rajoute ensuite un peu de solvant pour solubiliser l'espèce à extraire.
- Une filtration permet de recueillir une solution contenant l'espèce recherchée.

II Choix du solvant et miscibilité de deux liquides

- Les molécules polaires seront solubles dans les solvants polaires. À l'inverse, les molécules apolaires seront solubles dans les molécules apolaires.
- Ainsi, pour une extraction liquide-liquide d'une espèce contenue dans l'eau, on choisit plutôt un solvant apolaire : ils sont moins miscibles avec l'eau.
- Les molécules polaires comme le saccharose sont très solubles dans l'eau (molécules polaires) : il se crée des interactions de Van de Waals et des liaisons hydrogène.

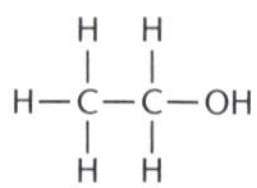

Formule développée de l'éthanol

- L'éthanol est une molécule présente dans les boissons alcoolisées, elle est très miscible avec l'eau car elle possède une liaison —OH et créé facilement des liaisons hydrogène avec l'eau.
- Pour séparer deux liquides non miscibles, une simple décantation suffit. On doit utiliser une distillation fractionnée pour séparer deux liquides miscibles.
- Lors d'une distillation, le composé ayant la température d'ébullition la plus basse (le plus volatil) sera recueilli en premier.

Le savon est une espèce amphiphile

FICHE 17

Les espèces amphiphiles, comme le savon, peuvent dissoudre les graisses (molécules peu polaires) et se dissoudre dans l'eau (molécules polaires). Cette propriété est utilisée pour nettoyer les taches de graisses.

1 Préparation et structure d'un savon

• Les premiers savons ont été fabriqués dans l'Antiquité à partir d'un corps gras (graisse de chèvre, huile d'olive) et de cendres.

• Les savons sont **des tensioactifs** : ils sont capables de se dissoudre dans l'eau et de dissoudre les taches de graisse.

• Actuellement, les savons sont préparés par réaction entre un corps gras et une solution de soude ($Na^+_{(aq)}$, $HO^-_{(aq)}$) ou de potasse ($K^+_{(aq)}$, $HO^-_{(aq)}$).

• Au cours de cette réaction, il se forme un anion (ion carboxylate) qui précipite lorsque l'on rajoute une solution saturée de chlorure de sodium.

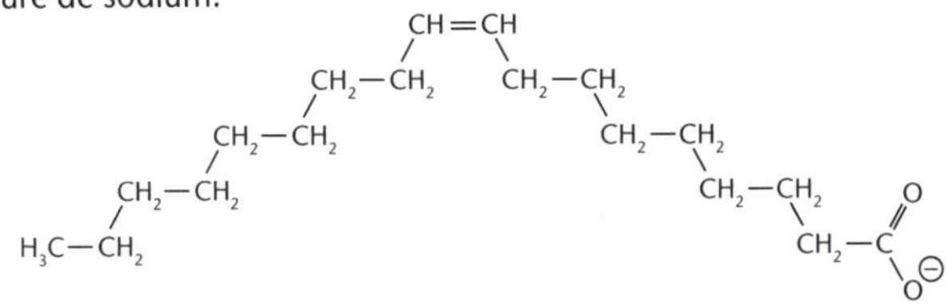

Formule semi-développée (→ *voir fiche 19*) de l'anion oléate, composé le plus abondant dans le savon de Marseille

• L'anion est le principe actif du savon, il est composé d'une longue chaîne carbonée (16 – 18 carbones) se terminant par une partie chargée.

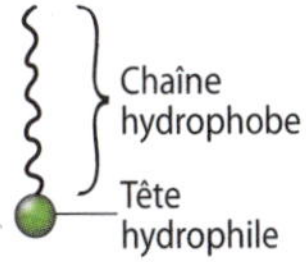

Représentation symbolique d'une entité amphiphile

• La longue chaîne carbonée est **apolaire**, cette partie de l'anion ne peut pas se dissoudre dans l'eau, elle est hydrophobe.

• Cependant, cette chaîne carbonée peut se dissoudre dans les graisses, elle est lipophile.

La moutarde permet de lier le vinaigre et l'huile dans une vinaigrette, car elle contient des molécules amphiphiles.

- La fin de la molécule (appelée également tête), —COO⁻ est anionique. Elle se dissout très bien dans l'eau (propriété hydrophile) et peu dans les graisses (propriété lipohobe).
- Les deux parties (chaîne carbonée hyprohobe et tête hydrophile) permettent d'expliquer le caractère amphiphile de l'anion.

II Décolement des taches graisseuses et formation de micelles

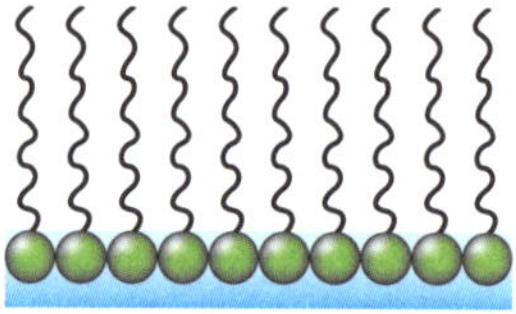

Orientation des entités amphiphiles à la surface de l'eau

- Le savon peut former un film continu à la surface de l'eau : les parties hydrophiles dans l'eau et la queue hydrophobe à l'air libre.
- Le savon est également un tensioactif, car il modifie les propriétés de surface de l'eau.
- Lors du brassage pendant la lessive, la tache va capter des molécules de savons, la partie hydrophobe de l'anion interagissant avec la tache de graisse.
- Le brassage permet à la tache de capter de plus en plus de tensioactifs, à un moment elle va se décoller du tissu, formant une micelle dans l'eau.

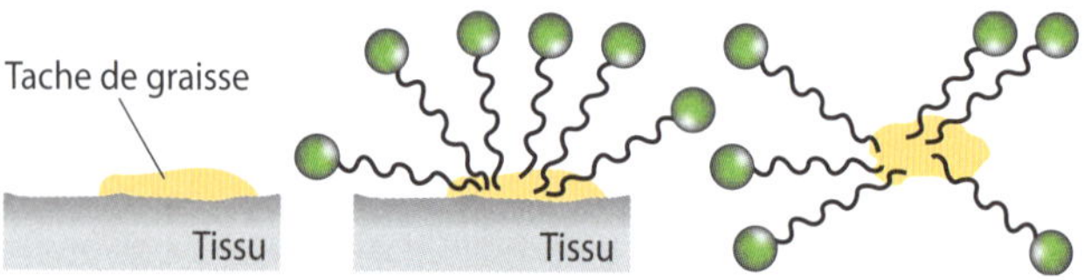

- Les tensioactifs dans une lessive permettent d'augmenter la solubilité des graisses et le décollement du tissu.
- Si l'eau utilisée pour la lessive contient beaucoup d'ions Mg^{2+} et Ca^{2+}, elle sera défavorable à l'action des savons. Une réaction parasite empêche en effet leur action :

$$2\ RCO_{2(aq)}^{-} + Ca_{(aq)}^{2+} \rightarrow Ca(RCO_2)_{2\ (s)}$$

où $RCO_{2(aq)}^{-}$ est l'anion constituant le savon.

Exercice commenté pas à pas

Extraction de l'eugénol

La molécule d'eugénol possède des propriétés antiseptiques et anesthésiantes. On peut extraire cette molécule des clous de girofle par hydrodistillation. Le distillat obtenu présente un aspect trouble. On cherche à extraire l'eugénol au moyen d'un solvant approprié.

	Risque	Solubilité	densité	Solubilité avec l'eugénol	Température d'ébullition
Benzène		Insoluble dans l'eau	0,88	Soluble	81 °C
Acétone		Soluble dans l'eau	0,79	Soluble	56 °C
Cyclohexane		Insoluble dans l'eau	0,78	Soluble	81 °C

1. Déterminer le meilleur solvant pour extraire l'eugénol. Justifier votre réponse.
2. Pour réaliser cette manipulation, on doit utiliser 5,0 mL de solvant extracteur. On ne dispose que d'une balance et d'un bécher. Comment le laborantin doit-il s'y prendre ?
3. Donner les étapes pour réaliser cette extraction en précisant la verrerie employée. Faire un schéma légendé pour illustrer vos propos.
4. Peut-on nettoyer l'ampoule à décanter entre deux extractions avec du liquide vaisselle ?

Avant de commencer

▶ Le composé à extraire doit être plus soluble dans le solvant extracteur que dans l'eau.

▶ Le solvant extracteur doit être le moins dangereux possible pour l'être humain et l'environnement.

Choix du solvant extracteur

L'acétone ne convient pas car ce solvant est soluble avec l'eau. On préférera prendre le cyclohexane au benzène, car bien qu'il soit polluant et il est moins nocif pour l'être humain.

Avant de commencer

- Comment détermine-t-on une masse volumique ?
- Quelle relation permet de déterminer la densité d'un liquide ?

Détermination de la densité d'un liquide

Astuce

Une masse volumique possède une unité, ce qui n'est pas le cas d'une densité.

$m = \rho.V \Leftrightarrow m = 0{,}78 \times 5{,}0 = 3{,}9$ g.

On tare le bécher sur la balance et on ajoute le cyclohexane jusqu'à ce que la balance indique 3,9 g.

Avant de commencer

- Quelle est la verrerie à employer ?
- Où se situent la phase organique et la phase aqueuse ?

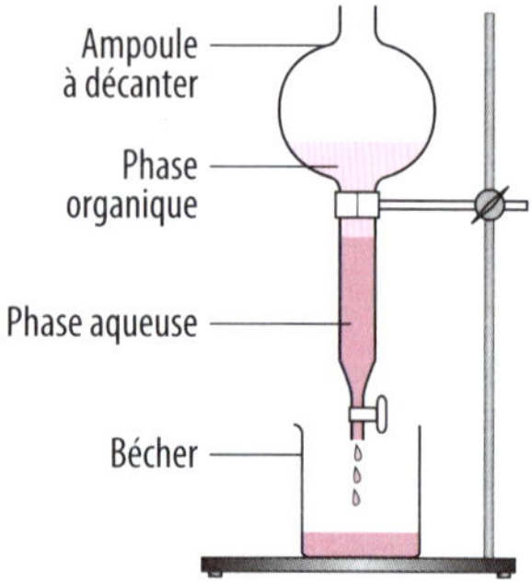

Extraction liquide-liquide

Rédiger un protocole

On met le distillat dans une ampoule à décanter et on ajoute le cyclohexane comme solvant. On bouche, on agite et on laisse décanter à l'air libre. On récupère la phase organique qui sera la phase supérieure ($0{,}78 < 1$) et on jette la phase aqueuse (phase inférieure).

Avant de commencer

- Les produits pour faire la vaisselle contiennent des tensioactifs.
- Les tensio-actifs sont des molécules amphiphiles.

Propriétés des molécules amphiphiles

Les liquides vaisselle permettent de décoller les taches de graisse, ils contiennent donc des tensio-actifs, qui sont des composés amphiphiles. Lors de la prochaine extraction, la séparation entre la phase aqueuse et la phase organique sera moins évidente à cause de la présence des molécules amphiphiles. Pendant l'agitation, les molécules de cyclohexane se trouveront dissoutes dans la phase aqueuse grâce à la formation de micelles.

Nomenclature et propriétés des alcanes et des alcools

FICHE 19

Les pétroles que l'on extrait contiennent beaucoup d'alcanes. La longueur de la chaîne et les ramifications d'un alcane ou d'un alcool influencent les températures de changement d'état.

I Nomenclature des alcanes et des alcools

1. Chaîne carbonée

- Dans une formule semi-développée, on ne représente pas les liaisons avec les atomes d'hydrogène.
- La chaîne carbonée (ou squelette carbonée) est l'enchaînement des atomes de carbone au sein de la molécule.

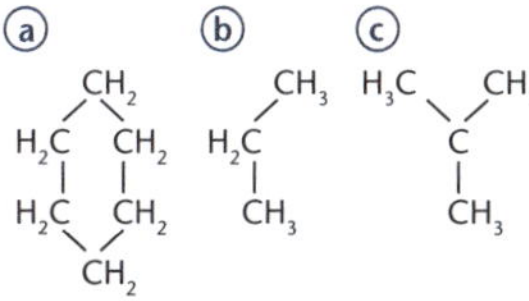

(a) : cyclohexane molécule cyclique
(b) : propane molécule linéaire
(c) : 2-méthylpropane molécule ramifiée

2. Les alcanes

- Les alcanes linéaires ou ramifiées sont des hydrocarbures ayant pour formule brute C_nH_{2n+2}.

Nombre de C	Alcanes linéaires	Formule brute	Formule semi-développée
1	Méthane	CH_4	
2	Ethane	C_2H_6	$CH_3—CH_3$
3	Propane	C_3H_8	$CH_3—CH_2—CH_3$
4	Butane	C_4H_{10}	$CH_3—CH_2—CH_2—CH_3$
5	Pentane	C_5H_{12}	$CH_3—CH_2—CH_2—CH_2—CH_3$
6	Hexane	C_6H_{14}	$CH_3—CH_2—CH_2—CH_2—CH_2—CH_3$

Nomenclature et formule développée des 6 premiers alcanes linéaires

- Pour nommer un alcane ramifié, on procède de la manière suivante :

1. le nom de l'alcane correspondra à la chaîne carbonée la plus longue ;
2. on repère les ramifications constituées le plus souvent par des groupes alkyles méthyl (CH_3—) ou éthyl (CH_3—CH_2—). On utilise le préfixes « di » ou « tri » si le groupe alkyle apparaît plusieurs fois ;

3. la chaîne carbonée la plus longue est numérotée de manière à ce que les groupes alkyles aient les numéros les plus faibles.

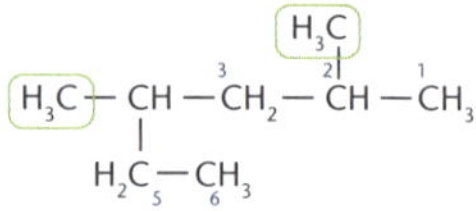

2,4-diméthylhexane
Nom d'un alcane ramifié : la chaîne la plus longue comporte 6 carbones numérotés de 1 à 6. Les groupes alkyles sont encadrés en vert

3. Les alcools

• Pour obtenir un alcool à partir d'un alcane, on substitue un hydrogène H par un groupement hydroxyle —OH.

• Pour nommer l'alcool par rapport à l'alcane dont il dérive, on rajoute les règles suivantes :
1. la chaîne la plus longue doit contenir le **groupe hydroxyle —OH**. Ce groupe hydroxyle doit avoir le numéro de carbone le plus petit ;
2. on substitue le suffixe **« -ane »** par le suffixe **« an-*X*-ol »** où *X* est le numéro du carbone portant le groupe —OH.

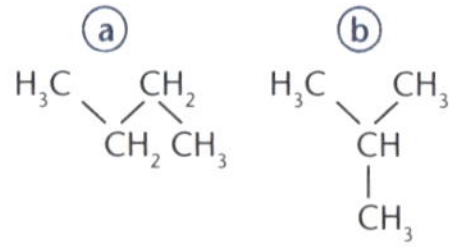

Molécules isomères : butane (a) et 2-méthylpropane (b)

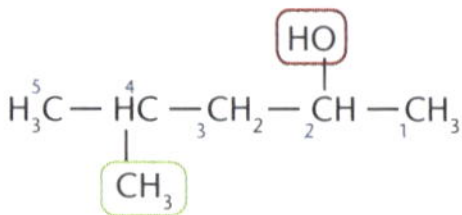

4-méthylpentan-2-ol
Nom d'un alcool ramifié

II Changement d'état des alcanes et des alcools

• Les ramifications font diminuer les interactions entre les molécules : la température de fusion ou d'ébullition d'un alcane linéaire sera supérieure par rapport à son isomère ramifié.

• La température de fusion ou d'ébullition d'un alcool sera supérieure par rapport à l'alcane dont il dérive : le groupe hydroxyle —OH permet d'établir des liaisons hydrogène.

Molécule	Butane	Méthylpropane	Butan-1-ol
Formule semi-développée	$CH_3—CH_2—CH_2—CH_3$	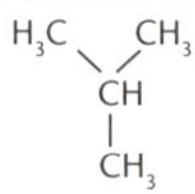	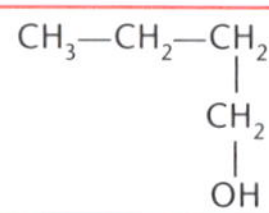
Température d'ébullition	-1 °C	-12 °C	117 °C
Température de fusion	-140 °C	-159 °C	-90 °C

Comparaison des températures de changement d'état du butane, méthylpropane et du butan-1-ol

Nomenclature et propriétés des aldéhydes, cétones et acides carboxyliques

FICHE 20

Les propriétés chimiques des aldéhydes, des cétones et des acides carboxyliques sont variées car les fonctions entre ces molécules sont différentes.

I Aldéhydes et cétones

1. Formule et nomenclature

- Les molécules d'aldéhyde et de cétone contiennent toutes les deux le groupe carbonyle C=O.
- La formule générale d'un aldéhyde est 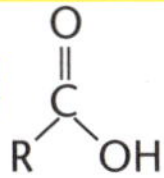 . R correspond à un groupe alkyle (→ *voir fiche 19*).

On le note –CHO en formule semi-développée.

- Pour nommer les aldéhydes, on utilise les règles vues précédemment (→ *voir fiche 19*) et on substitue le suffixe « e » de l'alcane correspondant par le suffixe « al ».
- On ne précise pas le numéro du carbone qui porte le groupe aldéhyde, le groupe aldéhyde est toujours situé en bout de chaîne. Il correspond par contre toujours au carbone n° 1.

Aldéhyde le plus simple 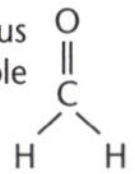

Méthanal ou formaldéhyde

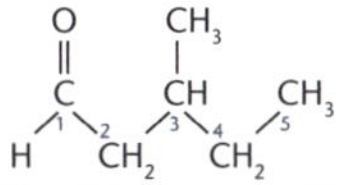

3-méthylpentanal

- La formule générale d'une cétone est 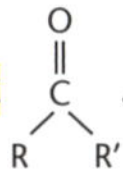 . R et R' correspondent à des groupes alkyles.
- Pour nommer une cétone, on substitue le suffixe « e » de l'alcane correspondant par le suffixe « one ».
- On précise également le numéro du carbone portant la fonction cétone, il a la priorité sur les groupes alkyles si la chaîne est substituée.

Cétone la plus simple 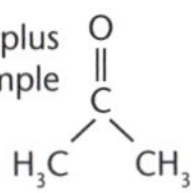

Propanone ou acétone

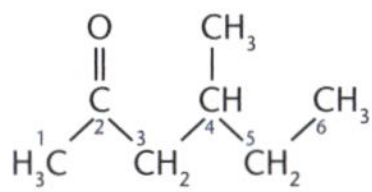

4-méthylhexan-2-one

2. Tests caractéristiques des aldéhydes et des cétones

- Plusieurs tests existent pour montrer la présence ou l'absence d'un aldéhyde ou d'une cétone et distinguer si la molécule est un aldéhyde ou une cétone.

	2,4-DNPH	Liqueur de Fehling	Réactif de Tollens
Aldéhyde	Précipité jaune orangé	Précipité rouge	Miroir d'argent
Cétone	Précipité jaune orangé	Pas de réaction	Pas de réaction

II Acides carboxyliques

1. Formule et nomenclature

- La formule générale d'un acide carboxylique est 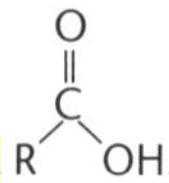. R correspond à un groupe alkyle. On le note –COOH en formule semi-développée.

- Pour nommer les acides carboxyliques, on substitue le suffixe « e » de l'alcane correspondant par le suffixe « oïque ». On précède le nom du terme « acide ».

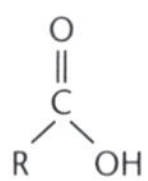

Acide méthanoïque ou acide formique

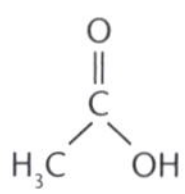

Acide éthanoïque ou acide acétique

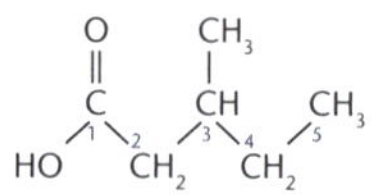

Acide 3-méthylpentanoïque

2. Propriétés des acides carboxyliques

- Les acides carboxyliques possèdent des propriétés acides, ils sont capable de libérer des protons : $R{-}COOH \rightarrow R{-}COO^- + H^+$.

- Les acides carboxyliques sont capables d'établir des liaisons hydrogène, ils se dissolvent facilement dans l'eau :
  - l'acide éthanoïque est la principale molécule que l'on trouve dans le vinaigre de consommation ;
  - les savons contiennent des ions $R{-}COO^-$, ils sont issus de la famille des acides carboxyliques (→ *voir fiche 17*).

Identification des molécules par spectroscopie infrarouge

FICHE 21

Le rayonnement infrarouge est caractérisé par un rayonnement dont la longueur d'onde est supérieure à 800 nm. L'analyse d'un spectre infrarouge permet de déterminer les groupes caractéristiques contenus dans une molécule organique.

I Principe de la spectroscopie infrarouge

- L'énergie d'un rayonnement infrarouge n'est pas suffisante pour faire casser les liaisons. Ce rayonnement peut par contre faire vibrer les liaisons covalentes d'une molécule.
- Sur un spectre infrarouge, on indique la transmittance T sur l'axe des ordonnées et le nombre d'onde σ (en cm^{-1}) sur l'axe des abscisses.
- La transmittance est le pourcentage de l'intensité lumineuse restante après traversée du rayonnement infrarouge d'une solution :

$$T = \frac{I}{I_0}$$

T : transmittance en %
I : intensité lumineuse mesurée après traversée du rayonnement
I_0 : intensité lumineuse de référence

- Le nombre d'onde σ est l'inverse d'une longueur d'onde :

$$\sigma = \frac{1}{\lambda}$$

σ : nombre d'ondes en cm^{-1}
λ : longueur d'onde en cm

- Dans la plupart des spectres : $400\ cm^{-1} < \sigma < 4\,000\ cm^{-1}$.
- Lorsque la radiation infrarouge est absorbée, les vibrations de la liaison peuvent être une élongation ou une déformation.

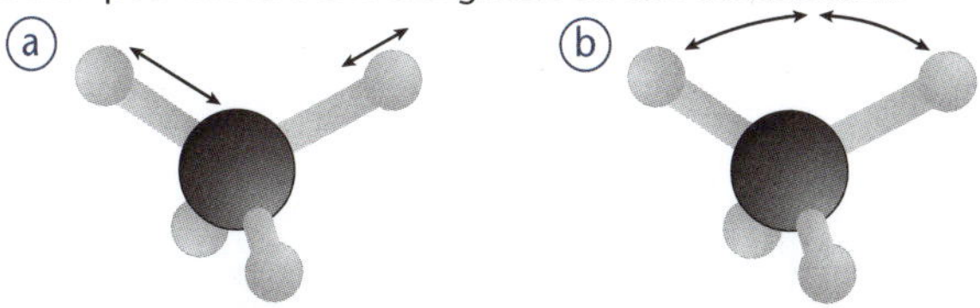

Vibration des liaisons par élongation (a) et déformation (b) pour la molécule de méthane

- Pour certaines longueurs d'onde, le spectre présente alors des **pics ou des bandes d'absorption**.

II Analyse d'un spectre infrarouge

• Les spectres dans l'infrarouge présentent un profil complexe, avec de nombreuses bandes d'absorption. On distingue deux zones principales :

- **$4\,000 > \sigma > 1\,400$ cm^{-1}** environ : cette partie du spectre **rassemble des bandes caractéristiques des liaisons O—H**, etc.
- **$1\,400 > \sigma > 500$ cm^{-1}** : cette partie du spectre, plus complexe, est propre à un composé donné. Elle est souvent appelée **« empreinte digitale »**.

La liaison C—O présente une exception, puisqu'elle a une bande d'absorption dans l'empreinte digitale comprise entre 1 050 cm^{-1} et 1 470 cm^{-1}.

• Les groupes caractéristiques vibrent toujours à peu près à la même valeur :
– O—H a une bande large d'absorption entre 3 200 et 3 600 cm^{-1} ;
– C═O a une bande d'absorption entre 1 650 à 1 750 cm^{-1} ;
– la liaison C—H du carbone portant la liaison aldéhyde (notée souvent C_{ald}—H) présente deux petits pics caractéristique à 2750 cm^{-1} et 2 900 cm^{-1}.

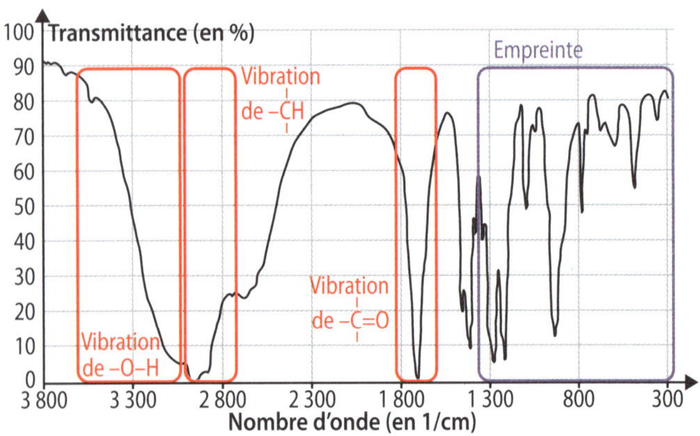

Analyse spectrale de l'acide butanoïque : CH_3—CH_2—CH_2—COOH

• Pour les acides carboxyliques, il y a chevauchement des bandes O—H et —CH. Ce qui n'est pas le cas des alcools, où les deux bandes d'absorption se distinguent très nettement.

BILAN

Structure des entités organiques

FICHE 22

QUIZ-Mémorisation active

Questions	Indices	Réponses
Qu'est-ce que le squelette carboné dans une molécule organique ?	Le carbone est l'élément qui engage le plus de liaison covalente.	Le squelette carboné est l'enchaînement des atomes de carbones au sein de la structure.
Quelle est la formule brute d'un alcane ?	Un alcane est seulement constitué d'atomes de carbone et d'hydrogène établissant des liaisons simples.	C_nH_{2n+2}
Quel est le nom de la molécule suivante ? 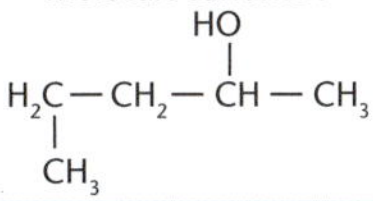	Les alcools sont caractérisés par un groupe — OH.	Pentan-2-ol
Quel est le point commun entre un aldéhyde et une cétone ?	Ces deux molécules possèdent le même groupe fonctionnel.	Les molécules d'aldéhyde et de cétone sont caractérisées toutes les deux par le groupe carbonyle C=O.
Représenter en formule semi-développée la molécule d'acide 2-méthylpropanoïque.	Les acides carboxyliques sont caractérisés par le groupe : 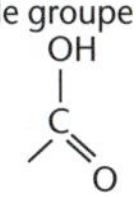	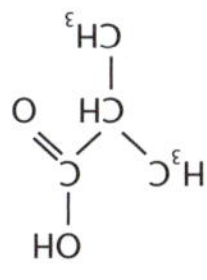
Quel groupe caractéristique possède les acides gras, molécules utilisées pour la préparation des savons ?	Les savons possèdent des molécules amphiphiles : une partie hydrophobe et une autre hydrophile.	Les acides gras, comme l'acide oléique, sont des acides carboxyliques.
Le spectre infrarouge de la molécule ci-dessous, correspond-il à un alcool ou à un acide carboxylique ? 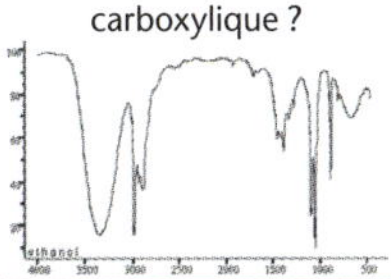	La bande O—H dans le cas d'un acide carboxylique se chevauche avec la bande C—H.	Le spectre représenté correspond à un alcool.

SCHÉMA-BILAN

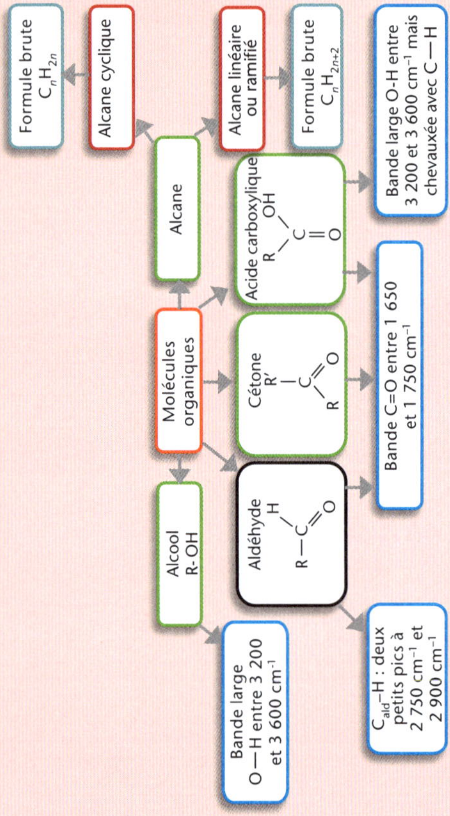

Étapes d'une synthèse chimique

FICHE 23

Lors d'une synthèse, l'espèce chimique est obtenue par réaction chimique. À l'issue de cette transformation, le produit est ensuite **séparé, purifié,** puis **analysé**.

I Conditions expérimentales

- On pèse ou on mesure le volume des réactifs avant de les introduire dans le ballon afin de déterminer leur quantité de matière.
- Grâce à un tableau d'avancement (→ *voir fiche 6*), on détermine le réactif limitant et la quantité maximale de produit susceptible de se former.
- Dans une synthèse organique, on utilise souvent le **montage à reflux** (→ *voir schéma ci-contre*).

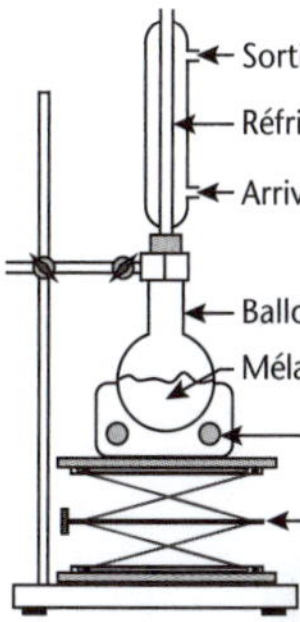

Schéma du montage à reflux

- Dans le montage, on chauffe pour accélérer la réaction grâce au **chauffe-ballon** et le **réfrigérant** liquéfie les vapeurs évitant ainsi la perte des composés.
- Les quantités de matières des réactifs doivent être déterminées afin de connaître la quantité de produit susceptible d'être formé.
- Le **choix du solvant** est également important, il permet la mise en contact des réactifs.

II Extraction et analyse du produit

1. Séparation et purification du produit

- À la fin de la synthèse, **le produit est souvent mélangé avec les autres composés**. Plusieurs techniques sont possibles pour l'isoler selon qu'il soit à l'état solide ou liquide :

État	Solide	En solution
Technique de séparation	Filtration simple ou filtration sous vide	Extraction liquide – liquide avec une ampoule à décanter (→ *voir fiche 16*)
Séchage	Étuve	Sel anhydre

• L'une des techniques les plus employées pour purifier un produit est la recristallisation : le produit brut est solubilisé dans un solvant chaud. Lorsque le solvant refroidit, le produit recristallise, laissant les impuretés dissoutes dans le solvant.

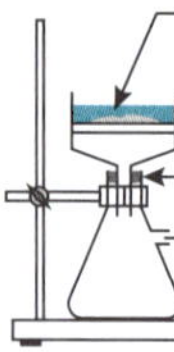

Filtration sous vide ou filtration sur Büchner

2. Analyse du produit

• Pour caractériser le produit, on peut utiliser :

- la **chromatographie sur couche mince** : le nombre de taches indique le nombre de composés et on regarde si la tache est à la même hauteur que le composé de référence ;
- le **banc Köfler**, avec la température de fusion ;
- la **spectroscopie infrarouge** (→ *voir fiche 21*).

• Il est intéressant de faire une analyse du produit avant et après purification, afin de voir l'efficacité de cette étape.

3. Rendement

• À la fin de la synthèse, on détermine le rendement :

$$\eta = \frac{n}{n_{max}} = \frac{m}{m_{max}}$$

η : rendement de cette synthèse en %
n : quantité de matière du produit purifié en mol
n_{max} : quantité de matière maximale du produit en mol
m : masse du produit purifié en g
m_{max} : masse maximale du produit en g

• n_{max} et m_{max} se déterminent à partir du réactif limitant.

• Le rendement n'est jamais de 100 % à cause des **différentes pertes dans les étapes de synthèse** (lavage, recristallisation, réaction non totale…).

• Le but lors d'une synthèse est donc de limiter le nombre de réactions nécessaires de façon à maximiser le rendement.

Combustion des matières organiques

FICHE 24

La combustion des matières organiques dégage de l'énergie sous forme thermique. La chaleur dégagée permet de faire fonctionner des centrales électriques, des moteurs, de chauffer des bâtiments…

I Combustibles usuels

• Lors d'une combustion, un combustible réagit avec un comburant (comme le dioxygène) et dégage de la chaleur.

• Les combustibles d'origine fossile résultent de la décomposition d'organismes vivants effectuée il y a plusieurs millions d'années.

• Les alcanes et les alcools sont souvent utilisés comme combustibles, ils ont en effet une forte énergie volumique ou massique.

Nom	Formule semi-développée	État	Pouvoir calorifique massique en $kJ.g^{-1}$	Énergie de réaction molaire en $kJ.mol^{-1}$
Méthane	CH_4	Gaz	55,5	888
Éthanol	CH_3-CH_2-OH	Liquide	29,7	1 366
Charbon		Solide	32,5	
Bois		Solide	21,7	

• La combustion du méthane est moins polluante que celle du charbon : il n'y pas de rejets de particules fines dans l'atmosphère terrestre.

• La combustion de l'éthanol et le bois respectent plus le développement durable, ils sont issus de la biomasse.

II Réaction de combustion

• La combustion des hydrocarbures (alcane ou alcool) consomme du dioxygène (O_2) et produit du dioxyde de carbone (CO_2) et de l'eau (H_2O) :

Pour équilibrer ces **réactions de combustion**, on commence toujours par équilibrer le carbone et l'hydrogène et on termine par l'oxygène.

– combustion du butane : $C_4H_{10} + 13/2\ O_2 \rightarrow 4\ CO_2 + 5\ H_2O$;
– combustion de l'éthanol : $C_2H_6O + 3\ O_2 \rightarrow 2\ CO_2 + 3\ H_2O$.

• Le dioxygène consommé est souvent le dioxygène de l'air.

- **Ces réactions dégagent de l'énergie sous forme de chaleur**, ce sont des transformations exothermiques.
- Si les composés sont à l'état gazeux, **l'énergie dégagée lors de la combustion peut se déterminer à partir des énergies de liaisons de chaque entité chimique**.
- L'énergie de liaison entre deux atomes est l'énergie nécessaire pour rompre la (les) liaison(s) entre les deux atomes pris à l'état gazeux. L'ensemble de la réaction s'effectue en phase gazeuse :

$$A\text{-}B_{(g)} \rightarrow A_{(g)} + B_{(g)}$$

Liaison	Énergie de liaison en kJ.mol^{-1}	Liaison	Énergie de liaison en kJ.mol^{-1}
C-H	410	C=O	795
C-C	348	H-H	436
O=O	497	O-H	460

- Les enthalpies de liaison sont des valeurs moyennes car chaque liaison dans une molécule présente une énergie qui dépend des autres liaisons.
- Par exemple, pour la combustion du méthane ($CH_{4(g)} + 2\ O_{2(g)} \rightarrow CO_{2(g)} + 2\ H_2O_{(\ell)}$), nous :
  - détruisons les quatre liaisons C-H du méthane CH_4 ;
  - détruisons la liaison O=O du dioxygène O_2 ;
  - formons deux liaisons C=O du dioxyde de carbone CO_2 ;
  - formons deux liaisons O-H de l'eau H_2O ;
  - avons un changement d'état de l'eau (passage de l'état gazeux à l'état liquide).
- En tenant compte des nombres stœchiométriques, nous déterminons l'énergie de combustion du méthane :

$\Delta E_{\text{réaction}} = 4\ E_{\text{C-H}} + 2\ E_{\text{O=O}} - 2\ E_{\text{C=O}} - 4\ E_{\text{O-H}} - 2\ L_{\text{vap}}$

$\Delta E_{\text{réaction}} = 4 \times 410 + 2 \times 497 - 2 \times 795 - 4 \times 460 - 2 \times 41 = -878\ \text{kJ.mol}^{-1}$

(valeur expérimentale -888 kJ.mol^{-1}, l'énergie est négative car la réaction est exothermique.)

- À partir de la quantité de matière de combustible introduit, nous pouvons déterminer l'énergie dégagée lors de cette combustion :

$\Delta E = n.\Delta E_{\text{réaction}}$

ΔE énergie dégagée lors de la combustion en kJ
n quantité de matière du combustible en mol
$\Delta E_{\text{réaction}}$ énergie de la réaction pour une mole de combustible en kJ.mol^{-1}

BILAN

Synthèse d'espèces organiques et conversion de leur énergie stockée

FICHE 25

QUIZ-Mémorisation active

Questions	Réponses
Dans le montage à reflux, quel est le rôle du réfrigérant ?	Le réfrigérant liquéfie les vapeurs et évite ainsi la perte des composés.
Lors d'une synthèse, pourquoi chauffe-t-on le mélange réactionnel ?	Le chauffage permet d'accélérer la réaction.
Si le produit est solide, que peut-on utiliser pour le récupérer et le séparer des autres composés ?	On peut utiliser une filtration sous vide.
Qu'est-ce qu'une recristallisation ?	C'est une technique de purification. Le produit brut est solubilisé dans un solvant chaud. Lorsque le solvant refroidit, le produit recristallise, laissant les impuretés dissoutes dans le solvant.
Citer trois techniques d'identification de produits.	On peut utiliser la chromatographie sur couche mince, le banc Köfler pour mesurer la température de fusion ou la spectroscopie infrarouge.
Quels sont les deux réactifs nécessaires pour réaliser une combustion ?	Il faut un combustible et un comburant (O_2).
Quels sont les deux produits dégagés lors de la combustion complète d'une matière organique ?	Le dioxyde de carbone (CO_2) et l'eau (H_2O).
Définir l'énergie de liaison.	C'est l'énergie nécessaire pour rompre la (les) liaison(s) entre les deux atomes. L'ensemble de la réaction s'effectue en phase gazeuse. $A\text{-}B_{(g)} \rightarrow A_{(g)} + B_{(g)}$
Quelles sont les liaisons détruites dans l'éthanol lors de la combustion de ce composé ?	On détruit 5 liaisons C-H, une liaison C-C, une liaison C-O et une liaison O-H.

SCHÉMA-BILAN

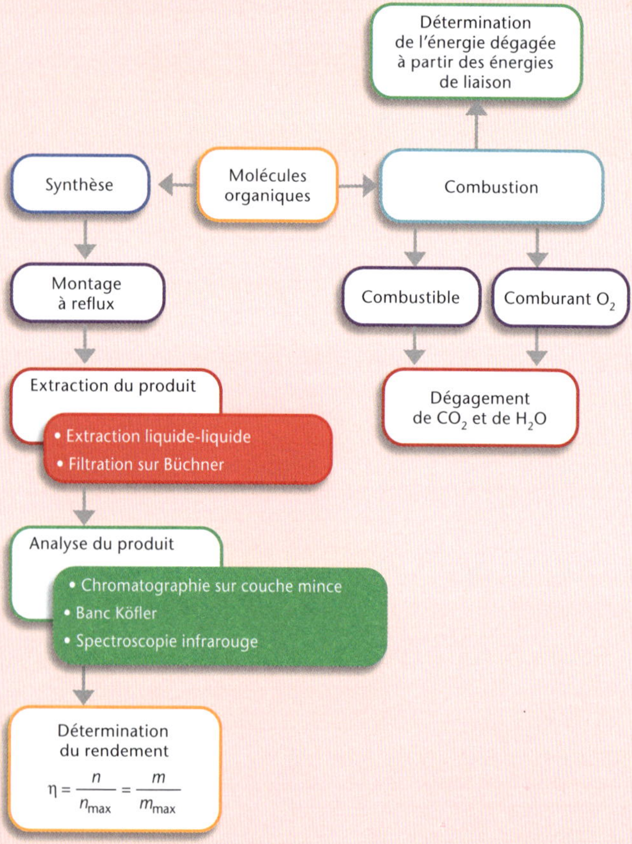

Interaction gravitationnelle et champ de pesanteur

FICHE 26

L'interaction gravitationnelle est à l'origine de la cohésion des galaxies et des systèmes stellaires.

I Interaction gravitationnelle

• Deux corps A et B de masse respective m_A et m_B et distants d'une distance d_{AB} exercent l'un sur l'autre une interaction gravitationnelle dont l'expression est :

$$\overrightarrow{F_{A/B}} = -G\frac{m_A \cdot m_B}{d_{AB}^2}\overrightarrow{u_{AB}}$$

$\overrightarrow{F_{A/B}}$ force gravitationnelle en N
G : constante de gravitation,
$G = 6,67 \times 10^{-11}$ N. m^2.kg^{-2}
m_A et m_B : masse des corps A et B en kg
d_{AB} : distance entre les points A et B en m
$\overrightarrow{u_{AB}}$: vecteur unitaire orienté de A vers B (→ *voir schéma*)

• L'interaction gravitationnelle est une interaction toujours attractive, les forces $\overrightarrow{F_{A/B}}$ et $\overrightarrow{F_{B/A}}$ sont de sens opposés : $\overrightarrow{F_{A/B}} = -\overrightarrow{F_{B/A}}$.

• Les caractéristiques de cette force sont les suivantes :
- **origine :** le point A (ou B) sur lequel s'exerce la force ;
- **direction :** la direction de la droite (AB) ;
- **sens :** la force exercée par A sur B est dirigée vers A, celle exercée par B sur A est dirigée vers B : la force est attractive ;
- **valeur :** les forces exercées par A sur B, et par B sur A, ont la même valeur : $F_{A/B} = F_{B/A} = G\frac{m_A \cdot m_B}{d_{AB}^2}$

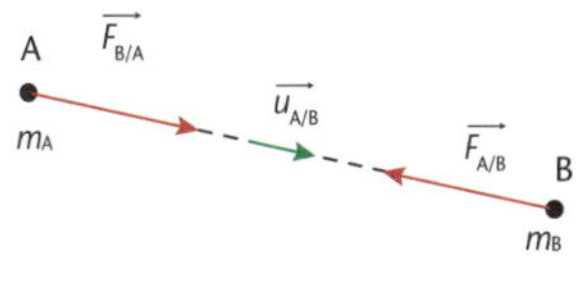

L'attraction gravitationnelle tend à faire rapprocher les deux masses

II Champ de pesanteur

• Un champ de force est un endroit où se manifeste un système de forces. On associe à chaque point de l'espace un vecteur représentant ce champ de force.

• La Terre par le fait de sa masse exerce une force gravitationnelle sur tous les autres objets ayant une masse. On peut représenter cette interaction par un champ de pesanteur.

• À partir de l'expression de la force de l'interaction gravitationnelle, on peut en déduire l'expression du champ de pesanteur terrestre :

$$\vec{P} = \vec{F} \quad m \cdot \vec{g} = G\,\frac{m.M_{Terre}}{R_T^2}\,\overrightarrow{u_z} \Leftrightarrow \vec{g} = -G\,\frac{M_{Terre}}{R_T^2}\,\overrightarrow{u_z}$$

$\overrightarrow{u_Z}$: vecteur unitaire dirigé verticalement vers le haut

M_T : masse de la Terre en kg

R_T : rayon de la Terre en m

• Le champ de pesanteur $\vec{g}$ est un champ vectoriel dont les lignes de champ sont orientées vers le centre de la Terre.

• Localement, sur une surface réduite (≈ 1 km²), on peut considérer que le champ de pesanteur est uniforme : $\vec{g} = \overrightarrow{cst}$.

Lieu	g (N.kg⁻¹)
Paris	9,81
Équateur	9,78
Pôles	9,83

Valeur de l'intensité de pesanteur à différents endroits de la Terre

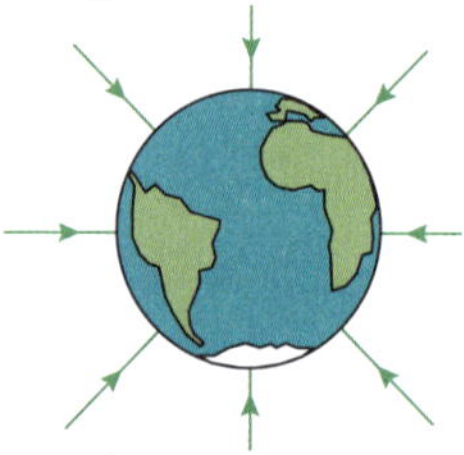

Représentation des lignes de champ du champ de pesanteur terrestre

• Le champ de pesanteur n'a pas tout à fait la même valeur car la Terre n'est pas une sphère parfaite : elle est aplatie aux pôles et renflée au niveau de l'équateur.

• La force d'attraction gravitationnelle exercée par la Terre dans son voisinage immédiat est appelée **poids** :

$\vec{g}$ s'exprime en N.kg⁻¹ ou m.s⁻². g correspond aussi à une accélération.

$$\vec{F} = \vec{P} = m\vec{g}$$

$\vec{F}$: force d'interaction gravitationnelle en N

$\vec{P}$: poids de l'objet en N

m : masse de l'objet en kg

$\vec{g}$: intensité de pesanteur ou champ de pesanteur en N.kg⁻¹

• On peut déterminer le champ de pesanteur sur un astre quelconque si on connaît son rayon et sa masse. Sur la Lune :

$g = G\frac{M_L}{R_L^2}$ avec M_L la masse de la Lune en kg et R_L le rayon de la Lune.

Interaction coulombienne et champ électrique

FICHE 27

L'interaction électrique permet d'assurer la cohésion de l'atome, l'interaction gravitationnelle est négligeable à cette échelle. Cependant, à cause de la neutralité de la matière, les interactions électriques se compensent à l'échelle macroscopique.

I Électrisation par frottements

- On peut **électriser un isolant par frottements**, les charges électriques créées restent localisées sur une partie du solide. Dans un **conducteur, les charges se répartiront sur toute la surface**.
- La charge électrique d'un corps se mesure en coulomb (C), elle se note souvent q (→ *voir fiche 33*).
- Le proton et l'électron portent des charges électriques opposées :

$q_{proton} = 1{,}60 \times 10^{-19}$ C et $q_{électron} = -1{,}60 \times 10^{-19}$ C.

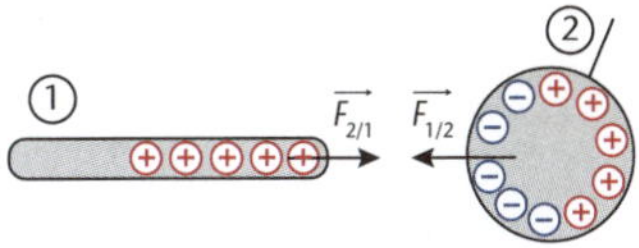

Interaction coulombienne attractive entre une boule d'aluminium et une tige en verre frottée

- Une tige en verre (isolant) frottée et chargée positivement peut attirer une boule d'aluminium (conducteur). En effet, les électrons libres de la boule vont s'accumuler du côté de la tige et créer une **interaction électrique ou interaction coulombienne** attractive.

II Interaction coulombienne

- L'interaction électrique entre deux corps A et B de charge q_A et q_B peut être :

– attractive si q_A et q_B sont de signes opposés ;
– répulsive si q_A et q_B sont de même signe.

- Cette interaction électrostatique (appelée également loi de Coulomb) a pour expression :

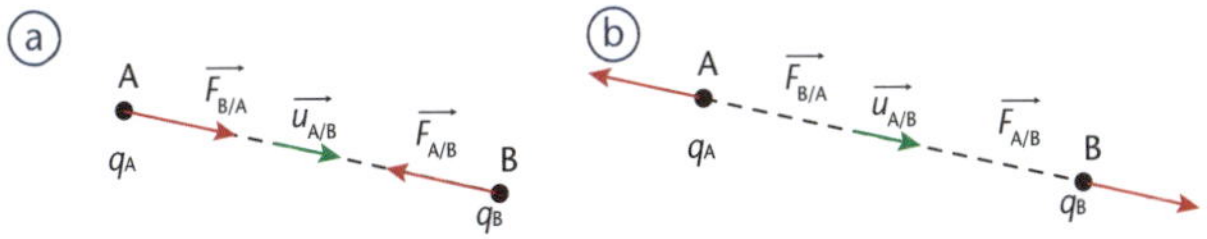

Interaction électromagnétique dans le cas attractive (a) et répulsive (b)

$\overrightarrow{F_{A/B}} = k\dfrac{q_A \cdot q_B}{d_{AB}^2}\overrightarrow{u_{AB}}$

$\overrightarrow{F_{A/B}}$: force coulombienne en N
k : constante d'interaction coulombienne, $k = 9{,}0 \times 10^9$ N.m^2.C^{-2}
q_A et q_B : charge des corps A et B en C
d_{AB} : distance entre les points A et B en m
$\overrightarrow{u_{AB}}$: vecteur unitaire orienté de A vers B (→ *voir schéma*)

III Champ électrique

• En raisonnant de la même manière que pour le champ gravitationnel, une charge q_A crée un champ électrostatique $\vec{E}$ ayant pour expression :

$$\vec{E} = \frac{\vec{F}}{q_B} = k\frac{q_A}{d_{AB}^2}\vec{u}$$

$\vec{E}$ champ électrique en N.C^{-1} ou V. m^{-1}
$\vec{u}$: vecteur unitaire
(k, q_A, q_B, $\vec{F}$ et d_{AB} : voir l'expression précédente.)

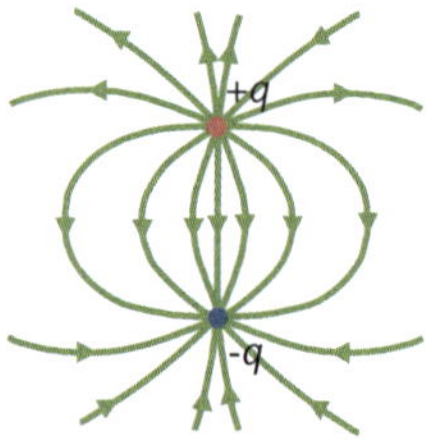

Lignes de champ électrostatique créées par deux charges ponctuelles +q et –q

• Par convention, **les lignes de champs sont orientées de la charge positive vers la charge négative.**

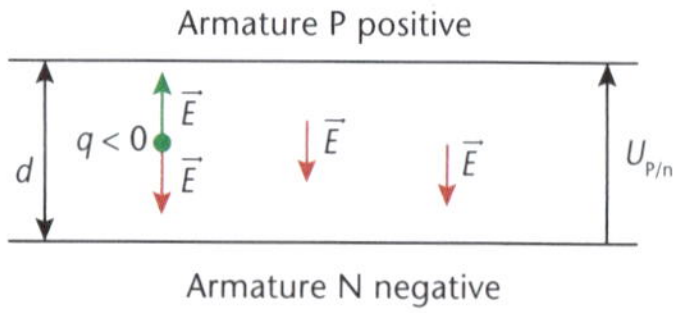

Force électrique subie par une particule chargée

• Entre deux plaques chargées, on peut considérer le champ comme uniforme :

$$E = \frac{U_{PN}}{d} = \frac{V_P - V_N}{d}$$

E : champ électrique en V. m^{-1}
U_{PN} : tension électrique entre les deux plaques en V
d : distance entre les deux plaques en m

• Une particule de charge q plongée dans un champ électrique $\vec{E}$ subira une force électrique telle que $\vec{F} = q\vec{E}$.

Exercice commenté pas à pas

FICHE 28

Interaction entre deux protons à l'intérieur d'un noyau d'hélium

On considère le noyau de l'atome d'hélium ^4_2He. Les deux protons présents dans le noyau d'hélium sont séparés d'une distance de l'ordre de $d = 1,0$ fm (1 fm = 10^{-15} m).

Données :

– charge d'un proton : $q = 1,6 \times 10^{-19}$ C ;
– masse du proton : $m_p = 1,67 \times 10^{-27}$ kg ;
– constante de gravitation : $G = 6,67 \times 10^{-11}$ N.m².kg⁻² ;
– constante d'interaction coulombienne $k = 9,0 \times 10^{9}$ N.m².C⁻².

1. Donnez la constitution de ce noyau.

2. Donnez l'expression de l'interaction gravitationnelle F_g entre les deux protons. Calculez sa valeur. Même question pour l'interaction électrique.

3. Sans soucis d'échelle, représentez ces forces sur un schéma.

4. Comparez l'interaction électrique et l'interaction gravitationnelle. Commentez le résultat.

Avant de commencer

► La notation symbolique d'un noyau est ^A_ZX, où X est le symbole de l'élément, Z le numéro atomique et A le nombre de nucléons.

Constitution du noyau

D'après la notation symbolique du noyau d'hélium $Z = 2$, le noyau possède donc 2 protons. Le nombre de nucléons est $A = 4$: il y a donc $N = A - Z = 2$ neutrons.

Avant de commencer

► L'interaction gravitationnelle dépend de la masse des deux systèmes considérés et de la distance entre ces deux objets.

► L'interaction électrique dépend de la charge et de la distance entre ces deux objets.

► Respecter les unités du système international.

Interaction gravitationnelle et électrique

En respectant la notation de l'exercice, nous avons pour l'interaction gravitationnelle :

$$F_g = G\frac{m_p^2}{d^2} \Leftrightarrow F_g = 6,67 \times 10^{-11} \times \frac{(1,67 \times 10^{-27})^2}{(1,0 \times 10^{-15})^2} = 1,9 \times 10^{-34}\ \text{N}$$

Pour l'interaction électrique, l'expression devient :

$$F_e = k\frac{q^2}{d^2}$$

$$F_e = 9,0 \times 10^9 \times \frac{(1,6 \times 10^{-19})^2}{(1,0 \times 10^{-15})^2}$$

$$= 2,3 \times 10^2\ \text{N}$$

Astuce

```
9E9×(1.6E-19)^2
    (1.0E-15)^2
           2.30400E+2
```

Ne pas hésiter à utiliser les fonctionnalités de la calculatrice (touche 2D, touche de raccourci e ou x10) pour effectuer ce genre de calcul.

Avant de commencer

- Les forces sont modélisées par des vecteurs.
- Ne pas oublier de nommer les forces.

Représentation des forces

L'interaction gravitationnelle est toujours attractive, ce qui n'est pas le cas de l'interaction colombienne. Les deux protons ayant des charges de même signe, la force électrique est répulsive.

Avant de commencer

- Une comparaison de deux grandeurs nécessite un rapport en physique.

Comparaison des forces

On détermine le rapport des deux forces :

$$\frac{F_e}{F_g} = \frac{2,3 \times 10^2}{1,9 \times 10^{-34}} \approx 10^{36}.$$

La force gravitationnelle est négligeable devant la force électrique.

Grandeurs de description d'un fluide au repos

FICHE 29

• Dans un fluide, les entités ont une certaine liberté de mouvement, elles peuvent glisser les unes sur les autres dans les liquides ou se déplacer indépendamment les unes des autres dans les gaz. Un fluide prend toujours la forme du récipient qui le contient.

• Les grandeurs macroscopiques, comme la température et la pression, permettent de décrire l'état microscopique d'un fluide.

I Notion de température

• La température est une grandeur physique macroscopique permettant de décrire l'agitation des entités constituant le fluide.

• Ainsi, plus la température d'un fluide est élevée, plus le mouvement des molécules est rapide et désordonné.

• Au niveau microscopique la température est liée à l'énergie cinétique (→ *voir fiche 38*) des molécules du gaz.

• La température dans le système international se mesure en kelvin :

$T = \theta + 273{,}15$ — T température en kelvin (K) ; θ température en degré (°C)

• Pour mesurer une température, on utilise un thermomètre. Il en existe de plusieurs sortes : à gaz, à liquide, de Galilée, électronique…

• Les thermomètres à liquide, comme le thermomètre de Galilée, utilisent les phénomènes de dilatation : **un corps augmente de volume si sa température augmente**.

Thermomètre de Galilée

II Notion de pression

• L'agitation des entités induit des chocs contre les parois d'un récipient. Il en résulte une **force pressante perpendiculaire à la paroi et dirigée vers l'extérieur**.

• Cette force est d'autant plus grande que la vitesse des particules, leur nombre et leur masse sont élevés.

- La **pression** P se définit à partir de cette force pressante :

$$P = \frac{F}{S}$$

P : pression en pascal (Pa)
F : force pressante en N
S : surface de la paroi en m^2

Le **bar** est aussi une **unité de pression** souvent utilisé : 1 bar = 105 Pa. 1 bar correspond à peu près au poids exercé par 1 kg sur 1 cm^2.

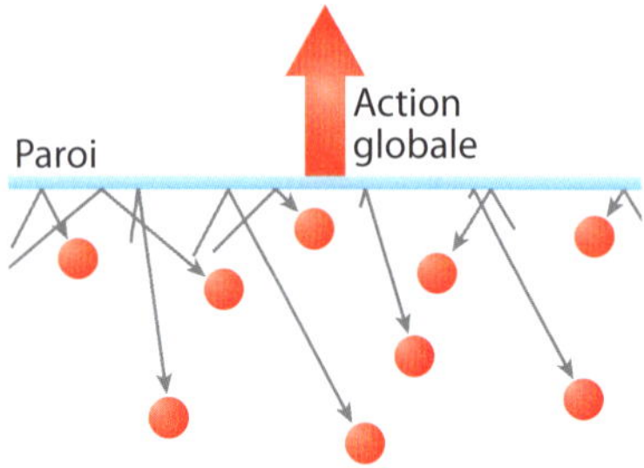

Le choc des molécules contre une paroi provoque une force pressante

- La pression peut se définir également comme le poids de la colonne d'air par unité de surface qui se situe au-dessus de nous.

- Pour notre atmosphère terrestre, P_{atm} = 1 013 hPa (soit environ 1 bar) au niveau de la mer à une température de 0 °C.

- $P_{atm} \approx$ 1 bar, il s'exerce donc environ 1 kg sur chaque cm^2 de notre peau. Cependant, nous ne ressentons rien, car il règne la même pression à l'intérieur de notre corps.

III Masse volumique d'un fluide

- La **masse volumique** se détermine de la façon suivante :

$$\rho = \frac{m}{V}$$

ρ : masse volumique en $g.mL^{-1}$
m : masse du fluide en g
V : volume du fluide en mL

- La masse volumique d'un liquide et d'un gaz dépend fortement de la température :
  - une augmentation de la température d'un liquide provoque sa dilatation, ce qui diminue sa masse volumique ;
  - les gaz se dilatent beaucoup plus que les liquides.

- La masse volumique d'un gaz dépend de la pression, les liquides sont considérés dans notre cadre d'étude comme étant **incompressible : la masse volumique ρ est alors constante**.

Loi fondamentale de la statique des fluides

FICHE 30

Pour un gaz (fluide compressible), la pression augmente si on diminue son volume. Dans les liquides, la pression va dépendre de la hauteur du fluide.

I Loi de Boyle-Mariotte

- Loi de Boyle-Mariotte : pour une quantité de matière n donnée d'un gaz à température T constante, le produit $P.\ V$ de la pression par le volume est constant lors de la compression ou de la détente.

$$P.\ V = \text{cste}$$

- Pour deux états 1 et 2 d'un gaz, la température du gaz T et sa quantité de matière n étant constant, on a :

$$P_1V_1 = P_2V_2$$

- Par exemple, on considère un récipient à une pression de 1,0 bar pour un volume de 6,0 L. On peut déterminer la pression si le volume est réduit à 2,0 L :

$$P_2 = \frac{P_1V_1}{V_2} = \frac{1{,}0 \times 6{,}0}{2{,}0} = 3{,}0 \text{ bar.}$$

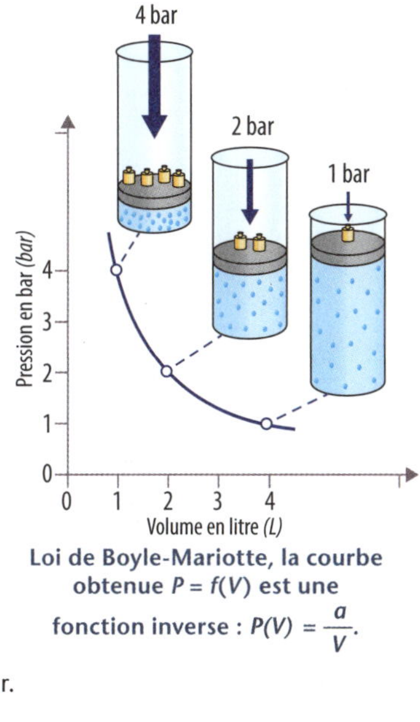

Loi de Boyle-Mariotte, la courbe obtenue $P = f(V)$ est une fonction inverse : $P(V) = \frac{a}{V}$.

- Cette loi est valable également si le gaz est considéré comme parfait. Dans le modèle du gaz parfait :
  - les atomes ou les molécules du gaz ont un volume négligeable ;
  - les chocs sont les seules interactions qui existent entre les entités du gaz.

Remarque : l'application de la loi de Boyle-Mariotte ne nécessite pas le respect des unités du système international.

- La loi de Boyle-Mariotte est utilisée par :
– les plongeurs : elle permet de connaître la durée de leur plongée ;
– les personnels utilisant des appareils respiratoires.

- Les ballons-sondes envoyés dans les hautes couches de l'atmosphère sont toujours peu gonflés au sol, car ils vont augmenter de volume : la pression de l'air étant beaucoup plus faible à haute altitude.

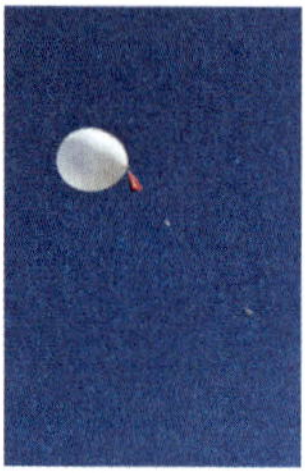
Ballon-sonde

II Pression dans les liquides

- **Si le liquide est considéré comme incompressible**, la pression P est donnée par la relation

$$P = P_{atm} + \rho_{liquide}.g.h$$

P : pression à l'intérieur du liquide en Pa

P_{atm} : pression de l'air au-dessus du liquide en Pa

$\rho_{liquide}$: masse volumique du liquide en kg. m^{-3}

g : intensité de pesanteur, g = 9,81 N. kg^{-1}

h : hauteur du liquide en m

Remarque : dans l'absolu, les liquides sont toujours légèrement compressibles. Ainsi, les ondes sonores peuvent se propager dans les liquides.

- Ainsi **la différence de pression entre deux points dans un liquide dépend de la différence de profondeur**.

- On peut vérifier que le terme $\rho_{liquide}.g.h$ est bien homogène à une pression :

$$[\rho \times g \times h] = \frac{kg}{m^3} \times \frac{N}{kg} \times m = \frac{N}{m^2} = Pa$$

- Ainsi, lors d'une plongée, nous pouvons avoir une estimation de l'augmentation de pression dès que l'on descend de 10 m :

$$\rho_{liquide}.g.h = 1{,}00 \times 10^3 \times 9{,}81 \times 10{,}0 = \mathbf{9{,}81 \times 10^4\ Pa \approx 1\ bar.}$$

- Lors d'une sortie en plongée, la pression dans l'eau augmente de 1 fois la pression de l'air dès que l'on descend de 10 m.

Force et vecteur variation de vitesse

FICHE 31

Comment varie la vitesse d'un objet, si les forces qui s'exercent sur lui ne se compensent pas ? Le langage de programmation sous Python peut être très utile pour répondre à ce problème.

I Vecteur vitesse

• La vitesse instantanée $\vec{v_G}$ de déplacement d'un point G peut être définie par :

$$\vec{v_G} = \frac{\overrightarrow{MM'}}{\Delta t}$$

$\vec{v_G}$: vitesse du point G en $m \cdot s^{-1}$
$\overrightarrow{MM'}$: M et M' sont les positions successives à des instants voisins séparés de Δt en m
Δt : intervalle du déplacement en s

• Dans un référentiel terrestre, on repère la trajectoire de ce point G lancé avec une vitesse initiale horizontale.

Simulation d'une chute libre avec vitesse initiale, le vecteur vitesse est représenté entre chaque position de l'objet.

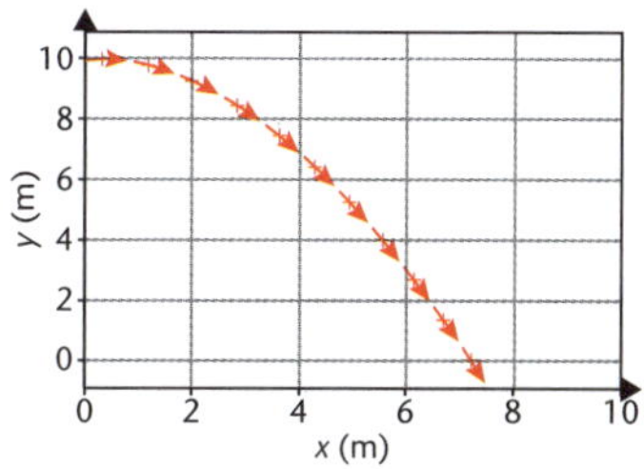

• Le vecteur vitesse est déterminé grâce au langage de programmation de Python :

Un objet est en chute libre s'il n'est soumis qu'à son propre poids.

```
for i in range(len(x)–1) :
  plt. annotate(«», xy = ((x[i+1]+x[i])/2 + (x[i+1]–x[i]),
                    (y[i+1]+y[i])/2 + (y[i+1]–y[i])),
                 xytext = ((x[i+1]+x[i])/2, (y[i+1]+y[i])/2),
                 arrowprops = dict(arrowstyle = "–|>,
head_length = 1, head_width =.5 »,
                         color = 'blue', lw = 1))
```

• D'après le principe d'inertie, si le mouvement est varié, alors les forces qui s'exercent sur le système ne se compensent pas ($\sum \vec{F_{ext}} \neq \vec{0}$).

II Vecteur variation de vitesse

• Le **vecteur variation de vecteur vitesse** $\Delta\vec{v}$ traduit l'évolution du vecteur vitesse $\vec{v}$ entre deux positions successives. Il peut se définir ainsi :

$$\Delta\vec{v} = \vec{v_G}(t + \Delta t) - \vec{v_G}(t)$$

$\vec{v_G}(t)$ et $\vec{v_G}(t + \Delta t)$: vitesse du point considéré à l'instant t et $t + \Delta t$

• Pour un mouvement rectiligne uniforme, le vecteur variation de vitesse est nul $\vec{v} = \vec{0}$.

• Cette variation de vitesse s'écrit ainsi sous Python :

```
for j in range(1, len(x2)-1) :
    plt. annotate(«», xy = (x2[j] + ((x2[j+1]-x2[j]) - (x2[j]-x2[j-1]))*5,
y2[j] + ((y2[j+1]-y2[j]) - (y2[j]-y2[j-1]))*5),
                  xytext = (x2[j], y2[j]),
              arrowprops = dict(arrowstyle = "-|>, head_length = 1,
head_width =.5 », color = 'red', lw = 1))
```

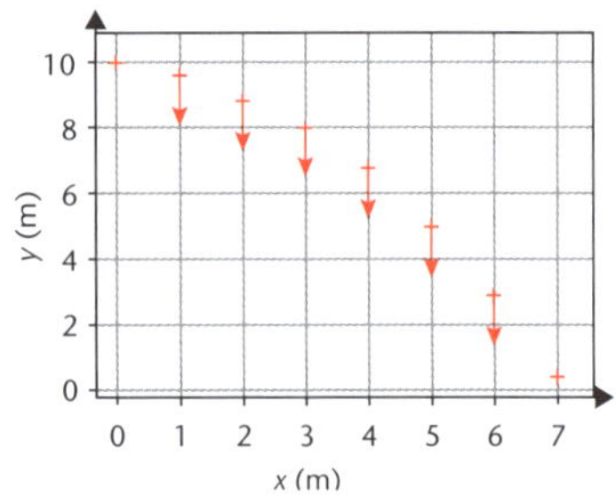

Simulation d'un objet en chute libre, la variation de la vitesse $\Delta\vec{v}$ est représentée en rouge.

• Sur cette simulation, on constate que le vecteur variation de vitesse est colinéaire au poids de l'objet $\vec{P}$.

• Dans le cas général, le vecteur variation de vitesse $\Delta\vec{v}$ est colinéaire à la somme des forces extérieures $\sum\vec{F_{ext}}$ (même sens et même direction).

• La réciproque est également vraie : **la détermination de la somme des forces $\sum\vec{F_{ext}}$ permet de déterminer le vecteur variation de vitesse $\Delta\vec{v}$.**

• Le rôle de la masse est important : plus elle est élevée, moins la vitesse varie rapidement. Il est plus difficile d'accélérer à vélo si l'on a quelqu'un sur le porte-bagage.

• Le cas de la chute libre constitue une exception : la masse de l'objet n'a aucune influence sur la vitesse et la variation de la vitesse.

BILAN

Description d'un fluide au repos et mouvement d'un système

FICHE 32

QUIZ-Mémorisation active

Questions	Indices	Réponses
Quelles grandeurs macroscopiques peuvent décrire l'état microscopique d'un fluide ?	Une grandeur est liée à l'agitation des entités, l'autre au choc contre la paroi.	La température et la pression.
À quelle énergie mécanique est liée la température d'un gaz ?	La température correspond à une forme d'énergie des entités du gaz.	La température est liée à l'énergie cinétique.
Qu'est-ce que le modèle du gaz parfait ?	Ce cas correspond au modèle idéal d'un gaz.	Les atomes ou les molécules du gaz ont un volume négligeable. Les chocs sont les seules interactions qui existent entre les entités du gaz.
La pression atmosphérique est d'environ 1,0 bar, soit $1{,}0 \times 10^5$ Pa. Quelle force exerce l'atmosphère sur $1{,}0\ cm^2$?	$1\ cm^2 = 10^{-4}\ m^2$.	$F = P \cdot S$ $F = 1{,}0 \times 10^5 \times 1{,}0 \times 10^{-4}$ $= 10$ N
Citez la loi de Boyle-Mariotte.	Cette relation lie la pression et le volume d'un gaz.	Pour une quantité de matière n donnée d'un gaz à température T constante, le produit $P.V$ de la pression par le volume est constant : $P.V = cste$.
Quelle condition doit-on avoir pour appliquer la relation : $P = P_{atm} + \rho.g.h$?	Cette relation n'est pas applicable aux gaz.	Il faut que le fluide soit incompressible (ρ = cste).
Quelle est la caractéristique d'un mouvement rectiligne uniforme ?	Une grandeur vectorielle reste constante.	Lors d'un mouvement rectiligne uniforme, le vecteur vitesse est constant $\vec{v} = \vec{cst}$.
Comment définir le vecteur variation de vitesse $\overrightarrow{\Delta v}$?	Il faut réaliser une soustraction de deux vecteurs.	Entre deux points consécutifs de la trajectoire : $\overrightarrow{\Delta v} = \overrightarrow{v_G}(t + \Delta t) - \overrightarrow{v_G}(t)$
Quelle relation a-t-on entre le vecteur variation de vitesse $\overrightarrow{\Delta v}$ et la somme des forces extérieures $\sum \overrightarrow{F_{ext}}$?	Une force modifie la trajectoire d'un objet.	$\overrightarrow{\Delta v}$ est colinéaire à $\sum \overrightarrow{F_{ext}}$ (même sens et même direction).

SCHÉMA-BILAN

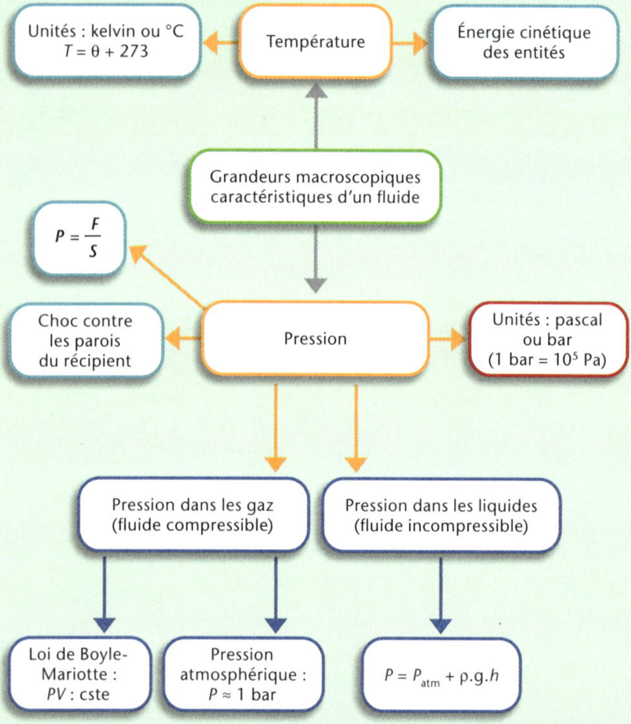

Débit de charges et sources de tension

FICHE 33

Le courant électrique correspond à un débit de charges. Dans les métaux, les électrons libres assurent le passage du courant.

I Intensité électrique

1. Charge électrique

- La charge électrique est une **grandeur algébrique (donc positive ou négative)** qui se mesure en coulomb (C). Elle vérifie les propriétés suivantes :

– la charge est une **grandeur additive** $q = q_1 + q_2$;
– la charge électrique est une **grandeur conservative** ;
– le fait d'attribuer un signe + et un signe – est une pure convention.

- L'électron étant une particule élémentaire, la charge d'un corps électrisé est forcément un multiple de la charge élémentaire q_e.
$\mathbf{q_e = -1{,}60 \times 10^{-19}}$ **C**.

Exemple : un corps électrisé de charge $q = 9{,}65 \times 10^4$ C possède 1 mol de porteurs de charge :
$$\frac{9{,}65 \times 10^4}{1{,}60 \times 10^{-19}} = 6{,}02 \times 10^{23} = 1 \text{ mol.}$$

2. Courant électrique

- Le courant électrique est le déplacement ordonné d'un ensemble de particules chargées.

- Par convention, le sens du courant est le sens des déplacements des charges positives.

- Si l'on considère un fil conducteur de section S, l'**intensité I du courant électrique** se définit par :

$$I = \frac{\Delta q}{\Delta t}$$

I : intensité du courant électrique en A
Δq : charge traversant la section S du fil pendant un temps Δt en C
Δt : temps en s

- Pour comprendre l'intensité du courant, on fait souvent l'analogie avec le débit volumique d'une rivière.

Le débit D est le rapport entre le volume ΔV qui traverse une section S pendant un temps Δt.

$$D = \frac{\Delta V}{\Delta t}$$

II Sources de tension

- Un générateur est un dipôle qui convertit une énergie (chimique, mécanique, etc.) en énergie électrique.

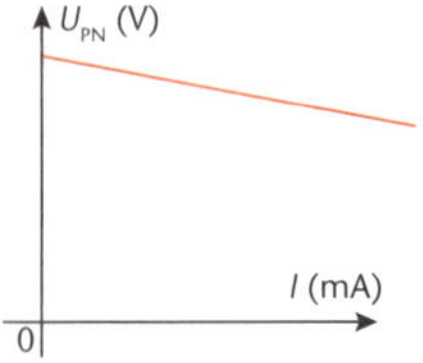

Caractéristique d'un générateur pour des faibles courants

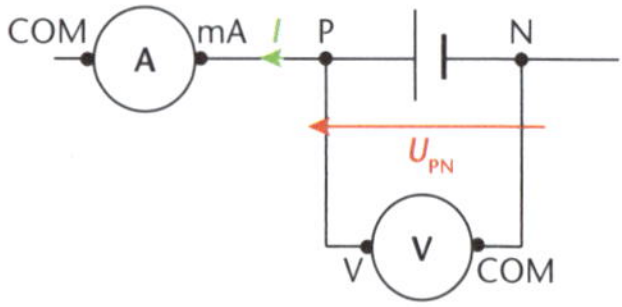

Branchement de l'ampèremètre et du voltmètre pour mesurer la tension et l'intensité du générateur

- **La tension U_{PN} aux bornes d'un générateur débitant un courant d'intensité I,** est donnée par la relation : $U_{PN} = E - r \cdot I$ où E est la force électromotrice (en V), tension que délivre le générateur lorsque $I = 0$ et r la résistance interne de la pile (en Ω).

Un **générateur** est un **dipôle actif** : sa caractéristique ne passe pas par l'origine.

- Une source idéale de tension est une source ayant une résistance interne nulle ($r = 0$).

- Une source de tension peut être modélisée par l'association en série d'une source idéale de tension associée avec sa résistance interne.

- La tension indiquée sur une pile est sa force électromotrice E. Lorsqu'elle débite un courant sa tension est diminuée du fait de sa résistance interne : $U_{PN} < E$.

- La résistance interne est de l'ordre d'un ohm pour une pile plate, d'un centième d'ohm pour un accumulateur.

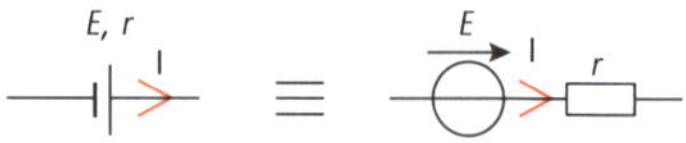

Modélisation de source de tension

- L'intensité de court-circuit I_{CC} correspond à une tension nulle aux bornes du générateur : $U_{PN} = 0$.

$$I_{CC} = \frac{E}{r}$$

I_{CC} : intensité de court-circuit en A
E : force électromotrice en V
r : résistance interne en Ω

Puissance et énergie électrique

Les générateurs fournissent une énergie électrique que les récepteurs électriques convertissent sous une autre forme d'énergie (énergie mécanique, chimique).

I Puissance électrique

1. Puissance aux bornes d'un dipôle quelconque

• La puissance électrique *P* aux bornes d'un dipôle se détermine à partir de la tension *U* aux bornes du dipôle et de l'intensité *I* le traversant :

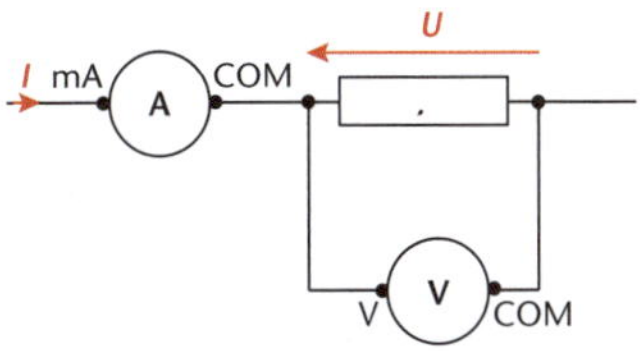

Branchement de l'ampèremètre et du voltmètre pour mesurer la tension et l'intensité du conducteur ohmique

$P = U \cdot I$

P : puissance électrique en watt (W)
U : tension aux bornes du dipôle en V
I : intensité du courant électrique en A

• La puissance des appareils électriques que nous utilisons quotidiennement ont des puissances électriques très variées :

Dispositifs de la vie courante	Puissance moyenne	Dispositifs de la vie courante	Puissance moyenne
Téléphone portable	5 W	Fer à repasser	2 000 W
Ampoule basse consommation	5 W	Machine à laver	3 000 W
Ampoule à incandescence (ancienne génération)	100 W	Train Thalys	8 800 kW
Réfrigérateur	200 W	Éclair	20 GW

2. Puissance aux bornes d'une résistance

• Comme une résistance satisfait la loi d'ohm ($U = R.I$), la puissance dégagée par un conducteur ohmique est :

$$P = R \cdot I^2 = \frac{U^2}{R}$$

P : puissance électrique en watt (W)
U : tension aux bornes de la résistance en V
I : intensité du courant électrique traversant la résistance en A
R : résistance électrique en Ω

• La puissance dégagée par un conducteur ohmique s'effectue sous forme de chaleur : c'est l'effet joule. Toutes les résistances traversées par un courant s'échauffent.

• Les fusibles, les plaques chauffantes, les convecteurs électriques utilisent l'effet joule pour fonctionner.

• L'**effet joule** est souvent un **effet non désiré**, il correspond souvent à une **perte énergétique**.

• Les ordinateurs disposent par exemple de systèmes pour évacuer la chaleur dégagée par effet joule des composants électriques.

II Énergie électrique

• L'énergie électrique *E* consommée ou fournie par un dipôle se détermine à partir de la puissance :

$$E = P \cdot \Delta t$$

E : énergie électrique en joule (J)
P : Puissance électrique en W
Δt : temps de fonctionnement de l'appareil en s

• L'énergie dégagée par effet joule pour une résistance sera donc :

$$E = R \cdot I^2 . \Delta t$$

E : énergie dégagée par effet joule (en J)
R : résistance électrique en Ω
I : intensité du courant électrique traversant la résistance en A
Δt : temps de fonctionnement de l'appareil en s

• Sur les factures d'électricité, le fournisseur indique l'énergie électrique consommée en kW.h et non en joule : 1 kW.h = $3{,}6 \times 10^6$ J.

• Une machine à laver de 3 kW fonctionnant pendant 2 heures dépensera une énergie électrique $E = 3 \times 2 = 6$ kW.h.

Rendement d'un convertisseur

FICHE 35

Les générateurs et les récepteurs électriques sont également des convertisseurs d'énergie. Des pertes inévitables, comme l'effet joule, apparaissent toujours dans les dipôles.

I Définition du rendement électrique

- Le rendement d'un dipôle électrique se définit comme le rapport de l'énergie utile par l'énergie consommée :

$$\eta = \frac{E_{\text{utile}}}{E_{\text{consommée}}} = \frac{P_{\text{utile}} \cdot \Delta t}{P_{\text{consommée}} \cdot \Delta t}$$

$$\eta = \frac{P_{\text{utile}}}{P_{\text{consommée}}}$$

η : rendement souvent exprimé en %

E_{utile} ou P_{utile} : énergie ou puissance convertie par le dipôle électrique en J ou en W

$E_{\text{consommée}}$ ou $P_{\text{consommée}}$: énergie ou puissance consommée par le dipôle électrique en J ou en W

- Le rendement d'un dipôle électrique peut donc se faire à partir d'un bilan d'énergie ou d'un bilan de puissance.
- Une résistance convertit entièrement son énergie électrique sous forme de chaleur, son rendement est $\eta = 100$ %.
- Pour tous les autres composants électriques où l'effet joule n'est pas recherché, le rendement ne sera jamais total ($\eta < 100$ %).

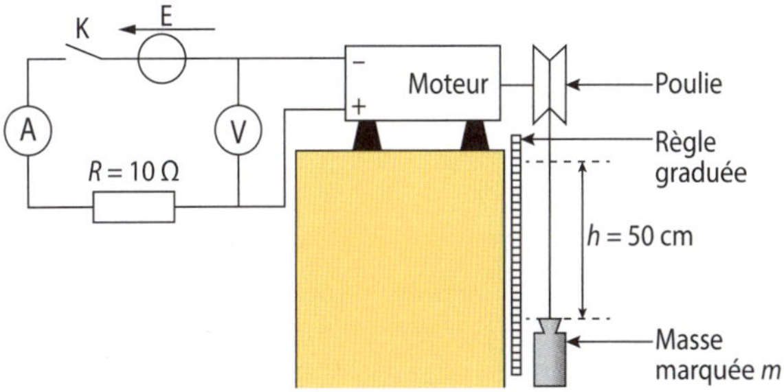

Dispositif permettant de déterminer le rendement d'un moteur

II Rendement d'un moteur électrique

- Un moteur électrique est un récepteur qui convertit de l'énergie électrique en énergie mécanique.
- Déterminer le rendement d'un moteur électrique permettra de juger sa performance.
- On détermine l'énergie mécanique nécessaire pour soulever une masse m d'une hauteur $h = 50$ cm : $E_{utile} = m \cdot g \cdot h$ (→ *voir fiche 39*)

avec m : masse en kg ; g : intensité de pesanteur, $g = 9{,}81\ N.kg^{-1}$, h : hauteur soulevée en m.

- L'énergie électrique se détermine à partir des mesures du courant, de la tension et du temps mis par le moteur pour soulever cette masse : $E_{consommée} = U \cdot I \cdot \Delta t$

avec U : tension aux bornes du moteur en V, I : intensité traversant le moteur en A, Δt : temps mis pour soulever la masse de 0,50 m.

- Ainsi, le rendement du moteur se déterminera de la façon suivante : $\eta = \dfrac{m \cdot g \cdot h}{U \cdot I \cdot \Delta t}$.
- La qualité du moteur dépend de son rendement, les meilleurs peuvent atteindre 95 %, ceux utilisés couramment ne dépasse pas 50 %.
- Les pertes par effet joule et les frottements peuvent expliquer le faible rendement d'un moteur.

III Rendement d'un générateur électrique

- D'après la définition du rendement pour un générateur électrique, nous avons :

$$\eta = \frac{P_{utile}}{P_{consommée}} = \frac{U_{PN} \cdot I}{E \cdot I} = \frac{U_{PN}}{E}$$

η : rendement du générateur électrique
U_{PN} : tension aux bornes du générateur en V
E : force électromotrice du générateur en V
I : intensité du courant délivrée par le générateur

- Les pertes sont dues à la résistance interne r du générateur (→ *voir fiche 33*), sous forme d'effet joule.
- Un faible courant et une faible résistance interne favorisent donc un meilleur rendement pour le générateur.

La puissance délivrée par le générateur est maximale si la résistance du circuit correspond à la résistance du circuit électrique ($r = R$).

Aspects énergétiques des phénomènes électriques

QUIZ-Mémorisation active

Questions	Réponses
Qu'est-ce que le courant électrique ? Quel est son sens conventionnel ?	Le courant électrique est le déplacement ordonné d'un ensemble de particules chargées. Par convention, le sens du courant est le sens des déplacements des charges positives.
Définissez l'intensité du courant électrique.	L'intensité I du courant électrique se définit par : $I = \frac{\Delta q}{\Delta t}$ I : intensité du courant électrique en ; Δq : charge en C ; Δt : temps en s.
Quelle relation lie la tension aux bornes d'un générateur avec l'intensité du courant ?	$U_{PN} = E - r \cdot I$ U_{PN} tension aux bornes du générateur en V, E force électromotrice en V, r résistance interne en Ω et I intensité du courant en A.
Comment modéliser une source de tension ?	Une source de tension peut être modélisée par l'association en série d'une source idéale de tension associée avec sa résistance interne. 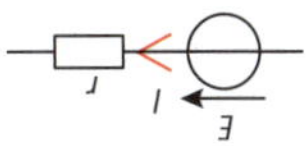
Comment définir la puissance électrique ?	$P = U \cdot I$ P puissance en W, U tension en V, I intensité en A
Qu'est-ce que l'effet joule ?	L'effet joule correspond à la production de chaleur par une résistance lorsqu'elle est parcourue par un courant.
Donnez l'expression de l'énergie dégagée par effet joule par une résistance R traversée par un courant I.	$E = R \cdot I^2 \cdot \Delta t$ E énergie en J, R résistance en Ω, I intensité du courant en A et Δt temps en s.

Questions	Réponses
Donnez une expression du rendement électrique.	$\eta = \frac{E_{utile}}{E_{consommée}}$ ou $\eta = \frac{P_{utile}}{P_{consommée}}$. E_{utile} ou P_{utile} : énergie ou puissance convertie par le dipôle électrique (en J ou en W). $E_{consommée}$ ou $P_{consommée}$: énergie ou puissance consommée par le dipôle électrique (en J ou en W).
Expliquez pourquoi le rendement d'un moteur n'est jamais de 100 %.	Le rendement est limité par les pertes par effet joule et les frottements mécaniques pouvant exister.
Quelles sont les pertes dans un générateur électrique ?	Les pertes sont dues à des pertes par effet joule.

SCHÉMA-BILAN

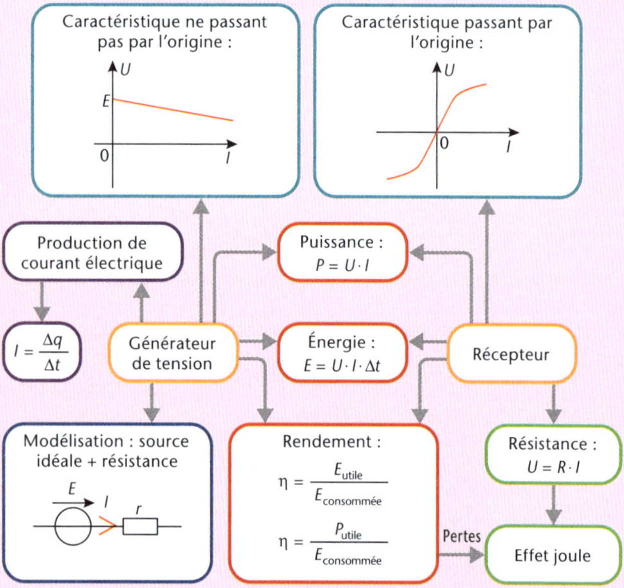

Travail d'une force

Comment obtenir la meilleure efficacité possible pour une force ? La notion de travail d'une force est nécessaire pour répondre à cette interrogation.

I Notions de travail d'une force

- Le **travail** traduit l'**efficacité** d'une force. Une force travaille si elle a un effet sur la valeur de la vitesse.

- Une force ne travaille pas si :
  - sa direction est perpendiculaire à la trajectoire de son point d'application ;
  - son point d'application ne se déplace pas.

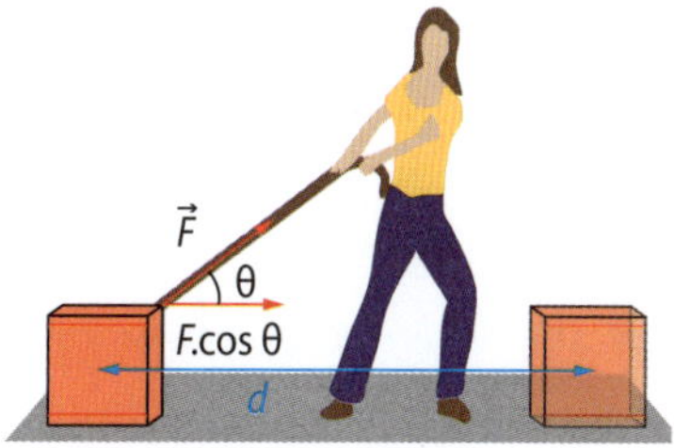

Le travail de la force exercée par cette personne sera $F.d.\cos\theta$. Son travail deviendra plus efficace si $\theta \to 0$.

- Le **travail W_{AB} d'une force constante** $\vec{F}$ dont le point d'application se déplace de A à B a pour expression :

$$W_{AB}(\vec{F}) = \vec{F}\cdot\overrightarrow{AB}$$

$$W_{AB}(\vec{F}) = F\cdot AB\cdot\cos\theta$$

$\vec{F}$: force en N
AB : distance parcourue en m
θ : angle entre les vecteurs $\overrightarrow{AB}$ et $\vec{F}$
$W_{AB}(\vec{F})$: Travail d'une force en J

- Le travail d'une force correspond à une énergie échangée, c'est une grandeur scalaire.

Le travail d'une force dépend du référentiel d'étude.

$W_{AB}(\vec{F}) > 0$	$W_{AB}(\vec{F}) = 0$	$W_{AB}(\vec{F}) < 0$
$0 < \theta < 90°$	$\theta = 90°$	$90° < \theta < 180°$
Favorise le déplacement	Aucun effet	S'oppose au déplacement
Travail moteur	Travail nul	Travail résistant

- Pour un solide en translation, la somme des travaux des forces appliquées au solide est égale au travail de leur résultante :

$$W_{AB}(\sum\vec{F}_{ext}) = W_{AB}(\vec{F_1}) + W_{AB}(\vec{F_2}) + \ldots + W_{AB}(\vec{F_i})$$

• En particulier, si le solide est en translation rectiligne uniforme, la résultante des forces est nulle (d'après le principe d'inertie), donc la somme des travaux des forces est nulle : $W_{AB}(\sum \overrightarrow{F_{ext}}) = 0$.

• Une force est dite conservative si son travail ne dépend pas du chemin suivi.

• Toutes les forces constantes sont conservatives : le poids par exemple, la force électrique dans le cas d'un champ constant.

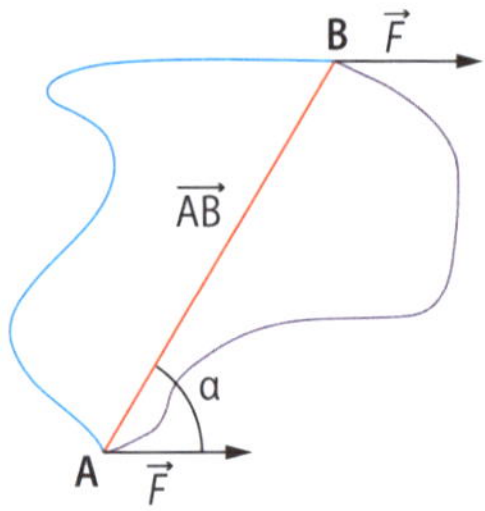

Le travail est identique dans les trois cas que la trajectoire soit rectiligne ou non.

• Dans le cas d'une trajectoire fermée, c'est-à-dire si le système revient à son point de départ :
– le travail d'une force conservative est nul ;
– le travail d'une force non conservative n'est pas nul.

II Travaux de quelques forces

1. Travail du poids dans un champ de pesanteur uniforme

• On considère le poids exercé sur l'objet ($\vec{P} = m\vec{g}$) dans un champ de pesanteur uniforme. Si le repère choisi $(O, \vec{i}, \vec{j}, \vec{k})$, l'axe O$z$ est vertical ascendant alors $\vec{P} = -mg\vec{k}$.

• Le vecteur déplacement $\overrightarrow{AB}$ a pour expression :

$$\overrightarrow{AB} = (x_B - x_A)\vec{i} + (y_B - y_A)\vec{j} + (z_B - z_A)\vec{k}.$$

• À partir des coordonnées de $\vec{P}$ et de $\overrightarrow{AB}$, on en déduit l'expression du travail du poids pour un axe Oz vertical ascendant :

$$W_{AB}(\vec{P}) = \vec{P} \cdot \overrightarrow{AB}$$

$$W_{AB}(\vec{P}) = -mg(z_B - z_A)$$

$W_{AB}(\vec{F})$: Travail du poids en J
m : masse de l'objet considéré en kg
z_A : altitude du point de départ en m
z_B : altitude du point de d'arrivée en m
g : intensité de pesanteur, g = 9,81 N.kg^{-1}

• Si $(z_B - z_A) < 0$, le poids est résistant, sinon il est moteur dans le cas opposé.

2. Travail des forces de frottements

• Les forces de frottements $\vec{f}$ ne sont pas des forces conservatives, le travail dépend donc du chemin suivi.

• Ce travail est négatif : le système perd de l'énergie. Les frottements provoquent une diminution de la vitesse.

Théorème de l'énergie cinétique

FICHE 38

Lors d'une chute libre d'un solide, sa vitesse augmente car le travail du poids est une force motrice. Le travail lié au poids est converti en énergie cinétique.

I Énergie cinétique

- Les objets considérés, dans notre cadre d'étude, auront toujours un mouvement de translation.
- Un objet est en translation s'il reste toujours parallèle à lui-même au cours du mouvement.
- L'expression de l'énergie cinétique E_c dans le cas d'un objet en translation dans un référentiel considéré est :

$$E_C = \frac{1}{2}mv^2$$

E_C : énergie cinétique en J
m : masse de l'objet considéré en kg
v : vitesse en $m.s^{-1}$

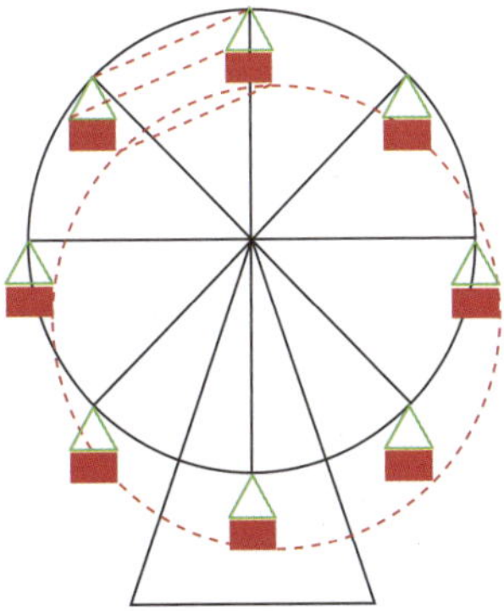

Dans une grande roue, la nacelle reste parallèle à elle-même au cours du mouvement : c'est un mouvement de translation.

- La vitesse dépend du référentiel choisi, donc l'énergie cinétique dépend elle aussi du référentiel choisi.
- L'expression de l'énergie cinétique d'un solide n'est valable que pour un mouvement de translation.
- L'expression restera valable également pour un solide en quasi-translation, c'est-à-dire si tous ses vecteurs vitesses de tous les points sont pratiquement égaux.

Exemple : une automobile peut être en quasi-translation si on fait abstraction des roues.

Unité : dans les unités du système international
$1\ J = 1\ kg.m^2.s^{-2}$

II Énoncé du théorème de l'énergie cinétique

- Ce théorème peut être abordé d'une façon qualitative :
  - si la force est motrice ($0 < (\overrightarrow{AB}, \vec{F}) < 90°$), la vitesse de l'objet augmente donc son énergie cinétique également ;
  - si la force est résistante, l'énergie cinétique diminue.

- La variation de l'énergie cinétique d'un solide de masse m en mouvement de translation entre deux points A et B dans un référentiel galiléen est égale à la somme des travaux des forces extérieures qui s'appliquent sur le solide lors de son déplacement :

$$\frac{1}{2}mv_B^2 - \frac{1}{2}mv_A^2 = \sum W_{AB}(\overrightarrow{F_{ext}})$$

m : masse de l'objet considéré en kg
v_A : vitesse du point de départ en $m.s^{-1}$
v_B : vitesse du point d'arrivée en $m.s^{-1}$
$\sum W_{AB}(\overrightarrow{F_{ext}})$: somme des travaux des forces extérieures en J

- Un **référentiel est galiléen si le principe d'inertie s'applique**, c'est-à-dire que si le solide est immobile ou en mouvement rectiligne uniforme, alors les forces se compensent $\sum \overrightarrow{F_{ext}} = \vec{0}$.

III Application au cas de la chute libre

- Un objet est en chute libre si seul le poids $\vec{P}$ s'exerce sur le système considéré. On peut négliger dans ce cas les forces de frottements $\vec{f}$.

- On considère l'exemple d'un solide qui tombe d'une hauteur h en chute libre $z_B - z_A = -h$, sans vitesse initiale ($v_A = 0$).

- L'application du théorème de l'énergie cinétique donne :

$$\frac{1}{2}mv_B^2 - \frac{1}{2}mv_A^2 = W_{AB}(\vec{P}) \text{ soit } \frac{1}{2}mv_B^2 = -mg(z_B - z_A) = -mg(-h)$$

- Après simplification par la masse m, nous obtenons l'expression de la vitesse

$$v_B = \sqrt{2gh}$$

v_B : vitesse de chute en $m.s^{-1}$
g : intensité de pesanteur, $g = 9{,}81\ N.kg^{-1}$
h : hauteur de chute en m

- **Dans le cas d'une chute libre, la vitesse est indépendante de la masse du système.**

- Expérimentalement, la vitesse est toujours inférieure, car on doit tenir compte des forces de frottements $\vec{f}$: $W_{AB}(\vec{f}) < 0$.

Énergie potentielle et énergie mécanique

FICHE 39

On peut définir une énergie liée à l'altitude de l'objet et dérivant du poids : **l'énergie potentielle de pesanteur**. Lorsque l'objet chute, cette énergie est convertie en énergie cinétique. Les oscillations d'un pendule peuvent s'expliquer à partir de ces variations d'énergie.

1 Énergie potentielle de pesanteur

• Le travail d'une force conservative (→ *voir fiche 37*) peut être défini comme la variation d'une énergie appelée énergie potentielle :

$\Delta E_p = E_p(B) - E_p(A) = -W_{AB}(\vec{F})$

ΔE_p : variation de l'énergie potentielle en J
$E_p(B)$: énergie potentielle du point d'arrivée en J
$E_p(A)$: énergie potentielle du point de départ en J
$W_{AB}(\vec{F})$: travail de la force conservative en J

• L'expression de l'énergie potentielle de pesanteur E_{pp} de l'objet de masse m dont le centre de gravité se situe à une altitude z se détermine à une constante près (cste) :

$E_{pp} = m \cdot g \cdot z + \text{cste}$

E_{pp} : énergie potentielle de pesanteur (en J) ;
m : masse du solide en kg
g : intensité de pesanteur en $N.kg^{-1}$
z : altitude du solide en m

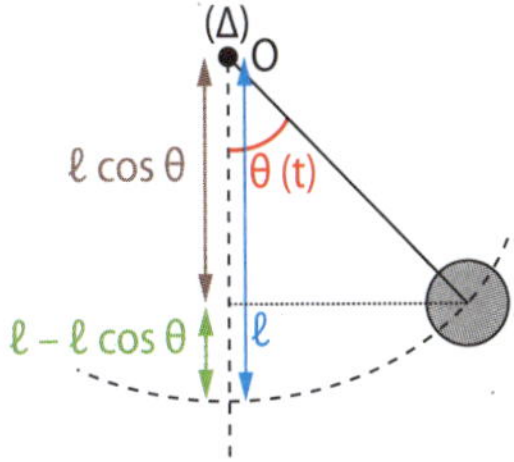

Variation de l'altitude de la masse pour un pendule simple $\Delta z = \ell - \ell \cos\theta$

• En général, on choisit une énergie potentielle nulle lorsque l'altitude est nulle : $E_{pp}(z = 0) = 0 \Leftrightarrow \text{cste} = 0$.

• Lors du déplacement du système d'une altitude $z_{initial}$ à une altitude z_{final}, la variation d'énergie potentielle :

$$\Delta E_{pp} = E_{pp}(\text{finale}) - E_{pp}(\text{initiale}) = mg \cdot (z_{final} - z_{initial}).$$

• Cette variation est positive lorsque l'objet prend de l'altitude et négative lorsqu'il en perd.

• Un **pendule simple** est le cas idéal du pendule : la masse du fil est négligée, la masse accrochée est de petites dimensions. Son étude se ramène au mouvement du centre d'inertie de la masse.

• Lorsqu'on écarte le pendule de sa position d'équilibre, il acquiert une énergie potentielle de pesanteur :
$E_{pp} = m \cdot g \cdot (\ell - \ell \cos \theta) = \mathbf{m \cdot g \cdot \ell \cdot (1 - \cos \theta)}$

II Énergie mécanique d'un système

1. Expression de l'énergie mécanique

• L'énergie mécanique E_m est la somme de l'énergie potentielle de pesanteur E_{pp} et de l'énergie cinétique du système E_c : $E_m = E_{pp} + E_c$.

• Si les forces de frottements sont **nulles ou négligeables**, il y a **conservation de l'énergie mécanique** du système (E_m = cste). Le système est isolé.

• Dans le cas, d'une chute libre, le système peut être considéré comme isolé, on peut montrer que la vitesse acquise est : $v_B = \sqrt{2gh}$ (→ *voir fiche 38*).

• Si les frottements $\vec{f}$ ne sont pas négligeables, l'énergie mécanique du système ne fait que diminuer. Le système n'est pas isolé, il transfère de l'énergie au milieu extérieur.

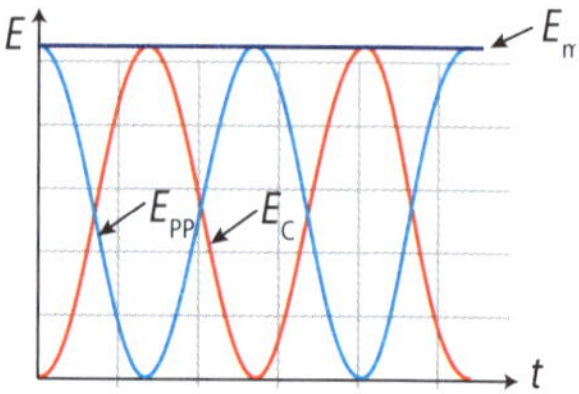

Lors des oscillations d'un pendule simple, il y a échange entre l'énergie cinétique et l'énergie potentielle de pesanteur

2. Cas du pendule simple

• Dans le cas du pendule simple sans frottement, la conservation de l'énergie mécanique permet d'écrire :

$E_C(A) + E_{PP}(A) = E_C(B) + E_{PP}(B)$

où B le point d'équilibre du pendule et A est le point d'altitude maximale atteint par le pendule.

• À la position d'équilibre, $E_{pp}(B) = 0$ et au point d'altitude maximale $E_C(A) = 0$.

• L'expression de la vitesse devient dans ce cas :

$v_B = \sqrt{2g\ell(1 - \cos\theta)}$

V_B : vitesse du pendule (en $m.s^{-1}$) ;
ℓ : longueur du pendule (en m) ;
g : intensité de pesanteur (en $N.kg^{-1}$)
θ : angle par rapport à la position d'équilibre

Exercice commenté pas à pas

Saut d'un plongeur

Dans cet exercice, on considère que le plongeur est en chute libre et que les mouvements de rotation du plongeur ne perturbent pas le mouvement de son centre d'inertie G.
On note y_0 l'ordonnée du centre d'inertie du plongeur juste avant le saut et $\overrightarrow{v_0}$ sa vitesse initiale.

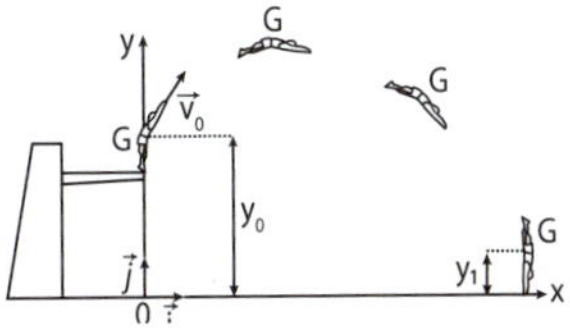

On donne : $v_0 = 4{,}0$ m. s^{-1}, $y_0 = 4{,}0$ m, $m = 70$ kg et g = 9,80 m. s^{-2}.
On précise que l'énergie potentielle E_{pp} est nulle au niveau de la surface de l'eau.

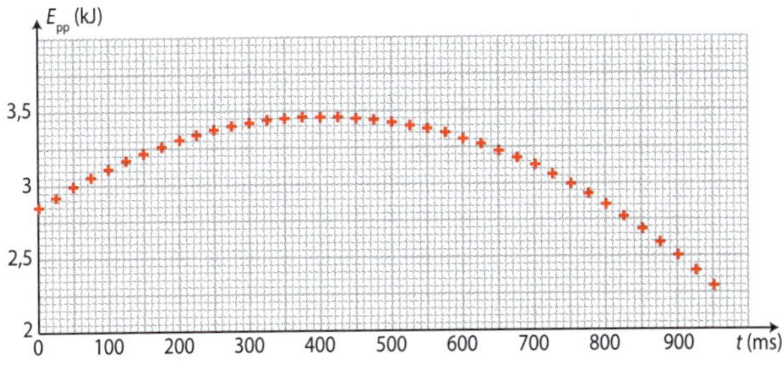

1. En utilisant le graphique ci-dessus, déterminez l'altitude y_S à laquelle se situe le centre d'inertie G du plongeur à l'instant de date t_S.
2. Lorsque les mains du plongeur entrent en contact avec l'eau, le centre d'inertie du plongeur se situe à une hauteur y_1, au-dessus de l'eau (→ *voir schéma*). À cet instant de date t_1, donnez l'expression, en justifiant la réponse, de l'énergie cinétique du plongeur en fonction de v_0, m, g, y_0 et y_1. Calculez sa valeur sachant que $y_1 = 1{,}0$ m.
3. Déduisez-en l'expression de la valeur de la vitesse v_1 à l'instant de date t_1. Calculez sa valeur.

Avant de commencer

► L'altitude maximale correspond à une énergie potentielle maximale.

Détermination de l'altitude maximale

Graphiquement, l'énergie potentielle est maximale pour $t = 400$ ms et $E_{pp,\ max} = 3{,}45$ kJ. On en déduit l'altitude maximale du plongeur :

$$y_S = \frac{E_{PP}}{m \cdot g} = 5{,}03 \text{ m} \Leftrightarrow y_S = \frac{3{,}45 \times 10^3}{70{,}0 \times 9{,}80} = 5{,}03 \text{ m}.$$

Avant de commencer

► Le plongeur est en chute libre, les forces de frottements peuvent être négligées.

► L'énergie mécanique est la somme de l'énergie cinétique et de l'énergie de potentielle de pesanteur.

Détermination de l'énergie cinétique

Comme on néglige les forces des frottements, l'énergie mécanique se conserve : $E_{m0} = E_{m1}$

$E_{C0} + E_{PP0} = E_{C1} + E_{PP1}$

$E_C(t_1) = E_C(t_0) + E_{PP}(t_0) - E_{PP}(t_1)$

$E_c(t_1) = ½ \cdot m \cdot v_0^2 + m \cdot g \cdot (y_0 - y_1)$

L'application numérique donne :

$E_c(t_1) = ½ \times 70{,}0 \times (4{,}0)^2 + 70{,}0 \times 9{,}80 \times (4{,}0 - 1{,}0) = 2{,}6 \times 10^3$ J

$= 2{,}6$ kJ.

Avant de commencer

► Savoir isoler la vitesse à partir de l'expression de l'énergie cinétique.

Détermination de la vitesse du plongeur

En partant de l'expression de l'énergie cinétique :

$$E_C = \frac{1}{2} m v^2 \Leftrightarrow v = \sqrt{\frac{2E_C}{m}} \Leftrightarrow v = \sqrt{\frac{2 \times 2{,}6 \times 10^3}{70{,}0}} = 8{,}6 \text{ m} \cdot \text{s}^{-1}$$

BILAN

Aspects énergétiques des phénomènes mécanique

FICHE 41

QUIZ-Mémorisation active

Questions	Indices	Réponses
Quelle est l'expression du travail d'une force constante ?	Le travail est une expression scalaire.	$W_{AB}(\vec{F}) = \vec{F}.\vec{AB}$ $\vec{F}$: force en N AB : distance parcourue en m $W_{AB}(\vec{F})$: travail d'une force en J
Qu'est-ce qu'une force conservative ?	On ne considère que le point de départ et le point d'arrivée pour déterminer le travail d'une telle force.	Une force est dite conservative si son travail ne dépend pas du chemin suivi.
Pourquoi on ne peut pas appliquer la relation $W_{AB}(\vec{f}) = \vec{f} \cdot \vec{AB}$? $\vec{f}$ représente une force de frottements.	Les forces de frottements sont des forces qui ne sont pas constantes.	Les frottements sont des forces non conservatives.
Dans quel type de référentiel peut s'appliquer le théorème de l'énergie cinétique ?	Dans ces référentiels, le principe d'inertie s'applique.	Dans les référentiels galiléens.
On lance une balle, de masse *m* avec une vitesse v_0 vers le haut. En appliquant le théorème de l'énergie cinétique et en supposant la balle en chute libre, donnez l'expression en fonction de v_0 de la hauteur atteinte par la balle.	Dans le cas d'une chute libre, seul le poids travaille.	Au sommet, la balle a une vitesse nulle : $\frac{1}{2}mv_0^2 = mgh$ $\frac{v_0^2}{2g} = h$
Dans quel cas l'énergie mécanique se conserve ?	Certaines forces s'opposent au déplacement.	L'énergie mécanique se conserve si les frottements sont négligeables.

Questions	Indice	Réponses
Dans quel cas peut-on considérer le pendule comme simple ?	Il correspond au cas idéal du pendule.	La masse du fil doit être négligeable et la masse accrochée de petites dimensions.
On lance une balle vers le haut. On la considère en chute libre. À partir de la courbe représentée ci-dessous, quelle est l'allure de la courbe de l'énergie cinétique et de l'énergie mécanique ? 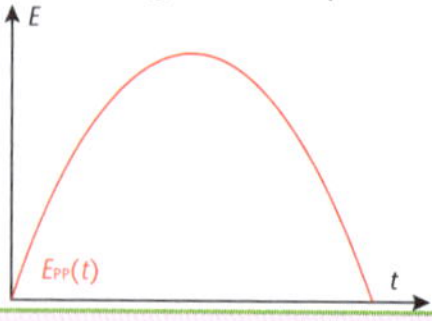	La vitesse de la balle est nulle lorsqu'elle atteint une hauteur maximale.	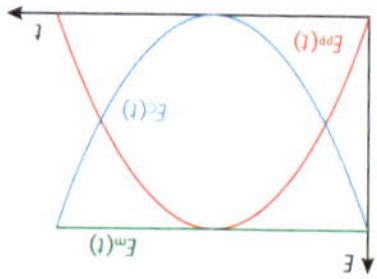

SCHÉMA-BILAN

- $W_{AB}(\vec{F}) = \vec{F} \cdot \overrightarrow{AB}$
- Travail d'une force → Force conservative ; → Force non conservative
- Frottements
- Force conservative → $W_{AB}(\vec{F}) = \vec{F} \cdot \overrightarrow{AB}$; → Conservation de l'énergie mécanique ; → Force électrique ; → Poids
- Force non conservative → Non conservation de l'énergie mécanique
- Force électrique $\vec{F} = q\vec{E}$ → Énergie potentielle électrique
- Poids $\vec{P} = m\vec{g}$ → Énergie potentielle de pesanteur
- Énergie potentielle de pesanteur → $E_{PP} = mgh + \text{cste}$; → Énergie mécanique
- Énergie mécanique $E_M = E_C + E_{PP}$
- Énergie cinétique pour un objet en translation → $E_C = \frac{1}{2}mv^2$; → Énergie mécanique

Grandeurs associées aux ondes mécaniques progressives

FICHE 42

Les ondes ne possèdent pas les mêmes propriétés que la matière, de nouvelles grandeurs sont donc à envisager pour déterminer leurs caractéristiques.

I Les ondes dans la matière

1. Ondes mécaniques

- Une onde correspond au phénomène de propagation d'une perturbation sans transport de matière mais avec transport d'énergie.

- Si la perturbation nécessite un **milieu matériel**, l'onde est dite **mécanique**.

> Les **ondes électromagnétiques** constituent un cas d'**onde non mécanique**, puisque la lumière se propage dans le vide.

- Le son, la houle, les séismes, les ondes à la surface de l'eau nécessitent un milieu matériel pour se propager, ce sont des exemples d'**ondes mécaniques**.

- Une onde est transversale, si la perturbation est perpendiculaire à sa direction de propagation, et longitudinale, dans le cas où la perturbation est parallèle à sa direction de propagation.

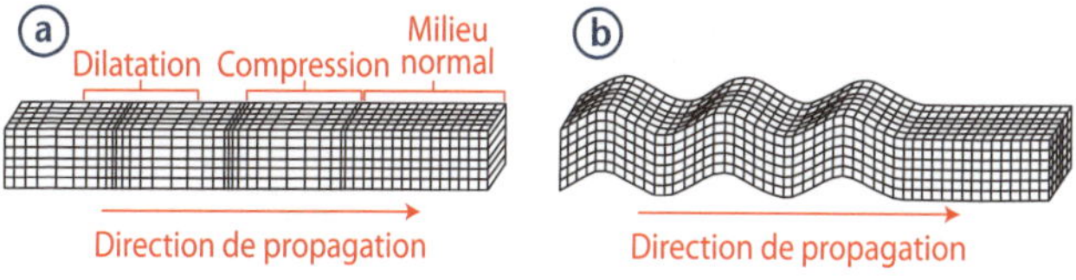

Onde longitudinale (a) et onde transversale (b)

2. Cas des ondes sonores

- Le son est une onde mécanique progressive longitudinale de compression dilatation.

- Les ondes sonores constituent un cas particulier des **ondes mécaniques**. Elles **peuvent se déplacer** aussi bien dans les **solides**, que dans les **liquides**, que dans les **gaz**.

3. Cas des ondes sismiques

• Parmi les ondes sismiques, on distingue les ondes de volume qui traversent la Terre et les ondes de surface qui se propagent parallèlement à sa surface.

• Parmi les ondes volumes, on distingue les ondes P et S :
- P : ondes longitudinales ayant les mêmes caractéristiques que le son : ce sont des ondes longitudinales de compression dilatation ;
- S : ce sont des ondes de cisaillement, la perturbation est transversale.

• Les ondes de surface (Ondes de Rayleigh et L) sont les plus destructrices : les séismes sont malheureusement un exemple de déplacement d'énergie pouvant entraîner des destructions importantes.

II Ondes progressives

• Une **onde progressive** est une onde dont la **perturbation se propage** dans le temps.

• Le retard (noté τ) correspond à une durée séparant le passage d'une déformation entre deux points.

• Pour faire la distinction avec le déplacement de la matière, la **vitesse de propagation d'une onde** est appelée **célérité**.

• La célérité d'une onde se détermine à partir du retard :

$$V = \frac{d}{\tau}$$

V : célérité de l'onde en $m.s^{-1}$
d : distance les deux perturbations enregistrées en m
τ : retard mesuré en s

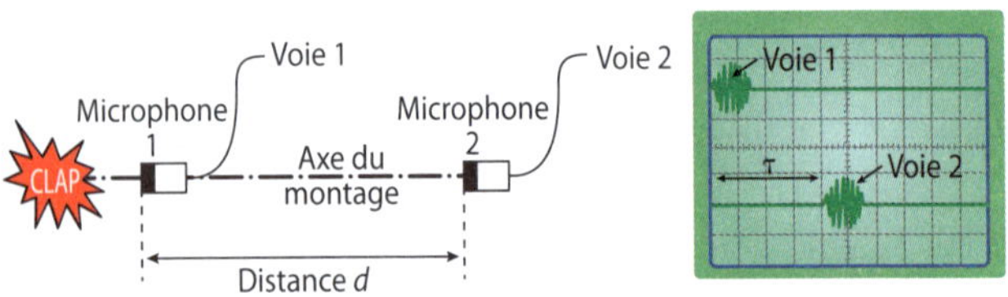

Montage expérimental permettant de mesurer la célérité d'une onde sonore dans l'air et visualisation des signaux détectés sur l'écran d'un oscilloscope

Ondes sinusoïdales

FICHE 43

Les ondes périodiques progressives peuvent être modélisées par une somme de fonctions sinusoïdales. La période et la longueur d'onde de l'onde sont des grandeurs permettant la modélisation d'une onde sinusoïdale.

I Double périodicité d'une onde périodique

- Une onde est périodique si la perturbation se reproduit identique à elle-même, à intervalles de temps égaux.
- Une onde périodique progressive possède une périodicité à la fois spatiale (la longueur d'onde) et temporelle (la période).
- La période T d'un phénomène périodique est la plus petite durée qui sépare deux reproductions identiques du phénomène. Elle s'exprime en seconde.
- La fréquence correspond **au nombre de fois où un phénomène périodique se répète en une seconde**. La fréquence f est l'inverse de la période :

$$T = \frac{1}{f}$$

T : période de l'onde en s
f : fréquence de l'onde en Hz

- La période spatiale d'une onde s'appelle la longueur d'onde. Elle se note λ, et se mesure en mètre.
- La période et longueur d'onde sont reliées par la relation :

$$V = \frac{\lambda}{T} = \lambda \cdot f$$

T : période temporelle du signal en s
f : fréquence de l'onde en Hz
V : célérité de l'onde en $m.s^{-1}$
λ : longueur d'onde en m

II Modélisation d'une onde sinusoïdale

- Considérons le cas d'une onde se propageant dans le sens des x croissant et subissant une excitation sinusoïdale.
- À une position donnée, l'onde peut être modélisée par une fonction sinusoïdale évoluant en fonction du temps :

$$y(t) = Y_{max} \cos\left(\frac{2\pi}{T} t + \varphi\right)$$

$y(t)$: fonction sinusoïdale modélisant l'onde

Y_{max} : amplitude de l'onde
T : période de l'onde
φ : phase à l'origine

• Par exemple, si la modélisation d'une onde sinusoïdale est $y_s(t) = 4{,}5 \times 10^{-3} \sin(314t)$, alors cette onde a une amplitude de $4{,}5 \times 10^{-3}$, sa phase $\varphi = 0$ et une période T de 2,0 s.

$$\frac{2\pi}{T} = 314 \Leftrightarrow T = \frac{2\pi}{314} = 2{,}0 \text{ s}$$

Un sinus peut toujours se transformer en cosinus et réciproquement :
$\sin x = \cos(x - \frac{\pi}{2})$; $\cos x = \sin(x + \frac{\pi}{2})$

• La fonction sinus et cosinus ont la même allure, une onde sinusoïdale peut être modélisée par ces deux fonctions.

• On souhaite simuler deux ondes sinusoïdales, pour un intervalle de 10 s, ayant des périodes et des amplitudes différentes :

$$y_1(t) = Y_{max1} \sin\left(\frac{2\pi}{T_1}t + \frac{\pi}{4}\right) \text{ avec } Y_{max1} = 2{,}0 \text{ ; } T_1 = 5{,}0 \text{ s ; } \varphi_1 \frac{\pi}{4}$$

$$y_2(t) = Y_{max2} \cos\left(\frac{2\pi}{T_2}t\right) \text{ avec } Y_{max2} = 3{,}0 \text{ ; } T_1 = 2{,}0\text{s ; } \varphi_2 = 0$$

• Le script sous Python donne :

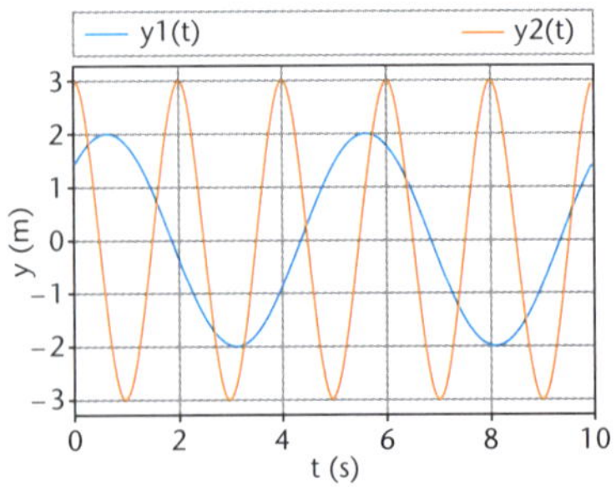

Résultats de la simulation de $y_1(t)$ en bleu et $y_2(t)$ en orange

```
import numpy as np
import matplotlib. pyplot
as plt
plt. grid(True)
t1 = np. arange(0,10,0.1)
# début, fin, pas
T1 = 5
y1 = 2*np. sin(2*np. pi/
T1*t1+np. pi/4)
t2 = np. arange(0,10,0.1)
# début, fin, pas
T2 = 2
y2 = 3*np.cos(2*np. pi/
T2*t2)
plt. xlabel('t (s)')
plt. ylabel('y (m)')
plt. xlim(0, 10)
plt. plot(t1, y1)
plt. plot(t2, y2)
plt. show()
```

Ondes mécaniques

QUIZ-Mémorisation active

Questions	Réponses
Qu'est-ce qu'une onde ?	Une onde correspond au phénomène de propagation d'une perturbation sans transport de matière mais avec transport d'énergie.
Que nécessite une onde mécanique pour se propager ?	Un milieu matériel est nécessaire pour qu'une onde mécanique se propage.
La propagation de perturbations complexes est représentée ci-dessous.  Est-ce une onde longitudinale ou transversale ?	Les perturbations sont perpendiculaires à la direction de propagation, ce sont des ondes transversales.
Qu'est-ce que le retard pour une onde ?	Le retard correspond à une durée séparant le passage d'une déformation entre deux points.
Comment se nomme la vitesse de propagation d'une onde ?	La célérité.
Pourquoi une onde périodique progressive est doublement périodique ?	Une onde périodique possède : – une périodicité spatiale : la longueur d'onde ; – une périodicité temporelle : la période.
Quelle relation lie la période et la longueur d'onde ?	$v = \frac{\lambda}{T}$ T : période temporelle du signal (en s) V : célérité de l'onde (en m. s^{-1}) λ : longueur d'onde (en m)

Question	Réponse
Quelle est la période et l'amplitude de cette onde simulée ci-dessous ? 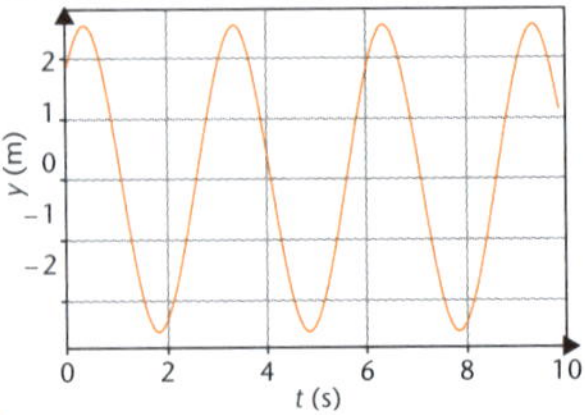	L'amplitude est $Y_{max} = 2,5$ m et la période $T = 3,0$ s.

SCHÉMA-BILAN

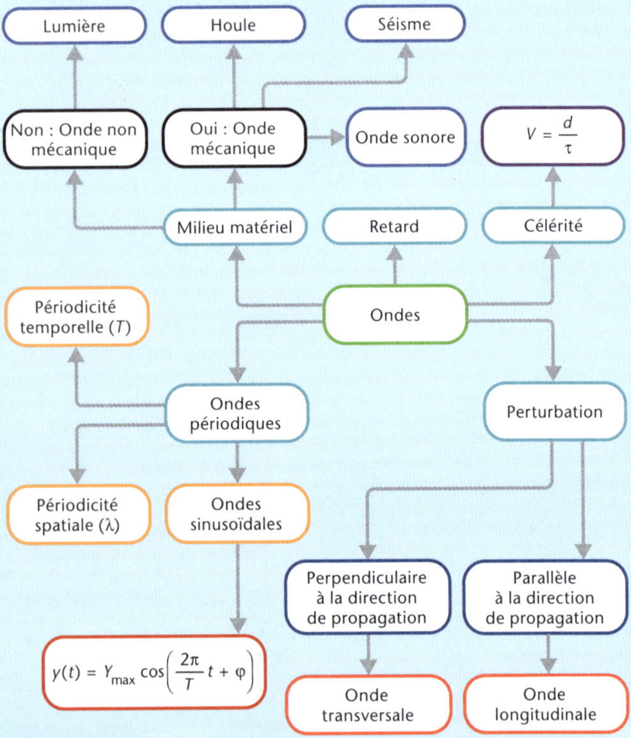

Relation de conjugaison pour une lentille mince convergente

FICHE 45

La **relation de conjugaison** des lentilles permet de connaître par le calcul la position et l'orientation de l'image formée.

I Caractéristiques d'une lentille mince convergente

- Une lentille est délimitée par deux surfaces dont **l'une au moins est courbe**.
- Une lentille est convergente si son centre est plus épais que ses bords.
- Les rayons lumineux subissent deux fois le phénomène de réfraction (→ *voir le programme de 2de*) : à l'entrée et à la sortie de la lentille.

Représentation d'une lentille mince convergente

- Une lentille est qualifiée de mince si son épaisseur est négligeable devant les rayons de courbure des deux calottes sphériques.
- Une lentille possède également un **axe de symétrie** appelé **axe optique**.

II Distance focale d'une lentille

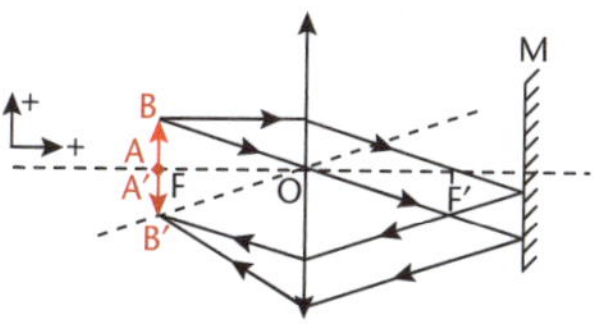

Principe de l'autocollimation. Lorsque les réglages sont bien effectués : A = A' = F et $f' = -\overline{OA'}$

- La distance focale f d'une lentille correspond à la distance (en m) entre le centre optique O et le foyer image F'.
- La distance focale est une grandeur algébrique : $f' = \overline{OF'} = -\overline{OF}$.
- On peut déterminer expérimentalement la distance focale d'une lentille convergente en utilisant la méthode d'autocollimation.
- La **vergence C**, grandeur également algébrique, d'une lentille est l'inverse de sa distance focale :

$$C = \frac{1}{f'}$$

C : vergence en dioptrie (δ) (sans unité)
f' : distance focale en m

III Expression de la relation de conjugaison

Pour certaines lentilles (lentilles divergentes), la distance focale est négative : $\overline{OF'} < 0$.

• La **relation de conjugaison** des lentilles convergentes lie les positions par rapport au centre optique du point objet A, du point image A′ et du foyer image *f′* :

$$\frac{1}{\overline{OA'}} - \frac{1}{\overline{OA}} = \frac{1}{\overline{OF'}}$$

$\overline{OA}$: distance algébrique entre l'objet et le centre optique en m

$\overline{OA'}$: distance algébrique entre l'image et le centre optique en m

$\overline{OF'}$: distance focale de la lentille convergente en m

• Si $OA' > 0$, l'image est après la lentille. $OA' < 0$, l'image est avant la lentille.

• On montre d'après la relation de conjugaison que si l'on approche l'objet de la lentille, l'image s'éloigne de la lentille. D'une manière générale, l'objet et son image se déplacent dans le même sens.

• Pour trouver l'image d'un objet par une lentille convergente, on peut tracer 3 rayons particuliers :
– celui passant parallèle à l'axe optique (rayon 1) ;
– celui passant par le centre optique (rayon 2) ;
– celui passant par le foyer objet (rayon 3) ;

• L'image nette obtenue sur un écran s'effectue soit en modifiant la valeur de la distance focale (principe de l'œil), soit en modifiant la distance lentille écran (appareil photo).

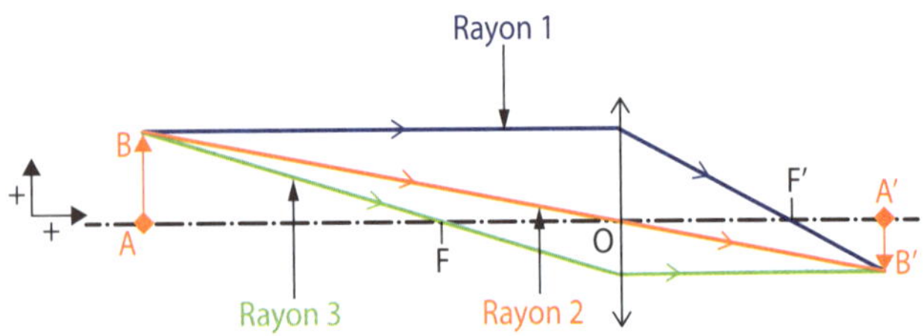

Construction de l'image A′B′ d'un objet AB par une lentille convergente

Grandissement, images réelles et images virtuelles pour une lentille convergente

FICHE 46

Le **grandissement** γ permet de savoir si l'image est plus grande ou plus petite que l'objet. L'image ne se forme pas toujours derrière la lentille, comme dans le cas de la loupe.

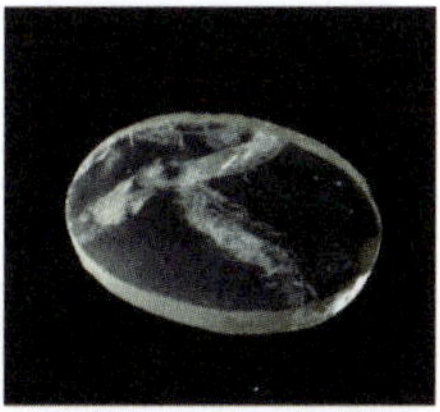

Lentille de Nimrud, lentille la plus ancienne retrouvée à ce jour (700 av. J.-C.)

I Grandissement d'une lentille convergente

- La **relation de grandissement** des lentilles minces convergentes permet de lier les tailles et les positions de l'objet et de l'image :

$$\gamma = \frac{\overline{A'B'}}{\overline{AB}} = \frac{\overline{OA'}}{\overline{OA}}$$

γ : grandissement (sans unité)

$\overline{AB}$ et $\overline{A'B'}$: dimension de l'objet et de l'image respectivement en m

$\overline{OA}$ et $\overline{OA'}$: distance par rapport au centre optique de l'objet et de l'image respectivement en m

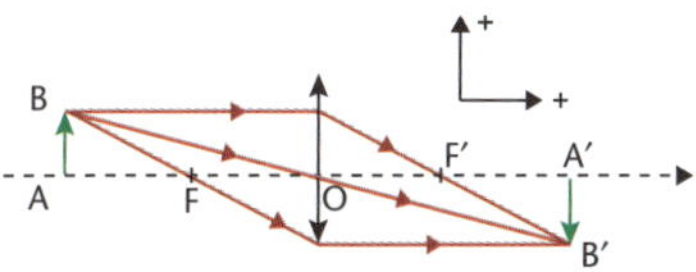

La relation du grandissement peut se démontrer à partir du théorème de Thalès dans les triangles OAB et OA'B'

- Si $\gamma > 0$, l'image est droite, si $\gamma < 0$, l'image est renversée. Si $|\gamma| > 1$, l'image est plus grande que l'objet, sinon $|\gamma| < 1$, l'image est plus petite que l'objet.

II Construction géométrique pour une lentille convergente

Objet	Image	Construction
À l'infini, réel $\overline{OA} = \pm\infty$	Image réelle, située dans le plan focal image	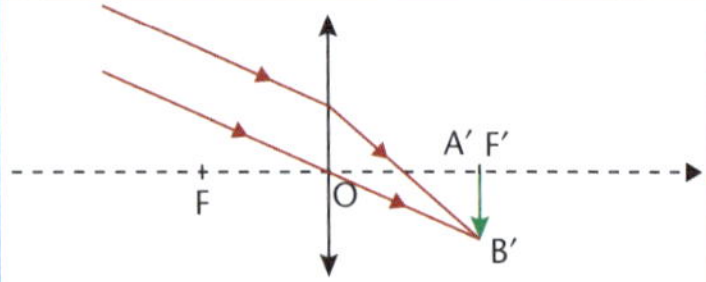
Réel, $-\infty < \overline{OA} < -2f'$	Image réelle renversée plus petite que l'objet $-1 < \gamma < 0$	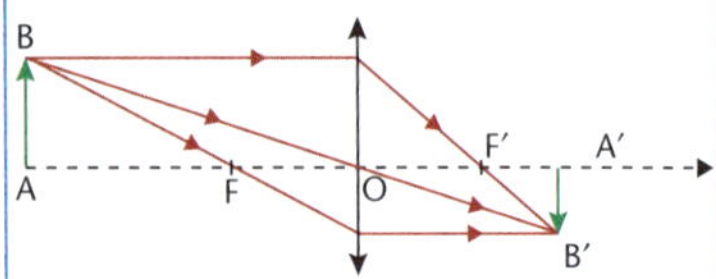
Réel, $-2f' < \overline{OA} < -f'$	mage réelle renversée plus grande que l'objet $-\infty < \gamma < -1$	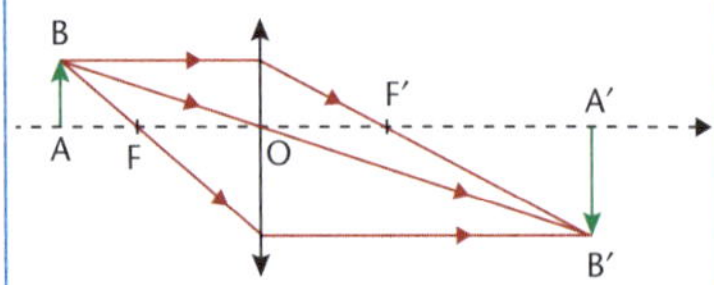
Réel, $-f' < \overline{OA} < 0$	Virtuelle droite $1 < \gamma < \infty$	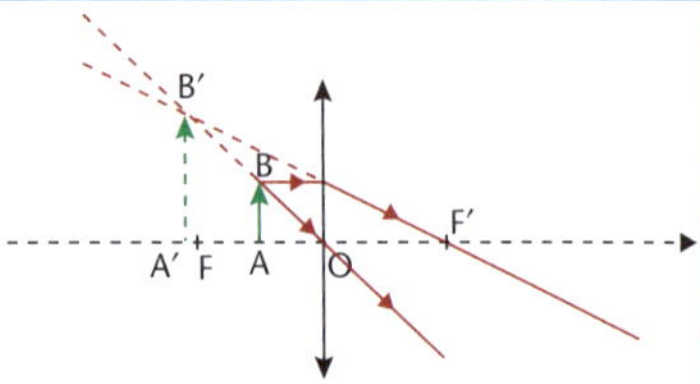
Réel, $\overline{OA} = -f'$	Image à l'infini $\alpha = \dfrac{AB}{f'}$	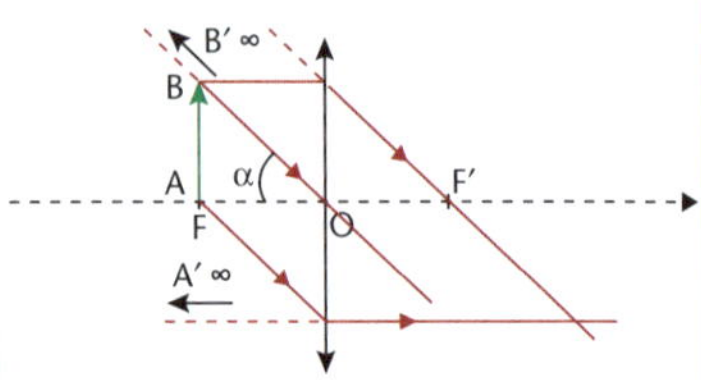

Observer à travers une loupe

Une loupe est assimilable à une lentille mince convergente de vergence égale à 10 δ. Le centre optique de la lentille est notée O et les foyers F et F′. On souhaite observer à travers une loupe un objet AB sur une feuille que l'on voudrait voir trois fois plus grand.

1. Déterminer la distance focale de la lentille.

2. À quelle distance de la feuille l'observateur doit-il placer la loupe ?

3. L'objet $\overline{AB}$ a pour dimension 0,5 cm, compléter alors le schéma de cette observation à travers une loupe (les échelles horizontale et verticale ne sont pas identiques).

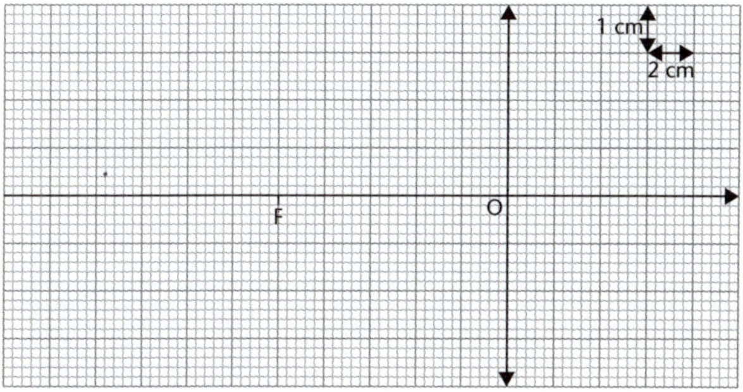

Avant de commencer

▶ La vergence d'une lentille est l'inverse

Détermination de la distance focale de la lentille

À partir de l'expression de la vergence, nous obtenons :

$$C = \frac{1}{\overline{OF'}} \quad \overline{OF'} = \frac{1}{C}$$

L'application numérique donne :

$$\overline{OF'} = \frac{1}{10} = 0{,}10 \text{ m}$$

Avant de commencer

▶ Les relations du grandissement et de conjugaison des lentilles sont nécessaires pour trouver la distance $\overline{OA}$.

Détermination de la distance entre la loupe et la feuille

En utilisant la relation de conjugaison, nous obtenons :

$$\gamma = \frac{\overline{OA'}}{\overline{OA}} = 3 \ \overline{OA'} = 3.\overline{OA}$$

On remplace cette expression dans la relation de conjugaison des lentilles :

$$\frac{1}{\overline{OA'}} - \frac{1}{\overline{OA}} = \frac{1}{\overline{OF'}} \quad \frac{1}{3.\overline{OA}} - \frac{1}{\overline{OA}} = \frac{1}{\overline{OF'}}$$

$$-\frac{2}{3\overline{OA}} = \frac{1}{\overline{OF'}} \quad \overline{OA} = -\frac{2}{3}\overline{OF'}$$

L'application numérique nous donne $\overline{OA} = -6{,}7$ cm.

Avant de commencer

▶ Le rayon passant par le centre optique n'est pas dévié par la lentille.

▶ Le rayon passant par le foyer objet ressort parallèle à l'axe optique après traversée de la lentille.

Tracés des rayons lumineux

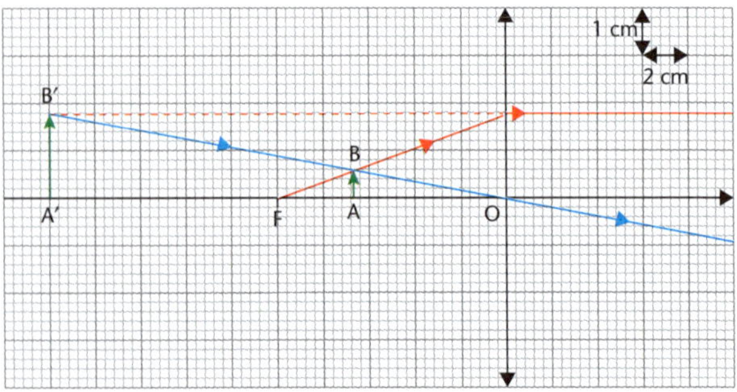

Synthèse additive et soustractive

FICHE 48

Avec trois couleurs bien choisies, on peut réaliser une infinité de couleurs. La superposition de lumières colorées ne conduit pas au même résultat que la superposition de filtres colorés.

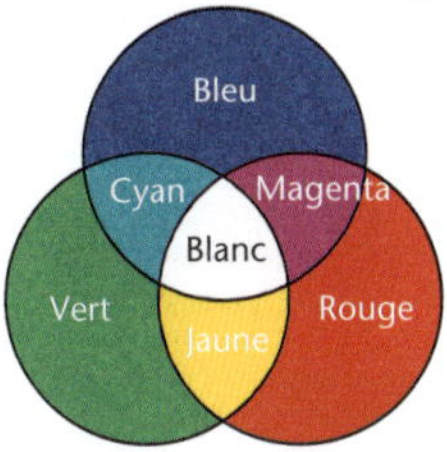

Synthèse additive par superposition de lumières colorées

I Synthèse additive

- Pour réaliser une synthèse additive, on superpose plusieurs faisceaux de lumière colorée.
- La superposition des lumières colorées rouge, verte et bleue donne une infinité de possibilité de couleurs.
- Lorsque les lumières colorées rouge, vert et bleu sont de **même intensité**, on obtient une **lumière blanche** sur l'écran.

> Les écrans que nous côtoyons au quotidien fonctionnent sur ce principe : on met côte à côte de manière resserrée 3 pixels de couleurs rouge, vert et bleu. Avec une vision lointaine, on obtient une synthèse additive.

- Lors d'une synthèse additive, rouge, vert et bleu sont les couleurs primaires, magenta, jaune et cyan sont les couleurs secondaires.
- Deux couleurs sont dites complémentaires si leur synthèse additive donne du blanc.

II Synthèse soustractive

- Pour réaliser une synthèse soustractive, on superpose plusieurs filtres colorés.
- La superposition des filtres colorés jaune, cyan et magenta absorbe complètement la lumière. On obtient du noir sur l'écran.
- Le **noir** correspond donc à une **absence de lumière**.

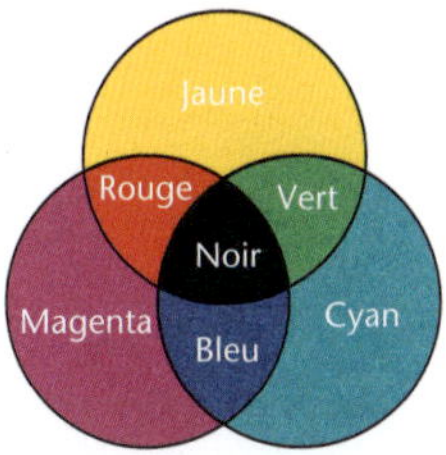

Synthèse soustractive par superposition de filtres colorés

- Lors d'une synthèse soustractive, jaune, cyan et magenta sont les couleurs primaires, vert, rouge et bleu sont les couleurs secondaires.

• Deux couleurs sont dites complémentaires si leur synthèse soustractive donne du noir.

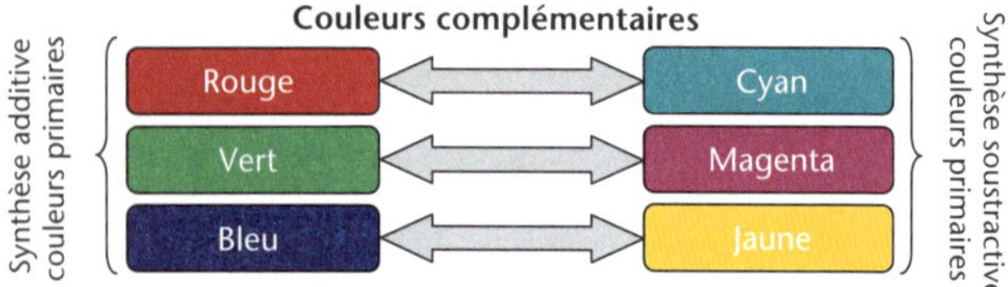

Couleurs complémentaires et primaires pour les synthèses additives et soustractives

III Couleurs des objets

• Dans notre œil, il existe **trois types de cônes** sensibles à trois couleurs spectrales différentes : rouge, vert et bleu (couleurs primaires de la synthèse additive) : la perception humaine utilise la trichromie.

• La couleur jaune, par exemple, correspond à l'excitation des cônes verts et rouges.

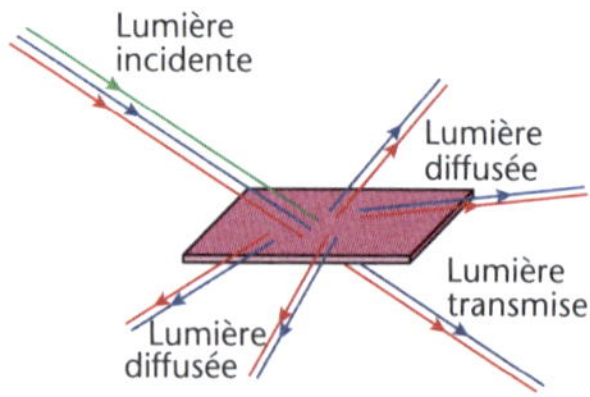

Filtre magenta : absorption et diffusion des lumières rouge et bleu et absorption de la radiation verte

• Lorsqu'un objet opaque est éclairé, une partie de la lumière est absorbée et une autre partie est diffusée.

• On retrouve les mêmes phénomènes pour les objets transparents (**absorption et diffusion**) mais une partie de la lumière est **transmise**.

• En raisonnant en trichromie (rouge, vert, bleu), les feuilles des arbres sont vertes car les feuilles absorbent les radiations rouges et bleues mais diffusent la radiation verte.

Domaines des ondes électromagnétiques

FICHE 49

Les ondes électromagnétiques sont des ondes qui peuvent se propager dans le vide, elles couvrent un large domaine de fréquence, leurs applications sont très variées.

I Le spectre électromagnétique

• Le **spectre électromagnétique est composé d'une infinité de radiations** pouvant prendre toutes les longueurs d'ondes et fréquences possibles.

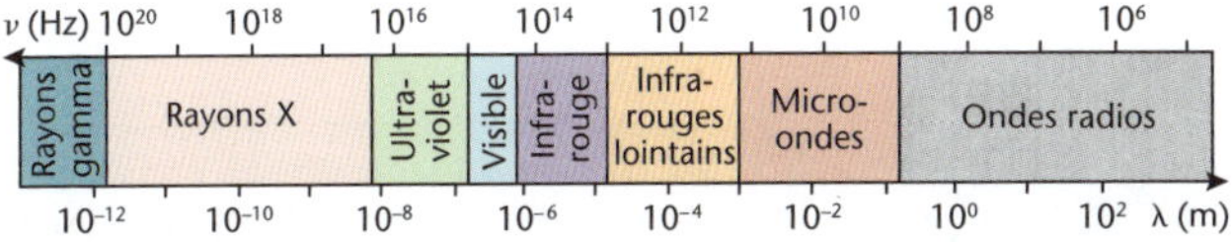

Spectre des domaines des rayonnements électromagnétiques

• La **lumière visible (400 nm < λ < 800 nm)** ne constitue qu'un cas particulier des ondes électromagnétiques et ne représente qu'une infime partie de ce spectre.

• La relation liant la longueur d'onde et la fréquence reste valable pour les ondes électromagnétiques :

$$\lambda = \frac{c}{f} = c \cdot T$$

T : période de l'onde électromagnétique en s
f : fréquence de l'onde en Hz
c : célérité de la lumière dans le vide,
$c = 3{,}00 \times 10^8$ m.s^{-1}
λ : longueur d'onde en m

• Contrairement au son (20 Hz < f < 20 kHz), les domaines de fréquence de la lumière visible sont beaucoup plus élevées : $f \approx 5 \times 10^{14}$ Hz

• Une source monochromatique n'émet qu'une seule longueur d'onde, alors qu'une source polychromatique émet plusieurs longueurs d'onde.

Types de source	Caractéristiques	Spectre
Lampe à incandescence	Spectre continu Source d'origine thermique	
Lampe basse consommation	Spectre de raies d'émission Source spectrale	
Laser	Source monochromatique d'origine spectrale	

II Utilisation des ondes électromagnétiques dans divers domaines

- Selon la fréquence ou la longueur d'onde utilisée, l'application du rayonnement électromagnétique sera différente :

Rayonnement	Utilisation et production par l'Homme	Ordre de grandeur de la longueur d'onde
Ondes radio	Télécommunication	$1 - 10^{2}$ m
Micro-ondes	Réchauffement des plats	10^{-2} m
Infrarouge	Maintenir les plats chauds	10^{-4} m – 10^{-6} m
Ultraviolets	Rendre potable l'eau	10^{-7} m – 10^{-8} m
Rayons X	Radiothérapie – radios du corps humain	10^{-7} m – 10^{-8} m
Rayons γ	Imagerie médicale	$< 10^{-12}$ m

- La longueur d'onde du rayonnement électromagnétique a le même ordre de grandeur que l'objet :
– le wifi utilise des fréquences de 2,4 GHz, la longueur d'onde est de 12 cm. Les antennes utilisées ont des dimensions de l'ordre du cm ;
– la longueur d'onde des rayons X ($\lambda \approx 10^{-10}$ m) correspond aux dimensions de l'atome. Les rayons X se diffractent dans un réseau cristallin ;
– les rayons gammas peuvent provoquer des réactions nucléaires : la longueur d'onde utilisée est dans ce cas du même ordre de grandeur que celle du noyau (10^{-15} m).

Les **micro-ondes** portent mal leur nom puisque ce sont des ondes de l'ordre du cm.

- L'énergie d'un rayonnement électromagnétique augmente si la longueur d'onde diminue (→ *voir fiche 49*).

Modèle particulaire de la lumière et quantification des atomes

FICHE 50

La lumière peut être modélisée par un rayonnement mais aussi par une particule : le photon. L'interaction entre les photons et les électrons d'un élément chimique permettent d'expliquer les spectres de raies.

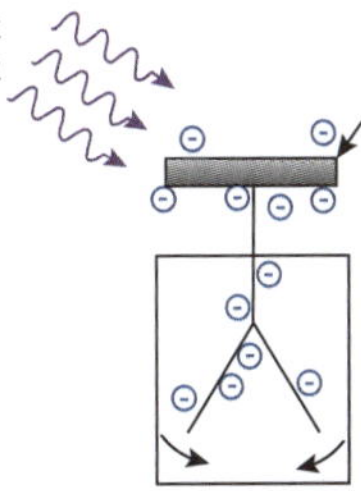

Effet photoélectrique : l'électroscope se décharge lorsque la plaque est exposée à une lumière ultraviolette.

1 Modèle particulaire de la lumière : le photon

• Une **onde lumineuse peut éjecter des électrons** d'une plaque métallique : c'est **l'effet photoélectrique**.

• Pour interpréter **l'interaction de la lumière avec la matière**, Einstein invente un nouveau **modèle** dans lequel la lumière se comporte comme une particule que l'on appelle « **photon** ».

• Le photon possède une masse nulle et ne possède pas de charge électrique.

• Chaque photon transporte une énergie :

$$E = h\nu = h\frac{c}{\lambda}$$

E : énergie du photon en J
ν : fréquence du rayonnement en Hz
c : célérité de la lumière dans le vide, $c = 3{,}00 \times 10^{8}$ m.s^{-1}
λ : longueur d'onde en m
h : constante de Planck, $h = 6{,}626 \times 10^{-34}$ J.s

• À l'échelle atomique, on utilise souvent comme unité d'énergie pour le photon l'électron-volt (eV) : 1 eV = $1{,}6 \times 10^{-19}$ J.

II Quantification de l'énergie d'un atome

- Chaque couche correspond à un niveau d'énergie particulier : l'énergie des électrons est quantifiée.
- **Les énergies des électrons sont négatives car ils sont liés à l'atome** : il faut apporter de l'énergie pour les exciter ou les libérer de l'atome.
- Le niveau énergétique le plus bas est l'état fondamental, les autres niveaux sont des états excités.

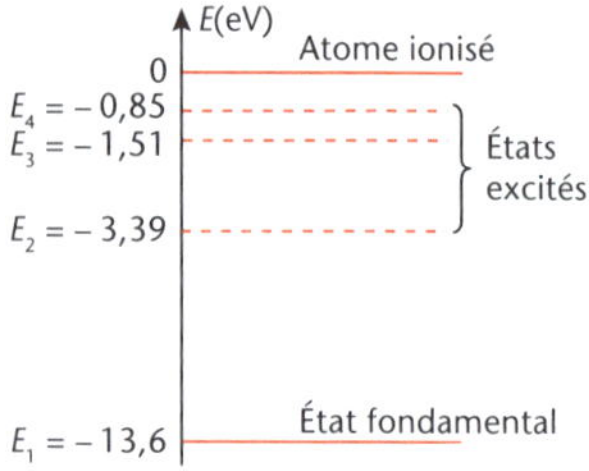

Niveaux énergétiques de l'atome d'hydrogène

- **L'atome est ionisé lorsque l'électron atteint une énergie nulle.** La distance entre le noyau et l'électron est considéré comme étant infinie.

III Émission et absorption des photons

- Un électron peut acquérir ou perdre de l'énergie par rayonnement : un photon peut être absorbé ou émis :

$$|E_n - E_m| = h\nu_{n-m} = h\,\frac{c}{\lambda_{n-m}}$$

E_n et E_m : niveau d'énergie des niveaux n et m en J
ν_{n-m} : fréquence du photon émis ou absorbé en Hz
c : célérité de la lumière dans le vide, $c = 3{,}00 \times 10^8$ m.s^{-1}
λ_{n-m} : longueur d'onde en m
h : constante de Planck
$h = 6{,}626 \times 10^{-34}$ J.s

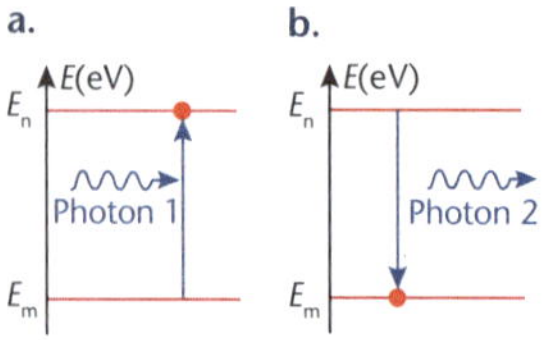

Cas a : Le photon 1 d'énergie appropriée est absorbé, l'électron passe à un niveau d'énergie supérieure.
Cas b : désexcitation de l'électron qui passe au niveau E_m, le photon 2 d'énergie $E_n - E_m$ est émis.

- Ces interactions lumière-matière permettent d'interpréter les spectres de raies d'émission et d'absorption : elles correspondent aux transitions énergétiques des électrons de l'atome étudié.

BILAN

Images et couleurs de la lumière : modèles ondulatoire et particulaire

FICHE 51

QUIZ-Mémorisation active

Questions	Indices	Réponses
Donnez la définition d'une lentille mince.	Une grandeur est négligeable pour que la lentille soit convergente.	Une lentille est qualifiée de mince si son épaisseur est négligeable devant les rayons de courbure des deux calottes sphériques.
Donnez la relation de conjugaison d'une lentille.	Les grandeurs dans cette relation sont algébriques.	$\frac{1}{\overline{OA'}} - \frac{1}{\overline{OA}} = \frac{1}{\overline{OF'}}$ $\overline{OA}$: distance algébrique entre l'objet et le centre optique (en m) $\overline{OA'}$: distance algébrique entre l'image et le centre optique (en m) $\overline{OF'}$: distance focale de la lentille convergente (en m)
En raisonnant en trichromie, quelles est (sont) la (les) couleur(s) diffusée(s) par un objet vert ? Même question pour la (les) couleur(s) diffusée(s).	Un objet absorbe toujours sa couleur complémentaire.	Un objet vert diffuse le vert et absorbe le rouge et le bleu (magenta).
Comment déterminer l'énergie d'un photon ?	Cette relation fait intervenir la constante de Planck.	$E = h\nu = h\frac{c}{\lambda}$ E : énergie en J ν : fréquence en Hz $c = 3{,}00 \times 10^{8}\ m.s^{-1}$ λ : longueur d'onde en m h : constante de Planck
Pourquoi l'énergie des électrons dans un atome est négative ?	Un état ionisé (électron porté à l'infini) correspond à une énergie nulle.	Le signe – a une signification physique : les électrons sont liés à l'atome.

SCHÉMA-BILAN

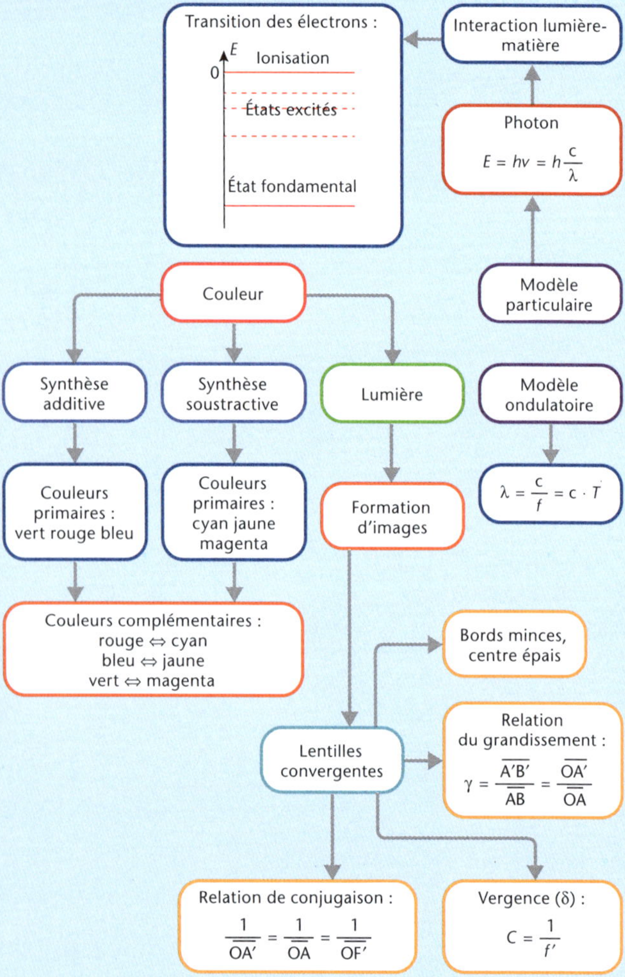

Annexes

1. Incertitudes d'une mesure

I Cas d'une série de *n* mesures : incertitudes de type A

• Pour déterminer les performances d'un appareil de mesure, on peut mesurer plusieurs fois la même résistance. Sur un histogramme, la fréquence de chaque mesure est reportée.

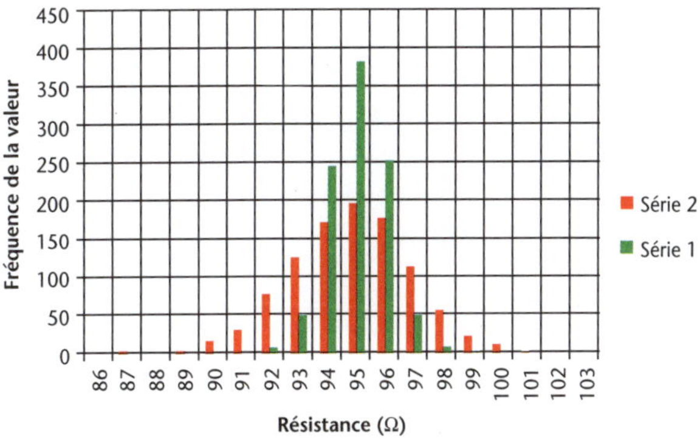

• La dispersion des valeurs traduit la précision de l'appareil utilisé. Dans notre cas, l'appareil employé pour la série 1 est plus précis que celui de la série 2.

• Pour avoir accès à l'incertitude-type d'un appareil, on peut mesurer l'écart-type σ d'une valeur g_i :

$$\sigma = \sqrt{\frac{\sum (g_i - \bar{g})^2}{n-1}}$$

$\bar{g}$: grandeur moyenne des valeurs g_i
n : nombre de grandeurs g mesurées
σ : écart-type

L'écart-type permet d'évaluer l'incertitude-type :

$$u(G) = \frac{\sigma}{\sqrt{n}}$$

u(G) : incertitude-type grandeur moyenne des valeurs g_i
n : nombre de grandeurs g mesurées
σ : écart-type

Plus le nombre n de mesures indépendantes est grand et plus l'incertitude-type est petite.
L'incertitude élargie se détermine selon la méthode de Student : $U(G) = t_{95\,\%}.u(G)$ $U(G) = t_{99\,\%}.u(G)$ avec $t_{95\,\%}$ $t_{99\,\%}$ facteur d'élargissement qui dépend du nombre de mesures et du niveau de confiance choisi :

n	2	3	4	5	6	7	8	9	10
$t_{95\%}$	12,7	4,3	3,18	2,78	2,57	2,45	2,37	2,31	2,26
$t_{99\%}$	63,7	9,93	5,84	4,6	4,03	3,71	3,5	3,36	3,2
n	12	14	16	18	20	30	50	100	∞
$t_{95\%}$	2,2	2,16	2,13	2,11	2,09	2,04	2,01	1,98	1,96
$t_{99\%}$	3,11	3,01	2,95	2,9	2,86	2,76	2,68	2,63	2,57

II Cas d'une mesure unique : incertitudes de type B

$G = G_1 . G_2$ ou $G = \frac{G_1}{G_2}$. L'incertitude $U(G)$ est donnée par :

$$\frac{U(G)}{G} = \sqrt{\left(\frac{U(G_1)}{G_1}\right)^2 + \left(\frac{U(G_2)}{G_2}\right)^2}$$

On parle parfois de somme quadratique des incertitudes relatives pour ce type de calcul.

III Écriture d'un résultat

Le résultat d'une mesure s'écrit $g \pm U(G)$ ou G appartient à l'intervalle $[g - U(G)\,;\, g + U(G)]$

Par convention, l'incertitude sera arrondie à la valeur supérieure avec au plus deux chiffres significatifs et les derniers chiffres significatifs conservés pour la valeur mesurée g sont ceux sur lesquels porte l'incertitude $U(G)$.

2. Grandeurs et unités

Grandeur	Unité
Absorbance (*A*)	Sans unité
Avancement (*x*)	mol
Capacité thermique massique (*c*)	$J.kg^{-1}.K^{-1}$
Champ de pesanteur (*g*)	$N.kg^{-1}$ ou $m.s^{-2}$
Champ électrostatique (*E*)	$V.m^{-1}$
Charge électrique (*q*)	coulomb : C
Concentration en masse (t ou C_m)	$kg.m^{-3}$ ou $g.L^{-1}$ $1\ kg.m^{-3} = 1\ g.L^{-1}$
Concentration en quantité de matière (*C*)	$mol.m^{-3}$ ou $mol.L^{-1}$ $1\ mol.m^{-3} = 10^3\ mol.L^{-1}$
Densité (*d*)	Sans unité
Énergie (*E*)	joule : J
Force (*F*)	newton : N
Fréquence (*f* ou ν)	hertz : Hz
Intensité électrique (*I*)	ampère : A

Grandeur	Unité
Longueur (*L*)	mètre : m
Largeur (*l*)	mètre : m
Masse (*m*)	kilogramme : kg
Masse molaire (*M*)	$g.mol^{-1}$
Masse volumique (ρ ou μ)	$kg.m^{-3}$ ou $g.mL^{-1}$ $10^3\ kg.m^{-3} = 1\ g.mL^{-1}$
Période (*T*)	seconde : s
Pression (*P*)	pascal : Pa
Puissance (*P*)	watt : W
Quantité de matière (*n*)	mole : mol
Résistance (*R*)	ohm : Ω
Surface (*S*)	m^2
Température (*T* ou θ)	θ en °C et *T* en K $T = \theta + 273$
Temps (*t*)	seconde : s
Tension électrique (*U*)	volt : V
Vitesse (*v*)	$m.s^{-1}$
Volume (*V*)	m^3

3. Tables de spectroscopie infrarouge

Liaison	-O-H	—NH	=CH	—CH—	C_{ald}-H (2 bandes)
σ en cm^{-1}	3 200 à 3 650	3 100 à 3 500	3 000 à 3 100	2 800 à 3 000	2 750 à 2 900
Liaison	>C=O	>C=C<	—CH—	—C—C—	—C—O
σ en cm^{-1}	1 650 à 1 750	1 625 à 1 685	1 415 à 1 470	1 000 à 1 250	1 050 à 1 450

4. Extrait de la classification périodique

Masse atomique (g·mol⁻¹) — Numéro atomique — Nom — Symbole — Électronégativité : Magnésium
24,3
Mg
12
1,2

Ca : Solide — Br : Liquide — H : Gaz — Pu : Préparé par synthèse

	1	2	3	4	5	6	7	8	9	10	11	12	13	14	15	16	17	18
1	Hydrogène 1,0 H 1 2,2																	Hélium 4,0 He 2
2	Lithium 6,9 Li 3 1,0	Béryllium 9,0 Be 4 1,5											Bore 10,8 B 5 2,0	Carbone 12,0 C 6 2,5	Azote 14,0 N 7 3,0	Oxygène 16,0 O 8 3,5	Fluor 19,0 F 9 4,0	Néon 20,2 Ne 10
3	Sodium 23,0 Na 11 0,9	Magnésium 24,3 Mg 12 1,2											Aluminium 27,0 Al 13 1,5	Silicium 28,1 Si 14 1,8	Phosphore 31,0 P 15 2,1	Soufre 32,1 S 16 2,5	Chlore 35,5 Cl 17 3,2	Argon 39,9 Ar 18
4	Potassium 39,1 K 19 0,8	Calcium 40,1 Ca 20 1,0	Scandium 45,0 Sc 21 1,3	Titane 47,9 Ti 22 1,5	Vanadium 50,9 V 23 1,6	Chrome 52,0 Cr 24 1,6	Manganèse 54,9 Mn 25 1,5	Fer 55,8 Fe 26 1,8	Cobalt 58,9 Co 27 1,8	Nickel 58,7 Ni 28 1,8	Cuivre 63,5 Cu 29 1,9	Zinc 65,4 Zn 30 1,6	Gallium 69,7 Ga 31 1,6	Germanium 72,6 Ge 32 1,8	Arsenic 74,9 As 33 2,0	Sélénium 79,0 Se 34 2,4	Brome 79,9 Br 35 2,8	Krypton 83,8 Kr 36
5	Rubidium 85,5 Rb 37 0,8	Strontium 87,6 Sr 38 1,0	Yttrium 88,9 Y 39 1,3	Zirconium 91,2 Zr 40 1,4	Niobium 92,9 Nb 41 1,6	Molybdène 95,9 Mo 42 1,8	Technétium 98 Tc 43 1,9	Ruthénium 101,1 Ru 44 2,2	Rhodium 102,9 Rh 45 2,2	Palladium 106,4 Pd 46 2,2	Argent 107,9 Ag 47 1,9	Cadmium 112,4 Cd 48 1,7	Indium 114,8 In 49 1,7	Étain 118,7 Sn 50 1,8	Antimoine 121,8 Sb 51 1,9	Tellure 127,6 Te 52 2,1	Iode 126,9 I 53 2,5	Xénon 131,3 Xe 54
6	Césium 132,9 Cs 55 0,7	Baryum 137,3 Ba 56 0,9	Lanthane 138,9 La 57 1,1	Hafnium 178,5 Hf 72 1,3	Tantale 180,9 Ta 22 1,5	Tungstène 183,9 W 74 1,7	Rhénium 186,2 Re 75 1,9	Osmium 190,2 Os 76 2,2	Iridium 192,2 Ir 77 2,2	Platine 195,1 Pt 78 2,2	Or 197,0 Au 79 2,4	Mercure 200,6 Hg 80 1,9	Thallium 204,4 Tl 81 1,8	Plomb 207,2 Pb 82 1,8	Bismuth 209,0 Bi 83 1,9	Polonium 210 Po 84 2,0	Astate 210 At 85 2,2	Radon 222 Rn 86

Enjeux contemporains de la planète

Corps humain et santé

ANNEXE

Matériel génétique au cours du cycle cellulaire

FICHE 1

Chez les cellules eucaryotes, l'information génétique est contenue dans le noyau sous forme de **chromosomes** constitués d'**ADN**. Au cours du cycle cellulaire*, l'aspect des chromosomes et la quantité d'ADN varient. On distingue alors deux grandes phases : l'**interphase** et la **phase M** (division cellulaire).

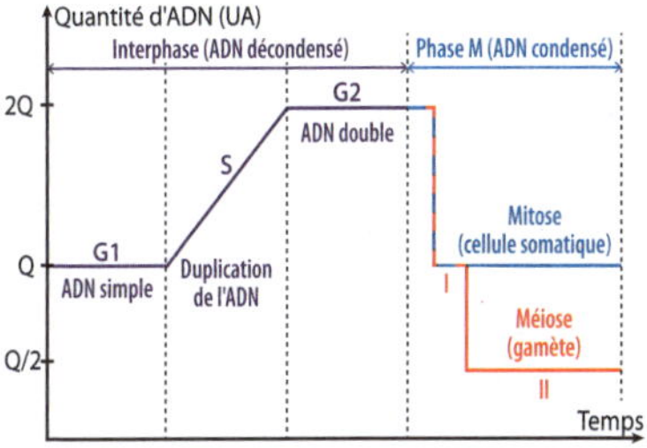

Schéma du cycle cellulaire

Cycle cellulaire : désigne l'ensemble des étapes de la vie d'une cellule.

I Aspect du matériel génétique au cours du cycle cellulaire

- Au cours de l'interphase, une molécule d'ADN présente la forme d'un **filament** de plusieurs millimètres de long. Dans une cellule humaine, l'ensemble de ces filaments, qui mesurent bout à bout environ 2 mètres, est appelé la **chromatine**.

Les chromosomes sont des structures constantes de la cellule. En interphase, on parle de chromosomes interphasiques, au cours de la mitose*, de chromosomes mitotiques, etc.

- Au début de la division cellulaire, les filaments d'ADN s'enroulent sur eux-mêmes grâce à des protéines (les histones) : ils se condensent. Les molécules condensées sont alors beaucoup plus courtes et mesurent seulement quelques micromètres de long.

- Le degré de condensation de l'ADN joue un rôle important. En effet, la **condensation** de l'ADN **facilite la séparation** du matériel génétique au cours de la division cellulaire tandis que sa **décondensation facilite sa copie** au cours de l'interphase.

* Tous les termes suivis d'un astérisque sont définis dans le lexique p. 335.

II Augmentation de la quantité d'ADN

• Au cours de l'interphase, la quantité d'ADN double. On distingue trois étapes :
– en G1, chaque chromosome est constitué d'une **seule molécule d'ADN** ;
– en S (phase de synthèse), chaque molécule est copiée : on parle de duplication de l'ADN ;
– en G2, chaque chromosome est constitué de **2 molécules d'ADN identiques**.

• La duplication de l'ADN a lieu avant chaque division cellulaire si bien qu'au début de la phase M (prophase), tous les chromosomes contiennent leur information génétique en deux exemplaires. Les chromosomes possèdent 2 « bras » identiques, 2 chromatides* formées chacune d'une molécule d'ADN condensée.

III Réduction de la quantité d'ADN

• Au cours de la phase M, la quantité d'ADN dans une cellule diminue : elle est répartie entre les cellules filles qui se forment. On distingue deux types de division cellulaire :
– la **mitose** : division cellulaire la plus courante, elle a lieu dans toutes les cellules **somatiques** du corps (cellules non reproductrices). Elle permet de produire à partir d'une cellule dite « mère », deux cellules « filles » identiques qui héritent chacune d'une copie intégrale de l'information génétique ;

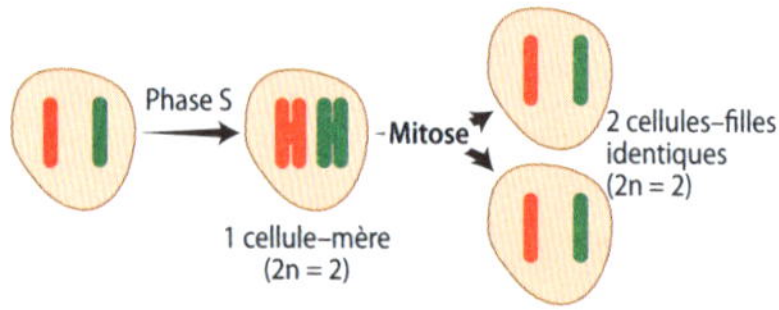

Schéma de la mitose

– la **méiose*** : division cellulaire qui a lieu uniquement dans les cellules germinales (cellules reproductrices). Elle permet de former, à partir d'une cellule-mère, 4 gamètes (spermatozoïdes ou ovules) qui hériteront de la moitié de l'**information génétique**.

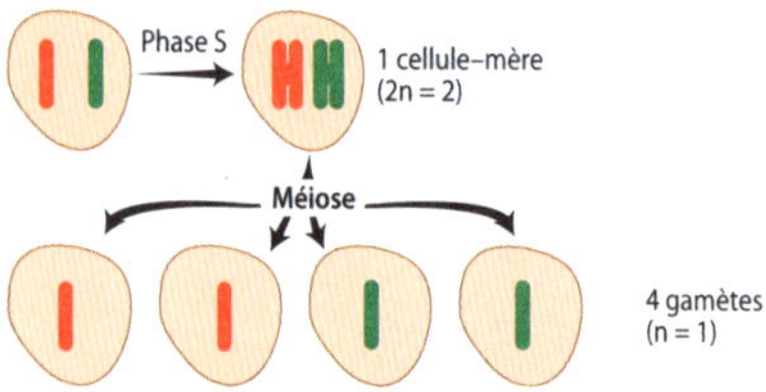

Schéma de la méiose

L'expérience de Meselson et Stahl

FICHE 2

Avant toute division cellulaire a lieu une phase de **réplication de l'ADN** (lors de la **phase S**), qui permet de créer une **copie supplémentaire** de l'information génétique : la quantité d'ADN est **doublée**. Le mode de duplication de l'ADN a été démontré pour la première fois en 1958 par l'expérience de Meselson et Stahl.

I Ce que l'on sait de l'ADN au XXe siècle

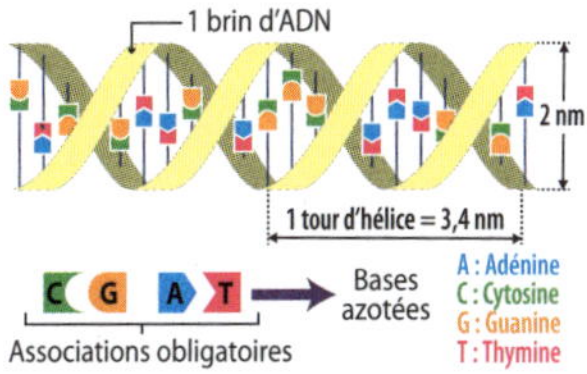

• Dans la première moitié du XXe siècle, plusieurs études ont permis de confirmer que l'ADN est le support l'information génétique.

• En 1950, Erwin Chargaff détermine que c'est la **séquence de nucléotides** (A, T, C, G) qui code l'information génétique.

• En 1951, Rosalind Franklin obtient les premières photographies de l'ADN aux rayons X.

• En 1954, James Watson et Francis Crick décrivent la molécule d'ADN comme une **double hélice** constituée de **deux brins complémentaires**. L'adénine d'un brin s'associe avec la thymine de l'autre brin et inversement, la cytosine d'un brin s'associe avec la guanine sur l'autre brin.

II Les hypothèses de Meselson et Stahl

• En 1958, Meselson et Stahl imaginent qu'au moment de la réplication, les deux brins de la molécule d'ADN se séparent et servent **de matrice** (support) pour former un **nouveau brin d'ADN**. Ils imaginent alors plusieurs modes de réplications.
– Le **modèle conservatif** : la molécule d'ADN initiale, dite **matrice**, sert de support pour former une nouvelle molécule d'ADN néoformé. Après la phase S, un chromosome possèdera donc **1 chromatide* formée d'ADN matrice**, et **une chromatide totalement néoformée**. Les cellules-filles formées au cours de la mitose* hériteront ainsi soit de la chromatide néoformée, soit de la chromatide matrice.
– Le **modèle semi-conservatif** : les **deux brins matrice se séparent** et permettent la formation par complémentarité de 2 brins. Après la phase S, un chromosome possédera donc **2 chromatides hybrides**

formées toutes deux de **1 brin néoformé et 1 brin matrice**. Les cellules formées au cours de la mitose hériteront ainsi d'une chromatide hybride.

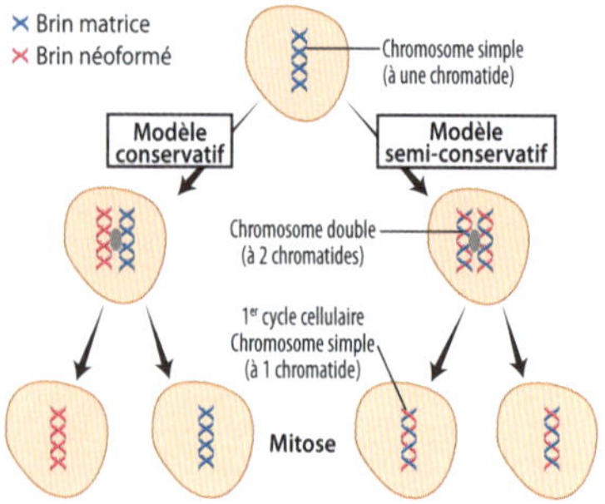

Les différentes hypothèses de Meselson et Stahl

III Principe et résultats de l'expérience

1. Un marquage de l'ADN

• Pour distinguer les brins d'ADN matrices des brins d'ADN néoformés, Meselson et Stahl ont eu l'idée de travailler avec différentes **formes de l'azote**, un atome qui entre dans la composition de l'ADN.

• Ils ont cultivé des bactéries pendant plusieurs générations sur un milieu qui ne contenait que de l'**azote lourd** (^{15}N). Puis, ils ont transféré pendant une génération ces bactéries sur un milieu contenant de l'**azote léger** (^{14}N).

• Grâce à ces conditions expérimentales, les deux chercheurs ont pu obtenir des bactéries dont les **brins d'ADN matrice** étaient constitués d'**azote lourd** et les **brins néoformés d'azote léger**.

2. Les résultats obtenus

• Selon leurs hypothèses, Meselson et Stahl s'attendaient à obtenir après la dernière mitose :
– soit 50 % de cellules à ADN lourd et 50 % de cellules à ADN léger, confirmant le mode de réplication **conservatif** de l'ADN ;
– soit 100 % de cellules à ADN hybride, de densité intermédiaire entre l'ADN léger et l'ADN lourd, confirmant le mode de réplication **semi-conservatif**.

• L'expérience de Meselson et Stahl a permis de confirmer le mode semi-conservatif de réplication de l'ADN.

La réplication semi-conservative de l'ADN

FICHE 3

Au cours de la phase S, les deux brins de la molécule se séparent et servent de matrice (support) pour former deux nouveaux brins complémentaires. L'ouverture de la double hélice ainsi que l'ajout de nucléotides fait intervenir de nombreuses protéines, notamment l'ADN polymérase.

I Les étapes de la réplication de l'ADN

- L'ADN polymérase est un **complexe enzymatique** (ensemble de protéines) capable de se fixer sur l'ADN.
- Cette fixation entraîne l'ouverture de la double hélice : localement, les deux brins se séparent et forment un **œil de réplication**. L'ADN polymérase constitue deux nouveaux brins d'ADN, à partir des nucléotides libres du noyau, par complémentarité avec les brins matrices (anciens brins).
- En absence d'erreur de l'ADN polymérase, ce mode de réplication conserve par complémentarité la séquence des nucléotides et préserve donc l'information génétique.

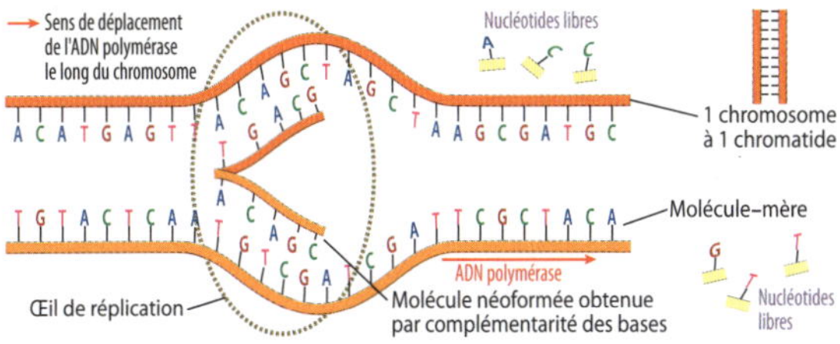

Schéma de la réplication semi-conservative

II La vitesse de la réplication de l'ADN

L'ADN polymérase se déplace le long de la molécule d'ADN et constitue de proche en proche les nouveaux brins d'ADN.

1. La réplication de l'ADN chez les bactéries

Chez la bactérie *Escherichia coli*, l'ADN polymérase est capable de synthétiser les deux brins néoformés à raison de 1 500 nucléotides ajoutés par seconde. La bactérie possède un unique chromosome circulaire contenant environ 4 millions de paires de nucléotides.

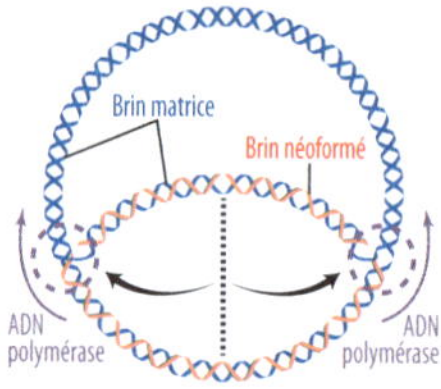

Réplication de l'ADN chez *Escherichia coli*

> **Exemple :** sachant que la réplication débute en un point et se fait **dans les deux directions à la fois**, combien de temps dure-t-elle ?
>
> 4 000 000/(1 5000 × 2) = 1 333 s = 22 minutes.

2. La réplication de l'ADN chez les eucaryotes

• Les eucaryotes possèdent souvent un génome* beaucoup plus grand que celui des bactéries. Par exemple, une cellule humaine possède 3 milliards de paires de nucléotides, répartis en 46 chromosomes.

> **Exemple :** en considérant que la réplication débute de manière simultanée pour les 46 chromosomes et sachant que l'ADN polymérase des mammifères ajoute 50 nucléotides par seconde, combien de jours faut-il pour dupliquer le génome humain ?
>
> 3 000 000 000/(46 × 50 × 60 × 60 × 24) > 15 jours.

• En réalité cette réplication dure entre 6 et 7 heures. Chez les eucaryotes, plusieurs yeux de réplication se forment simultanément sur un même chromosome, ce qui permet d'accélérer la vitesse de réplication de l'ADN.

III La PCR, une méthode de réplication de l'ADN

• La **PCR** (amplification en chaîne par polymérase), mise au point en **1985** par **Kary Mullis**, est une technique de laboratoire qui permet de **répliquer des séquences d'ADN** que l'on souhaite étudier.

• Chaque cycle de PCR permet de **doubler la quantité d'ADN** de l'échantillon et se déroule en plusieurs phases :
– l'échantillon est **chauffé** pour **séparer les brins matrices** de l'ADN ;
– l'échantillon est **refroidi** pour permettre la **synthèse de nouveaux brins** d'ADN par complémentarité aux brins matrices.

• Au cycle suivant, les brins néoformés d'ADN servent à leur tour de matrice pour former de nouveaux brins. Ainsi, à partir d'un **échantillon infime**, un chercheur peut obtenir rapidement une quantité importante d'ADN à moindre coût.

La mitose, une réplication conforme de la cellule

FICHE 4

La construction d'un nouvel individu débute au moment de la fécondation d'un ovule par un spermatozoïde, formant une cellule unique : le **zygote**. Suite à de très nombreuses **mitoses***, l'individu sera, à l'âge adulte, constitué de milliards de cellules, toutes équipées du même patrimoine génétique. La mitose est donc un mécanisme qui assure la stabilité de l'information génétique d'un individu en produisant des clones cellulaires.

I L'organisation de l'information génétique

- Le **caryotype*** désigne l'ensemble des chromosomes d'un individu. L'humain possède 46 chromosomes répartis en 23 paires. Dans une paire, un chromosome est d'**origine maternelle** et l'autre d'**origine paternelle**.

- Un **gène** est une séquence située sur un chromosome qui code pour un **caractère**, une information. L'ensemble des gènes est appelé le **génome***.

- Avant la mitose, l'information génétique de chaque chromosome a été **dupliquée**. Les chromosomes sont constitués de deux molécules d'ADN identiques : les **chromatides***.

- Au cours de la mitose, les deux cellules-filles hériteront d'une chromatide de chaque chromosome et ainsi de la même information génétique. Le caryotype des cellules-filles sera le même que celui de la cellule-mère.

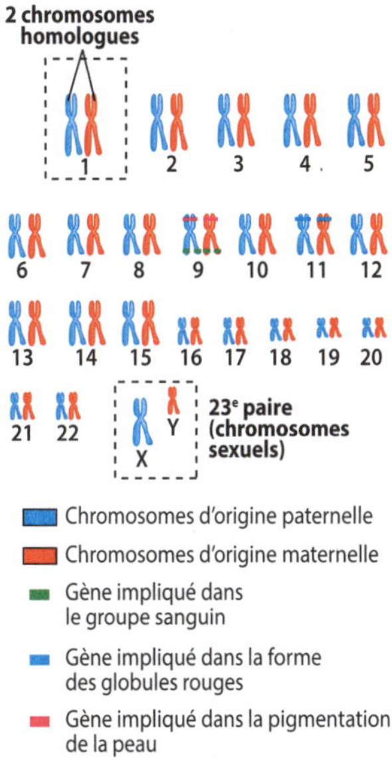

II Les étapes de la mitose

• La mitose est un mécanisme ordonné que l'on découpe par convention en 4 phases : la prophase, la métaphase, l'anaphase et la télophase.

Le centrosome est un ensemble de protéines. Il contrôle l'allongement ou le raccourcissement des fibres du fuseau mitotique, responsable du déplacement des chromosomes.

• La **prophase** constitue la première étape de la division cellulaire et fait suite à la duplication de l'ADN (→ *voir fiche 1*). Les chromosomes se **condensent**. Ils sont **doubles,** c'est-à-dire qu'ils possèdent tous **2 chromatides identiques** (deux copies de l'information génétique). L'enveloppe nucléaire disparaît. Les **centrosomes** se séparent et forment les futurs pôles du **fuseau mitotique**.

• Au cours de la **métaphase**, les chromosomes **migrent** vers le centre de la cellule, leurs déplacements étant guidés par l'ensemble de « câbles » constituant le **fuseau mitotique**. Ils s'alignent de sorte que leur **centromère** (point de jonction des deux chromatides) soit situé sur le plan **équatorial de la cellule**.

• À l'**anaphase**, sous la force exercée par les fibres du fuseau **mitotique**, les centromères se rompent. Les deux chromatides d'un même chromosome se trouvent alors séparées et migrent vers un **pôle opposé** de la cellule. Dans une cellule humaine, ce mécanisme a lieu simultanément dans les 46 chromosomes. Le fuseau mitotique provoque l'**allongement de la cellule** et l'éloignement des deux pôles.

• La mitose s'achève à la fin de la **télophase.** Les chromosomes, désormais constitués d'une seule chromatide, arrivent à un pôle de la cellule, ils se **décondensent**. Une **nouvelle membrane nucléaire** se forme autour des **deux lots de chromosomes**. Le cytoplasme se divise (**cytodiérèse**) et conduit à la formation de deux cellules-filles.

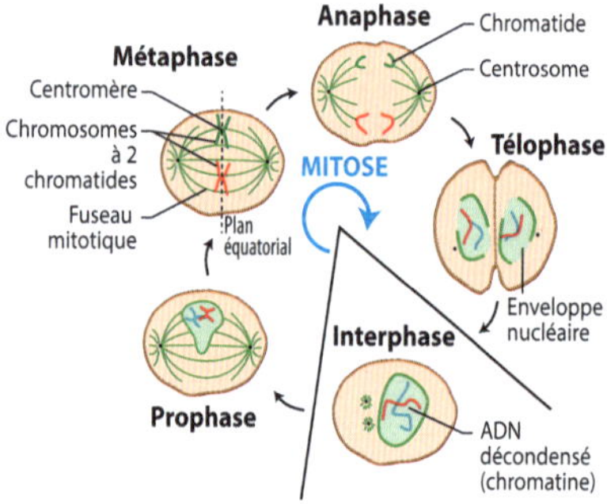

Les différentes étapes de la mitose

La méiose et la production de gamètes

FICHE 5

Dans une espèce, le **caryotype* est stable** au cours des générations. Cette stabilité est assurée par le couplage de deux mécanismes : la **méiose*** et la **fécondation**. La méiose permet de produire des gamètes (spermatozoïdes, ovules) qui ne possèdent que la moitié des chromosomes d'un individu. Cette division produit des cellules haploïdes* (à 23 chromosomes) à partir d'une cellule-mère diploïde* (à 46 chromosomes).

La formule chromosomique, ex. : 2n = 46, permet d'indiquer si une cellule est diploïde (2n = ...) ou haploïde (n = ...) ainsi que le nombre total de chromosomes (ici 46).

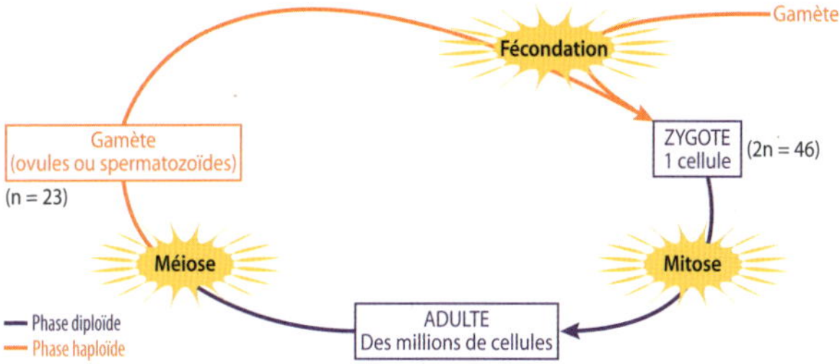

Schéma du cycle de développement

I Première division de la méiose : une division réductionnelle

- La méiose I est découpée en 4 phases.
- La **prophase I** a lieu après la **duplication de l'ADN**. Les chromosomes qui se **condensent** sont alors **doubles** et possèdent **2 chromatides* identiques**. L'enveloppe nucléaire disparaît. La cellule est à ce stade **diploïde** (de formule 2n).

Deux chromosomes sont homologues et constituent une paire lorsqu'ils portent les mêmes gènes (mais pas forcément les mêmes allèles*).

- Au cours de la **métaphase I**, les chromosomes migrent, guidés par les fibres du **fuseau méiotique** et se répartissent de part et d'autre du plan équatorial.
- À l'**anaphase I**, le **fuseau méiotique** sépare les paires de **chromosomes homologues** qui migrent vers un **pôle différent**

de la cellule. Chaque pôle de la cellule hérite d'un chromosome homologue de chaque paire.

- La méiose I s'achève par la **télophase I**. Une nouvelle **enveloppe nucléaire** se forme autour de deux lots de chromosomes. Le cytoplasme se divise (**cytodiérèse**) et forme deux cellules-filles. On observe un début de **décondensation** des chromosomes.

- Cette première division aboutit à la formation de 2 cellules filles haploïdes (n) possédant des chromosomes à 2 chromatides. Le nombre de chromosomes est réduit de moitié, on parle d'une **division réductionnelle**.

II Deuxième division de la méiose : une division équationnelle

- Les deux cellules issues de la télophase I subissent rapidement une deuxième division. Cette deuxième étape conduit donc à la formation de 2 × 2 = **4 cellules-filles**.

- La **prophase II** commence par la recondensation des chromosomes. À ce stade, ceux-ci possèdent **2 chromatides identiques**. L'enveloppe nucléaire disparaît. Grâce au fuseau méiotique, les chromosomes migrent vers le centre de la cellule.

- Pendant la **métaphase II**, les chromosomes s'alignent, leur centromère placé sur le **plan équatorial** de la cellule.

- À l'**anaphase II**, le fuseau méiotique sépare **les chromatides de chaque chromosome** qui migrent vers un des deux pôles de la cellule.

- Au moment de la **télophase II**, chaque pôle de la cellule a hérité d'une chromatide de chaque chromosome. Une nouvelle enveloppe nucléaire se forme autour de chaque lot de chromosomes. Le cytoplasme se divise (cytodiérèse).

- Cette division s'apparente à une mitose*. Ici, le nombre de chromosomes est conservé, on parle d'une **division équationnelle**.

- À la fin de la méiose, 4 cellules-filles haploïdes possédant des chromosomes à 1 chromatide sont formées.

Exercice commenté pas à pas

L'expérience de Taylor

Sujet : Montrer que les résultats de l'expérience de Taylor sont cohérents avec une réplication de l'ADN semi-conservative. Des schémas sont attendus.

En 1957, Taylor réalise l'expérience suivante : il cultive de jeunes plantes en croissance sur un milieu contenant de la thymine radioactive pendant un cycle cellulaire* puis sur un milieu non radioactif. Des racines sont prélevées après 1 ou 2 cycles cellulaires. Elles sont rincées puis traitées à la colchicine qui bloque la division cellulaire.
Les chromosomes des cellules racinaires des différents lots sont observés par autoradiographie, une technique qui permet de visualiser les éléments radioactifs (ils apparaissent sous forme de petits points noirs).

Résultats obtenus :

Après un cycle cellulaire sur un milieu radioactif

Après un cycle cellulaire sur un milieu radioactif suivi d'un cycle sur un milieu non radioactif

Avant de commencer

▶ Dans les deux photographies, où se localise la radioactivité ?

▶ La radioactivité affecte-t-elle tous les chromosomes de la même manière ?

Étape 1 : comprendre l'objectif de l'expérience

Ici, Taylor utilise de la thymine radioactive pendant le premier cycle cellulaire, puis de la thymine non radioactive. La radioactivité permettra donc de distinguer les brins d'ADN formés pendant le premier cycle cellulaire (ils seront radioactifs) tandis que les brins d'ADN formés pendant le deuxième cycle ne seront pas radioactifs.

Étape 2 : schématiser la réplication semi-conservative

Lors de la réplication, un brin d'ADN de la cellule-mère est conservé (brin matrice) et sert de modèle pour former un nouveau brin d'ADN (brin néoformé). D'après les conditions expérimentales, les brins néoformés lors du premier cycle cellulaire sont radioactifs tandis que les brins néoformés lors de la deuxième division sont non radioactifs.

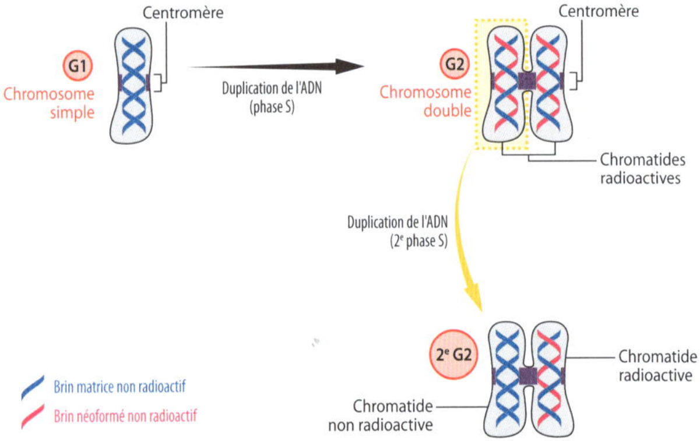

Aspect de l'ADN au cours des divisions cellulaires

Au début de la première mitose*, les chromosomes sont entièrement radioactifs puisque leurs deux chromatides* contiennent un brin néoformé radioactif. Au début de la deuxième mitose, les chromosomes ne possèdent plus qu'une seule chromatide contenant un brin d'ADN radioactif.

Les photographies sont cohérentes avec les résultats attendus : l'expérience de Taylor confirme bien que la réplication de l'ADN se fait selon un mode semi-conservatif.

BILAN

Les étapes de la méiose

FICHE 7

QUIZ-Mémorisation active

Questions	Réponses
Combien y a-t-il de chromosomes dans une cellule diploïde* ?	46 chromosomes (répartis en 23 paires, la cellule est diploïde).
En G2, quel est l'état du matériel génétique ? Est-il condensé/décondensé, simple/double ?	La cellule est en interphase, l'ADN est donc décondensé. La phase G2 succède à la phase de duplication : l'ADN est donc double.
À quelle étape de la mitose* ou de la méiose* se situe cette cellule ? 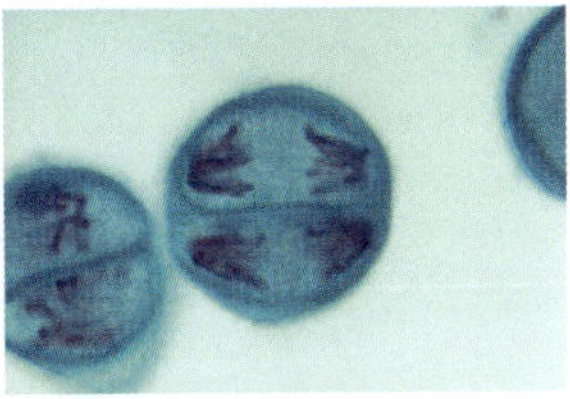	Cette cellule se situe à la fin de l'anaphase II de la méiose. On distingue en effet distinctement les 4 futures cellules-filles. La cytodiérèse n'a pas encore commencé.
À quelle étape de la mitose ou de la méiose se situe cette cellule ? 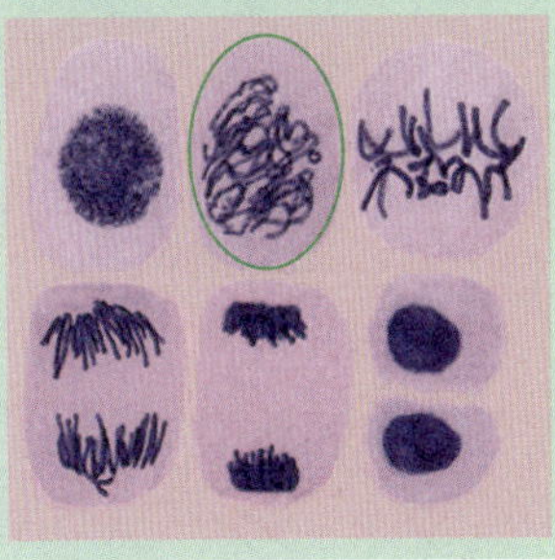	Cette cellule se situe à la prophase de la mitose. En effet, on distingue une seule cellule. Le matériel génétique est en cours de condensation.
On dispose d'une molécule d'ADN. On effectue 5 cinq cycles de PCR. À la fin, combien de molécules obtient-on ?	À chaque cycle, chacun des brins est dupliqué. La quantité d'ADN est donc doublée. Au bout de 5 cycles on obtient donc : $2^5 = 32$ molécules d'ADN.

SCHÉMA-BILAN

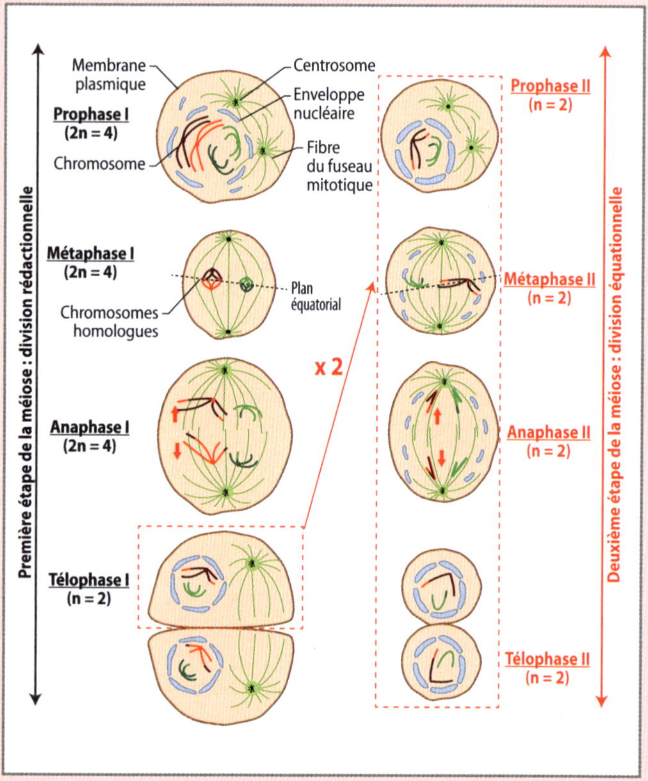

Origines et conséquences des mutations

FICHE 8

Au sein d'une espèce, tous les individus possèdent les **mêmes gènes** et donc se ressemblent. Pourtant, chaque individu est **unique** car il possède une combinaison d'allèles* qui lui est propre. Les mutations*, en créant de nouveaux allèles, sont donc source de diversité.

Le **génome*** désigne l'ensemble des **gènes** et le **génotype*** l'ensemble des **allèles**.

I L'origine des mutations

1. Des mutations spontanées

- Si la réplication de l'ADN est un mécanisme globalement très fiable, il peut arriver que l'**ADN polymérase fasse une erreur** lors de la synthèse d'un nouveau brin d'ADN. Elle peut mettre en place un mauvais nucléotide, en oublier, ou encore en ajouter. La séquence du brin d'ADN est alors modifiée : on dit qu'elle est **mutée**. Ces mutations restent toutefois rares et concernent 1 nucléotide sur 100 000.
- D'autres mutations peuvent apparaître en dehors de la réplication. Par exemple, il arrive que la **cytosine se dégrade** et se **transforme en uracile**.

2. Des agents mutagènes

Certaines substances chimiques (ex. : fumée de cigarette), des agents physiques (ex. : les UV) ou encore des virus (ex. : HPV) augmentent la fréquence d'apparition des mutations : on parle d'**agents mutagènes**.

Exemple : le PhénylThioCarbamide (PTC) est une substance amère que l'on retrouve dans le chou, les navets, les brocolis, le café, etc. Certaines personnes présentent une mutation qui les insensibilise au PTC.

II Les conséquences des mutations à l'échelle cellulaire

1. Une mutation bien souvent réparée

Il existe des **systèmes de réparation** des mutations : des **enzymes*** parcourent l'ADN à la recherche d'erreurs. Lorsqu'elles reconnaissent une séquence altérée, elles la **sectionnent** et l'ADN polymérase reforme un **fragment conforme**.

2. Si la mutation persiste

- Dans un gène, la séquence des nucléotides code pour la **production d'une protéine précise** et permet ainsi l'**expression de l'information génétique** (→ *voir fiche 13*).

- En altérant la séquence d'un gène, une mutation peut donc avoir des répercussions plus ou moins importantes sur la cellule :
– elle peut entraîner **la mort de la cellule** si le gène muté est indispensable à sa survie ;
– elle peut n'avoir **aucun effet** (en effet, le code génétique est redondant et différentes séquences de nucléotides peuvent aboutir à la production de la même protéine) ;
– elle peut conférer un **nouveau caractère à l'individu**. On appellera cette nouvelle séquence un **allèle**.

III Les conséquences des mutations à l'échelle de l'individu

- Si une mutation survient dans une **cellule somatique** (non reproductrice), elle sera transmise à tous les **clones** issus de cette cellule par division. L'apparition de mutations peut ainsi conduire au développement de **tumeurs cancéreuses**.

Chez les individus atteints de **xeroderma pigmentosum**, un des systèmes de réparation de l'ADN ne fonctionne pas. Ces indidivus développent souvent des cancers de la peau.

- Si une mutation survient dans une **cellule germinale** (ovule ou spermatozoïde), celle-ci pourra être transmise au descendant si elle impliquée dans la fécondation. Le descendant héritera de cette mutation qui sera présente dans **toutes ses cellules**. Si cet individu se reproduit à son tour, il transmettra lui aussi cette **mutation**.

IV Les mutations, un mécanisme à la base de la sélection naturelle

- Si **certaines mutations** peuvent être néfastes à l'individu et conduire à des **maladies génétiques** (ex. : la mucoviscidose), elles peuvent aussi procurer un **avantage** à celui qui en hérite (ex. : la tolérance au lactose).

- Les mutations, en créant aléatoirement de nouveaux allèles, génèrent de la diversité au sein des populations et sont donc à la base de la sélection naturelle et de l'évolution des espèces.

Étudier le génome pour reconstituer l'histoire humaine

FICHE 9

Le **génome*** est caractéristique d'une espèce. Si l'homme et le chimpanzé ont 99 % de gènes en commun, c'est que ces deux espèces se sont **séparées récemment**, il y a 6 à 7 millions d'années. L'étude du génome permet ainsi de révéler une partie de l'**histoire évolutive de l'espèce**.

I Déterminer la séquence du génome

1. Les débuts du séquençage

- En 1970, soit une vingtaine d'années seulement après la description de la structure de l'ADN par James Watson et Francis Crick, Frederick Sanger met au point la première **méthode de séquençage**. En 1977, ce biochimiste anglais décrit dans son intégralité le premier génome, celui du bactériophage ϕX174 (un virus).
- Débute alors une course au séquençage : en 1995, le premier génome bactérien est décrit, en 1996, celui d'un eucaryote, en 2003, le génome humain… Aujourd'hui, l'ADN de plus de 15 000 espèces a ainsi été séquencé.

2. La méthode de F. Sanger

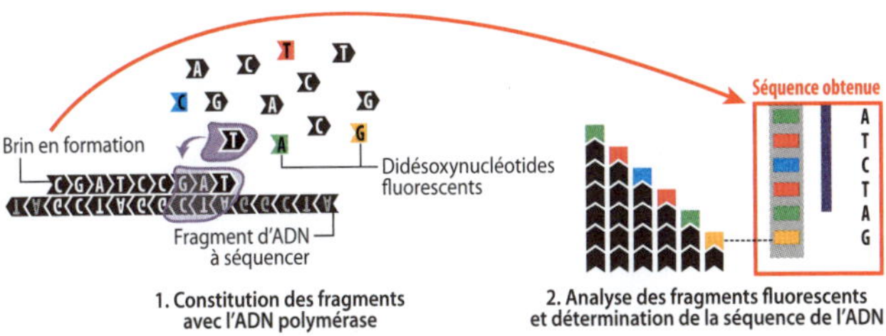

Le principe du séquençage de l'ADN

Cette technique débute par la **fragmentation** de la molécule d'ADN. Les deux brins sont ensuite **séparés** et mis en présence d'une **ADN polymérase**, de nucléotides et de **didésoxynucléotides** (des nucléotides fluorescents). L'ADN polymérase forme un nouveau brin par complémentarité. Lorsqu'elle insère un didésoxynucléotide, elle s'arrête. Les fragments obtenus, de taille variable, émettent une fluorescence caractéristique du dernier didésoxynucléotide incorporé (A vert, T rouge, G jaune et C bleu). Leur étude permet d'identifier la séquence de l'ADN étudié.

II L'étude du génome humain

Les allèles* d'un même gène se forment par mutation* d'une séquence initiale (séquence ancestrale). Ainsi, au fur et à mesure du temps, les mutations s'accumulent dans une population et la diversité allélique augmente. L'étude de cette diversité allélique permet ainsi de reconstituer une partie de l'histoire évolutive d'une espèce.

1. L'étude des génomes humains actuels

• Aujourd'hui, plus de 85 % des populations du nord-ouest de l'Europe peuvent digérer le lactose (sucre du lait) à l'âge adulte, grâce à une enzyme* : la lactase. En Asie, les deux tiers de la population en sont incapables : chez eux, la production de lactase cesse à partir de 2-3 ans. Ils sont intolérants au lactose.

• L'allèle déterminant la tolérance au lactose serait apparu il y a 75 000 ans en Europe, se répandant rapidement au sein de ces populations. Il aurait alors été sélectionné car il était avantageux. C'est un exemple, chez l'homme, de sélection naturelle.

2. L'étude des génomes fossiles

C'est en 2010 que l'Homme de Denisovia a été découvert, grâce à l'analyse ADN d'une phalange fossile datant entre 30 000 et 50 000 ans.

• Dans les années 2000, le génome de l'Homme de Néandertal a été en partie déterminé. Si cette espèce possède plus de 99 % de gènes en commun avec l'*Homo sapiens*, certains gènes, impliqués notamment dans la pigmentation de la peau, la mise en place du squelette et le développement cérébral, diffèrent. Ces différences génétiques ont permis d'estimer la séparation entre les deux espèces à environ un million d'années.

• L'analyse des génomes a permis de mettre en évidence des phénomènes d'hybridation entre l'homme moderne, l'homme de Néandertal et celui de Denisovia.

Exemple : les populations européennes et asiatiques possèdent dans leur génome 2 à 4 % de génome néandertalien et les Papous de Nouvelle-Guinée 5 % de génome denivosien.

De l'ADN à l'ARNm

FICHE 10

Dans une **cellule eucaryote**, les **protéines** sont produites dans le **cytoplasme** tandis que les **informations** nécessaires à leur synthèse (contenues dans l'ADN) se situent dans le **noyau**. L'expression de l'information génétique nécessite donc un **intermédiaire**, une molécule capable d'aller du noyau au cytoplasme : l'**ARN messager** (ARNm).

I Comparaison entre ARNm et ADN

- L'ARNm, comme l'ADN, est une molécule séquencée : elle est constituée d'un enchaînement de nucléotides dont la séquence constitue une information génétique.
- La nature chimique des nucléotides diffère : le sucre constitutif de l'ARNm est un **ribose** tandis que celui de l'ADN est un **désoxyribose**.
- Si l'ADN et l'ARNm possèdent des bases azotées similaires : adénine, guanine et cytosine, la thymine dans l'ADN est remplacée par l'**uracile** dans l'ARNm.
- Si l'ADN est constitué de deux brins complémentaires, l'ARNm ne possède qu'**un seul brin**, ce qui en fait une molécule beaucoup plus petite, capable de sortir du noyau.
- Contenant la même information que l'ADN, mais plus mobile, l'ARNm est donc un messager idéal pour la synthèse protéique.

II Synthèse de l'ARNm

La production de l'ARNm se fait en deux étapes : la **transcription** qui permet de produire un **ARN pré-messager** (**ARNpm**), puis une phase de **maturation** où il deviendra un ARNm.

1. La transcription

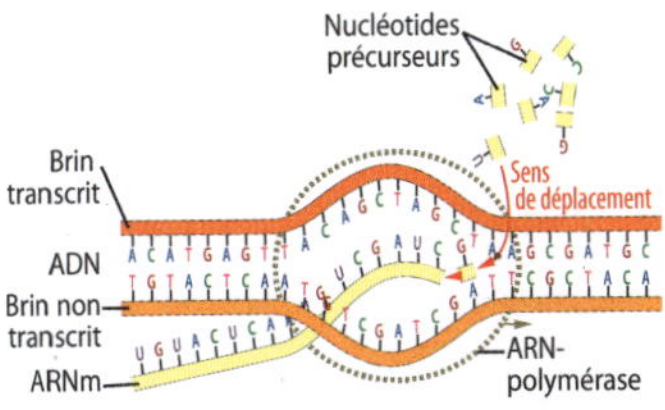

Schéma de la transcription de l'ADN

• Cette étape fait intervenir une enzyme*, l'**ARN polymérase**, qui se fixe sur l'ADN et sépare localement les deux brins de la molécule.

• L'ARN polymérase parcourt l'ensemble du gène et produit l'ARNpm à partir d'un des deux brins de l'ADN, appelé le **brin transcrit**.

• L'ARN polymérase ajoute successivement, en face de chaque nucléotide du brin transcrit, les nucléotides complémentaires (l'adénine face à l'uracile et la cytosine face à la guanine).

• L'ARN pré-messager ainsi formé possède **une séquence complémentaire au brin transcrit**.

• Le brin non transcrit de l'ADN étant lui aussi complémentaire au brin transcrit, il possède la même séquence que l'ARNpm, à la différence près que les thymines de l'ADN sont remplacées dans l'ARNpm par des uraciles. On parle de **brin sens**. L'ARNpm possède la **même information génétique que l'ADN**.

2. La maturation

• Après la transcription, l'ARNpm subit des modifications : c'est la **maturation**.

Chez l'humain, les exons ne représentent que 1,5 % de la longueur total du génome.

• Des enzymes éliminent certains fragments de l'ARNpm, appelés **introns**, et conservent des fragments appelés **exons**.

• Deux ARNpm de mêmes séquences ne conduisent pas forcément à deux ARNm identiques : en effet, les exons conservés ne sont pas toujours les mêmes. Ce phénomène, appelé **épissage alternatif**, est source de diversité et permet chez l'humain de produire plus de 100 000 protéines à partir de (seulement) 25 000 gènes.

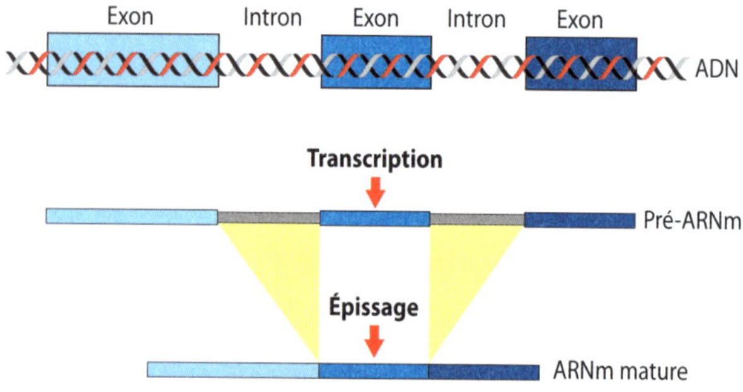

Schéma de la maturation de l'ADN

De l'ARNm à la protéine

Une fois produit, l'ARNm sort du noyau par les **pores nucléaires**. Arrivé dans le cytoplasme, il sert de support à la production de protéines : c'est la **traduction**. Les protéines sont très diversifiées chez un organisme et constituent sa « boîte à outils », lui permettant d'assurer des fonctions fondamentales comme : la réalisation de **réactions chimiques** (ex. : enzymes*), la **communication** entre les organes (hormones), le **transport** de molécules (ex. : kynésine)…

Le protéome désigne l'ensemble des protéines d'une cellule à un instant donné.

I Structure d'une protéine

• Les protéines comme l'ADN ou l'ARN sont des **macromolécules séquencées**. En effet, les protéines sont composées d'un **enchaînement d'acides aminés** (petites molécules) regroupés par des **liaisons peptidiques**.

• Les vingt acides aminés qui servent à produire des protéines ont tous des propriétés légèrement différentes.

• La séquence des acides aminés d'une protéine lui assure donc sa spécificité.

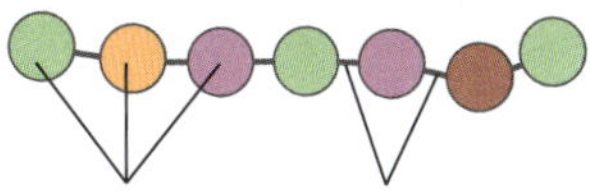

Structure d'une protéine

II Synthèse des protéines : la traduction

• La synthèse d'une protéine consiste à **traduire** l'information contenue dans l'ARN sous forme d'**une suite de nucléotides** (4 possibilités) en un **enchaînement d'acides aminés** (20 possibilités). Trois nucléotides sont nécessaires pour coder la mise en place d'un seul acide-aminé : ce triplet est appelé codon*. Le système de correspondance entre les codons et les acides aminés constitue le **code génétique**.

• La traduction a lieu dans le cytoplasme et se déroule en trois étapes.

– Étape 1 : **l'initiation**. Les deux sous-unités du ribosome (protéine) reconnaissent un **codon initiateur AUG**. Elles se fixent sur l'ARNm et s'assemblent. Le ribosome débute la synthèse de la protéine par une méthionine (acide aminé).

– Étape 2 : l'élongation. Le ribosome parcourt l'ARNm et assure l'assemblage des acides aminés selon l'enchaînement des codons contenus dans l'ARNm.

– Étape 3 : la terminaison. Lorsque le ribosome arrive sur un codon STOP, ses deux sous-unités se dissocient. C'est la fin de la traduction. La protéine est alors libérée dans le cytoplasme.

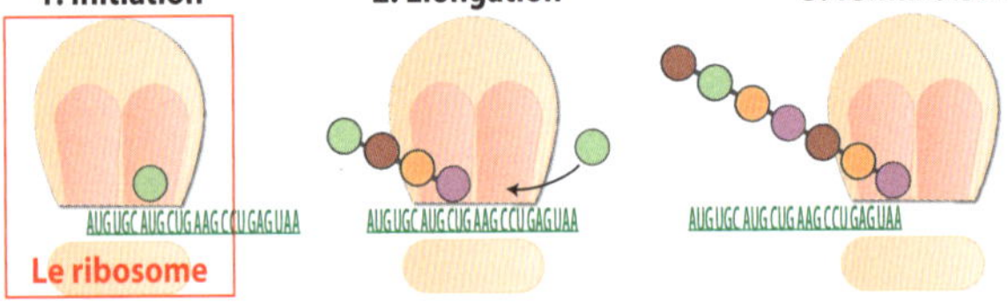

Les différentes étapes de la traduction

III La transgenèse, un exemple d'universalité du code génétique

• La transgenèse est une technique de laboratoire qui consiste à insérer dans les cellules d'un organisme un ou plusieurs gènes qui codent pour un caractère donné. L'information génétique de l'organisme est ainsi modifiée : on parle d'OGM.

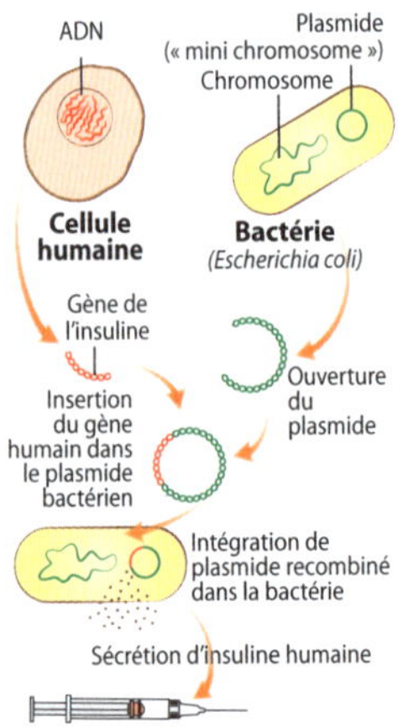

Production d'insuline par transgenèse

• Cette technique est utilisée en agronomie pour produire, par exemple, des plantes résistantes à certains parasites ou herbicides, mais aussi dans le domaine médical pour produire des médicaments ou des molécules à but thérapeutique (ex. : production d'insuline).

• Le gène transféré (transgène) peut provenir d'une espèce différente de l'organisme receveur. Des bactéries *E. coli* génétiquement modifiées peuvent ainsi produire de l'insuline humaine. La transgenèse montre donc que le code génétique est universel à tous les organismes vivants.

Le phénotype, un produit du génotype et de l'environnement

FICHE 12

Des vrais jumeaux possèdent la même information génétique. S'ils sont très semblables, ils ne sont pas pour autant identiques (ex. : empreintes digitales différentes). Le phénotype*, c'est-à-dire l'ensemble des caractères observables de l'individu, n'est pas uniquement le produit des gènes, mais dépend également de l'environnement.

I Les différents niveaux d'expression du phénotype

• Le phénotype s'observe à trois niveaux :
– l'**échelle de l'organisme** (ou macroscopique) : il correspond aux **symptômes**, aux critères physiques, morphologiques, anatomiques et physiologiques des individus ;
– l'**échelle cellulaire** : il correspond aux caractéristiques observées au niveau des cellules (forme, fonctionnement, etc.) ;
– l'**échelle moléculaire** : il correspond à l'ensemble des **protéines** qui se trouvent dans une cellule.

• Ces trois phénotypes sont liés : le phénotype moléculaire entraîne le phénotype cellulaire qui lui-même induit le phénotype macroscopique.

II Le phénotype, produit de l'interaction du génome* et de l'environnement

1. La relation génotype-phénotype

• La séquence d'un **gène** détermine la séquence d'une **protéine**. Une mutation* peut être à l'origine d'une protéine différente ou de l'absence de protéine.

• Le génotype* a une incidence directe sur le phénotype moléculaire d'un individu et sur les phénotypes cellulaire et macroscopique.

• La synthèse de lipides et de glucides est également sous le contrôle des gènes : certains gènes déterminent la production de protéines (enzymes*) qui contrôlent leur synthèse.

Exemple : chez le lapin, la **couleur du pelage** est due à la production d'un pigment : la **mélanine**. Il provient de la transformation de la phénylalanine sous l'action de plusieurs enzymes dont la tyrosinase. Si cette enzyme ne fonctionne pas, le lapin ne produit pas de mélanine et son pelage est blanc (phénotype albinos).

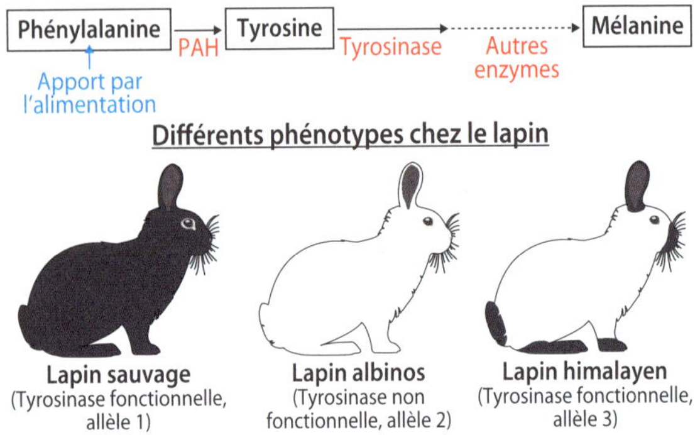

Voie de synthèse de la mélanine

2. La relation phénotype-environnement

- Le phénotype moléculaire dépend aussi de **la nature des gènes qui s'expriment** sous l'effet de différents **facteurs non génétiques**.

- Il existe des **gènes régulateurs** dont le rôle est d'activer ou d'inhiber la transcription **d'autres gènes**. L'environnement a un rôle prépondérant dans l'expression de ces gènes. Chaque cellule, suivant sa position dans l'organisme, exprimera des gènes différents. Ce mécanisme est à l'origine de la **différenciation cellulaire**.

- L'expression des gènes peut aussi **varier au cours du temps** dans une même cellule. La pratique d'un effort physique intense stimule la production de protéines musculaires, qui entraîne à son tour l'augmentation de la masse musculaire.

- L'environnement peut avoir une incidence directe sur le phénotype moléculaire : certaines protéines sont **sensibles** aux conditions environnementales.

> **Exemple :** chez le lapin himalayen, la tyrosinase est sensible à la **température**. À 36 °C, elle ne fonctionne plus : il n'y a pas de production de mélanine, le corps de l'animal est blanc.
> À 30 °C, la tyrosinase fonctionne : la mélanine est produite, les extrémités du lapin sont noires.

Les enzymes, la « boîte à outils » de la cellule

FICHE 13

Certaines protéines ont une **activité enzymatique** : elles permettent d'**accélérer** la vitesse de certaines réactions chimiques à l'intérieur de la cellule. Elles agissent en petit nombre et restent intactes à la fin de la réaction : on parle de **catalyseur**. Ces protéines ont un rôle clé dans le métabolisme d'une cellule et assurent sa spécificité.

> **Métabolisme** : ensemble des réactions chimiques qui ont lieu dans une cellule.

I Le rôle des enzymes

1. Les barrières à certaines réactions chimiques

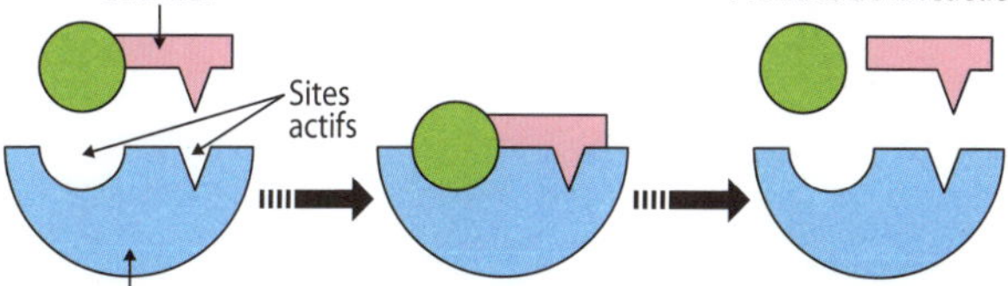

Sources : d'après Georges Dolisi

Le mode d'action chez les enzymes

- Dans une cellule, les réactifs libres dans le **cytoplasme** sont **entourés de molécules d'eau**, ce qui limite leurs interactions.
- La transformation de ces réactifs en produits peut faire intervenir des **formes intermédiaires** très instables qui nécessitent une quantité importante d'énergie : on parle d'**énergie d'activation**.

2. La structure d'une enzyme

- La plupart des enzymes* sont des protéines et sont donc constituées d'un enchaînement d'acides aminés. Certains d'entre-eux peuvent établir des liaisons avec un **substrat** (réactif) et forment un **site de fixation**. La fixation enzyme-substrat est spécifique : une enzyme ne catalyse qu'un seul type de réaction chimique. Certaines enzymes possèdent plusieurs sites actifs et catalysent une réaction qui fait intervenir plusieurs réactifs en même temps.
- Le site de fixation d'une enzyme se trouve généralement dans une cavité **hydrophobe** qui libère le substrat de ses molécules d'eau et

stabilise les formes intermédiaires. Une enzyme abaisse ainsi l'énergie d'activation nécessaire à la réalisation de la réaction chimique.

3. Caractériser la catalyse enzymatique

L'efficacité d'une enzyme peut être déterminée en mesurant la quantité de produits formés au cours du temps ou de substrats consommés. La vitesse de la réaction à un instant *t* se détermine alors avec la pente de la tangente à la courbe à cet instant *t*.

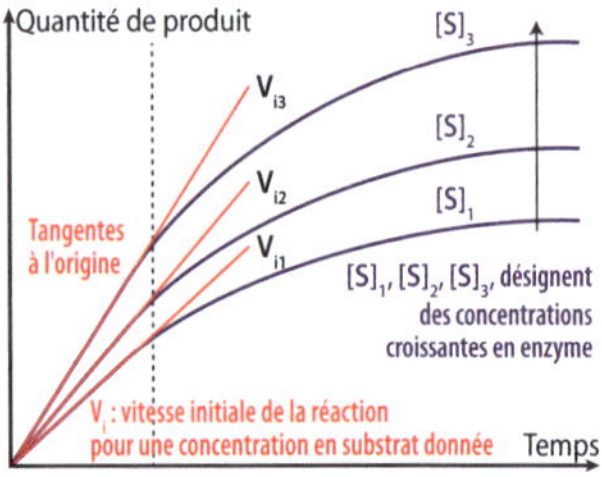

Déterminer la vitesse initiale d'une réaction

II Une activité enzymatique modulable

1. Une cellule spécialisée selon son équipement enzymatique

Le nom d'une enzyme est souvent construit avec le nom de son substrat + la terminaison « ase ».

Du fait que les enzymes contrôlent la grande majorité des réactions chimiques, le métabolisme d'une cellule et son phénotype* dépendent de son équipement enzymatique.

Exemple : après un repas, grâce à leurs enzymes les cellules des muscles, comme celles du foie, peuvent stocker l'excédent de glucose sous forme de glycogène. En revanche, en cas de jeûne, seules les cellules du foie pourront transformer le glycogène en glucose.

2. L'activité enzymatique soumise à de nombreuses régulations

- Des enzymes sont très sensibles aux conditions environnementales comme la température et le pH. La tyrosinase du lapin himalayen, responsable de la pigmentation de sa fourrure (→ *voir fiche 12*), perd sa structure tridimensionnelle à 36 °C : elle est dénaturée et ne peut plus catalyser de réaction chimique.

- Les cellules phagocytaires (→ *voir fiche 45*) sont capables de digérer des bactéries dans leur phagosome grâce à la lysozyme. Celle-ci n'est efficace qu'à un pH acide. Ainsi, elle est inactive dans le cytoplasme (pH = 7), ce qui empêche des dégradations incontrôlées.

Le cas de la drépanocytose

Sujet : Déterminer la différence dans la séquence de l'hémoglobine HbA et HbS.

La drépanocytose est une maladie héréditaire qui se caractérise par la production de globules rouges déformés qui peuvent bloquer la circulation du sang dans les petits vaisseaux et provoquer la mort de l'individu. Or, la forme anormale de ces globules rouges est due à la production d'une protéine altérée : l'hémoglobine HbS (un individu sain produit la forme HbA).

Extrait des séquences codant pour l'hémoglobine HbA et HbS

Allèle* HbS (brin transcrit) : TAC CAC GTG GAC TGA GGA CAC CTC TTC AGA

Allèle HbA (brin transcrit) : TAC CAC GTG GAC TGA GGA CTC CTC TTC AGA

Deuxième nucléotide

Premier nucléotide	U		C		A		G		Troisième nucléotide
U	UUU UUC	phénylalanine	UCU UCC UCA UCG	sérine	UAU UAC	tyrosine	UGU UGC	cystéine	U C
	UUA UUG	leucine			UAA UAG	**STOP**	UGA	**STOP**	A
							UGG	tryptophane	G
C	CUU CUC CUA CUG	leucine	CCU CCC CCA CCG	proline	CAU CAC	histidine	CGU CGC CGA CGG	arginine	U C
					CAA CAG	glutamine			A G
A	AUU AUC AUA	isoleucine	ACU ACC ACA ACG	thréonine	AAU AAC	asparagine	AGU AGC	sérine	U C
	AUG	méthionine			AAA AAG	lysine	AGA AGG	arginine	A G
G	GUU GUC GUA GUG	valine	GCU GCC GCA GCG	alanine	GAU GAC	acide aspartique	GGU GGC GGA GGG	glycine	U C
					GAA GAG	acide glutamique			A G

Le code génétique

Avant de commencer

- Que désigne le « brin transcrit » de l'ADN ? Le brin « sens » ?
- Quelle différence y a-t-il dans la séquence de l'ARNm par rapport à celle de l'ADN ?
- Qu'est-ce qu'un codon* ?

Étape 1 : transcrire la séquence d'ADN en ARNm

Le brin transcrit sert de matrice pour former l'ARNm, sa séquence est donc complémentaire. Dans l'ARN la thymine est remplacée par l'uracile.

Allèle HbA :	TAC	CAC	GTG	GAC	TGA	GGA	CTC	CTC	TTC	AGA
ARNm HbA :	AUG	GUG	CAC	CUG	ACU	CCU	GAG	GAG	AAG	UCU
Allèle HbS :	TAC	CAC	GTG	GAC	TGA	GGA	CAC	CTC	TTC	AGA
ARNm HbS :	AUG	GUG	CAC	CUG	ACU	CCU	GUG	GAG	AAG	UCU

Étape 2 : traduire l'ARNm en protéine

Il faut à présent utiliser le code génétique pour traduire chaque codon en acide-aminés.

ARNm HbA :	AUG	GUG	CAC	CUG	ACU	CCU	GAG	GAG	AAG	UCU
Protéine HbA :	Met	Val	His	Leu	Thr	Pro	Glu	Glu	Lys	Ser
ARNm HbS :	AUG	GUG	CAC	CUG	ACU	CCU	GUG	GAG	AAG	UCU
Protéine HbS :	Met	Val	His	Leu	Thr	Pro	Val	Glu	Lys	Ser

Étape 3 : comparer les séquences HbA et HbS

On remarque que dans la protéine HbS, le septième acide-aminé est modifié : une valine remplace l'acide glutamique présent dans l'hémoglobine HbA. Cette modification dans la séquence d'acide-aminé est due à une altération dans la séquence de l'allèle HbS : le vingtième nucléotide est une adénine et non une thymine (on parle de substitution).

BILAN

L'expression du patrimoine génétique

FICHE 15

QUIZ-Mémorisation active

Questions	Réponses
Dans quel cas une mutation* peut être transmise à la descendance ?	Si la mutation affecte une cellule de la lignée germinale.
Quelle est la différence entre le génotype* et le phénotype* ? Le génotype et le génome* ?	– Le phénotype désigne l'ensemble des caractères observables chez un individu. – Le génome désigne l'ensemble des gènes. Il est spécifique à une espèce. – Le génotype désigne l'ensemble des allèles*. Il est propre à chaque individu.
Comment l'environnement peut-il affecter le protéome ? De quel phénotype parle-t-on ?	Le protéome désigne l'ensemble des protéines d'une cellule. Il appartient donc au phénotype moléculaire. L'expression du génotype peut varier en fonction de facteurs non génétiques (âge, activité sportive, etc.) et donc conduire à un protéome différent. L'activité enzymatique est également soumise aux conditions environnementales.
Pourquoi qualifie-t-on les enzymes* de « boîte à outils » de la cellule ?	Les enzymes sont les « outils » de la cellule au sens où elles sont nécessaires à la réalisation des réactions chimiques à l'intérieur de la cellule. Ce sont des acteurs clés du métabolisme cellulaire.

SCHÉMA-BILAN

Expression du patrimoine génétique

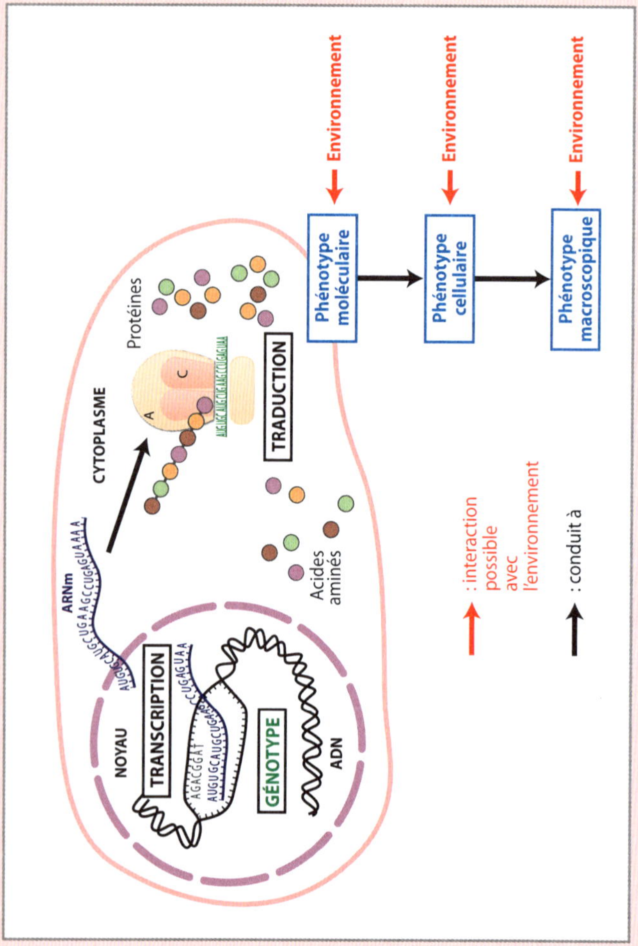

La croûte continentale et océanique

FICHE 16

Sur Terre, deux altitudes sont majoritaires : + 300 m, l'altitude moyenne des continents, et – 4 800 m, l'altitude moyenne des océans. Cette répartition bimodale atteste d'un contraste géologique entre le domaine océanique et le domaine continental.

I Les roches de la croûte continentale

Structure d'un granite

Structure d'un gneiss

• La carte géologique de France atteste d'une grande diversité de roches continentales en surface. On distingue :

– des roches sédimentaires (ex. : les calcaires du Bassin parisien) qui proviennent du dépôt de particules issues de l'altération d'autres roches. Ces roches sont très superficielles et ne représentent que 5 % du volume total de la croûte continental ;

– des roches métamorphiques (ex. : les gneiss du Massif central) qui proviennent de la déformation de roches suite à d'importantes variations de pression et de température (→ *fiche 24*). Ces contraintes entraînent une orientation préférentielle des minéraux dans le gneiss : on observe une alternance de bandes claires riches en feldspaths et en quartz, et des bandes sombres riches en micas (on parle de foliation) ;

– des roches magmatiques (ex. : les granites* du Massif armoricain) qui proviennent du refroidissement d'un magma. Si ce refroidissement s'est effectué lentement en profondeur dans la croûte, la roche est entièrement cristallisée. On parle d'une structure grenue*. Ces roches magmatiques grenues (ou roches plutoniques*) sont les plus abondantes de la croûte continentale. Elles ont généralement une composition proche du granite : on parle de **granitoïdes***.

- On peut associer la composition chimique de la croûte continentale à celle d'un granite. Cette roche, d'une **densité faible** (2,7), se caractérise par sa richesse en silicium (Si), en sodium (Na) et en potassium (K), des éléments globalement légers.

II Les roches de la croûte océanique

- Contrairement au domaine continental, les roches du domaine océanique ne sont pas directement accessibles. Il a fallu attendre le XXe siècle, et le développement des submersibles pour mieux connaître la composition du plancher océanique.

- La croûte océanique est composée verticalement d'une fine couche de roches sédimentaires, puis de roches magmatiques : les basaltes* et les gabbros (composants majoritaires de la croûte).

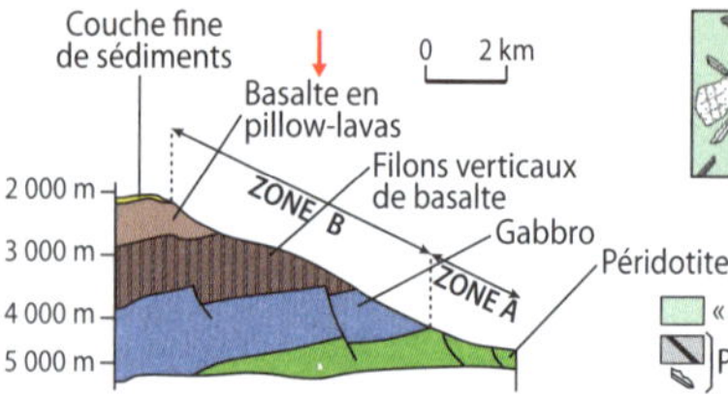

Observation de la lithosphère* océanique à Vema

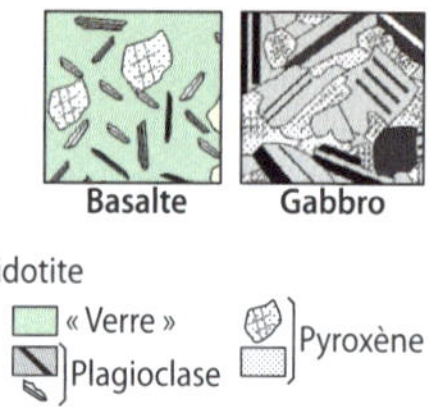

Deux roches emblématiques de la croûte océanique

- Si le basalte et le gabbro sont composés des mêmes minéraux (pyroxènes et plagioclases), ils ne présentent pas la même structure.
– Le basalte : **roche microlitique*** constituée de quelques minéraux pris dans une pâte non cristallisée appelée « verre ». Cette structure témoigne d'un **refroidissement rapide** du magma au contact de l'eau de mer. C'est une roche **magmatique volcanique**.
– Le gabbro : roche **grenue entièrement cristallisée**. Il provient du même magma, mais son refroidissement a été beaucoup plus lent. C'est une roche **magmatique plutonique**.

- On peut, par conséquent, associer la composition chimique de la croûte océanique à celle d'un gabbro (ou d'un basalte). Cette roche d'une **densité plus élevée** (2,9) qu'un granite se caractérise par sa richesse en atomes de **fer** (Fe) et de **magnésium** (Mg) qui sont des éléments lourds.

Les ondes sismiques et la structure de la Terre

FICHE 17

Nos connaissances sur la structure de la Terre sont majoritairement issues d'**observations indirectes**. En effet, les **forages** les plus profonds atteignent à peine 30 km de profondeur. La propagation des **ondes sismiques**, qui dépend de la nature des roches traversées, constitue un outil de choix pour étudier la Terre en profondeur et décrire ses différentes **enveloppes**.

I Les différents types d'onde

Les ondes peuvent également être provoquées artificiellement par l'homme à l'aide de camions vibrants, de canons à eau etc. pour étudier le sous-sol.

- Un **séisme** est causée par la rupture brusque de roches en profondeur au niveau du **foyer**, suite à différentes **contraintes**. Cette rupture entraîne une libération importante d'**énergie** sous forme de **vibrations** qui se déplacent de proche en proche dans le sol : ce sont les **ondes sismiques**.

- On distingue deux types d'ondes :
– les **ondes P** ou **primaires**. Elles se caractérisent par une série de **compressions** et de **dilatations** du sol qui se propagent horizontalement. Très **rapides**, ces ondes sont les **premières** à être enregistrées après un séisme ;
– les **ondes S** ou **secondaires**. Elles se manifestent par des **déplacements verticaux** du sol. Elles se propagent uniquement dans les **matériaux solides**.

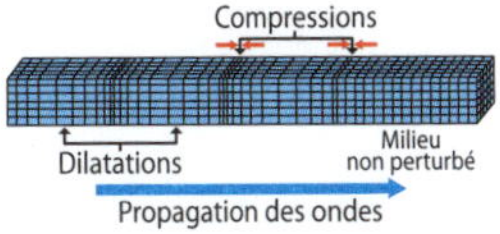

Onde P ou primaire

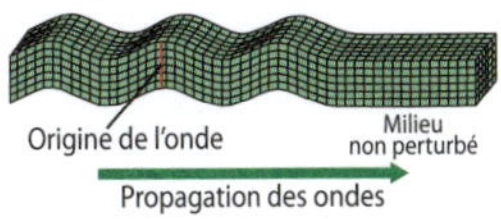

Onde S ou secondaire

- Leur vitesse dépend de la nature des terrains traversés : plus une roche est **dense** et plus la vitesse des ondes augmente. Les ondes sismiques apportent donc de précieuses informations sur la **densité** et l'état **physique** (solide, liquide) des enveloppes traversées.

II La propagation des ondes dans le sol et leur enregistrement

• Au moment d'un séisme, les ondes formées se propagent dans **toutes les directions**. Ces ondes peuvent être enregistrées par un **sismographe** ou **sismomètre**. Leur enregistrement s'appelle un **sismogramme**.

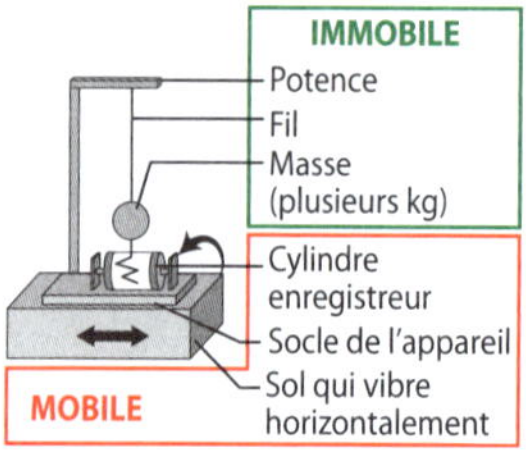

Sismographe

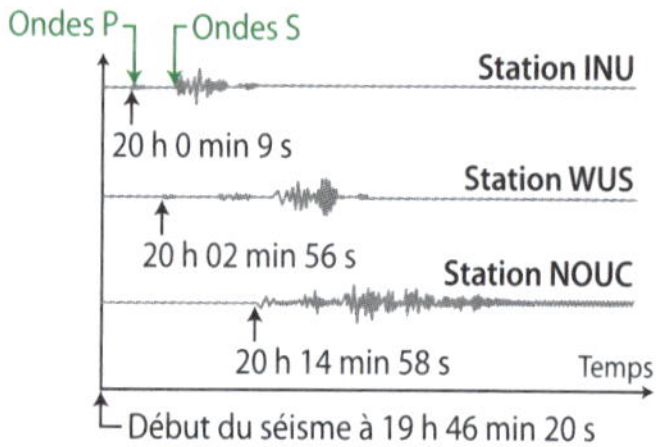

Sismogrammes obtenus après le séisme de Luzon (Philippines) du 2/3/19

• Dans un sismographe, le cylindre enregistreur se déplace avec les vibrations du sol. Seule l'aiguille de marquage est immobile. Suivant la **position du cylindre**, le sismographe peut enregistrer des déplacements verticaux ou horizontaux.

• L'intensité de ces ondes **décroît** avec la distance. Celle-ci est maximale à l'**épicentre** (point situé en surface, à la verticale du foyer) puis diminue au fur et à mesure que l'on s'en éloigne.

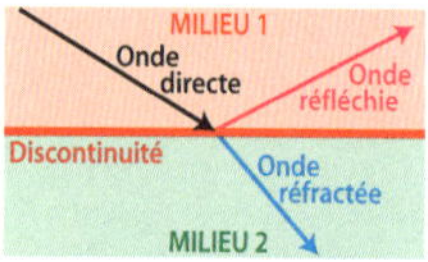

Comportement d'une onde au niveau d'une discontinuité

• Lors de leur propagation, les ondes peuvent rencontrer des **discontinuités**, c'est-à-dire des frontières délimitant deux enveloppes terrestres de **natures chimiques** distinctes (on parle alors de **discontinuité chimique**) ou d'**états physiques différents** (on parle alors de **discontinuité physique**).

• Au niveau d'une discontinuité, une onde sismique peut être **réfléchie** par l'interface entre les deux milieux, ou elle peut traverser le deuxième milieu et être **réfractée**.

• L'étude des ondes sismiques et de leur propagation dans le sous-sol permet ainsi de mettre en évidence l'existence de discontinuités physiques ou chimiques et d'appréhender les différentes enveloppes terrestres.

L'apport des ondes sismiques sur la structure de la Terre

FICHE 18

Dans les années 1960, le développement de la **sismologie** a permis de mieux comprendre l'organisation interne de la Terre. Si la propagation des ondes sismiques est assez **homogène horizontalement**, elle est très variable **verticalement**, témoignant de l'organisation en **couches concentriques** de la Terre.

I La découverte des discontinuités terrestres

1. La zone d'ombre sismique et son interprétation

- L'augmentation du nombre de stations d'enregistrement dans le monde a révélé l'existence d'une **zone d'ombre située entre 11 500 et 14 500 km de l'épicentre** où aucune onde sismique n'est enregistrée.

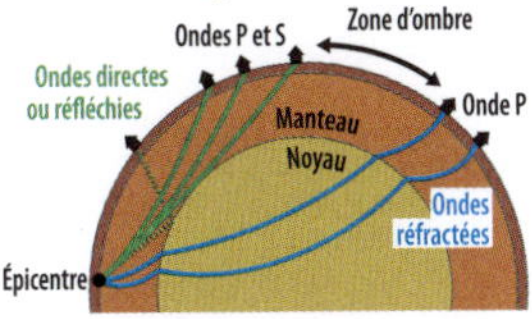

Interprétation de la zone d'ombre

- Cette zone se situe entre la dernière station capable d'enregistrer des **ondes directes** et la première station à pouvoir enregistrer des **ondes réfractées** par le noyau.

Les ondes réfléchies sont un outil pour mettre en évidence les discontinuités (→ *voir fiche 20*).

2. Le modèle PREM et son interprétation

- En 1981, Dziewonski et Anderson ont proposé un modèle de propagation des ondes P et S en profondeur : le modèle **PREM*** (*Preliminary Référence Earth Model*). Celui-ci met en évidence plusieurs **discontinuités** :

– le **Moho*** : **discontinuité chimique** qui délimite en milieu océanique, vers 15 km de profondeur, la **croûte basaltique** et le manteau composé de **péridotites**. Situé à 30 km dans le domaine continental, il sépare ici la **croûte granitique** du manteau ;

– la discontinuité de **Gutenberg** vers 2 900 km, qui sépare le **noyau**

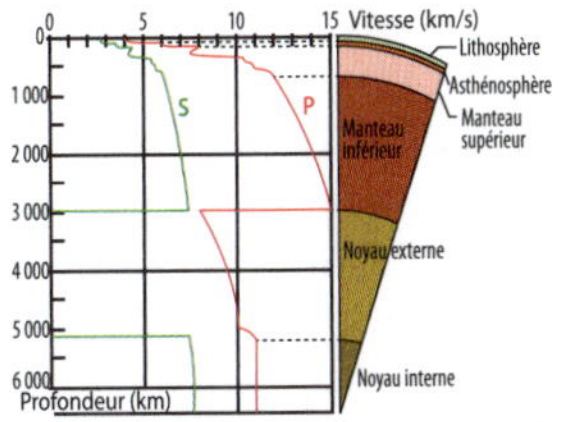

Le modèle PREM et son interprétation

externe du manteau. Elle se caractérise par la disparition S : le noyau externe est liquide. C'est une discontinuité physique ;
– la discontinuité de Lehman vers 5 200 km. Elle délimite le noyau externe du noyau interne. À cette interface, les ondes S réapparaissent : le noyau interne est solide.

• La LVZ (*Low Velocity Zone*), située entre 100 et 200 km, se caractérise par un ralentissement important des ondes dû à un changement de comportement des roches. Elle délimite une portion du manteau appelé l'asthénosphère où les roches sont « molles » : on dit qu'elles ont un comportement ductile*. Elle s'oppose au comportement cassant des roches de la lithosphère*.

Les roches de l'asthénosphère, bien que ductiles, restent à l'état solide, comme l'atteste la présence d'ondes S. On peut les comparer à de la pâte à modeler : elle aussi solide et déformable.

II La tomographie sismique

Le modèle PREM permet de modéliser une vitesse moyenne de propagation des ondes en fonction de la profondeur. Localement, on peut toutefois constater des écarts de vitesse par rapport au modèle PREM : on parle d'anomalies. Leur étude est appelée la tomographie sismique*.

1. Les anomalies négatives et leur interprétation

• Sur certains profils tomographiques apparaissent des anomalies négatives. C'est-à-dire que les ondes sismiques se propagent moins vite que dans le modèle PREM.

• Ce ralentissement est interprété comme une anomalie thermique : les roches plus chaudes que la moyenne sont moins denses et les ondes s'y propagent moins vite.

• Ces anomalies attestent de remontées de matériel chaud d'origine superficielle (ex. : au niveau des dorsale*) ou au contraire d'origine très profonde (ex. : les points chauds).

2. Les anomalies positives et leur interprétation

• En zone de subductions* on peut au contraire mesurer des anomalies positives : les ondes se propagent plus vite que la moyenne.

• Des roches plus froides que la moyenne sont donc plus denses et les ondes s'y propagent plus vite.

Étude thermique de la Terre (géothermie)

FICHE 19

La Terre évacue en permanence de la **chaleur**. Celle-ci provient de la **désintégration** d'éléments **radioactifs** et de l'énergie thermique emmagasinée au moment de sa formation (**chaleur primitive**). Cette **chaleur interne** diffuse alors vers la surface, plus ou moins vite selon le comportement des enveloppes traversées, et apporte des informations sur l'organisation interne de la Terre.

I Les différents transferts de chaleur

- La chaleur interne peut être transférée vers la surface par **convection** ou par **conduction**.
- Dans la **conduction**, le transfert de chaleur se fait de proche en proche, par **diffusion**. La différence de température varie fortement avec la profondeur : on parle de **gradient thermique** fort.
- Dans la **convection**, le transfert de chaleur se fait par déplacement de matière.

> **Exemple :** c'est le transfert mis en jeu quand on chauffe une casserole d'eau. Au fond de la casserole, à mesure que sa **température augmente**, l'eau devient de moins en moins **dense** : elle remonte alors en surface. Au contact de l'air, elle **refroidit**, devient plus dense et **plonge** vers le fond de la casserole. Elle est à nouveau chauffée et un nouveau cycle commence… Ces mouvements cycliques de matière forment des **cellules de convection**.

Conduction

Refroidissement de proche en proche
FORT GRADIENT GÉOTHERMIQUE

Convection

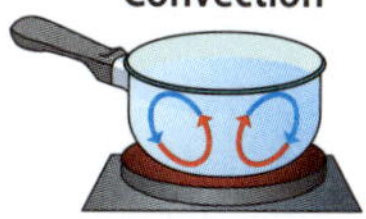

Refroidissement par déplacement de matière (le milieu est homogène)
FAIBLE GRADIENT GÉOTHERMIQUE

Les deux modes de transfert de chaleur

- La convection est beaucoup plus efficace que la conduction et conduit à des **gradients thermiques faibles**.

II L'étude des gradients géothermiques

1. Mesures directes du gradient géothermique

- Dans les premiers kilomètres, le **gradient géothermique** peut être mesuré directement par des forages.

> **75 % de la chaleur** diffusé en surface est évacuée au niveau des dorsales qui sont le lieu de production de la lithosphère* océanique (→ *voir fiche 23*).

- À la surface du globe, il est élevé au niveau des **dorsales*** (30 °C/km), il diminue au niveau des zones de **subduction*** (10 °C/km).
- Le gradient géothermique étant **important et contrasté**, on peut en conclure que dans la **croûte**, le mode de transfert de chaleur est la **conduction**.

2. L'apport des ondes sismiques dans les transferts thermiques

> **Dans le manteau et le noyau,** le gradient géothermique est inférieur à 0,5 °C/km. Cette valeur concorde avec un transfert par convection.

Au-delà de la croûte, la détermination du gradient géothermique ne peut être qu'**indirecte**.

Exemple : le calcul suivant nous permet de comprendre que les modes de transfert de chaleur dans le manteau sont différents.

Dans un premier temps, on considère que le gradient géothermique de la croûte est le même en profondeur (soit entre 10 et 30 °C/km) et correspond à un transfert de chaleur par conduction. En connaissant le rayon terrestre (6 371 km), on peut calculer la température au centre de la Terre : celle-ci devrait être comprise entre 60 000 et 190 000 °C. À ces températures-là, le noyau serait entièrement fondu. Or, l'étude des ondes sismiques (→ *voir fiche 17*) nous indique que la graine est solide. On en conclut donc que les transferts de chaleur **au-delà de la croûte** se font par **convection**. Ces mouvements sont cohérents avec l'idée d'une **asthénosphère ductile*** et d'un **noyau externe liquide**, déterminés par l'étude des ondes sismiques (→ *voir fiche 18*).

Exercice commenté pas à pas

Déterminer la profondeur du Moho

Sujet : Pour les trois stations sismiques, déterminer la profondeur du Moho et conclure sur l'hypothèse de Airy.

En 1854, Airy émit l'hypothèse que le Moho* (limite géologique entre la croûte et le manteau) est d'autant plus profond que le relief du domaine continental est fort. Le but de cet exercice est de vérifier cette affirmation à l'aide de données sismiques.

- **Document 1 : L'étude des ondes PMP**

On s'intéresse ici aux ondes PMP. Ces ondes se propagent dans la croûte à la même vitesse que les ondes P et sont réfléchies par le Moho (→ *voir schéma*). Les ondes PMP arrivent donc à une station sismique avec un retard par rapport aux ondes P, qui dépend de la profondeur du Moho.

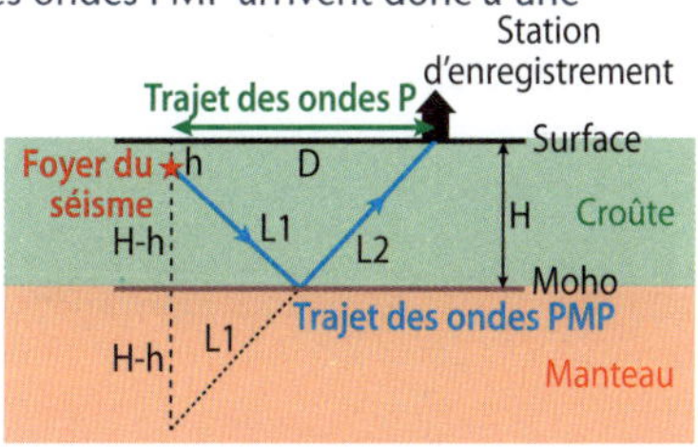

On note :
– D le trajet suivi par les ondes P ;
– L le trajet suivi par les ondes PMP sachant que L = L1 + L2 ;
– h = profondeur du foyer F en km.

- **Document 2 : Tableau des résultats d'enregistrement de différents séismes**

	Station sismique	Station 1	Station 2	Station 3
a	Altitude (m)	150	0	1 034
b	Heure du séisme	3 h 12 min 04 s	3 h 12 min 04 s	4 h 48 min 06 s
c	Heure d'arrivée des ondes P	3 h 12 min 15,570 s	3 h 12 min 17,064 s	4 h 48 min 21,494 s
d	Heure d'arrivée d'ondes PMP	3 h 12 min 18,540 s	3 h 12 min 19,583 s	4 h 48 min 24,874 s
e	Profondeur (h) du foyer (km)	11	11	11
f	Distance (D) épicentrale (km)	63,30	70,80	86,40

Avant de commencer

▶ Que nous apprend le théorème de Pythagore sur H ?

▶ Comment peut-on déterminer L ?

Étape 1 : déterminer le temps de trajet des ondes P et PMP

Il s'agit d'une simple soustraction entre l'heure d'arrivée des ondes et l'heure du début du séisme.

	Station sismique	Station 1	Station 2	Station 3
c-b	Temps de trajet des ondes P (s)	11,570	13,064	15,494
d-b	Temps de trajet des ondes PMP (s)	14,540	15,583	18,874

Étape 2 : déterminer la vitesse des ondes P = PMP et donc la distance L

On peut calculer la vitesse des ondes P. En effet, on connaît la distance qu'elles ont parcouru (D) et leur temps de trajet (c – b) · Vp = D/(c – b). Or, la vitesse des ondes PMP est la même que celle des ondes P, on peut estimer la distance L qu'elles ont parcouru : L = Vp × (d – b).

	Station sismique	Station 1	Station 2	Station 3
(D/(c-b))×(d-b)	Distance (L) parcourue par les ondes PMP (km)	79,55	84,45	105,25

Étape 3 : déterminer la profondeur du Moho (H) à l'aide du théorème de Pythagore

D'après le théorème de Pythagore :

$$(L1 + L2)^2 = D^2 + (h + 2(H - h))^2$$

$$H = (\sqrt{(L^2 - D^2)} + h)/2)$$

	Station sismique	Station 1	Station 2	Station 3
a	Altitude (m)	150	0	1034
$(\sqrt{(L^2-D^2)} + h)/2$	Profondeur (H) du Moho (Km)	29,59	28,52	35,55

Ces résultats sont cohérents avec l'hypothèse de Airy.

BILAN

Le domaine continental et océanique

FICHE 21

QUIZ-Mémorisation active

Questions	Réponses
Qu'est-ce qu'une roche plutonique* ? Donner un exemple.	Une roche plutonique est une roche issue du refroidissement lent et en profondeur d'un magma. La roche est entièrement cristallisée, elle a une structure (ou texture) grenue*. Ex. : granite*, gabbro.
Que nous apprend l'étude des ondes S sur l'état des roches du noyau ?	Les ondes S ne se propagent pas dans les liquides. Or on observe la propagation d'ondes S uniquement dans le noyau interne. Le noyau interne est donc solide tandis que le noyau externe est liquide.
Que signifie en tomographie* une anomalie positive ? À quel contexte est-elle associée ?	Une anomalie positive signifie que les ondes sismiques se propagent plus vite que la vitesse moyenne des ondes définies dans le modèle PREM*. Le matériel traversé est donc plus dense, plus froid. On trouve de telles anomalies en subduction*.
La discontinuité de Gutenberg est-elle une discontinuité physique ou chimique ?	Les deux. Elle délimite deux enveloppes de nature chimique différente (le manteau composé de péridotites et le noyau riche en Fe et en Ni) et d'état physique différent (le manteau est solide et le noyau externe est liquide).
Si je mélange mon thé très chaud à l'aide d'une cuillère, comment sera le gradient thermique dans ma tasse ?	Avec la cuillère, j'homogénéise mon thé. Le gradient thermique sera donc faible : le transfert de chaleur se fera par convection (déplacement de matière).

SCHÉMA-BILAN

Croûte océanique
- Roches majoritaires : basalte et gabbro
- Densité forte (2,9)
- Richesse en Fe, Mg
- Épaisseur moyenne 15 km

Basalte
- Roche magmatique volcanique
- Structure microlitique
- Couleur sombre

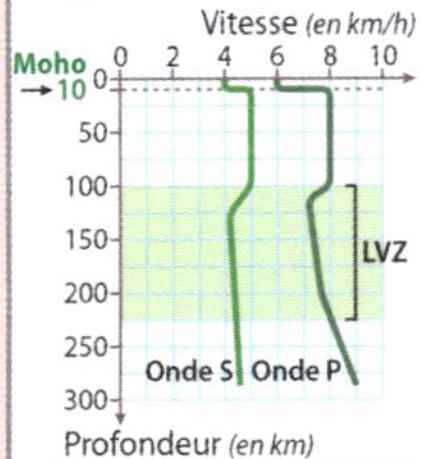

STRUCTURE INTERNE TERRESTRE

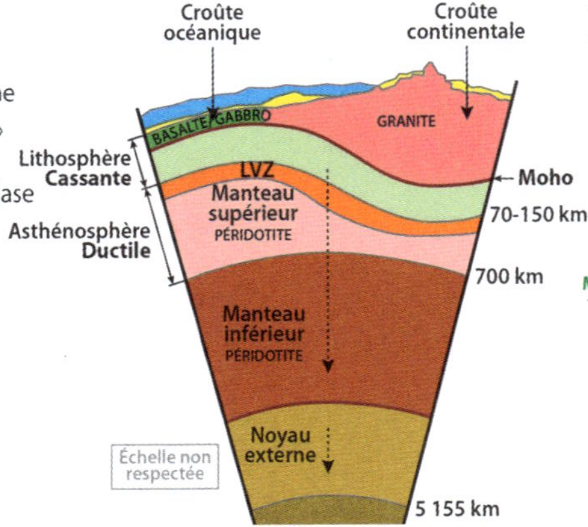

Croûte continentale
- Roche majoritaire : granite
- Densité faible (2,7)
- Richesse en Si, Na, K
- Épaisseur moyenne 30 km

Granite
- Roche magmatique plutonique
- Structure grenue
- Couleur claire

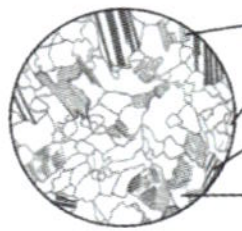

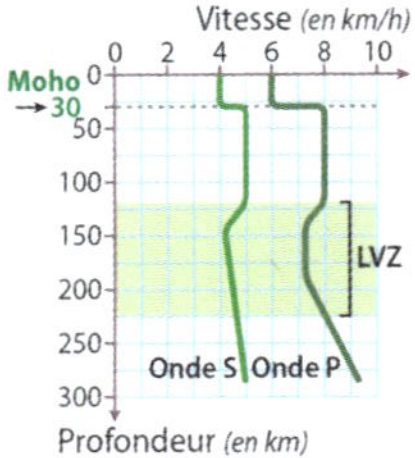

La dynamique terrestre

FICHE 22

Dans les années 1960, les progrès des **études sismiques** et **thermiques** (→ *voir fiches 18 à 20*) affinent nos connaissances de la structure de la Terre et permettent de comprendre que la lithosphère* est **animée de mouvements horizontaux**. En 1967, le terme de « plaque » est utilisé pour désigner ces unités qui se déplacent sur l'asthénosphère visqueuse.

I Le modèle de la tectonique des plaques

1. La limite verticale des plaques tectoniques

• Une **plaque tectonique** est composée de la **croûte** (océanique ou continentale) ainsi que du **manteau supérieur** (jusqu'à 70-150 km de profondeur) formant la **lithosphère**.

Il n'y a pas de séisme dans l'asthénosphère. La présence de séismes profonds témoigne d'un plongement de la lithosphère en profondeur.

• Cette couche est définie par une **limite thermique** : sa température ne dépasse pas l'**isotherme 1 300 °C**.

• Elle a un **comportement cassant** : sous la contrainte, ses roches se fracturent, provoquant des séismes. L'**asthénosphère** (*asthéno* = sans résistance), plus chaude, a au contraire un **comportement ductile*** : ses roches se déforment mais ne rompent pas.

2. La limite horizontale des plaques tectoniques

• On distingue deux types de frontières :
– les **frontières convergentes** où les plaques se rencontrent. Dans les zones de collision, deux lithosphères continentales s'affrontent et forment des **chaînes de montagnes** (→ *voir fiche 25*). Les zones de subduction* sont le lieu de la **disparition de la lithosphère océanique** qui plonge dans le manteau (→ *voir fiche 24*). On y note la présente de **séismes profonds** répartis sur un **plan incliné** : le plan de Wadati-Benioff ;
– les **frontières divergentes** où les plaques s'**écartent**. Au niveau des **dorsales* océaniques** (→ *voir fiche 23*), la remontée de magma permet la **formation de lithosphère océanique**.

• Les frontières des plaques concentrent une importante **activité sismique** et **volcanique** et sont très **déformées**.

II Des marqueurs à l'affleurement de la dynamique terrestre

Le **déplacement** des plaques tectonique peut être quantifié par des **données GPS** (→ *voir fiche 26*) ou par l'étude de certains **marqueurs géologiques** présents à la surface de la Terre, comme les **points chauds** et les **sédiments marins**.

> **La vitesse** : V = distance/temps

1. Étude des points chauds

- Certains volcans ne se situent pas aux frontières des plaques et sont dus à la **remontée profonde** de magma : on parle de volcanisme de **point chaud**. Si **le point chaud** est **fixe**, la plaque en surface, elle, se déplace et le point de sortie de la lave se **décale**, formant un nouveau volcan.

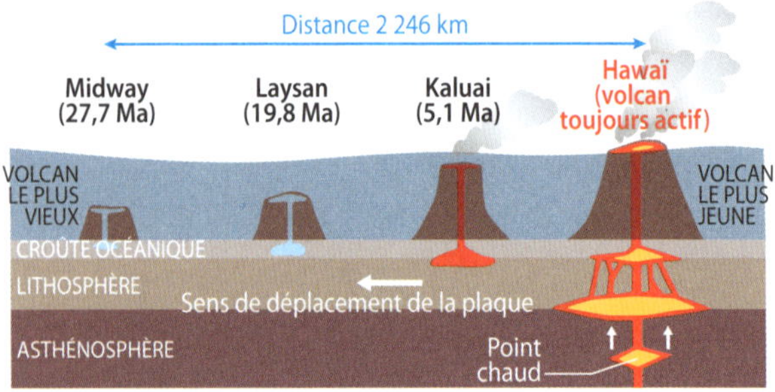

Vitesse de déplacement de la plaque pacifique :
V = 2 246/27,7 = 81 km/Ma = 8,1 cm/an

Le volcanisme de point chaud à Hawaï

- En connaissant l'âge des différents volcans et leurs distances respectives, on peut calculer la vitesse de déplacement de la plaque tectonique qui les porte.

2. Étude des sédiments marins au niveau d'une dorsale

- Dès sa formation, des sédiments se déposent à la surface de la lithosphère océanique. Ils se **répartissent symétriquement** de part et d'autre de la dorsale et s'**accumulent au cours du temps**.

- La vitesse de déplacement des plaques peut alors être déterminée en considérant l'âge des sédiments et leur distance par rapport à l'axe de la dorsale. Plus on s'éloigne de la dorsale et plus l'**épaisseur des sédiments** qui reposent sur la croûte **augmente**.

La production de la lithosphère océanique au niveau des dorsales

FICHE 23

La dorsale* est une **frontière divergente**, caractérisée par une intense activité sismique et magmatique. En 1963, Hess développe le modèle de l'**expansion océanique** : il explique que les dorsales sont les lieux de production de la lithosphère* océanique.

I La production de lithosphère océanique

1. Le fonctionnement d'une dorsale

- Lorsque la lithosphère est **étirée**, elle se **fracture** et s'**amincit**. Cette divergence conduit à la remontée de roches du **manteau asthénosphérique** chaud. Ces péridotites restent à la même température (1 300 °C), mais subissent une brusque **décompression** qui entraîne leur **fusion partielle** : un **magma basaltique** se forme dans la **chambre magmatique**.

- Tandis que la majorité du magma refroidit lentement dans la croûte et forme du **gabbro** (→ *voir fiche 16*), une petite partie remonte jusqu'en surface, s'insinuant dans les fractures de la croûte océanique. Ce magma refroidit brusquement au contact de l'eau de mer et forme du **basalte***. Par ailleurs, la partie non fondue du manteau, la **péridotite résiduelle**, se refroidit et forme le **manteau lithosphérique**.

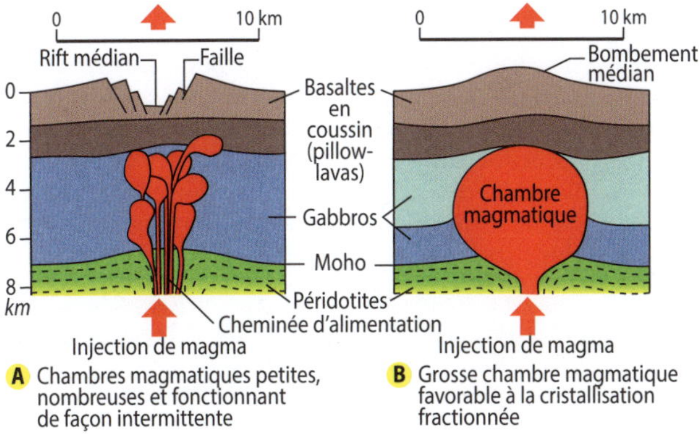

Structure de la lithosphère océanique

- Basalte, gabbro et péridotite forment la lithosphère océanique, qui s'éloigne de part et d'autre de la dorsale, au fur et à mesure qu'une nouvelle lithosphère océanique se forme.

2. Les dorsales rapides et les dorsales lentes

En fonction de la vitesse d'expansion océanique, on distingue deux types de dorsales :
– les dorsales lentes, qui ont une vitesse de l'ordre 2 cm/an (ex. : la dorsale de l'océan Atlantique). La fusion partielle, et donc la production de magma, est faible et discontinue. La divergence entraîne la mise à l'affleurement des zones du manteau. La dorsale se caractérise par la fracture des roches qui l'environnent, formant une vallée axiale ;
– les dorsales rapides, qui ont une vitesse comprise entre 9 et 18 cm/an (ex. : la dorsale de l'océan Pacifique). Le magma remonte abondamment et un dôme se forme à l'aplomb de la dorsale.

II Le vieillissement de la lithosphère océanique

- Dès sa formation, la lithosphère océanique réalise des échanges avec l'eau de mer, on parle d'hydrothermalisme*. Ainsi, la lithosphère océanique âgée, éloignée de l'axe de la dorsale, se différencie de la jeune lithosphère :
– en vieillissant, la lithosphère océanique se refroidit. L'isotherme 1 300 °C s'abaisse (devient plus profond) : le manteau lithosphérique s'épaissit. Les roches deviennent cassantes et la croûte océanique se fracture en surface ;
– de nouveaux minéraux se forment (ex. : hornblende, chlorite, serpentinite). Ils possèdent des groupements hydroxyles (OH) provenant de l'eau de mer : ce sont des minéraux hydratés. Ces réactions minéralogiques conduisent à la transformation des roches. Dans le manteau lithosphérique âgé on trouve des péridotites serpentinisées et dans la croûte des métagabbros à amphibole (hornblende, chlorite).

- Suite à ces modifications la lithosphère devient de plus en plus dense. Quand sa densité dépasse celle du manteau (3,2) : elle plonge, c'est le début de la subduction*. Il n'existe pas de lithosphère océanique âgée de plus de 200 millions d'années, car passé cet âge, la lithosphère a déjà subduit et ses composants ont réintégré le manteau.

Les zones de subduction, des frontières convergentes

FICHE 24

À la différence de la lithosphère* continentale, la lithosphère océanique est constituée de roches dont l'âge ne dépasse jamais 200 millions d'années. En effet, passé cet âge, la lithosphère est recyclée dans le manteau dans les zones de subduction*.

Métamorphisme* : changement à l'état solide d'une roche suite à des variations de pression et de température.

I Le moteur de la subduction océanique

- À mesure qu'elles s'éloignent de la dorsale*, les roches océaniques s'hydratent et se refroidissent. En effet, de l'eau de mer à 2 °C s'infiltre dans les fractures, se réchauffe et échange des ions avec la lithosphère océanique chaude : c'est l'hydrothermalisme*.
- Les roches subissent un métamorphisme à basse pression : certains minéraux deviennent instables et disparaissent tandis que d'autres se forment : comme l'actinote et la chlorite, caractéristiques du faciès schiste vert.
- En refroidissant la lithosphère océanique devient de plus en plus dense. Quand sa densité dépasse celle du manteau (3,2), elle plonge en profondeur : c'est le début de la subduction. Le plongement de la lithosphère dans le manteau initie un mouvement (descendant) de convection. La subduction est le principal moteur de la mise en mouvement des plaques tectoniques.

II Le magmatisme de subduction

Le plongement de la lithosphère océanique entraîne la fusion partielle du manteau de la plaque chevauchante. Ce magma, en refroidissant, formera des roches magmatiques à l'origine de l'accrétion du domaine continental.

1. Des transferts d'eau entre les plaques

- Au fur et à mesure que les roches de la lithosphère océanique s'enfoncent dans le manteau, elles subissent un métamorphisme de haute pression et de basse température. De nouveaux minéraux se forment : d'abord du glaucophane, caractéristique du faciès

> **Un faciès** est un ensemble de minéraux qui ne se forment que dans certaines conditions de pression et de température.

schiste bleu, puis du grenat et de la jadéite, caractéristiques du faciès éclogite.

- Ce métamorphisme conduit à la disparition de minéraux hydratés (chlorite, actinote, glaucophane), au profit de minéraux anhydres (jadéite, grenat). L'eau dégagée par la plaque subduite remonte et vient hydrater les péridotites du manteau de la plaque chevauchante.

2. La formation d'un magma dans la plaque chevauchante

- La péridotite hydratée entre en fusion partielle. Le magma formé est riche en silice et en eau. Moins dense que les roches du manteau environnant, il remonte à travers la croûte de la plaque chevauchante.

- Au cours de sa remontée, le magma subit des modifications plus ou moins importantes et peut être à l'origine d'une grande diversité de roches magmatiques.

3. Le plutonisme à l'origine des granitoïdes

- La majorité du magma reste en profondeur dans la croûte et refroidit lentement. Les roches formées sont entièrement cristallisées et constituent des plutons (ex. : granodiorite).

- D'une composition proche du granite* et de structure grenue*, ces granitoïdes* sont les composants majoritaires de la croûte continentale (→ *voir fiche 16*).

4. Les caractéristiques du volcanisme de subduction

- Si le magma est riche en gaz, il peut remonter jusqu'en surface et former des édifices volcaniques. À l'air libre, le magma refroidit brusquement et forme des roches magmatiques volcaniques à structure microlitique* (ex. : andésite).
- Ce magma étant riche en eau et en silice, il est souvent très visqueux. Dans les édifices volcaniques, des bouchons qui s'opposent au dégazage du magma se forment. La pression s'accumule jusqu'à la rupture : on parle d'un volcanisme de type explosif.

Les zones de collision, des frontières convergentes

FICHE 25

Lorsque la lithosphère* océanique a complètement disparu par **subduction***, la **convergence des plaques** peut aboutir à la rencontre de deux **lithosphères continentales**. Celles-ci étant peu denses (2,7), elles plongent difficilement dans le manteau. Les forces de compression qui s'exercent sont alors absorbées par les déformations des roches. Celles-ci entraînent un **épaississement vertical** à l'origine de l'important relief des **chaînes de montagnes**.

I Les marqueurs tectoniques de la déformation des roches à l'affleurement

1. Les déformations cassantes

• Dans un contexte de **convergence**, les roches subissent des forces de **compression**. Sous ces **contraintes**, les roches de la croûte ont un **comportement cassant** (→ *voir fiche 18*) qui donne naissance à des fractures : les **failles inverses**.

• Ces failles permettent le déplacement vertical des blocs de roches qui se **superposent**. On parle de **chevauchement**. Dans le cas de très grandes failles, presque horizontales, les chevauchements peuvent se faire sur de très grandes échelles, de l'ordre du kilomètre. Ce sont des **nappes de charriage**.

Les chevauchements se remarquent par un non-respect du **principe de superposition :** des terrains âgés recouvrent des terrains plus jeunes.

2. Les déformations souples

• La croûte est très riche en **éléments radioactifs** qui se désintègrent au cours du temps en libérant de la chaleur. Dans les chaînes de montagnes, quand la croûte est très épaisse, les roches en profondeur se réchauffent. Plus **ductiles***, elles peuvent alors subir des **déformations souples** comme des **plis**.

• Failles inverses, chevauchements, nappes de charriage et plis sont des marqueurs du raccourcissement horizontal de la lithosphère continentale.

II Caractériser les déformations de la lithosphère en profondeur

• Dans les années 1980 a été lancée en France une grande étude sismique : l'ECORS (Étude de la croûte continentale et océanique par réflexion et réfraction sismique).

• La **sismique réflexion** et **réfraction** sont des méthodes qui consistent à créer des ondes sismiques, à l'aide de **camions vibreurs**, et d'en observer la propagation. Les **ondes réfléchies** et **réfractées** sont particulièrement regardées, car elles mettent en évidence l'existence en profondeur de **discontinuités** (on parle de réflecteurs). Les enregistrements obtenus sont appelés des **profils sismiques** ou **profils ECORS**. De cette manière, des profils ECORS ont été réalisés dans les Alpes et dans les Pyrénées.

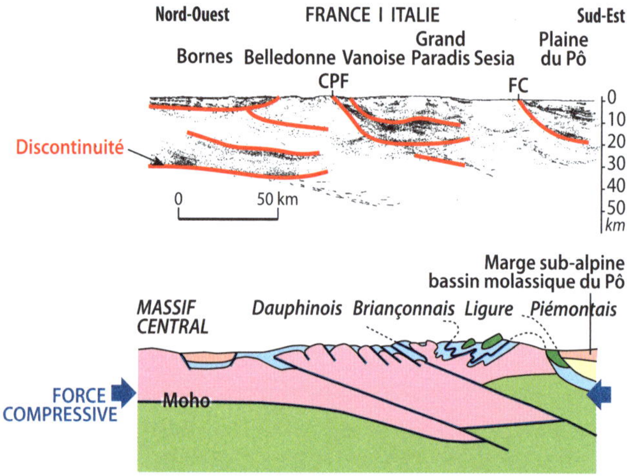

Profil ECORS dans les Alpes et son interprétation

Exemple : sur ce profil réalisé dans les Alpes, on remarque que le Moho* est très profond : il atteint 70 km de profondeur. On parle de **racine crustale**. On remarque également l'empilement d'écailles crustales résultant de la formation de **failles inverses**, de **chevauchements** et de **nappes de charriage**. Ces différents indices attestent bien de la rencontre « frontale » de deux lithosphères continentales, c'est-à-dire d'une **collision**.

Déterminer le déplacement d'une plaque grâce aux données GPS

Sujet : À l'aide des données GPS, déterminer le type de frontière présent entre la plaque eurasiatique et nord-américaine, en Islande.

Développé dans les années 1980, le géopositionnement par satellite (GPS) permet de mesurer en continu le positionnement de balises à différents endroits du globe. Une station GPS envoie des données à des satellites en orbite terrestre qui déterminent sa position en altitude, longitude et latitude à un instant donné.

Station JTC1 — Plaque américaine

Station AQUI — Plaque eurasiatique

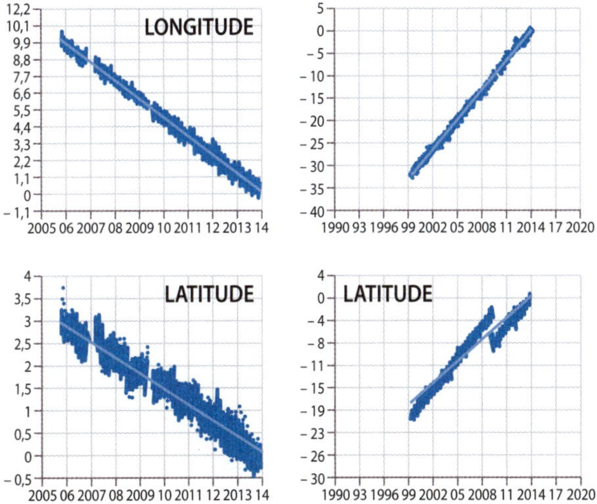

Avant de commencer

► Une vitesse de déplacement positive indique un déplacement vers l'est (en longitude) ou le nord (en latitude). Une vitesse négative indique un déplacement vers l'ouest (en longitude) ou le sud (en latitude).

➔ Étape 1 : déterminer le déplacement de la station JTC1

En longitude, je détermine le coefficient directeur de la droite.
Pour cela, je prends deux points assez éloignés : A(2006 ; 9,8) et B(2014 ; 0).
vitesse longitude = (yb – ya)/(xb – xa) = (0 – 9,8)/(2014 – 2006) = – 1,2 cm/an
En latitude, de la même mainère avec A(2006 ; 3) et B(2014 ; 0).
vitesse latitude = (yb – ya)/(xb – xa) = (0 – 3)/(2014 – 2006) = – 0,4cm/an
La station JTC1 se déplace donc de 1,2 cm/an vers l'ouest et de 0,4cm/an vers le sud.

➔ Étape 2 : déterminer le déplacement de la station AQUI

En longitude, je détermine le coefficient directeur de la droite.
Pour cela je prends deux points assez éloignés : A(2005 ; – 20) et B(2014 ; 0).
vitesse longitude = (yb – ya)/(xb – xa) = (0 – (– 20))/(2014 – 2005) = 2,2 cm/an
En latitude, de la même manière avec A(2002 ; – 15) et B(2014 ; 0).
vitesse latitude = (yb – ya)/(xb – xa) = (0 – (– 15))/(2014 – 2002) = 1,2 cm/an
La station AQUI se déplace donc de 2,2 cm/an vers l'est et de 1,2 cm/an vers le nord.

➔ Étape 3 : tracer les vecteurs de déplacement et conclure sur le type de frontière présent en Islande

Je positionne les plaques tectoniques ainsi que la frontière et les stations selon l'énoncé.
Pour chaque station, je trace le déplacement longitudinal, latitudinal et par construction géométrique le vecteur total. D'après mon schéma, je conclus que les deux stations s'écartent au cours du temps. En Islande, la frontière est donc divergente : il s'agit d'une dorsale*.

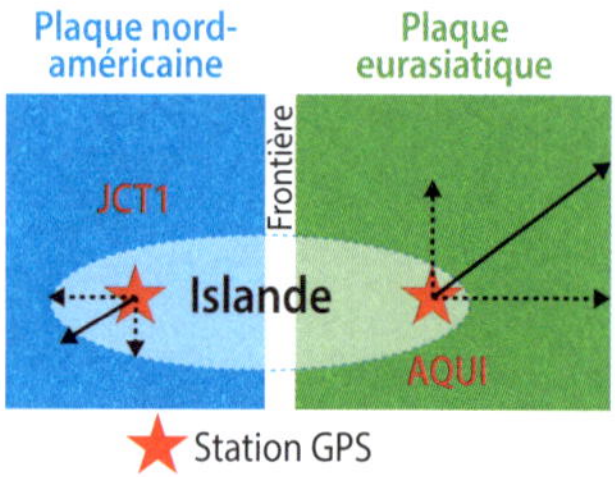

BILAN

La dynamique de la Terre

FICHE 27

QUIZ-Mémorisation active

Questions	Réponses
Que délimite l'isotherme 1 300 °C ?	C'est la limite de température entre l'asthénosphère ductile* et chaude et la lithosphère* cassante et froide.
Quelles différences existe-t-il entre les péridotites de l'asthénosphère et celles de la lithosphère ?	Les péridotites de la lithosphère ont un comportement cassant à la contrainte (elles se rompent en cas de compression ou d'étirement). Les péridotites de l'asthénosphère ont un comportement ductile (elles se déforment, mais ne rompent pas).
Peut-on observer des séismes dans l'asthénosphère ?	Non car l'asthénosphère étant ductile, les roches ne se rompent pas. L'observation de séismes en profondeur indique la présence d'une lithosphère profonde et donc d'une subduction*.
Pourquoi peut-on dire que l'eau joue un rôle clé dans la disparition de la lithosphère océanique et dans la création de la lithosphère continentale ?	L'eau, en hydratant et en refroidissant la lithosphère océanique, contribue à l'augmentation de sa densité et donc à sa disparition par subduction. En zone de subduction, l'eau dégagée par le métamorphisme* de la plaque subduite hydrate les péridotites de la plaque chevauchante, qui fondent et forment un magma à l'origine de la lithosphère continentale.
Qu'est-ce que le métamorphisme ?	La transformation des roches à l'état solide, suite à des variations de pression et de température.

SCHÉMA-BILAN

Le moteur de la tectonique des plaques

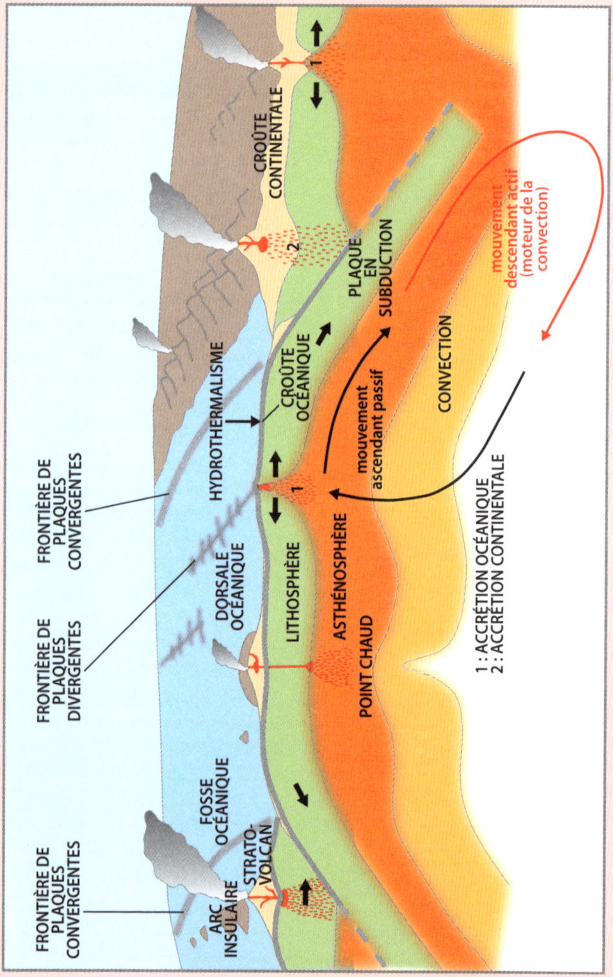

Le fonctionnement d'un écosystème

FICHE 28

Un écosystème* (du grec *oikos* « maison ») désigne l'ensemble des êtres vivants (**biocénose**) qui vivent dans un milieu déterminé (**biotope***). Le **biotope** se caractérise par des **conditions particulières** de température, d'ensoleillement, d'humidité, etc. : on parle de **facteurs abiotiques**. Ceux-ci conditionnent l'installation de la biocénose. Les différents êtres vivants, parfaitement adaptés à leur milieu de vie, interagissent alors entre eux : on parle d'**interactions biotiques**.

1 Le biotope et son influence sur la répartition des êtres vivants

• Parmi les **facteurs abiotiques**, on peut distinguer des facteurs climatiques (humidité, ensoleillement, vent, etc.) et des facteurs liés à la nature du sol (composition chimique, texture...). Certains d'entre eux ont une **influence majeure** sur la répartition des êtres vivants, qu'ils soient présents en excès ou au contraire trop peu abondants : on parle de **facteurs limitants**.

• Sur les plages sableuses de l'Atlantique, la salinité, le vent, la pauvreté du sol en humus et en eau douce constituent des barrières majeures à la colonisation du milieu. Ainsi, au fur et à mesure que l'on s'éloigne du littoral, on distingue un **étagement** de la **végétation**.

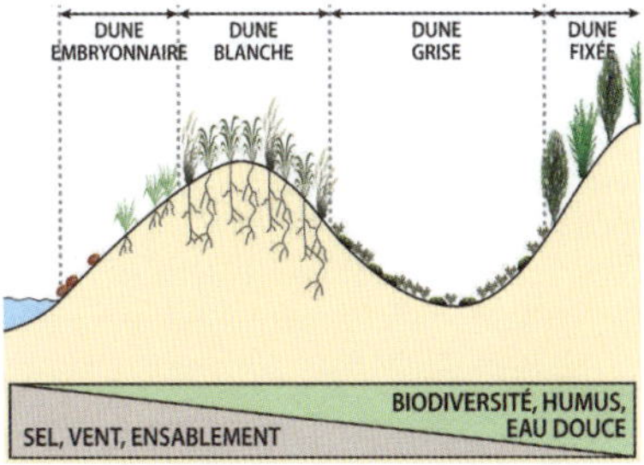

Étagement de la végétation

• Sur la **dune embryonnaire**, la végétation très éparse est exposée aux vents et aux embruns. On y trouve notamment du chiendent, une plante qui supporte le sel et dont le réseau racinaire très développé stabilise la dune. Cette dernière a une croissance rapide qui lui permet de résister à l'ensablement.

• La **dune blanche** est moins exposée aux embruns, mais les vents et l'ensablement restent fréquents. L'oyat est une plante emblématique de cet écosystème. Ses racines, qui peuvent atteindre jusqu'à 3 mètres de profondeur, lui permettent de fixer le sol et de puiser de l'eau douce dans la nappe phréatique. De plus, ses feuilles sont capables de s'enrouler en cas de sécheresse, limitant ainsi les pertes en eau.

- La **dune grise** est abritée des vents, mais possède un sol très pauvre en humus. Seuls les lichens ou les mousses, s'y développent. Adaptée aux épisodes de sécheresse, la *tortula ruralis* (mousse) entre en vie ralentie puis reverdit au moment des pluies : on parle de **reviviscence**.

- La **dune fixée** est un milieu peu contraignant, car relativement bien abrité du vent, de l'ensablement et des embruns. On y trouve des espèces buissonnantes comme le saule rampant, l'ajonc européen, les rosiers, etc.

II Les relations entre individus de la biocénose

La symbiose* est une association obligatoire à bénéfices réciproques pour les deux partenaires. En cas de coopération non obligatoire on parle de mutualisme.

- Dans un écosystème, les différents êtres vivants interagissent entre eux.

- Chaque espèce occupe une place déterminée dans ce réseau d'interactions : on parle de **niche écologique**.

Exemple : dans la dune embryonnaire, on trouve de nombreux arthropodes comme les puces de mer, les cloportes, les mouches Fucellia, qui décomposent les débris charriés par la mer (algues, bois, coquilles, etc.). Ils enrichissent ainsi le sol en éléments minéraux, aux bénéfices des plantes (chiendent, panicaut des dunes), et servent à leur tour de nourriture à certains oiseaux (mouette, goéland).

- Les interactions entre les êtres vivants sont très variées et peuvent se faire au **détriment** d'une espèce (**prédation, parasitisme***), ou être bénéfiques pour les deux partenaires (**mutualisme**, **symbiose**).

Exemple : le lichen de la dune grise résulte de l'association entre une algue et un champignon. Dans cette **symbiose**, le champignon apporte à l'algue un support, des sels minéraux et de l'eau douce, tandis que l'algue procure au champignon de la matière organique.

- Ces interactions constituent un moteur d'évolution des espèces. Certains végétaux ont acquis au cours de leur histoire des **adaptations** qui les protègent de l'herbivorie comme les **épines** de l'ajonc ou le **latex toxique** des euphorbes.

Les flux de matière et d'énergie dans un écosystème

FICHE 29

Un être vivant est une entité capable de se **reproduire**, de produire l'**énergie** dont il a besoin et sa propre **matière** (**organique**) à partir des éléments du milieu. Ainsi, tous les êtres vivants sont des **producteurs** et réalisent avec leur environnement des **transferts d'énergie** et de **matière**. Suivant les écosystèmes*, la quantité de matière produite par la biocénose (**biomasse**) sera plus ou moins importante, et plus ou moins rapide : on parle de la **productivité** de l'écosystème.

On distingue la **matière organique**, qui constitue le vivant, de la **matière minérale.** Cette matière est très riche en atomes de carbone, d'hydrogène et d'oxygène.

I Les différents types de producteurs

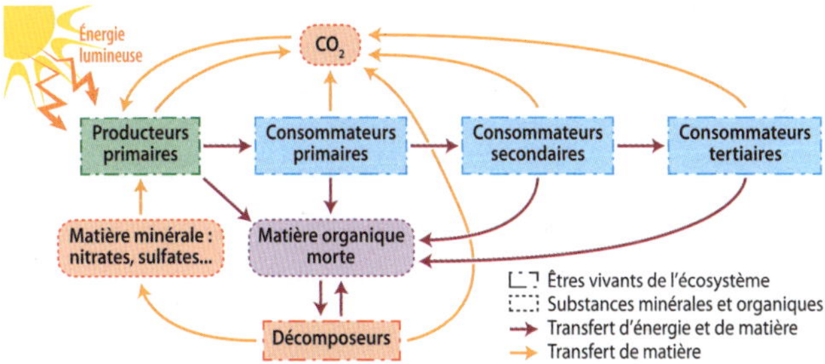

- Les différents êtres vivants n'exploitent pas les mêmes ressources du milieu pour produire leur matière et leur énergie.
- Les **producteurs primaires*** sont les seuls êtres vivants à pouvoir transformer la **matière minérale** en **matière organique**. Ils ont un rôle clé dans les écosystèmes, car ils permettent l'entrée d'**énergie** et de **matière organiques** dans l'écosystème. Parmi eux, on distingue les **végétaux chlorophylliens** (verts) qui utilisent comme source d'énergie la lumière du soleil.
- Les **consommateurs*** se nourrissent d'êtres vivants pour produire leur propre matière et l'énergie dont ils ont besoin. On distingue les **consommateurs primaires** (herbivores) qui mangent des producteurs primaires, des **consommateurs secondaires** (carnivores) qui mangent à leur tour les consommateurs primaires, etc.

• Les **décomposeurs*** sont des êtres vivants (microorganismes du sol) qui recyclent la matière organique morte (cadavres, végétaux morts) en **matière minérale** et en **énergie** : ils permettent ainsi d'enrichir le sol en matière minérale (minéralisation) dont se nourrissent les **producteurs primaires**.

II Les transferts d'énergie et de matière

• Chez les producteurs primaires, la conversion de l'énergie lumineuse est peu efficace. En effet, la majorité de l'énergie produite par photosynthèse est dissipée sous forme de **chaleur** ou utilisé pour l'**évaporation de l'eau** (permettant la circulation de la sève). Au total, moins de 2 % de l'énergie absorbée permet la production de matière organique. Par ailleurs, la moitié de cette matière sera dégradée pour produire l'énergie nécessaire à la plante, via la **respiration**.

• D'un écosystème à l'autre, on peut mesurer l'**efficacité de la conversion de l'énergie lumineuse** par deux facteurs :
– la **production primaire brute**, qui s'intéresse à la biomasse produite par les végétaux sans prendre en compte les pertes dues à la **respiration** ;
– la **production primaire nette**, qui ne considère que la **matière organique** investie dans la croissance du végétal et prend donc en considération les pertes de matière dues à la **respiration**.

• Les échanges de matière et d'énergie chez les consommateurs s'établissent lors des **relations alimentaires** et forment un réseau **trophique**.

• À chaque étage de ce réseau, la majeure partie de la matière consommée est perdue (environ 90 %) car elle est **non assimilable**, ou sert à produire de l'**énergie**.

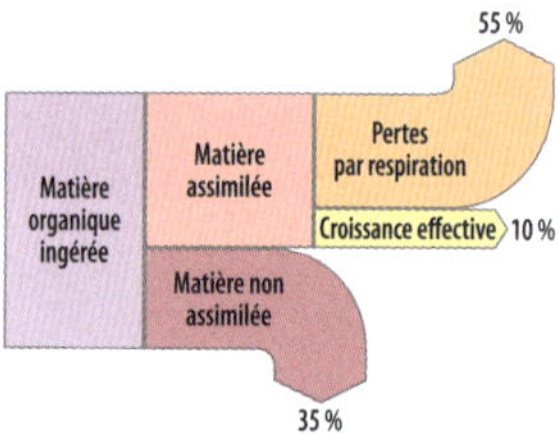

Les transferts de matière dans les réseaux trophiques

• Seulement 5 à 20 % de la matière organique est utilisée pour la **croissance** de l'étage suivant, ce qui explique que la représentation des biomasses au sein d'un écosystème a la forme d'une **pyramide** qui n'excède généralement pas **5 à 6 étages**.

Cycle géochimique du carbone et perturbations anthropiques

FICHE 30

La **matière organique** se caractérise par sa richesse en **carbone**. Cet atome est extrait de la **matière minérale** (CO_2) par l'action des **producteurs primaires***. Il existe donc des **flux de carbone organique** et **minéral** à l'échelle de la planète. L'ensemble de ces transferts, d'un réservoir à l'autre, constitue un **cycle géochimique**.

I Le cycle court du carbone

• Il existe **quatre** grands **réservoirs du carbone** : l'**atmosphère**, la **biosphère** (ensemble des êtres vivants), l'**hydrosphère** (ensemble des étendues d'eau) et la **lithosphère*** (→ *voir fiche 22*).

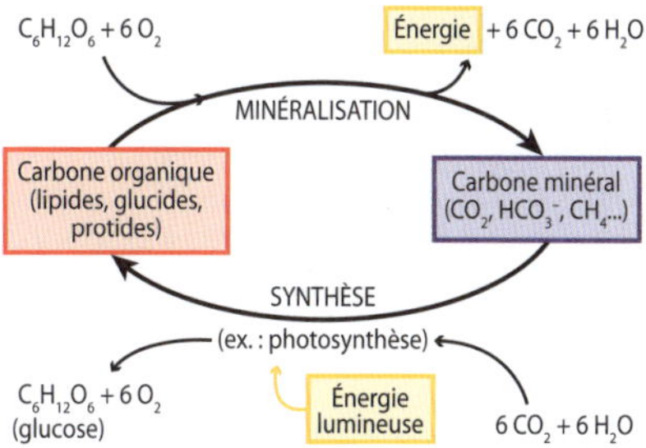

• Dans le cycle court du carbone, les transferts se font principalement entre la **biosphère** et l'**atmosphère** (en milieu continental), ou l'**hydrosphère** (en milieu océanique).

• Les **producteurs primaires** transforment le carbone minéral (CO_2) en carbone organique (lipides, glucides, protides) grâce à la **photosynthèse**.

• Les **producteurs secondaires** utilisent alors ce carbone organique et le convertissent en carbone minéral et en énergie via la **respiration** ou la **fermentation**. On parle de **minéralisation** du carbone. Le carbone est ici recyclé en **moins d'un siècle**.

II Le cycle long du carbone

• Si la majorité du carbone est recyclé dans un écosystème*, une petite quantité cependant **échappe** à ce recyclage.

Exemple 1 : une partie de la matière organique n'est pas dégradée par les décomposeurs* et **fossilise** sous forme de **roches carbonées** (pétrole, charbon).

Exemple 2 : l'**hydrosphère** et l'**atmosphère** sont en équilibre : une partie du CO_2 atmosphérique se dissout dans les océans sous forme d'**ions hydrogénocarbonates** HCO_3^-. Ces ions sont utilisés par les organismes marins pour former leur **coquille** ou leur **squelette** ($CaCO_3$). À la mort de l'animal, ceux-ci tombent au fond des océans et participent à la formation de **roches carbonatées** (calcaires). Ces roches stockent le carbone jusqu'à être mobilisées lors de **mouvements tectoniques**. Elles peuvent être incorporées dans le magma formé en zone de subduction*. Arrivé en surface, la lave dégaze et libère son CO_2 dans l'atmosphère.

- Ces transfert de carbone, qui s'opèrent sur des millions d'années, mettent en jeu des **réservoirs très importants**.
- L'écosystème est donc un **système ouvert**.

III Perturbations anthropiques et réchauffement climatique

- Dans l'atmosphère, le CO_2 absorbe le rayonnement infrarouge provenant du sol et contribue à réchauffer la planète : on parle d'**effet de serre**. Sans effet de serre, la température moyenne de la Terre serait de – 15 °C.
- Depuis le XXe siècle, le développement des **activités anthropiques** (industrie, transport etc.) a conduit à une augmentation très importante des émissions de gaz à effet de serre.

Exemple : la concentration en CO_2 atmosphérique, stable depuis des millénaires, est passée de 280 ppm (particules par million) à plus de 400 ppm en 2016.

- Ces émissions sont en grande partie dues à la **combustion d'énergies fossiles** (roches carbonées), de **bois** et à la **déforestation** qui libèrent brusquement de grandes quantités de carbone accumulé sur de longues périodes.
- L'augmentation du carbone atmosphérique est responsable du **réchauffement climatique** global et de l'**acidification des océans** (par augmentation des ions HCO_3^-).
- Les activités anthropiques perturbent ainsi l'équilibre du cycle du carbone.

Perturbations des écosystèmes et résilience

FICHE 31

Un **écosystème*** n'est pas figé dans le temps. Certaines **perturbations naturelles** peuvent conduire à une **modification** profonde de la **biocénose** comme des **modifications climatiques** (glaciations, incendies, ouragans), **géologiques** (séismes, glissements de terrain, érosion) ou encore **biologiques** (maladies, espèces invasives). La **résilience*** de l'écosystème désigne sa capacité à retourner à un état identique à celui antérieur à la perturbation.

Clements développa l'idée de successions écologiques en 1916 en observant les plantes qui repoussaient après le passage des charriots des pionniers dans les plaines du Nebraska

I Successions écologiques et climax

- La conquête d'un nouveau milieu se fait selon une **succession d'étapes**.

- Par exemple, un **incendie** dans une forêt européenne conduit à la formation d'une **trouée**. Des graines déjà présentes dans le sol, ou transportées par le vent, se mettent à germer. Les premières plantes à se développer dans le milieu sont appelées « **espèces pionnières** ». Il s'agit généralement d'herbacées qui ont un **cycle de vie très rapide** et qui sont capables de vivre dans des **conditions environnementales** très **variables** : on parle d'**espèces généralistes**. À ce stade, la **productivité** de l'écosystème est importante, mais la **biomasse** et la **biodiversité*** sont **faibles**.

- Puis, les **espèces pionnières** modifient leur environnement (enrichissent le sol en humus) et permettent ainsi l'installation de nouvelles espèces qui entrent en **concurrence**. Apparaissent des **espèces buissonnantes** formant des taillis qui laissent place à des **espèces arbustives** (pin, chêne, érable). La **compétition** pour la lumière devient rude et les herbacées intolérantes à l'ombre disparaissent. Les espèces présentes ont alors un **cycle de vie plus long** et occupent une **niche écologique spécifique** au sein de la biocénose : on parle d'**espèces spécialistes**.

- En quelques années, la forêt acquiert une **biocénose identique** à celle présente **avant la perturbation**. Le dernier stade de cette succession écologique est appelé **climax** et se caractérise par une biocénose relativement stable au cours du temps.

À ce stade, la biodiversité et la biomasse de l'écosystème sont très importants, mais la productivité diminue.

Successions écologiques secondaires après un incendie dans une forêt européenne

Source : Katelyn Murphy

1. Climax, 2. et 3. Incendie, 4. Apparition d'une trouée, 5. Apparition des espèces pionnières (herbacées), 6. et 7. stades transitoires, 8. Nouveau climax.

II Les facteurs qui influent sur la résilience d'un écosystème

- La capacité de résilience d'un écosystème dépend fortement de la diversité de la biocénose et de la complexité des réseaux trophiques.
- Plus la biodiversité d'un écosystème est importante et plus celui-ci peut supporter des perturbations jusqu'à un certain seuil. En effet, la redondance des espèces qui occupent une même fonction (ex. : les décomposeurs*), permet de remplacer les niches écologiques devenues vides par la disparition d'une espèce.
- L'invasion biologique d'un milieu dépend aussi de la disponibilité des ressources du milieu. Or, plus la biodiversité d'un écosystème est importante et plus la disponibilité en ressources diminue.

> Exemples : les îles comme celles d'Hawaii, plus pauvres en espèces que les continents, sont généralement plus vulnérables à l'invasion d'espèces étrangères. Les monocultures sont également plus vulnérables aux insectes nuisibles.

- Un certain niveau de perturbations permet de maintenir une diversité maximale au sein de l'écosystème. En effet, trop peu de perturbations défavorise l'installation d'espèces opportunistes (ex. : les herbacées qui se développent dans les trouées des forêts suite à la chute des arbres). À l'inverse, des perturbations trop fréquentes constituent une menace pour les espèces spécialistes.

L'humain en interaction avec les écosystèmes

FICHE 32

Au sein de la biocénose, les différentes espèces sont en interaction. Celles-ci peuvent être **nuisibles**, **neutres** ou **bénéfiques** pour les différents **partenaires**. L'humain, appartenant à la biocénose, est ainsi au cœur de nombreuses interactions.

Interactions	Espèce A	Espèce B
Symbiose	+	+
Mutualisme	+	+
Commensalisme	+	0
Domestication	+	+/– (espèce domestiquée)
Compétition	–	–
Prédation	+ (prédateur)	– (proie)
Parasitisme*	+ (parasite)	– (hôte)

0 : Les espèces ne sont pas affectées ; + : l'individu tire des avantages de cette interaction ; – : l'interaction est nuisible pour l'individu.

I Des interactions bénéfiques ou neutres

- La **symbiose*** est une association **obligatoire** qui profite aux deux partenaires.

Exemple : le **microbiote intestinal** humain contient des milliers de micro-organismes, comme la bactérie *Escherichia coli.* Logés dans nos intestins qui leur fournissent nourritures et abris, ces derniers participent à de nombreuses fonctions : stimulation du **système immunitaire**, **protection** contre les pathogènes*, **dégradation** des fibres alimentaires, **production** de vitamines et d'acides aminés… Un dérèglement du microbiote peut conduire à des troubles digestifs, des inflammations chroniques et à des maladies comme le diabète.

- L'association est à bénéfices réciproques, mais n'est pas **obligatoire**, on parle de **mutualisme**.

Au Mozambique, le temps pour trouver une ruche est raccourci de 60 % grâce à l'intervention du grand indicateur

Exemple : le grand indicateur, un oiseau du Mozambique, est connu pour guider l'humain vers les ruches sauvages. Très friand de cire et de larve d'abeille, cet oiseau craint toutefois les piqûres. Lorsqu'il repère un essaim, il peut alors appeler l'humain en émettant un chant très particulier, lancinant et répétitif, et profite des coups de machette de la récolte du miel pour se servir à son tour.

• Le **commensalisme** désigne une interaction qui profite à un des partenaires sans que l'autre n'en retire ni avantage ni inconvénient.

Exemple : sur les aires d'autoroute, certains moineaux profitent du capot chaud des voitures pour cuire des vers ou des insectes, les débarrassant ainsi de leurs parasites.

II Les interactions négatives pour un des partenaires

• Certaines interactions sont nuisibles pour un des partenaires.

• Lorsque deux individus entrent en conflit pour une même ressource ou un même habitat, on parle de **compétition**.

Exemples : en agriculture, les mauvaises herbes baissent les rendements en limitant le développement des cultures. En aquaculture, les annélides tubicoles (vers) occupent les collecteurs et empêchent l'installation des jeunes huîtres.

• La **prédation** désigne une interaction où une espèce se **nourrit au dépens de l'autre**. L'humain est le prédateur de nombreuses espèces, on dit qu'il est **polyphage**. Il occupe de nombreux niveaux trophiques au sein de l'écosystème* : consommateur* primaire, secondaire, tertiaire (→ *voir fiche 29*)...

• Par l'agriculture et l'élevage, l'humain a modifié les caractéristiques **génétiques et morphologiques** de certaines espèces pour qu'elles correspondent davantage à ses besoins. La **domestication** a ainsi conduit à l'apparition de nouvelles espèces comme le cochon issu du sanglier, le bœuf de l'auroch, le maïs de la téosinte...

• Le **parasitisme** est un cas particulier de prédation où l'interaction s'établit sur la durée.

Exemple 1 : les femelles du moustique *Culex pipiens* peuvent suivre pendant plusieurs jours un humain dont elles consomment le sang.

Exemple 2 : grâce aux fossiles, on sait que certains parasites de l'humain sont apparus il y a plusieurs milliers d'années et ont suivi les mouvements de populations, co-évoluant avec leur espèce hôte. En 2007, une analyse ADN a montré que Toutânkhamon était mort du paludisme : une maladie causée par le parasite *plasmodium*.

L'érosion de la biodiversité

FICHE 33

La **biodiversité*** désigne la **variabilité** des formes de vie présentes sur notre planète. Elle s'évalue à différentes échelles : celle de l'**écosystème***, de l'**espèce** et des **individus**. Cette biodiversité n'a cessé d'évoluer et les espèces d'aujourd'hui ne représentent que 1 % des formes de vie ayant existé depuis 3,8 milliards d'années. Actuellement, la biodiversité connaît la **sixième crise** de son histoire : 100 à 1 000 espèces disparaissent chaque année à cause des activités anthropiques.

La biodiversité a connu cinq grandes périodes d'extinction appelées « crises ». La dernière, datant de 65 millions d'années, a conduit à la disparition de la plupart des dinosaures.

I Les actions directes de l'homme sur la biodiversité

• En 2018, la plateforme intergouvernementale sur la biodiversité et les services écosystémiques* (IPBES) a évalué que l'Europe consommait en moyenne 1,5 fois plus de ressources naturelles qu'elle ne pouvait en produire.

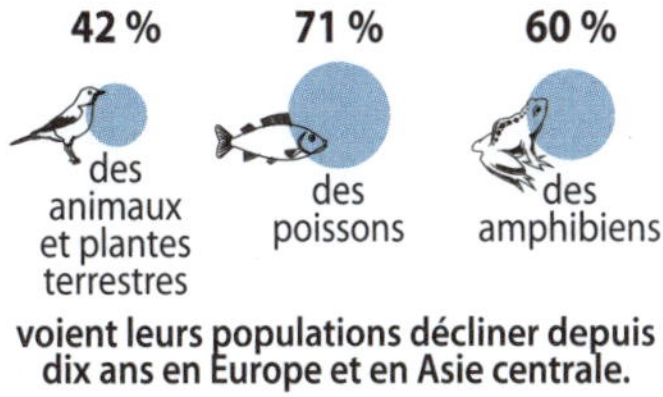

Sources : IPBES ; GLOBAL FOOTPRINT NETWORK, 2017.

• La **surexploitation des ressources**, qualifiée de « **déficit écologique** », que l'on observe également en Amérique du Nord, en Asie et en Afrique, est responsable de l'**érosion de la biodiversité**. Outre l'agriculture intensive, différentes pratiques sont en cause.

– La pêche intensive, qui a conduit en quelques décennies à la **chute de 90 % des populations mondiales de grands poissons**.

> **Exemple :** en Terre-Neuve, au Canada, la pêche de la morue, enjeu économie majeur depuis le XVIe siècle, s'est intensifiée dans les années 1970. Les prises de poissons sont passées de 500 000 tonnes à plus de 800 000 tonnes. Cette surpêche a entraîné la chute catastrophique des stocks de morues dans les années 1980, conduisant à l'interdiction définitive de la pêche en 2003. Aujourd'hui, les bancs de morues ne sont toujours pas réapparus.

– **La chasse excessive et le braconnage** qui ont provoqué et provoquent encore la disparition de nombreuses espèces.

Exemples : c'est le cas du célèbre dodo de l'île Maurice (XVIIe siècle) et plus récemment du bouquetin des Pyrénées (2000), du rhinocéros noir d'Afrique (2011), de la tortue géante de Pinta (2012)… On estime que les **trafics d'espèces protégées**, en provenance du Tchad et du Cameroun et vendues pour leur ivoire ou pour leur viande, génèreraient chaque année plus de **17 milliards d'euros**.

II Les actions indirectes sur la biodiversité

• Des **actions anthropiques indirectes**, présentées ci-dessous, menacent également la biodiversité.

• La **destruction** ou la **fragmentation des habitats naturels**, pour l'agriculture ou l'urbanisation (lotissements, routes, parkings, etc.). On estime que chaque année 13 à 15 millions d'hectares de **forêts disparaissent ainsi**, soit le quart de la superficie de la France.

Exemple : l'exploitation de l'huile de palme et la déforestation qu'elle entraîne conduisent notamment à la disparition de 5 000 orangs-outans tous les ans. Selon l'Union internationale pour la conservation de la nature (UICN), entre 1950 et 2010, 60 % de ces primates ont disparu et, à ce rythme, cette espèce devrait s'éteindre d'ici 2025.

• L'introduction d'**espèces invasives** : certaines **espèces exotiques** introduites volontairement (chats, lapins) ou non (rats, serpents) par l'humain peuvent proliférer et menacer la survie d'**espèces autochtones**.

Une espèce endémique est une espèce qui n'existe que dans une région déterminée.

Exemple : l'introduction de la perche du Nil dans le lac Victoria, en Afrique, a conduit à une profonde modification de l'écosystème ainsi qu'à la disparition de plus de 200 espèces de cichlidés (poissons) **endémiques**.

• Le **changement climatique**.

Exemple : l'augmentation de température et l'acidification des océans provoquent le blanchiment et la mort des coraux, des animaux qui servent d'habitat pour près de 30 % de la biodiversité marine. Entre 2015 et 2016, la moitié des coraux de la grande barrière australienne ont ainsi disparu.

Le service écosystémique et la monétisation de la biodiversité

FICHE 34

En 2005, l'« **Évaluation des écosystèmes* pour le millénaire** », commandée par l'ONU, a montré que l'érosion de la biodiversité* avait des **conséquences** aussi bien **écologiques** qu'**économiques**. En effet, en 50 ans, les **services écosystémiques***, c'est-à-dire les **bénéfices** que tirent les humains des écosystèmes, ont diminué de 60 %. Or, ces derniers sont multiples, allant de la dépollution des sols à la production de textiles…

I Les services d'approvisionnement

- Il s'agit des **produits** tirés des écosystèmes comme la **nourriture**, les **textiles**, les **médicaments**, les **matériaux** de construction, les **combustibles**, les **pigments**, les **cosmétiques**, les **parfums**… Préserver la biodiversité permet d'entretenir un **réservoir de gènes** qui peut se révéler précieux pour ces productions.

> **Exemple 1 :** la production de café constitue un enjeu agronomique majeur. Chaque jour, plus d'**un milliard de tasses** sont ainsi bues. Or, seulement deux espèces contribuent à cette production et elles sont **très sensibles aux parasites et aux maladies** telles que la rouille. Depuis 50 ans, le croisement avec des **caféiers sauvages** a permis d'**augmenter la résistance des variétés cultivées**.

> **Exemple 2 :** les **archéobactéries** sont des micro-organismes capables de vivre dans des **conditions extrêmes**. Leur étude dans les geysers de Yellowstone a permis la mise au point de la **PCR** (→ *voir fiche 3*). Mais de tels écosystèmes sont rares, la plupart ayant été détruits pour la production d'eau chaude ou d'électricité.

- Aujourd'hui, plus de la **moitié des médicaments** consommés renferme au moins une **molécule d'origine naturelle**. L'acide acétylsalicylique, composé de l'aspirine (médicament le plus vendu au monde), est produit par le saule. De plus, de **nombreux antibiotiques*** viennent de micro-organismes, comme la **pénicilline** découverte par hasard par Flemming en 1928 (→ *voir fiche 41*).

II Les services de régulation

- Ces services sont plus **difficilement quantifiables**, car moins tangibles. Ils sont de nature très diverse.

• La **régulation du climat** : grâce à la photosynthèse, les végétaux contribuent à diminuer le **CO_2 atmosphérique** et participent au **cycle géochimique du carbone**. On estime ainsi que les forêts tropicales stockent près de **305 tonnes de carbone par hectare**.

• La protection contre l'**érosion** : en France, certaines forêts sur les flancs de montagne sont préservées depuis 1922, car elles limitent le **risque d'avalanche**, **de glissement de terrain, etc.**

D'après l'UICN, un hectare de forêt en plus permettrait de réduire de 15 € par an les dépenses d'eau potable de l'ensemble des ménages français.

• La **dépollution de l'eau** : les bactéries et les champignons des écosystèmes forestiers jouent un rôle majeur dans la **filtration des eaux**, en absorbant par exemple les **nitrates**.

> **Exemple :** l'eau potable de New York provient à 90 % des Catskill Mountains. La gestion de cette région boisée permet une production d'eau 7 fois moins chère que ce que nécessiterait un traitement industriel.

• La **pollinisation** : de nombreux insectes, comme les abeilles, pollinisent les fleurs et permettent la production des fruits.

> **Exemple :** en France, on estime que **72 % des espèces végétales** dans l'agriculture dépendent de ces insectes dont la disparition coûterait **2,9 milliards d'euros** par an.

III Les services socioculturels

• Les services socioculturels se rapportent à la **valeur esthétique**, **récréative**, **éducative**, **spirituelle**, etc. de la biodiversité.

> **Exemple :** les forêts constituent des **lieux de promenades** et de **pratiques sportives**. Celle de Fontainebleau comptabilise davantage de visiteurs que la tour Eiffel ou le Musée du Louvre. Elle est également célèbre pour avoir été le foyer de l'**école de Barbizon** (peintres impressionnistes paysagistes du XIXe siècle).

• La nature peut également servir de modèle pour l'industrie : on parle de **biomimétisme**.

> **Exemple :** les crochets du fruit de la bardane ont inspiré à George de Mestral l'invention du velcro (bandes de scratch) en 1948.

FICHE 35

Protéger les écosystèmes

Depuis 1970, 60 % des populations d'oiseaux, de poissons, de mammifères, d'amphibiens et de reptiles ont diminué. En 1992 à Rio, 168 pays ont signé la **convention sur la diversité biologique**, un traité les engageant à **préserver la biodiversité*** afin de permettre l'**exploitation durable** de ses ressources.

I Recenser la biodiversité pour mieux la protéger

- Comment protéger ce que l'on ne connaît pas ? Une des premières étapes pour la conservation de la biodiversité consiste à la **répertorier** et à suivre les **variations d'effectifs** des populations.

La Terre contiendrait 8,7 millions d'espèces. Actuellement, 2 millions seulement ont été décrites.

- L'**Union internationale pour la conservation de la nature** (UICN) a établi dans ce but une **liste rouge des espèces menacées**. En 2018, celle-ci comprenait : 5 583 espèces sévèrement en danger, 8 455 en danger et 11 783 vulnérables.
- Les **sciences participatives** constituent un précieux outil : elles font appel aux volontaires qui recensent la **biodiversité ordinaire**.

Exemple : le programme **Vigie Nature** du Muséum national d'histoire naturelle invite à répertorier les oiseaux, insectes, plantes sauvages, chauves-souris et escargots de la région. Lancé en 1989, il a permis de générer un nombre important de données sur une vaste zone.

II Agir pour sauvegarder la biodiversité

- L'une des façons les plus efficaces de préserver la biodiversité consiste à protéger l'environnement qui la contient. C'est le but des **réserves naturelles** et des **parcs nationaux**.

Exemples : en 1861, la première réserve a été créée à Fontainebleau grâce au militantisme des **peintres impressionnistes** et 1 094 hectares ont été préservés. Le parc de Yellostown, créé en 1872, est le premier exemple d'une volonté de préservation de la nature pour des motifs écologiques.

• La biodiversité peut également être préservée *ex situ* : les plantes peuvent être conservées dans les **jardins botaniques** ou les **banques de graines**, les animaux dans les **parcs zoologiques** ou les **zoos**. Certaines espèces sauvages ont été sauvées grâce à ces **élevages**.

Exemple : en 1962, l'**oryx d'Arabie** n'existait plus que dans un **zoo de Phoenix**, aux États-Unis. Réintroduit dans les années 1980, la péninsule arabique compte aujourd'hui plus de 1000 individus à l'état sauvage. De la même façon, le cheval de **Prjevalski**, disparu de Mongolie, a été réintroduit avec succès en Chine, en France, en Espagne et en Ukraine.

• Toutefois, la réintroduction d'espèce est délicate, car souvent l'environnement d'origine, profondément altéré, ne répond plus aux besoins de l'espèce ou encore parce que **les causes de sa disparition** sont toujours présentes.

Exemple : en France, la réintroduction du **loup** ou de l'**ours des Pyrénées** ne semble pas efficace, en particulier à cause de l'hostilité de la population, du manque de zones protégées et de ressources, des accidents de voiture…

II Exploiter durablement les écosystèmes

• L'**ingénierie écologique** désigne l'ensemble des techniques qui visent à une exploitation plus respectueuse de l'environnement. Elle nécessite de comprendre l'**équilibre dynamique** des écosystèmes* (**écologie**).

L'exploitation durable peut passer par la recherche de nouvelles espèces (**bioprospection**) telles que le riz africain qui résiste mieux à la sécheresse et consomme moins d'eau que le riz asiatique.

• La **gestion durable des forêts**, créée dans les années 1990, encourage l'abandon des **futaies** constituées d'arbres de même âge et de même essence, au profit d'exploitations en mosaïque, plus proches des écosystèmes naturels et permettant une plus grande biodiversité.

• L'étude des forêts faiblement anthropisées, comme celle de Bialowieza en Pologne, a permis de comprendre l'**intérêt du bois mort** qui y est très abondant. Ce dernier sert en effet de refuge et de nourriture à 21 % de la faune forestière. Très longtemps négligés, les **insectes saproxyliques**, qui dépendent du bois mort, font désormais l'objet de nombreux programmes de préservation en Europe.

Les transferts d'énergie

Sujet : Vérifier si l'écosystème* forestier ci-dessous respecte la loi de Lindeman.

En 1942, Raymond Lindeman détermine que dans un réseau trophique, seulement 5 à 20 % de l'énergie disponible est utilisé par le niveau suivant. Le reste de l'énergie est perdu, principalement par **respiration**. Cette **loi de Lindeman** est vraie dans de nombreux écosystèmes, mais il existe toutefois des exceptions.

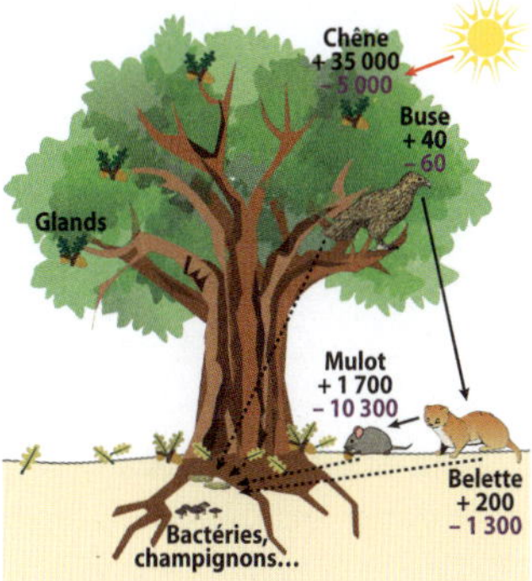

Réseau trophique simplifié d'un écosystème forestier

- Flèche en trait plein = « est mangé part »
- Flèche rouge = « photosynthèse »
- Flèche en pointillés = « décompose »
- + chiffre = production énergétique en kJ/m²/an
- – chiffre = perte d'énergie liée à la respiration

Avant de commencer

► Qui sont les producteurs primaires* ? Les consommateurs* primaires ? secondaires ?

► Quel est leur rendement énergétique ?

Étape 1 : construire la pyramide énergétique de l'écosystème forestier

D'après le document, j'identifie les différents niveaux trophiques.
Le chêne est un producteur primaire car il utilise l'énergie lumineuse pour son métabolisme.
Le mulot est un consommateur primaire (herbivore) car il mange les glands du chêne.
La belette est un consommateur secondaire (carnivore) car elle mange le mulot.
La buse est un consommateur tertiaire (carnivore) car elle mange la belette.
Les bactéries et les champignons sont des décomposeurs* car ils consomment de la matière organique morte issue des différents êtes vivants. Ils ne seront pas pris en compte dans la pyramide car le sujet ne fournit aucune donnée énergétique.

Je construis alors la pyramide des énergies :

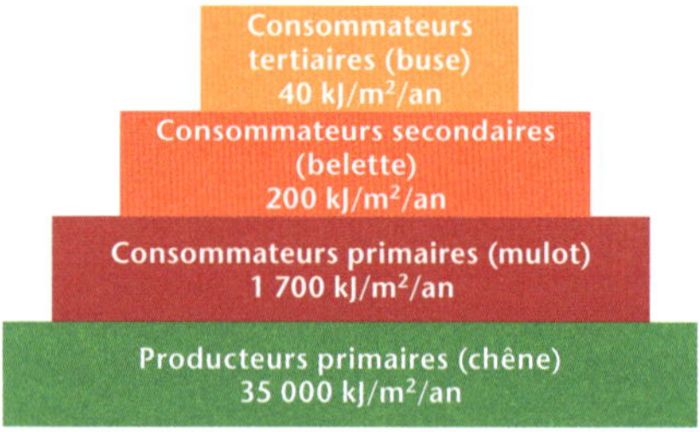

Pyramide des énergies (hors décomposeurs)

Étape 2 : calculer le rendement entre les différents niveaux trophiques

Le **rendement énergétique** permet de déterminer les transferts d'énergie d'un niveau à l'autre. Il consiste donc à comparer, pour un **niveau *n***, l'énergie produite par rapport à celle du **niveau *n* – 1**.

Je calcule alors pour chaque niveau :

Niveau considéré	Calcul
Consommateur I	1 700 ÷ 35 000 × 100 = 5 %
Consommateur II	200 ÷ 1 700 × 100 = 12 %
Consommateur III	40 ÷ 200 × 100 = 20 %

Toutes ces valeurs sont comprises entre 5 et 20 %. La loi de Lindeman s'applique donc à cet écosystème forestier.

BILAN

L'écosystème forestier

FICHE 37

QUIZ-Mémorisation active

Questions	Réponses
Qu'est-ce qu'un écosystème* ?	L'ensemble des êtres vivants (biocénose) qui vivent dans un milieu (biotope*).
Qu'est-ce qu'un producteur primaire ? Pourquoi dit-on qu'ils sont à la base des écosystèmes ?	Un producteur primaire est un être vivant capable de produire sa matière organique à partir de matière minérale (notamment par photosynthèse). Il permet ainsi l'entrée de matière organique et d'énergie dans l'écosystème et a donc un rôle clé dans l'écosystème.
Pourquoi la représentation des biomasses dans un réseau trophique a souvent la forme d'une pyramide ?	À chaque étage trophique, environ 90 % de la matière est perdue : une partie n'est pas assimilée par le consommateur* et l'autre est transformée en énergie. Ainsi la biomasse décroît à chaque étage.
Sous quelle(s) forme(s) est stocké le carbone dans la lithosphère* ?	Dans la lithosphère le carbone est stocké sous forme de roches carbonatées (calcaires), ou de roches carbonées (pétroles, charbon).
Qu'est-ce que le service écosystémique ? Citer quelques exemples.	Le service écosystémique désigne l'ensemble des bénéfices procurés à l'humain par l'écosystème. Par exemple : la dépollution des eaux, la fixation du carbone atmosphérique, la pollinisation, la production alimentaire, textile, etc.
Le héron garde-bœuf est un oiseau insectivore présent en Afrique. On le voit souvent sur les dos de grands mammifères (buffles, girafes...) qu'il débarrasse des parasites (tiques, mouches). Comment appelle-t-on l'interaction entre le bœuf et ce héron ?	Il s'agit d'une action coopérative non obligatoire : on voit « souvent » le héron sur le dos des mammifères mais pas toujours, il s'agit donc de mutualisme.

SCHÉMA-BILAN

Le cycle du carbone

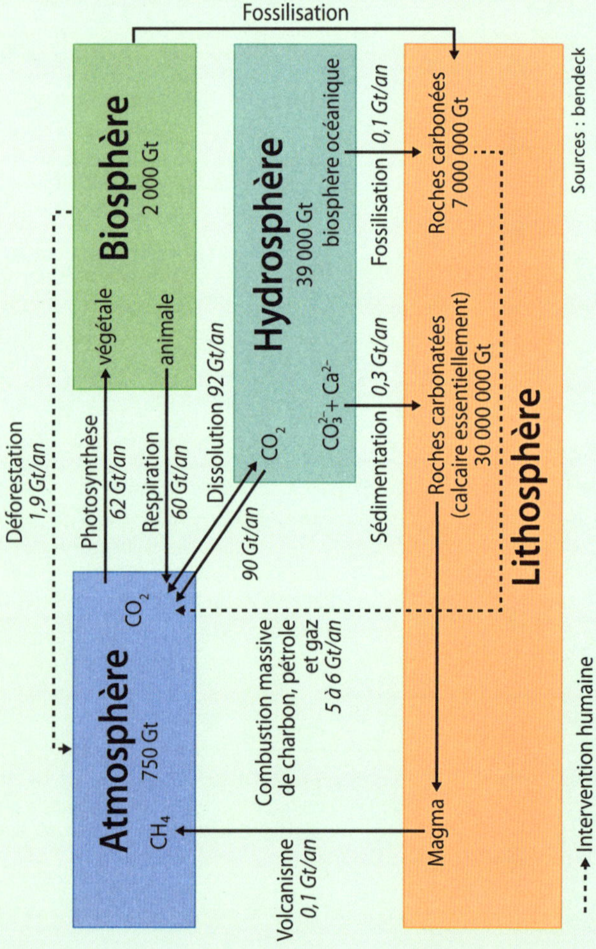

Les maladies génétiques, l'exemple de la mucoviscidose

FICHE 38

Les mutations*, en altérant le fonctionnement de certains gènes, peuvent engendrer des dysfonctionnements de l'organisme à l'origine de **maladies génétiques**. Ces pathologies sont **héréditaires**. C'est le cas de la **mucoviscidose** (→ *voir fiche 8*), une maladie caractérisée par des troubles respiratoires et digestifs et qui affecte aujourd'hui 7 000 personnes en France.

I Déterminer le risque d'être malade

1. Du génotype au phénotype

- Chaque individu possède **deux copies d'un même gène**, l'une portée par le chromosome **maternel**, l'autre par le chromosome **paternel** (chromosomes homologues).

- Bien souvent, pour un même gène existent plusieurs versions (séquences) appelées **allèles***. Un individu peut avoir hérité du même allèle de ses deux parents : il est dit **homozygote** pour cet allèle. En revanche, s'il possède deux **allèles différents**, il est **hétérozygote**. Le phénotype* de l'individu est donc le produit de l'expression de ses différents allèles.

- Un allèle peut être **récessif** : il devra être présent en **deux exemplaires** (individu homozygote) pour s'exprimer. C'est le cas de la grande majorité des allèles mutés, responsables de maladies génétiques comme la mucoviscidose ou l'hémophilie. Seuls les individus **homozygotes** possédant l'allèle muté sont **malades**. En revanche, un individu **hétérozygote** ne sera pas atteint bien qu'il possède un allèle codant pour la maladie : c'est un **porteur sain**.

- Un allèle **dominant** s'exprime même s'il est présent en **un seul exemplaire**. Les individus homozygotes pour cet allèle et hétérozygotes seront donc malades. C'est le cas par exemple de la Chorée de Huntington, une maladie entraînant la dégénérescence du système nerveux.

2. La transmission de la maladie au cours des générations

En connaissant le génotype* (les allèles) des parents, on peut calculer la **probabilité** qu'un enfant développe la maladie.

Exemple : dans le cas de la mucoviscidose (maladie récessive) si les deux parents sont porteurs sains, cette probabilité est de 25 %.

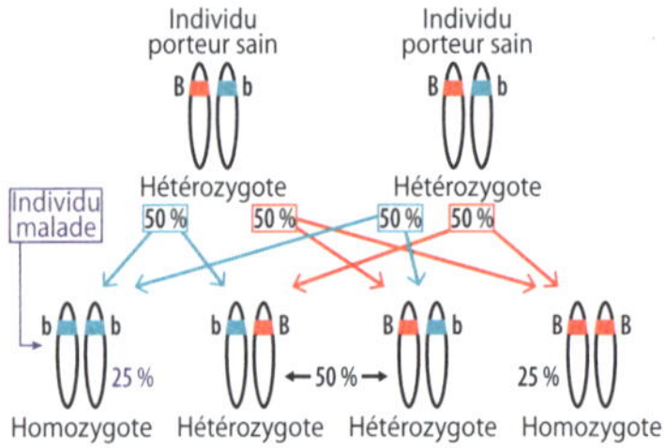

II Quel(s) traitement(s)

• Les **traitements curatifs** visent à guérir le malade. Beaucoup de maladies génétiques sont à l'heure actuelle incurables. La **thérapie génique** représente un bon espoir de guérison pour nombre d'entre elles. Cette technique consiste à remplacer dans les cellules du malade, l'allèle muté par un allèle sain. L'allèle est inséré grâce à un **vecteur**, généralement un virus modifié (ex. : le VIH), rendu préalablement inoffensif.

• Les **traitements palliatifs** visent à soulager le malade en atténuant ses symptômes. Dans le cas de la mucoviscidose, ils consistent à **fluidifier le mucus trop épais** et à faciliter son évacuation par la prise de vasodilatateurs, la prescription de massages par un kinésithérapeute, une hydratation régulière et un contrôle strict de l'alimentation, etc.

• Les **traitements préventifs** visent à empêcher le développement d'une maladie. Depuis 2002, un **dépistage systématique** de la mucoviscidose est réalisé chez tous les nourrissons. Une goutte de sang est prélevée au niveau du talon et le génotype est alors analysé. Ce **test génétique** permet une prise en charge au plus tôt des enfants malades, avant même la manifestation des premiers symptômes.

• Le diagnostic systématique de la mucoviscidose, combiné à des traitements palliatifs de plus en plus efficaces, a permis l'augmentation de l'espérance de vie chez les malades qui était de 7 ans en 1965, à plus 50 ans en 2018.

Le diabète de type II, une maladie plurifactorielle

FICHE 39

Le diabète désigne un ensemble de maladies qui se caractérisent par un **mauvais stockage du glucose**, principale source énergétique des cellules. Touchant 8,5 % de la population mondiale, le diabète de type II fait chaque année plus d'un million de morts : c'est la première **pandémie non infectieuse** de l'humanité.

I Facteurs aggravants et comportements à risques

Pour déterminer les causes d'une maladie, on réalise une étude **épidémiologique** : on regarde la **fréquence de la maladie** dans la population en fonction de différents paramètres.

1. Influence de l'âge

• Le pourcentage d'individus diabétiques double entre 35-49 ans et 50-64 ans, et double encore entre 50-64 ans et 65-74 ans.

• Le risque de développer un diabète de type II dépend de l'âge : en France, on considère qu'il est non négligeable à partir de 40-45 ans et on encourage la population à effectuer un dépistage.

Pourcentage d'individus diabétiques en fonction de l'âge et du sexe

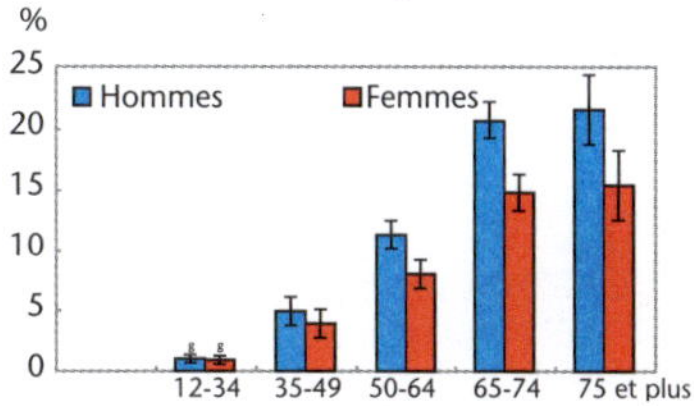

2. Influence du poids

• L'IMC, indice de masse corporelle, a une forte influence sur le développement du diabète.

• Par rapport à une population ayant un IMC « normal » (entre 20 et 25), le pourcentage d'individus diabétiques est 3 fois plus important chez les individus en surpoids, et 9 fois plus important chez les personnes atteintes d'obésité.

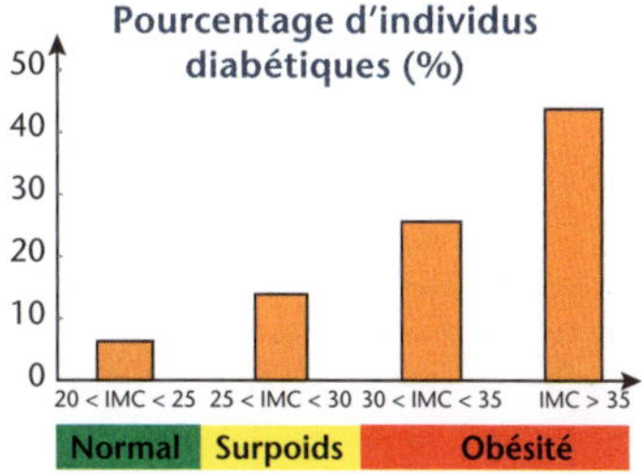

• Surpoids et obésité sont donc des facteurs aggravant le risque de diabète.

3. Influence du mode de vie

• Les Pimas sont un peuple originaire d'Asie qui ont migré il y a 30 000 ans vers le continent américain, peuplant le Mexique puis l'Arizona. Si les deux populations ont les mêmes gènes, il y a 5,4 fois plus d'individus diabétiques dans les populations d'Arizona que dans celles du Mexique. Or, les Pimas d'Arizona ont une activité physique 4 fois plus faible que leurs confrères, une alimentation plus calorique et plus riche en lipides.

• Le diabète de type II dépend, en partie du moins, du mode de vie des individus. On parle de **modes de vie** ou de **comportements à risques** face au diabète.

II Des gènes de prédisposition du diabète de type II ?

• Les études épidémiologiques permettent de déterminer si la maladie a une **origine génétique** et de calculer le **risque** de développer cette maladie en fonction de ses **antécédents familiaux**.

• L'étude des **vrais jumeaux** est particulièrement précieuse, car deux vrais jumeaux possèdent exactement le même **patrimoine génétique**. Si l'un d'entre eux seulement est touché par une maladie, on sait alors qu'elle n'est pas exclusivement d'origine génétique, auquel cas, les deux jumeaux seraient atteints. C'est le cas du **diabète de type II**.

• Le risque de diabète augmente de manière non négligeable suivant le contexte familial : il est de 25 % si un parent est touché, et 40 % si un frère ou une sœur est malade. Il y a donc un ou des gènes de prédisposition au diabète.

• Le diabète est une **maladie polygénique** (due à plusieurs gènes). De plus, le génome* n'est pas un déterminisme absolu, les modes de vie et le milieu interviennent également : c'est une maladie **plurifactorielle**.

Cancer et altération du génome*

FICHE 40

Le cancer désigne un ensemble de maladies qui se caractérisent par la **prolifération incontrôlée** de certaines cellules, qui forment alors des **tumeurs**. Ces cellules perdent leur fonction initiale, ce qui peut engendrer de **graves dysfonctionnements** de l'organisme.

I Le phénotype* des cellules cancéreuses

- Les cellules cancéreuses sont des **cellules somatiques** qui, suite à une **mutation***, acquièrent un **cycle cellulaire*** très **rapide** et deviennent **immortelles**. Elles forment alors de **nombreux clones**, à l'origine de la tumeur, et accumulent à chaque cycle de **nombreuses mutations**. L'apparition d'une cellule cancéreuse et la formation de clones peuvent aboutir à un processus de cancérisation.
- Le cycle cellulaire est régulé par des protéines. Certaines, codées par des **oncogènes**, ont pour rôle d'**augmenter** la vitesse de division cellulaire tandis que d'autres, codées par des gènes dits « **suppresseurs de tumeur** », **ralentissent** cette division. Ainsi, une **surexpression des oncogènes** ou une **diminution** de l'expression des gènes **suppresseurs de tumeur** peut aboutir à une **prolifération cellulaire** et entraîner l'apparition de tumeurs cancéreuses.

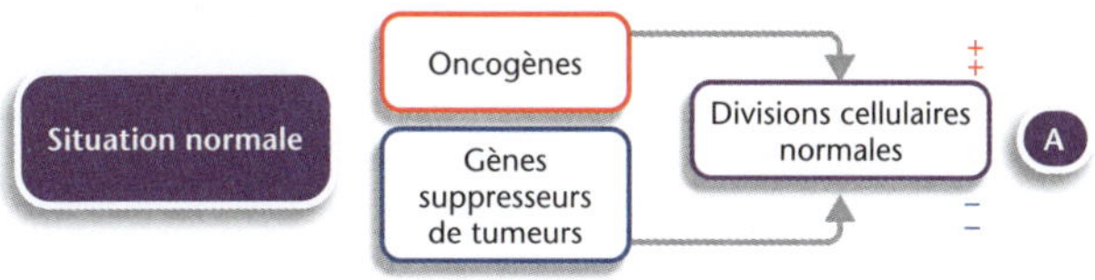

- Un cancer est donc une **maladie génétique,** mais **non héréditaire**. Cependant, il existe certains allèles* qui favorisent la survenue de cancer : on parle d'**allèles de prédisposition**.

II Facteurs mutagènes et prévention

La survenue des mutations que l'on observe dans les cellules cancéreuses peut être favorisée par différents facteurs environnementaux : on parle d'**agents mutagènes**. Ceux-ci peuvent être d'origine **physique** (ex. : UV), **chimique** (ex. : le tabac) ou **virale** (ex. : le papillomavirus).

1. Les UV et le mélanome

• Le **mélanome** désigne le **cancer de la peau**. Des études réalisées par le CIRC (Centre international de recherche sur le cancer) ont montré que l'exposition aux UV favorise l'apparition de **dimères de thymine**, des mutations qui déforment la molécule d'ADN et engendrent de nombreuses erreurs au cours de la **réplication**.

• Des **comportements préventifs** permettent de réduire drastiquement le risque de développement d'un mélanome comme : une exposition réduite au soleil, l'usage de crème solaire, etc.

2. Le tabac et le cancer des poumons

• Différentes études épidémiologiques, réalisées à partir des années 1950, ont permis d'établir un **lien direct** entre la **consommation de tabac** et le risque de **cancer des poumons**. Dans les années 1990, la notion de **tabagisme passif** apparaît : même involontaire, l'inhalation de fumée de cigarette augmente le risque de cancer.

> **1998, plusieurs États américains** condamnent les grands cigarettiers à 250 milliards d'amende pour avoir caché délibérément et activement l'effet cancérigène du tabac.

• Au début du XXIe siècle, de nombreux États entament des mesures préventives visant à **réduire l'exposition** à cet agent mutagène : interdiction de fumer dans les lieux publics, augmentation du prix du tabac, images chocs sur les paquets de cigarettes, etc.

3. Le papillomavirus et le cancer du col de l'utérus

• Certains **virus** peuvent favoriser la survenue de cancers. C'est le cas du **papillomavirus**, un virus transmis par voie sexuelle et qui colonise les cellules du **col de l'utérus**. L'insertion de l'**ADN viral** dans une cellule utérine peut provoquer l'inactivation de certains **gènes suppresseurs de tumeurs** et déclencher un processus de cancérisation.

> **Exemple :** en France, le **vaccin préventif** contre le papillomavirus (→ *voir fiche 51*) n'est pas obligatoire, mais il est fortement recommandé aux jeunes filles avant leur premier rapport sexuel. De plus, des **dépistages réguliers** sont réalisés tous les ans par les gynécologues pour vérifier qu'il n'y a pas de développement cancéreux.

• La connaissance des agents mutagènes permet de mettre en place des mesures préventives : protection vis-à-vis des agents mutagènes, vaccination, surveillance, etc.

La résistance aux antibiotiques

FICHE 41

Un antibiotique* est une molécule qui détruit ou bloque la croissance des bactéries (organismes unicellulaires). Découverte en **1928** par **Flemming**, la **pénicilline** est le premier à avoir été utilisé. On estime que son usage a permis l'augmentation de 10 ans de l'espérance de vie. Cependant, dès les années 1950, des bactéries résistantes à la pénicilline apparaissent. Aujourd'hui, cet antibiotique n'est pratiquement plus utilisé, car il est peu efficace.

I Un exemple de sélection naturelle

- Les **antibiotiques** sont des substances qui agissent **spécifiquement sur les bactéries**, sans affecter les cellules de notre corps. Ils ont pour cibles des **molécules bactériennes**, dont le dysfonctionnement entraîne la **mort** de la cellule ou l'arrêt de sa **division**.
- Dans certains cas, les protéines ciblées par le médicament peuvent être **mutées** ou **non accessibles**, l'antibiotique peut être détruit par les **enzymes*** de la bactérie ou encore activement **expulsé**. La bactérie est alors **insensible** à l'antibiotique : elle est résistante.
- Au sein d'une population bactérienne, l'acquisition de la résistance aux antibiotiques commence par l'**apparition spontanée** chez quelques bactéries d'une **mutation*** qui confère une **résistance**. La fréquence de ces mutations est faible et concerne généralement 1 bactérie sur 10^7 ou 10^9.
- Ayant une concurrence réduite les bactéries mutées se multiplient rapidement et transmettent leur résistance à leurs descendants. En quelques générations, la résistance se propage à l'ensemble de la population, on dit que la **mutation**, **avantageuse**, a été **sélectionnée**.
- La résistance aux antibiotiques est donc un exemple de sélection naturelle observable à l'échelle humaine. Ce processus est d'autant plus rapide que la vitesse de reproduction des bactéries est énorme.

> **Exemple :** la bactérie de nos intestins, *Escherichia coli*, se reproduit en moins de 30 minutes.

• C'est l'utilisation d'**antibiotique** qui sélectionne les bactéries résistantes. Par conséquent, plus un milieu est **concentré en antibiotique** et plus la **propagation** de la **résistance bactérienne** est **rapide**.

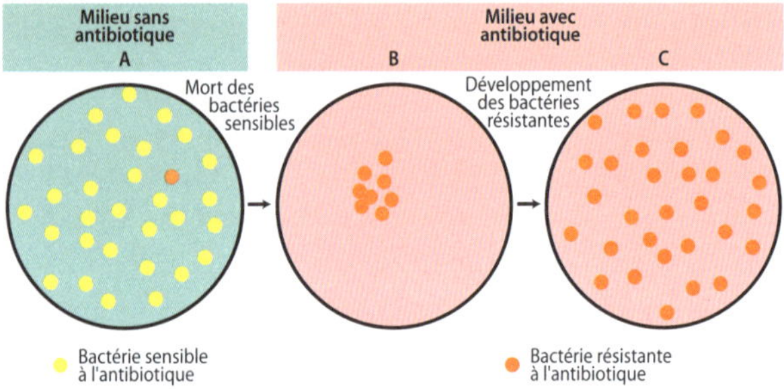

Le processus de résistance aux antibiotiques

II Un enjeu de santé publique

Le milieu hospitalier, grand consommateur d'antibiotiques, est un terrain propice à l'apparition de bactéries multirésistantes. Celles-ci entraînent des maladies nosocomiales, en augmentation depuis les années 1980.

• Depuis 20 ans, l'utilisation d'antibiotiques a conduit au développement de **bactéries résistantes**, voire **multirésistantes** (qui résistent à plusieurs antibiotiques), ce qui rend inefficace l'utilisation du médicament.

• Ces dernières années, la **découverte de nouveaux antibiotiques a chuté**, si bien qu'on estime qu'en 2050, la plupart des antibiotiques seront **inefficaces**, et que les bactéries résistantes entraîneront la mort de **10 millions d'individus dans le monde**. Certaines pratiques peuvent toutefois permettre de ralentir l'apparition de résistances, notamment :

– une **diminution** globale de la **consommation des antibiotiques** par les populations. En France, on estime que 30 % des prescriptions d'antibiotiques seraient évitables ;

– une **diminution** de l'utilisation d'antibiotiques comme traitements préventifs dans les élevages. Si cette pratique est interdite en Europe depuis 2006, elle reste très répandue ailleurs. Or, selon l'OMS (Organisation mondiale de la santé), son arrêt conduirait à une diminution de **40 % du nombre de bactéries résistantes**.

Exercice commenté pas à pas

Étude génétique

Sujet : À partir d'une analyse génétique rigoureuse, déterminer la probabilité que l'enfant III. 4 soit atteint ou non de MDD.

La myopathie de Duchenne (MDD) est une maladie qui se caractérise par une dégénérescence des muscles qui conduit à la paralysie progressive du malade vers l'âge de 10 ans. Un couple, Monsieur et Madame X, souhaite savoir si leur dernier enfant, âgé de 3 ans, développera cette maladie.

Arbre généalogique de M. et Mme X

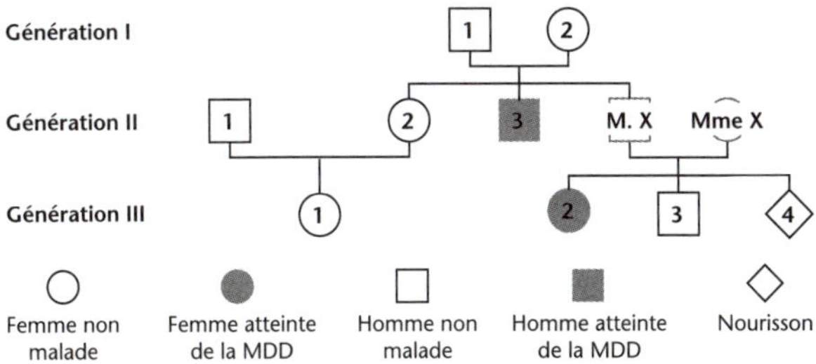

Avant de commencer

▶ La maladie est-elle récessive ou dominante ?

▶ Quels sont les génotypes* probables de M. et Mme X ? De l'individu III. 4 ?

→ Étape 1 : déterminer les caractéristiques génétiques de la maladie et le génotype des parents

– Dans la famille X, la MDD affecte **plusieurs générations (II. 3, III. 2)**. On peut supposer qu'il s'agit d'une **maladie héréditaire**.
– Il s'agit à présent de déterminer si l'allèle* de la MDD est dominant ou récessif. M. et Mme X ont un enfant (III. 2) malade, ils ont donc transmis la maladie, mais sans en être affectés. Ils sont donc **hétérozygotes**. L'allèle codant pour la MDD est **récessif** (on écrira par la suite m) et l'allèle sain (S) est **dominant**.

– M. et Mme X sont des porteurs sains de la MDD, ils sont hétérozygotes de génotype (m//S).

Remarque

Le génotype s'écrit entre parenthèses et les deux allèles sont séparés par une double barre, ex. : (A//a). L'allèle dominant est écrit en majuscule et l'allèle récessif en minuscule.

Étape 2 : déterminer les génotypes possibles de l'individu III. 4

À l'aide du tableau de croisement ci-dessous, je déduis qu'il y a :
– 1 risque sur 4 (25 %) pour que cet enfant développe des symptômes de la MDD en grandissant.
– 3 chances sur 4 (75 %) pour qu'il ne la développe pas.

M. X \ MmeX	S /	m /
S /	(S // S) Individu malade 25 %	(S // m) Individu porteur sain 25 %
m /	(S // m) Individu porteur sain 25 %	(m // m) Individu sain 25 %

Tableau de croisement représentant les génotypes possibles des enfants de M. et Mme X

On ne peut pas répondre à la question de M. et Mme X avec certitude. Il faudrait effectuer un dépistage pour connaître plus précisément le génotype de l'individu III. 4.

Dominance ou récessivité d'un allèle ?

QUIZ-Mémorisation active

Questions	Réponses
Qu'appelle-t-on un agent mutagène ? Donner un exemple.	C'est un agent qui favorise l'apparition de mutations*. Les UV, le tabac, le papillomavirus sont des exemples d'agents mutagènes.
Qu'est-ce qu'un traitement préventif ? Donner un exemple.	Un traitement préventif est un traitement qui vise à empêcher le développement d'une maladie. Ex. : la vaccination, le dépistage systématique, la réduction de l'exposition aux agents mutagènes...
Dans le cas d'une maladie dominante, comme la maladie de Huntington, quel sera le génotype* d'un individu malade ?	Si la maladie est dominante, il suffit que l'individu possède un allèle pour être malade. Il pourra donc être de génotype hétérozygote ou homozygote* (il aura alors deux copies de l'allèle* malade).
Pourquoi dit-on que le diabète de type 2 est une maladie plurifactorielle ?	C'est une maladie plurifactorielle car elle peut être engendrée par plusieurs facteurs : l'âge, l'activité physique, l'alimentation, des allèles de prédisposition, l'IMC, etc.
Expliquer ce slogan utilisé en 2010 dans une campagne de prévention : « Les antibiotiques* utilisés à tort, ils deviendront moins forts. »	Les antibiotiques favorisent l'apparition de bactéries résistantes contre lesquelles le médicament est inefficace. Cette campagne vise donc à limiter la consommation d'antibiotiques afin de préserver le plus longtemps possible leur efficacité.
Un antibiotique est-il efficace contre un virus ?	Non, car les antibiotiques n'agissent que sur les bactéries (des cellules procaryotes). Pour les virus (qui ne sont pas des cellules), on utilise des antiviraux.

Questions	Réponses
À l'aide du document ci-dessous, critiquer le titre de cet article paru en 2013 : « Le gène de la schizophrénie identifié ».	L'article sous-entend que la schizophrénie est une maladie génétique (plus précisément monogénique). Or, d'après le document, on constate que si un individu a un vrai jumeau schizophrène, il aura un risque de 47 % de développer la maladie. Or, ces deux individus ont le même patrimoine génétique. La maladie n'a donc pas une origine uniquement génétique.

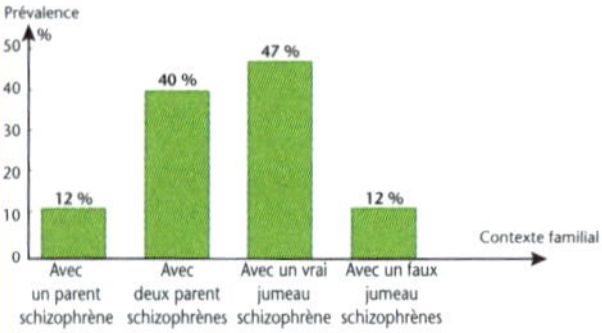

SCHÉMA-BILAN

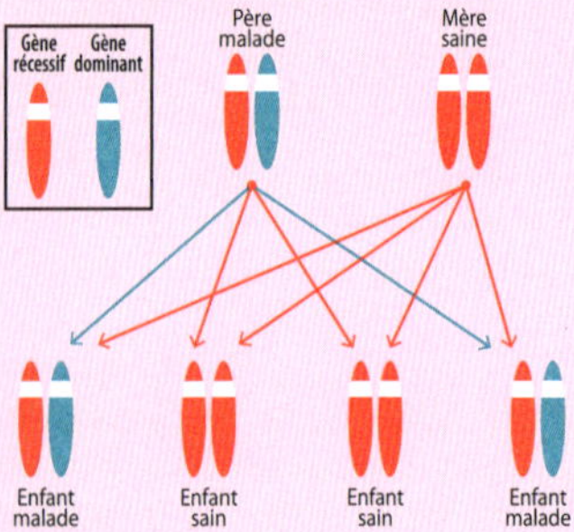

Cas d'un allèle dominant

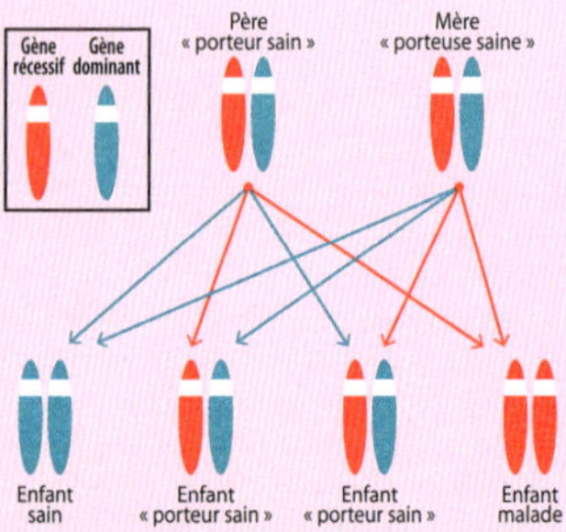

Cas d'un allèle récessif

Le système immunitaire humain

FICHE 44

Le système immunitaire désigne l'ensemble des organes, des cellules et des molécules qui assurent la défense de l'organisme contre tous les événements qui pourraient nuire à sa santé. Tous les êtres vivants possèdent des systèmes de défense, adaptés à leurs caractéristiques et à leurs besoins.

Les cellules immunitaires sont appelées les leucocytes ou les **globules blancs**.

I Face aux agents infectieux, deux stratégies immunitaires

1. Différents types d'agents pathogènes

• L'environnement regorge de micro-organismes dont certains peuvent être nocifs pour notre organisme : ce sont des pathogènes* (ou agents infectieux). Parmi eux, on distingue :
– les virus (ex. : le VIH ou le virus de la grippe). Considérés comme non vivants, ces micro-organismes sont incapables de se reproduire seuls et doivent pour cela pénétrer une cellule hôte, dont ils modifient l'information génétique. La cellule hôte perd sa fonction initiale et produit d'autres virus ;
– les bactéries (ex. : *Escherichia coli*). Beaucoup plus grosses qu'un virus, ce sont des êtres vivants unicellulaires qui vivent à proximité de nos cellules. Elles modifient l'environnement selon leurs besoins, ce qui peut nuire à nos propres cellules.

• Le corps humain possède des barrières naturelles (ex. : la peau) étanches à l'entrée de ces micro-organismes. Mais quand ces barrières sont rompues (suite à une lésion, une brûlure), ils pénètrent l'organisme : c'est la contamination. Ils s'y multiplient rapidement, conduisant à l'infection.

2. La reconnaissance des pathogènes par les leucocytes

• Pour être efficace, le système immunitaire doit être capable de discerner les cellules appartenant à l'organisme (les cellules du soi), des bactéries ou encore des cellules infectées par un virus. Cette reconnaissance cellulaire implique un jeu de protéines membranaires : une molécule appartenant au pathogène, l'antigène*, est reconnue par un récepteur situé sur la membrane de la cellule immunitaire (leucocyte).

• Dans le corps, deux stratégies immunitaires existent :
– certaines cellules reconnaissent des antigènes (PAMP) très répandus parmi les micro-organismes, grâce à des récepteurs PRR. Ce sont les cellules sentinelles* qui circulent en permanence dans le corps. Suite à cette rencontre, elles déclenchent une réponse immunitaire peu spécifique, mais très rapide : c'est l'immunité innée* (→ *voir fiche 45*).

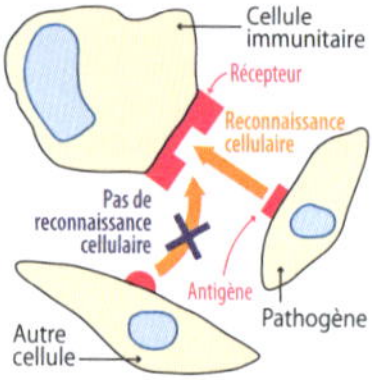

La reconnaissance cellulaire

– d'autres cellules, comme les lymphocytes* B, sont capables de reconnaître un antigène spécifique à un pathogène précis et d'y apporter une réponse adaptée. Cette réponse immunitaire est alors très efficace, mais plus lente à se mettre en place : on parle d'immunité adaptative* (→ *voir fiches 46-47*).

II La production de leucocytes

• Les leucocytes sont produits dans les organes lymphoïdes primaires : la moelle rouge des os longs. Les lymphocytes (cellules de l'immunité adaptative) sont ensuite stockés dans les organes lymphoïdes secondaires (ganglion, amygdales…), où ils entrent en dormance (vie ralentie), en attendant la rencontre avec un pathogène. Ces organes sont principalement situés dans des lieux où la pénétration de micro-organismes est plus fréquente, c'est-à-dire autour de l'appareil digestif (bouche, intestins, rectum).

• Les différents organes lymphoïdes communiquent entre eux grâce à des vaisseaux lymphatiques. Ces vaisseaux ont la particularité de drainer le liquide (la lymphe) dans lequel baignent toutes les cellules de notre corps. Le système lymphatique rejoint ensuite la circulation sanguine et permet au système immunitaire de rayonner dans tout l'organisme.

• Ce dernier point est important car certains leucocytes peuvent émettre des signaux chimiques (les interleukines*) qui peuvent avoir pour cible des cellules immunitaires très éloignées.

Interleukines : protéines impliquées dans la communication entre les cellules immunitaires.

Exemple : en cas de rencontre avec un pathogène, les cellules sentinelles (immunité innée) vont émettre des protéines qui recruteront des cellules effectrices présentes dans tout l'organisme.

La réaction inflammatoire, une réaction immunitaire innée

FICHE 45

Le **système immunitaire inné** permet la mise en place de la réaction inflammatoire aiguë (RIA). La **RIA** ne nécessite pas d'apprentissage préalable, elle est **génétiquement héritée** et est présente dès la **naissance**. Très répandue dans le vivant, elle existe chez tous les **animaux**. La conservation de ses mécanismes depuis leur apparition, il y a 800 millions d'années, témoigne de son efficacité.

I Le déclenchement de la RIA

1. La reconnaissance des pathogènes

- Au sein des tissus, certaines cellules se déplacent en permanence afin de détecter les pathogènes* : ce sont les cellules sentinelles* (les cellules dendritiques, monocytes).

- Lors de l'entrée d'un pathogène ces cellules se fixent à lui grâce à des récepteurs PRR présents sur leur membrane. Ces récepteurs reconnaissent la plupart des pathogènes de façon **non spécifique**. Cette reconnaissance déclenche la **sécrétion de médiateurs de l'inflammation** qui vont engendrer une cascade de réactions.

2. La production de médiateurs chimiques et les symptômes de la RIA

- Les médiateurs de l'inflammation constituent des **messages chimiques** qui permettent la **communication** entre les cellules de l'immunité et recrutent des **cellules effectrices** (granulocytes, monocytes) qui migrent depuis les vaisseaux sanguins et détruisent les **pathogènes**. Parmi eux, on distingue :
– le **TNF** qui permet aux granulocytes et aux monocytes de s'accrocher à la paroi des vaisseaux sanguins au niveau de la zone enflammée ;
– l'**histamine** qui augmente la **perméabilité** de la paroi des vaisseaux sanguins (vasodilatation), facilitant le passage des granulocytes et des monocytes. Sous l'afflux de sang, la zone enflammée **rougit** et **gonfle** ;
– les **prostaglandines** qui activent les **récepteurs de la douleur**, ce qui permet d'alerter l'organisme.

- La RIA est une réaction stéréotypée qui fait toujours intervenir les quatre mêmes symptômes : douleur, rougeur, chaleur et gonflement.

3. La phagocytose et l'élimination des pathogènes

Une fois arrivés sur le site de l'inflammation, les monocytes se différencient en macrophages. Macrophages et granulocytes éliminent alors les agents infectieux par phagocytose.

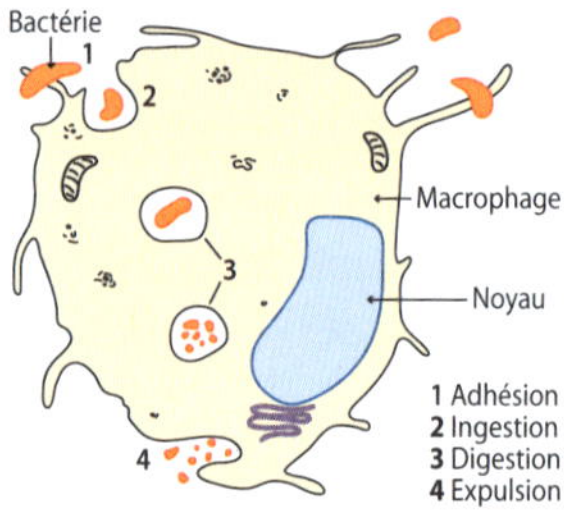

Les étapes de la phagocytose

II L'arrêt de la RIA ou le déclenchement de la réponse immunitaire adaptative

• La RIA s'arrête spontanément après destruction des pathogènes et le processus de cicatrisation se déclenche. Si toutefois l'infection persiste, la réaction innée déclenche une seconde ligne de défense : la réaction immunitaire adaptative. En effet, des cellules phagocytaires (souvent des cellules dendritiques) sont capables d'exprimer à leur surface des résidus des pathogènes digérés. Ces cellules quittent alors le sang et vont dans les organes lymphoïdes secondaires présenter ces molécules aux cellules de la réponse immunitaire adaptative. On parle de cellules présentatrices d'antigènes (CPA).

• La prise de médicaments anti-inflammatoires (ex. : l'aspirine), permet de réduire l'inflammation en diminuant la production de médiateurs chimiques. Ils agissent généralement en bloquant l'activité des enzymes* qui en contrôle la production. Parmi ces médicaments, on distingue les antalgiques (ou analgésiques) qui diminuent la production de prostaglandines et réduisent ainsi le symptôme de la douleur.

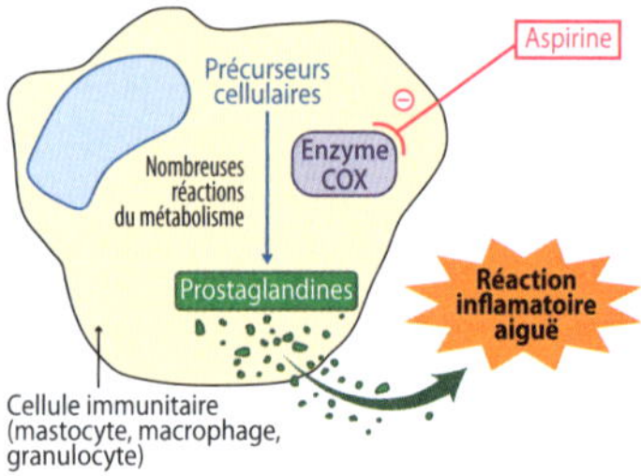

Schéma du mode d'action de l'aspirine

Les lymphocytes B dans la réponse adaptative

FICHE 46

L'immunité innée* peut se révéler insuffisante dans l'éradication d'un pathogène*. Le système immunitaire apporte alors une **réponse plus tardive** à cette agression : il s'agit de l'**immunité adaptative***, propre aux vertébrés. Cette immunité très efficace permet l'**identification spécifique** de l'agent extérieur. Elle fait intervenir deux catégories de cellules : les **lymphocytes* B** et **T**.

I L'activation des lymphocytes B

1. Caractéristiques cellulaires des lymphocytes B

• Les lymphocytes B (LB) sont capables de reconnaître les **antigènes* « natifs »**, c'est-à-dire présents à la surface des **virus**. Cette reconnaissance implique des **anticorps* membranaires**, situés sur la surface des lymphocytes B, appelés les **BCR**.

• Un même lymphocyte B possède des BCR identiques et ne peut, par conséquent, reconnaître qu'**un seul type d'antigène viral**. Il est **spécifique** à un virus.

2. Production d'anticorps

• Les **anticorps circulant** dans le sang sont produits par les lymphocytes B activés, appelés **plasmocytes**. Cette activation se déroule dans les **organes lymphoïdes secondaires**, en trois étapes :
– la phase de **sélection**. Le virus est reconnu par les lymphocytes B qui lui sont **spécifiques**. Ces derniers, peu nombreux, passent d'un état dit « naïf » à un état « activé » ;
– la phase d'**amplification** (ou **expansion**). Les lymphocytes B activés se divisent par mitose*, produisant une quantité importante de **clones cellulaires**. Cette phase permet d'accroître le nombre de cellules effectrices de l'immunité humorale. Elle est contrôlée par des **cytokines**, notamment l'interleukine* 2 produite par des lymphocytes auxiliaires (→ *voir fiche 47*) ;
– les lymphocytes ainsi produits se différencient en deux types de cellules : les **plasmocytes** et les **cellules mémoires**, c'est la **phase de différenciation**.
– Les **plasmocytes** produisent massivement des anticorps qu'ils libèrent dans la lymphe ou dans le sang. Ces anticorps sont capables de reconnaître les **mêmes antigènes** que les BCR de la cellule. Les **lymphocytes mémoires** restent en dormance, mais seront très rapi-

dement activés lors d'une seconde rencontre avec le pathogène (→ *voir fiche 50*).

• Les phases de sélection, amplification et différenciation clonale sont assez lentes à se mettre en place, ce qui explique le délai de la réponse immunitaire adaptative (plusieurs jours).

II Les anticorps, des molécules clés de la réponse humorale

1. La structure des anticorps

• Les anticorps sont des protéines symétriques, en forme de Y, constitués de deux chaînes légères identiques et de deux chaînes lourdes identiques.

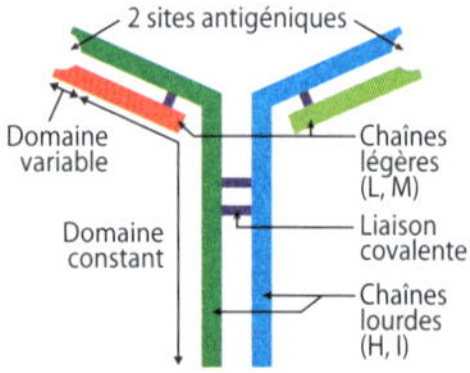

Structure d'un anticorps

• Une partie de leurs séquences, située à l'extrémité des « bras » du Y, diffère d'un anticorps à l'autre et forme la partie variable. La base du Y, formée uniquement des deux chaînes lourdes, est la même d'un anticorps à l'autre : c'est la partie constante.

• La reconnaissance de l'antigène se fait avec la partie variable d'une chaîne lourde et d'une chaîne légère qui forment ensemble un site antigénique.

2. La formation de complexes immuns

• Lors de la réaction humorale, les anticorps viennent se fixer aux antigènes viraux. Grâce à leurs deux sites de fixation, ces molécules peuvent se lier à deux pathogènes en même temps et contribuer ainsi à la formation de très gros assemblages d'anticorps-antigènes : on parle alors de complexes immuns. La formation de ces complexes permet :

– d'immobiliser les pathogènes et donc d'empêcher la pénétration du virus dans les cellules du corps. La réaction humorale s'attaque ainsi aux formes circulantes des virus ;

– de recruter des macrophages : ces cellules de l'immunité innée reconnaissent la partie constante des anticorps et phagocytent les complexes immuns, ce qui élimine donc les virus. Il y a donc une coopération entre les cellules de la RIA et les auteurs de la réaction adaptative.

> **On dit qu'un individu est séropositif** à un virus (ou à une bactérie) s'il présente dans son sang des anticorps dirigés contre ce pathogène.

Le rôle des LT dans la réponse immunitaire adaptative

FICHE 47

La **réaction humorale** permet d'éliminer les **virus circulants**. Toutefois, certains virus pénètrent dans des **cellules du corps** et échappent aux **anticorps***. Leur élimination requiert d'autres cellules : les **lymphocytes* T** (LT).

I Les lymphocytes T et la réponse cellulaire

• Les LT sont des lymphocytes possédant un **récepteur membranaire particulier : le TCR**. À la différence des lymphocytes B, les lymphocytes T reconnaissent des **antigènes* « digérés »** et présentés par un **CMH** (complexe majeur d'histocompatibilité).

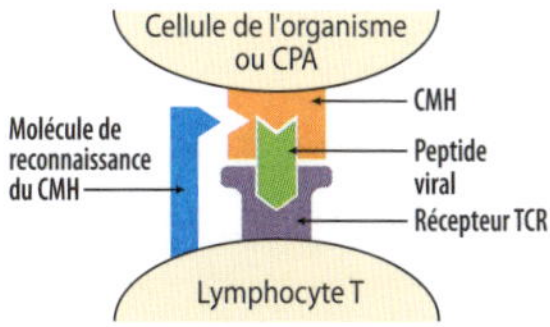

Les deux types de lymphocytes T

• On retrouve ce CMH chez les **CPA** (→ *voir fiche 45*) et sur **toutes les cellules** de notre corps. En temps normal, nos cellules présentent sur leur CMH des antigènes du soi, qui ne déclenchent pas de réponse immunitaire. Mais en cas d'infection par un virus, elles expriment des **antigènes anormaux**, qui sont détectés par les TCR.

• La reconnaissance de l'antigène par un TCR est **spécifique** : un lymphocyte T ne pourra reconnaître qu'un seul type d'antigènes. Cette reconnaissance dans les organes lymphoïdes secondaires entraîne :
– une phase d'**amplification**. Le nombre de lymphocytes T spécifiques au pathogène* reconnu augmente par mitose* ;
– une phase de **différenciation**. On distingue deux types de lymphocytes T : les **LT4** et les **LT8**. Les LT4 se différencient en **cellules mémoires** et en **lymphocytes auxiliaires**. Les LT8 se différencient en **cellules mémoires** et en **lymphocytes cytotoxiques**.

II Le rôle des lymphocytes cytotoxiques

Ces lymphocytes reconnaissent des **cellules infectées** qui présentent sur leur CMH un **antigène anormal** et émettent des molécules, les **perforines**. Celles-ci s'intègrent à la membrane de la cellule infectée et forment des **canaux** à eau : la **cellule gonfle** jusqu'à éclater. On parle d'immunité à **médiation cellulaire**.

III Les lymphocytes auxiliaires

Expérience : en 1966, afin d'étudier le rôle des différents lymphocytes, **Claman** expose à la naissance des souris aux rayons X. Les souris obtenues sont totalement **dépourvues de lymphocytes**. Le chercheur leur injecte alors des lymphocytes T, B ou les deux, ainsi que des cellules de mouton (GRM) qui stimulent normalement la production d'anticorps.
Claman se rend alors compte que seules les souris qui ont reçu des lymphocytes B et T peuvent produire des anticorps. Il met en évidence la **coopération cellulaire** entre lymphocytes B et T.

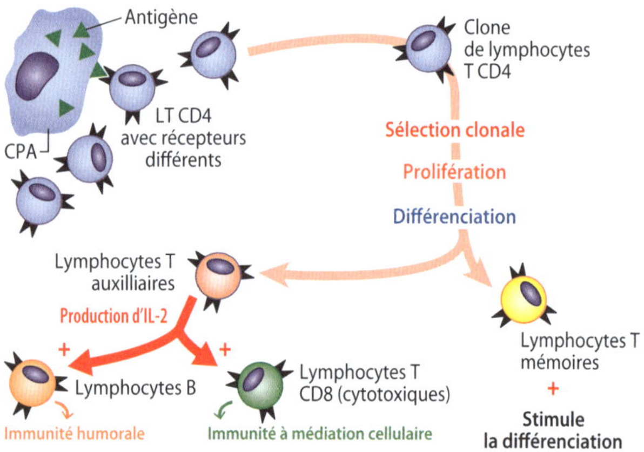

Le rôle pivot des LT CD4 dans l'immunité adaptative

Expérience : en 1975, Morgan et Ruscetti montrent que cette coopération implique des lymphocytes LT auxiliaires. En effet, ceux-ci libèrent dans le milieu de l'**interleukine* 2** qui permet aux autres lymphocytes (LT8 et LB) d'entrer en phase d'**amplification** et de **sélection clonale**.

- Les lymphocytes auxiliaires sont donc des cellules clés du système immunitaire car elles sont indispensables à la mise en place de la réaction humorale et cellulaire de l'immunité adaptative*.

Le VIH et le système immunitaire

FICHE 48

En 2017, l'agence Onusida estimait que **37 millions** de personnes étaient infectées par le **VIH** (virus de l'immunodéficience humaine). Celui-ci provoque la destruction progressive des défenses immunitaires, conduisant au développement du **syndrome de l'immunodéficience acquise** (Sida). L'individu, dépourvu de système immunitaire, peut alors mourir de n'importe quelle maladie.

I Contamination et infection par le VIH

1. La transmission du VIH

- Le VIH se transmet d'une personne à une autre par échange de **fluides corporels**.

- Les comportements à risque sont donc : les **rapports sexuels non protégés**, l'utilisation de **seringues mal stérilisées**, les transfusions sanguines avec du **sang contaminé**, etc.

- Les pays où les accès aux soins et à la contraception sont précaires sont les plus touchés par ce virus.

2. Le mode d'action du virus

- Le VIH pénètre dans les cellules immunitaires en se fixant à des récepteurs spécifiques : les **CD4** présents sur la membrane des **lymphocytes* T4**, des **macrophages** et des **cellules dendritiques**. Il fusionne alors avec ces cellules dont il modifie l'**information génétique**. Celles-ci perdent leur fonction immunitaire et produisent massivement des virus.

> **Certains individus** (moins de 1 % de la population) possèdent des CD4 particuliers qui ne sont pas reconnus par le VIH. Ces individus présentent donc une immunité naturelle face au Sida.

- L'efficacité du VIH réside dans le fait qu'il s'attaque **spécifiquement** aux cellules immunitaires, plus particulièrement aux lymphocytes T4, indispensables à la mise en place d'une **réaction humorale**.

II Les différentes phases du Sida

- Le Sida se déclare généralement **plusieurs années** après la contamination (**primo-infection**). Au début, le stock de cellules immunitaires est suffisant pour permettre une **réponse immunitaire** efficace et le nombre de virus qui circulent dans le sang (charge virale) reste faible. À ce stade, l'individu ne manifeste aucun symptôme : on parle de phase asymptomatique.

• Les lymphocytes T4 infectés par le VIH sont progressivement détruits par notre système immunitaire (→ *voir fiche 47*). Ainsi, le stock de lymphocytes T4 s'épuise au cours des années, entraînant une diminution importante des lymphocytes auxiliaires. Or, ces lymphocytes ont un rôle pivot dans le système immunitaire : ils stimulent la réponse humorale et cellulaire. Le virus n'est donc plus détruit par l'organisme. La charge virale augmente : c'est la phase de Sida déclaré.

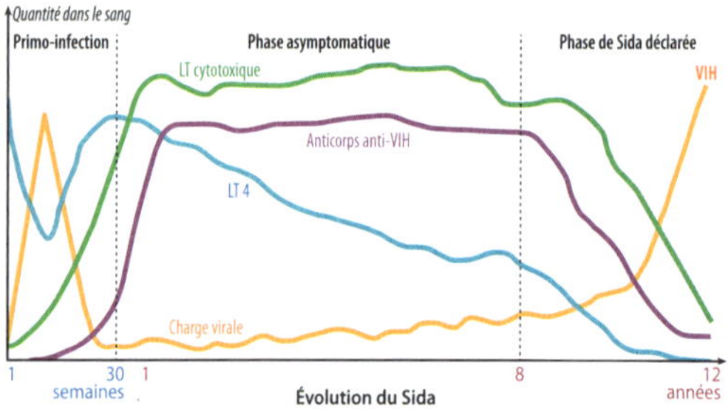

Les différentes phases du Sida

• Les premiers symptômes apparaissent : fièvre, sueurs, difficultés respiratoires, infections génitales, éruptions cutanées, etc. Le système immunitaire de l'individu ne permet plus de lutter contre les différents pathogènes* et celui-ci développe de nombreuses maladies dites opportunistes qui conduisent à la mort de l'individu.

III Quels traitements face au VIH ?

• Certains traitements visent à freiner la multiplication du virus, soit en empêchant la fusion du virus à la membrane du lymphocyte, soit en stoppant sa réplication au sein même de la cellule. Ils agissent généralement en ciblant des molécules de surface ou des enzymes* virales.

• Ces traitements sont difficiles à mettre en place et ne durent généralement pas dans le temps. En effet, le virus mute très régulièrement et la séquence de ces protéines change régulièrement. Pour la même raison, la mise au point d'un vaccin est complexe.

Acquisition du répertoire immunitaire

FICHE 49

L'efficacité de la réponse adaptative réside dans la **reconnaissance spécifique** d'antigènes* par des lymphocytes*. La production de milliards de **clones cellulaires**, aux **récepteurs membranaires différents**, permet d'assurer une défense efficace. Étonnamment, ces protéines sont codées par un nombre réduit de gènes…

I L'origine de la diversité du répertoire immunitaire

Les BCR, TCR et les anticorps* circulant sont des protéines qui présentent de fortes similitudes dans leur structure. Elles appartiennent à la famille des **immunoglobulines**.

- On appelle **répertoire immunitaire** l'ensemble des **TCR** et **BCR** (récepteurs membranaires des lymphocytes) d'un individu à un instant donné. Plus ce répertoire est important et plus l'individu pourra reconnaître d'antigènes différents. L'acquisition du répertoire immunitaire des lymphocytes T et B s'élabore dans les **organes lymphoïdes primaires** (moelle osseuse).

- Le mécanisme à l'origine de la diversité des BCR a été décrit par **Tonegawa**. Il a montré qu'au sein des lymphocytes B s'opèrent des **réarrangements génétiques uniques** et **aléatoires**. Dans les gènes codant pour les chaînes lourdes et légères des BCR, des enzymes* coupent des fragments d'ADN qui codent pour les **parties variables**.

- Ce mécanisme, aléatoire, conduit à l'obtention de séquences **génétiques uniques** et **extrêmement variées** des chaînes légères et lourdes. Environ 16 000 chaînes lourdes et 1 200 chaînes légères peuvent ainsi être produites et donc : 16 000 x 1 200 = 19 millions de BCR. Cette diversité s'accroît encore avec l'apparition de **mutations*** et avoisine les 200 millions.

- Des réarrangements génétiques comparables s'opèrent dans les gènes codant pour les **TCR** et sont responsables de la très grande diversité des **lymphocytes T formés**.

- On estime qu'un individu peut généralement produire plus d'un **milliard de lymphocytes différents** (lymphocytes B et T confondus). Cette diversité est telle qu'en principe, tous les antigènes possibles sont reconnaissables.

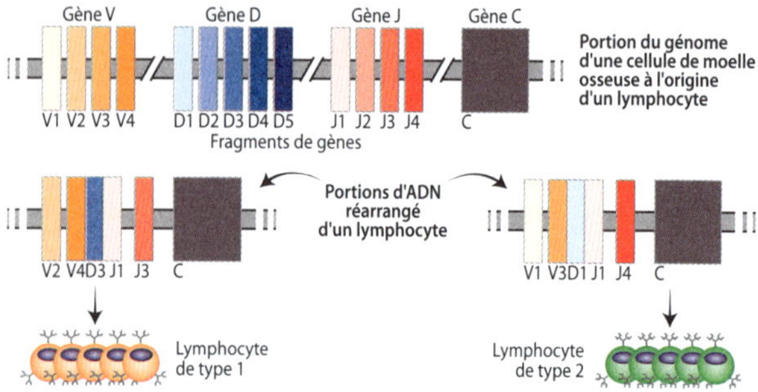

Réarrangements génétiques chez les lymphocytes

II L'élimination des lymphocytes auto-réactifs

• Les réarrangements génétiques qui permettent la production des TCR et BCR sont **aléatoires**. Il arrive donc que certains lymphocytes T ou B soient capables de reconnaître des **cellules de l'organisme** : on parle de **lymphocytes auto-réactifs**. Ces lymphocytes sont très dangereux pour l'individu car s'ils persistent, ils peuvent déclencher une réponse **auto-immune** et la destruction des cellules de l'organisme.

Le thymus est un organe lymphoïde primaire situé à la base du cou, entre les deux poumons.

• Normalement les cellules auto-réactives sont détruites par l'organisme au cours d'une phase de **maturation** qui a lieu dans la **moelle osseuse** pour les **lymphocytes B** et dans le **thymus** pour les **lymphocytes T**. Chez certains individus, cette maturation s'effectue mal et conduit à l'échappement de lymphocytes auto-réactifs.

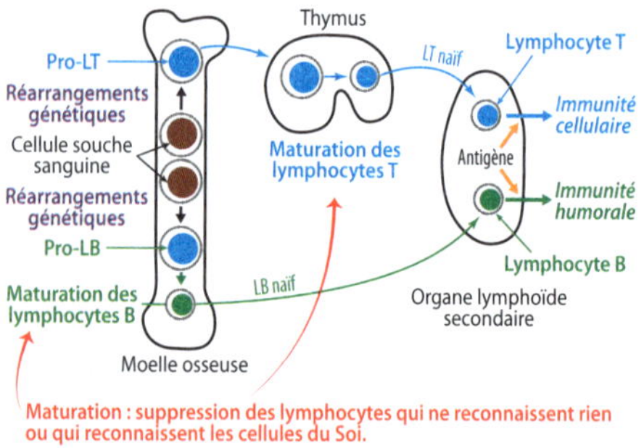

Maturation des lymphocytes

Évolution du phénotype immunitaire au cours de la vie

FICHE 50

Une fois produits, les **lymphocytes* dits naïfs** sont stockés dans les **organes lymphoïdes secondaires**. La rencontre avec l'antigène* qui leur est spécifique entraîne leur activation, leur amplification et leur différenciation. Ainsi, le système immunitaire adaptatif **se construit** au cours de la vie, élaborant la **mémoire immunitaire**.

I L'acquisition d'un répertoire de lymphocytes mémoires

- La mémoire immunitaire repose sur la production de **lymphocytes mémoires** (LB, LT4 et LT8) spécifiques de l'**antigène rencontré**. Ceux-ci apparaissent au moment de la phase de **différenciation clonale** et entrent en **dormance**.

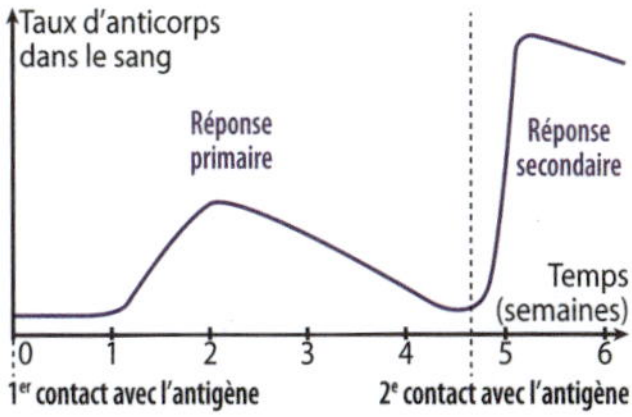

Deux types de réaction suite à une infection

- En cas de **deuxième** rencontre avec l'antigène, ces lymphocytes mémoires **s'activent plus vite** et se **multiplient davantage**, produisant une réponse immunitaire plus **rapide** et **forte** contre le pathogène. Avec le temps, le système immunitaire devient donc plus performant dans un même environnement. La longue durée de vie des lymphocytes mémoires permet une réponse secondaire efficace, même de nombreuses années après le premier contact avec l'antigène.

- Le **phénotype* immunitaire** d'un individu désigne l'**ensemble des cellules immunitaires** que possède un individu à un moment donné de sa vie. Il varie au cours du temps, en fonction des agents infectieux rencontrés, et diffère donc d'un individu à l'autre.

II La vaccination et le phénotype immunitaire

1. L'invention du premier vaccin

- La variole est une maladie infectieuse qui a pendant longtemps décimé les populations européennes (près de 60 millions de morts au XVIIIe siècle).

• En 1796, Jenner découvre l'existence de la vaccine chez la vache, une maladie similaire à la variole humaine. Il se rend compte que les individus qui ont contracté la vaccine ne contractent pas la variole : ils sont immunisés. Sans en comprendre le mécanisme, Jenner met au point le premier vaccin. Un siècle plus tard, en 1880, Pasteur étend le principe à d'autres maladies.

• Dès le XIXe siècle, les premières grandes campagnes de vaccination en Europe ont conduit à la disparition de certaines maladies, comme la variole, et à l'augmentation de l'espérance de vie. Celle-ci, qui était de 25 ans en 1750, atteint 45 ans en 1900.

2. Le principe de la vaccination

• La vaccination consiste à injecter des **produits immunogènes** (qui déclenchent une réponse immunitaire), mais **non pathogènes** (particules virales, virus atténués, etc.).

• La vaccination permet donc de provoquer sans risque la formation d'un réservoir de **cellules mémoires** dirigées contre l'agent de la maladie. Ainsi, quand l'individu vacciné rencontrera l'agent infectieux, il mettra en place une **réaction immunitaire secondaire** très efficace.

• La production d'un vaccin n'est pas toujours possible. En effet, certains virus ont des taux de mutations* très importants (ex. : paludisme, VIH…). Il est donc impossible de mettre en place des **lymphocytes mémoires efficaces** sur le **long terme**.

III La vaccination à l'échelle des populations

La couverture vaccinale désigne le pourcentage d'individus vaccinés dans une population.

• La vaccination permet aussi d'**immuniser l'ensemble de la population** (on parle d'**immunité de groupe**). En effet, si le virus ne trouve pas d'organisme hôte à contaminer, il ne peut plus se propager et la maladie finit par disparaître.

Exemple : en Europe, certaines maladies infectieuses particulièrement dangereuses, comme la poliomyélite, la méningite etc., ont ainsi disparu.

• L'immunité de groupe est d'autant plus importante qu'elle permet de protéger les individus au système immunitaire affaibli ou les très jeunes enfants qui ne peuvent pas être vaccinés. La vaccination systématique permet de protéger ces individus et constitue en ce sens un « geste citoyen ».

L'utilisation de l'immunité adaptative* en santé humaine

FICHE 51

Les cancers sont des maladies causées par l'apparition de **cellules mutées** formant des tumeurs (→ *voir fiche 40*). Leurs traitements (radiothérapie, chimiothérapie) sont **peu spécifiques** et détruisent beaucoup de cellules saines. De nouvelles thérapies, plus ciblées, se développent et font appel au système immunitaire : on parle d'immunothérapies*.

I Des anticorps monoclonaux, contre les cellules cancéreuses

- Suite à leurs mutations*, les cellules cancéreuses expriment à leur surface des antigènes* différents. Une technique de traitement vise à injecter à l'individu malade des anticorps* dirigés spécifiquement contre ces **antigènes**.

Exemple : l'anticorps **trastuzumab**, mis au point en 1998, reconnaît spécifiquement les récepteurs Herz des cellules responsables du **cancer du sein**.

En 1984, George Köhler et César Milstein ont obtenu le prix Nobel pour leurs travaux sur les anticorps monoclonaux.

- Ces traitements nécessitent la production d'**anticorps** dirigés contre un antigène précis : on parle d'**anticorps monoclonaux**. Leur production fut mise au point par Köohler et Milstein en 1975. Elle se déroule en plusieurs étapes :
– un **pathogène* rendu inactif** est injecté chez un animal ;
– l'animal réagit en produisant des **lymphocytes* spécifiques** dirigés contre les différents **antigènes** du pathogène ;
– on prélève la rate de l'animal pour isoler les **lymphocytes B**. On fusionne alors ces cellules avec des **cellules de myélome** (cellule cancéreuse). Les cellules hybrides obtenues, appelées **hybridomes**, sont très stables et faciles à cultiver. Elles sont capables de produire une quantité importante d'anticorps dirigés contre un antigène spécifique ;
– n'est gardé que l'hybridome produisant l'anticorps souhaité. Ce dernier est mis en culture pour obtenir des clones cellulaires qui produiront une quantité importante d'**anticorps monoclonaux**.

Les différentes étapes de production des anticorps monoclonaux

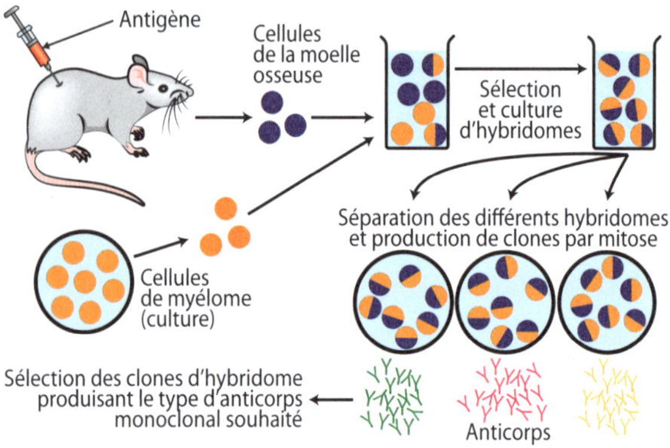

II Des vaccins préventifs et thérapeutiques

En Australie, la couverture vaccinale contre le HPV atteint 80 % (contre 20 % en France) et aucun cas d'infection au HPV n'a été détecté depuis 2005.

- On distingue deux catégories de vaccin contre le cancer.
- Les **vaccins préventifs** ont pour but d'empêcher le **développement de la maladie**.

Exemple : en France, la vaccination des jeunes filles contre le **papillomavirus** (**HPV**) permet de réduire le risque de développer un **cancer du col de l'utérus**.

- Les **vaccins thérapeutiques** sont utilisés chez les malades pour stimuler la **destruction** des **cellules cancéreuses** par le système immunitaire. Ces vaccins sont pour la plupart au stade expérimental, mais ils constituent une piste prometteuse **de traitement curatif**.

Exemple : le **vaccin Sipuleucel-T**, disponible depuis 2010, est conçu à partir des cellules immunitaires du patient, des cellules dendritiques. Ces CPA ont été préalablement incubées avec des antigènes spécifiques des cellules impliquées dans le cancer de la prostate. Si ce vaccin présente l'avantage d'engendrer moins d'effets secondaires que la chimiothérapie, il est en revanche **beaucoup plus coûteux**.

Test ELISA et électrophorèse

Sujet : À partir de l'analyse du test ELISA ci-dessous, déterminer si le sang du donneur (Ser) est contaminé ou non par le VIH.

Il n'existe pas de produit capable de remplacer le sang. C'est pour cette raison que l'EFS (Établissement français du sang) appelle chaque année aux dons. De nombreux tests bactériologiques sont appliqués sur les poches de sang recueillies pour vérifier qu'elles sont utilisables (ex. : hépatite B, VIH, syphilis, paludisme...).

- **Document 1 : Principe du test ELISA**

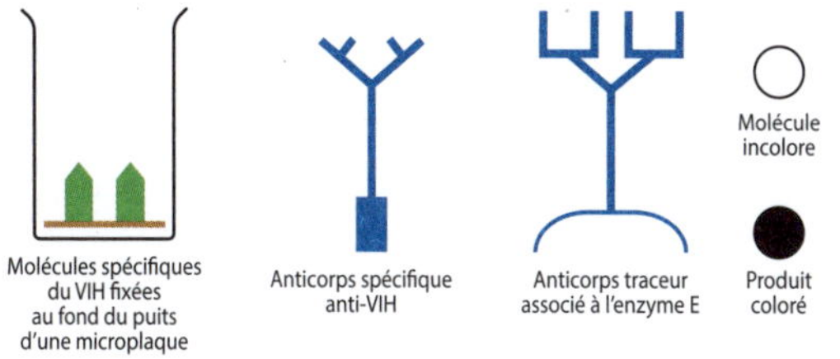

Le test ELISA consiste à déterminer si un individu est séropositif ou séronégatif à une maladie. Dans cette technique, les puits d'une microplaque sont tapissés d'une molécule (antigène*) spécifique du virus étudié. On réalise alors les étapes suivantes :

1. Le sérum* à tester est déposé dans les puits de la microplaque. Seul l'anticorps* recherché est capable de se lier aux antigènes du puits et résiste au lavage qui est ensuite réalisé.

2. Un **deuxième anticorps**, l'anticorps traceur, capable de se lier à la partie constante de l'anticorps recherché, est ajouté dans le puits. Un deuxième lavage est réalisé.

3. On ajoute enfin une molécule incolore. Celle-ci se transforme en **produit coloré** si l'enzyme* E (couplée aux anticorps traceurs) est présente dans le puits.

** Sang dépourvu de globules rouges.*

- **Document 2 : Résultat du test ELISA**

Puits contenant le sérum
du patient après un test ELISA

Avant de commencer

▶ Que signifie être séropositif à une maladie ?

▶ Quelle sera la couleur d'un puits en cas de séropositivité ? De séronégativité ?

Étape 1 : déterminer la couleur d'un puits pour un individu séropositif

D'après le document 1, si le donneur est **séropositif** au VIH, c'est-à-dire si son sérum contient des anticorps anti-VIH :

Puits coloré

– les anticorps anti-VIH se fixeront au fond du puits à l'étape 1 ;
– l'anticorps traceur se fixera aux anticorps anti-VIH à l'étape 2. L'enzyme E sera donc fixée à ce complexe immun ;
– le produit incolore sera transformé en **produit coloré** à l'étape 3.

Étape 2 : déterminer la couleur d'un puit pour un individu séronégatif

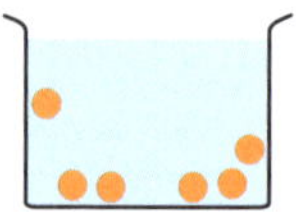

Puits incolore

– Aucun anticorps ne se fixera à l'étape 1.
– L'anticorps traceur ne pourra pas se fixer à l'étape 2. Il n'y aura donc pas d'enzyme E ;
– Le puits restera **incolore**.

Étape 3 : conclure sur le cas du donneur

– D'après le document 2, le puits contenant le sérum du donneur se colore lors du test ELISA.
– **Résultat : le donneur est séropositif au VIH, son sang ne peut pas être utilisé. Il est contaminé par le VIH.**

BILAN

Coopération entre l'immunité innée et l'immunité adaptative*

FICHE 53

QUIZ-Mémorisation active

Questions	Réponses
Quels sont les 4 symptômes de la réaction inflammatoire ?	Les symptômes sont : la rougeur, la douleur, la chaleur et le gonflement.
Que reconnaît un TCR ?	Un antigène* présenté par un CMH (cellule du corps ou CPA).
Quelle(s) réaction(s) immunitaire(s) met(tent) en jeu des lymphocytes* ? Quels sont alors leurs rôles ?	Les lymphocytes sont impliqués dans la réaction immunitaire adaptative : les LB dans la réaction humorale (production d'anticorps*) et les LT8 dans la réaction à médiation cellulaire (destruction des cellules infectées). Les LT4, eux, ont un rôle central : une fois différenciés en LT auxiliaires, ils permettent la mise en place de la réaction humorale et cellulaire en produisant de l'interleukine* 2.
Quelle est la différence entre un vaccin thérapeutique et un vaccin préventif ?	Un vaccin préventif a pour objectif de protéger un individu contre une rencontre ultérieure avec ce pathogène*. Il implique la création de lymphocytes mémoires. Un vaccin thérapeutique est un traitement curatif. Il a pour objectif de stimuler le système immunitaire chez une personne déjà malade pour l'aider à combattre le cancer ou l'agent infectieux.
À votre avis, pourquoi les médecins recommandent-ils de ne pas prendre d'anti-inflammatoires sur une longue durée sans les combiner à des antibiotiques* ou des antiviraux ?	Les anti-inflammatoires réduisent la réaction inflammatoire. Ils permettent de réduire les symptômes de la RIA (notamment la douleur), mais pas son origine. Pour supprimer une infection persistante, il peut être nécessaire de prendre des antibiotiques.

Questions	Réponses
Pourquoi, lorsqu'un médecin ausculte un patient, palpe-t-il ses ganglions (sous la mâchoire et sous les aisselles) ?	Le médecin vérifie s'il y a une infection ou non. En effet, si les ganglions sont enflés, cela signifie que la réaction immunitaire adaptative s'est mise en place. L'individu est donc malade.

SCHÉMA-BILAN

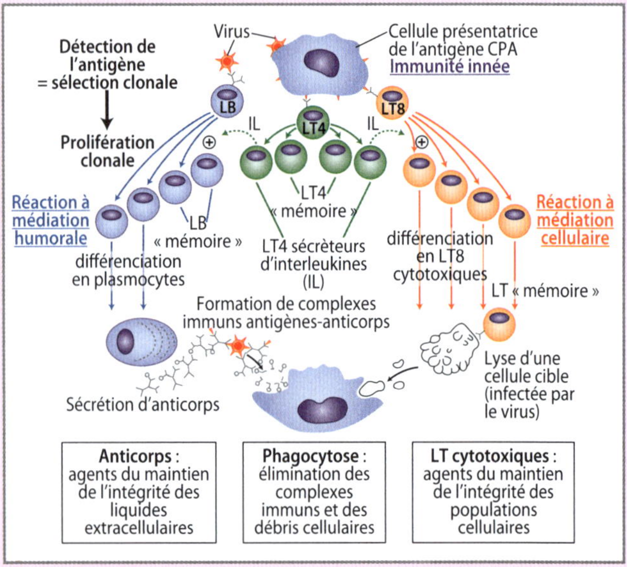

Lexique

A

Allèle : version d'un gène.

Antibiotique : molécule qui détruit ou bloque la croissance des bactéries.

Anticorps : protéine produite par les plasmocytes, capable de se fixer sur un antigène précis. Les anticorps monoclonaux désignent un ensemble d'anticorps dirigés contre le même antigène.

Antigène : molécule reconnue par le système immunitaire.

B

Basalte : roche de la croûte océanique.

Biodiversité : variabilité du vivant qui se définit à l'échelle des individus, des espèces et des écosystèmes.

Biotope : lieu géographique caractérisé par des conditions climatiques particulières.

C

Caryotype : ensemble des chromosomes d'un individu.

Cellules sentinelles : cellules de l'immunité innée qui parcourent l'organisme à la recherche d'intrus.

Chromatide : ensemble formé par une molécule d'ADN et constituant un chromosome. Un chromosome peut posséder une chromatide ou deux identiques (après la phase S).

Codon : ensemble de trois nucléotides qui codent pour un acide aminé.

Consommateurs : êtres vivants qui ont besoin de matière organique pour constituer leur propre matière.

Cycle cellulaire : ensemble des étapes de la vie d'une cellule.

D

Décomposeurs : êtres vivants qui transforment la matière organique morte en matière minérale.

Diploïde : cellule possédant deux exemplaires de chaque chromosome.

Dorsale : zone de création de la lithosphère océanique.

Ductile : se dit d'une roche qui se déforme sous la contrainte mais ne rompt pas.

E

Écosystème : ensemble de la biocénose et du biotope.

Enzyme : molécule capable d'accélérer la vitesse d'une réaction chimique.

G

Génome : ensemble des gènes d'un individu.

Génotype : ensemble des allèles d'un individu.

Granite : roche de la croûte continentale.

Granitoïdes : roches grenues de composition chimique proche d'un granite.

Grenue : se dit d'une roche entièrement cristallisée.

H

Haploïde : cellule possédant un seul exemplaire de chaque chromosome.

Hydrothermalisme : refroidissement de la lithosphère océanique et échanges d'ions avec l'eau de mer.

I

Immunité adaptative : réponse immunitaire spécifique à un antigène donné.

Immunité innée : réponse immunitaire rapide, non spécifique et stéréotypée.

Immunothérapie : traitement qui stimule le système immunitaire de l'individu.

Interleukine : molécule produite par les lymphocytes T auxiliaires, qui stimule la réponse cellulaire et humorale.

L

Lithosphère : ensemble de roches (croûte et manteau supérieur) caractérisées par leur comportement cassant.

Lymphocyte : cellules de l'immunité adaptative. On distingue les lymphocytes B et T.

M

Méiose : suite de deux divisions cellulaires aboutissant à la formation de quatre gamètes possédant la moitié de l'information génétique de la cellule mère.

Métamorphisme : transformations à l'état solide d'une roche suite à des contraintes de pression et de température.

Microlitique : se dit d'une roche composée de quelques minéraux entourés d'une pâte non cristallisée.

Mitose : division cellulaire conforme aboutissant à la formation de deux cellules filles identiques à la cellule mère.

Modèle PREM : modèle de propagation des ondes sismiques de la surface de la Terre jusqu'au noyau.

Moho : discontinuité chimique séparant la croûte du manteau.

Mutation : changement dans une séquence d'ADN.

P

Parasitisme : interaction durable entre deux êtres vivants où l'un se nourrit aux dépens de l'autre.

Pathogène : organisme (virus ou bactérie) nocif pour l'organisme.

Phénotype : ensemble des caractères observables d'un individu.

Plutonique : se dit d'une roche magmatique formée par un refroidissement lent, en profondeur.

Producteurs primaires : êtres vivants capables de transformer la matière minérale en matière organique.

R

Résilience : capacité d'un écosystème à revenir à l'état initial après une perturbation.

S

Services écosystémiques : ensembles des bénéfices que procure la biodiversité à l'humain.

Subduction : zone de recyclage de la lithosphère océanique.

Symbiose : coopération obligatoire, entre deux êtres vivants, à bénéfices réciproques.

T

Tomographie sismique : méthode basée sur la propagation des ondes sismiques permettant de déduire la densité et la température des roches traversées.